dtv

Helen West ist überzeugt, daß die Frau des Apothekers ermordet wurde – auch wenn die bei der Obduktion gefundene Dosis Chloroform nicht tödlich gewesen sein kann. Und sie ist sicher, daß der Ehemann der Toten lügt. Helen gibt den Fall nicht auf, obwohl sie sich damit beruflich wie privat eine Menge Ärger einhandelt. Denn nicht nur ihr Chef ist gegen eine weitere Untersuchung des Falls, sondern auch ihre inzwischen feste Beziehung, Superintendent Bailey ...
Ein meisterhafter Kriminalroman: spannend, raffiniert, psychologisch ausgefeilt.

Frances Fyfield wurde 1948 im englischen Derbyshire geboren. Seit 1976 arbeitet sie in London als Anwältin, speziell im Bereich des Strafrechts, und ist Verfasserin zahlreicher Romane.

Frances Fyfield

Tiefer Schlaf

Kriminalroman

Deutsch von Gisela Stege

Deutscher Taschenbuch Verlag

Ungekürzte Ausgabe
Januar 1994
7. Auflage März 2002
Deutscher Taschenbuch Verlag GmbH & Co. KG,
München
www.dtv.de

Titel der englischen Originalausgabe:
›Deep Sleep‹ (William Heinemann Ltd., London)

Umschlagkonzept: Balk & Brumshagen
Umschlagfoto: © The Image Bank/Chris M. Rogers
Gesamtherstellung: Druckerei C. H. Beck, Nördlingen
Gedruckt auf säurefreiem, chlorfrei gebleichtem Papier
Printed in Germany · ISBN 3-423-20501-6

Die Personen dieses Romans wurden frei erfunden. Bezüglich der Geographie des East End habe ich mir gewisse Freiheiten erlaubt, nicht dagegen hinsichtlich der Bombe, die im Februar 1989 auf dem Ford Square in London E 1 entschärft wurde.

Prolog

Sie hatte das Fenster geschlossen, daher war es stickig im Zimmer. Die Heizung war wie immer voll aufgedreht, weil sie fürchtete, die Nachtluft könne sie krank machen. Bitte, sagte sie, ich weiß, du hast es lieber offen, aber brr, diese Winterkälte draußen, ehrlich! Und der ganze Staub von den Bauarbeiten, bitte ... Sie hatte die Angewohnheit, das »bitte« in die Länge zu ziehen und ihre Sätze damit versiegen zu lassen – eine Aneinanderreihung von flehenden Tönen, die schließlich in ein Winseln übergingen. Sie hätte ihm leid tun müssen, aber die einzige Empfindung, die er verspürte, war eine Wut, so heiß wie Sodbrennen, eine zornglühende Qual, die ihn kleiner und kleiner werden ließ, bis er das Gefühl hatte, sich im Rauch des eigenen, heißen Zorns aufzulösen. Ein freies Wochenende in einem Hotel, endlich die Chance, frische Luft zu atmen, sein Fenster aufmachen zu können, aber sie mußte ihn zurückholen, mußte ins Telefon jammern, biiiitte komm nach Hause, ich habe Angst, verlaß mich nicht. Ich verlasse dich nicht, hatte er ihr geantwortet, ich bin doch nur fürs Wochenende hier, Himmel noch mal, rede, trinke, schlafe, und jemand anders bezahlt für das alles. Wenn du willst, kann ich ja morgen für eine Stunde nach Hause kommen. Schließlich will ich nicht wie ein Trottel dastehn ...

Als er dann aber doch, unter Zähneknirschen und leicht angetrunken, quer durch die Stadt zu ihr zurückfuhr, war ihm immer noch nicht bewußt, wie weit er in seiner Wut zu gehen vermochte. Dachte an nichts, hielt selbst den Mund, als sie über die Lagerbestände nörgelte, ihm erklärte, wie er sein Geschäft zu führen hätte, und dann, zu guter Letzt, nach all dem Gejammere auch noch sagte: Würdest du bitte das Fenster schließen? Biiiitte ...

Er bekam keine Luft. Seine Mutter hatte ihn einmal so

fest in sein Bettlaken gedreht, daß er mit purpurrotem Gesicht dagelegen hatte, wie ein zu stramm gewickeltes Baby. Die Mutter war tot, aber er konnte noch immer nicht atmen.

Sie hatte sich recht gut eingerichtet. Ihm mit ihrer eindringlichen Stimme klar und eindeutig das Ausmaß seiner Abhängigkeit vorgezeichnet. Daß sie es war, der fast alles gehörte. Das kleine Sofa hatte sie umgestellt und ein häßliches Kissen darauf plaziert, das dem abgenutzten edwardianischen Brokat die Wirkung nahm. Zwei seiner Lieblingsbilder waren nicht mehr da, und auf seinem Mahagonitisch prangte ein Kaffeering. Alles ist so altmodisch, erklärte sie, warum können wir uns nicht mal was Neues anschaffen? Wie deine Westen, mein Liebster, du Licht meines Lebens, wie ein Liebhaber aus ›My Fair Lady‹ siehst du darin aus, manchmal hab ich den Eindruck, du lebst tatsächlich nicht heute, aber ich liebe dich, mein Goldschatz, liebe dich unglaublich! Liebst du mich auch? Nun komm schon, sag mir, daß du mich liebst, denn ich tu's wirklich.

Und das stimmte. Sie konnte ebensowenig ohne ihn leben wie er ohne sie, denn tatsächlich gehörte ihr der Großteil des Geschäfts, was ihn im Grunde nicht störte, da Geldgier nicht zu seinen Schwächen zählte. In der Einsamkeit der Erleichterung nach dem Tod seiner Mutter war alles ins Rutschen geraten, bis die hinterlassene Lücke wie durch ein Wunder durch diese Frau gefüllt worden war, die ihm Position und Selbstachtung bot, die Möglichkeit, Popularität und Einfluß zu gewinnen – Dinge, die seine Mama ihm vorenthalten hatte. Willig hatte er sich in ihre hageren Arme fallen lassen. Was war schon Liebe? Liebe ist eine Rose, Verlangen erblüht mitten im Unkraut. Oder auch nicht.

O du meine Liebe, meine einzige Liebe! Er schloß die Augen und stellte sich die andere vor, dieses so ungemein weibliche Wesen, voller Jugend, wie sie mit ihrem hinreißenden, ernsthaften Gesicht den ganzen Tag im Laden stand, in jeder Hinsicht wohl ausgestattet und aus jedem Blickwinkel so überwältigend, daß er sich wünschte, den Kopf überall zu haben. Enge Baumwollhemdchen im Sommer, ein Duft, den er aus fünfzig Schritt Entfernung erkannte. Schlimmer noch war es im Winter, wenn sich leuchtendbunte Pullover über ihrem prachtvollen Busen spannten. Nie merkte sie, wie er sie anstarrte, ahnte nicht, daß sie ihm in seinen Träumen erschien. Mit Achtung, anspruchslos, ein Engel.

O du meine Liebe ... Ohne Liebe werde ich sterben. Und bei ihr werde ich sie niemals finden.

Seine Frau stellte sich schlafend. Bitte, Frau, bitte schlaf ein, für heute hast du genug Schaden angerichtet! Vor allem, als sie ihm ihre Absicht erläuterte, sein Hinterzimmer auszuräumen, den einzigen Platz, an dem er allein sein, unbehelligt seinem Geheimnis leben konnte. Nein, das nicht! Bitte nicht! Laß mir zumindest manchmal meine Ruhe.

Sie hatte keine Ahnung, was in ihm vorging, als er sich die Zähne putzte und sein Gesicht in dem uralten Spiegel betrachtete, sie plötzlich neben dem eigenen Spiegelbild auftauchen sah, eine abstoßende Vision, nur unzureichend mit einem durchsichtigen Nylon-Negligé bekleidet, das den Blick auf gar nichts freigab, keine Täler, keine Hügel, nichts als schlaffe Muskeln und ein Gesicht mit schwarzgestrichelten Augenbrauen, gefärbten Locken und einem blutroten Mund, zu einem Lächeln verzogen. Das Scharlachrot des Lippenstifts verfärbte ihre großen Zähne, das einzige an diesem Gesicht, das sie mit Fug ihr eigen zu nennen vermochte.

Komm her, sagte sie. Du bist so einsilbig. Ich liebe dich, mein Zuckerschatz. Gib mir einen Kuß.

Nicht jetzt, Liebste. Biiitte. Hab ein bißchen zuviel getrunken, verstehst du?

Ständig mußte sie befehlen. Jede Faser seines Körpers schrie auf, während er sich vor Luftmangel an die Kehle griff. War lautlos, um sie nur ja nicht zu wecken und ihre dummen Fragen hören zu müssen: Was ist los, Liebling? Sie würde reden, ihn bloßstellen. Sie redete viel zuviel, es würde nicht mehr lange dauern, bis sie redete.

O du meine wahre Liebe, warte auf mich! Zeige mir, was Liebe ist!

Bist du wach, mein Herzblatt? Eine affektierte, besorgte Stimme im Dunkeln. Er schürzte die Lippen, blies den Atem langsam und geräuschvoll durch den Mund, zählte dabei aufmerksam, um das Geräusch möglichst regelmäßig zu gestalten. Sie seufzte und begann ebenfalls betont gleichmäßig zu atmen. All die Nächte wie diese! Tags verschaffte die Arbeit Ansehen, Vertrauen und Glaubwürdigkeit, nachts wurde jede Männlichkeit durch diese grauenvolle Intimität vernichtet. Erneut brach ihm der Schweiß aus. Ihr Negligé ließ ihn schwitzen, und in seinem vorgetäuschten Schlaf weit außen auf seiner Seite des Bettes hörte er, daß sie weinte, leise, schniefende Geräusche ohne jede Würde, winselnd wie ein junger Hund, den man allein gelassen hat. Das konnte stundenlang so weitergehen, sie kannte keinen anderen als jenen primitiven Trost, an den sie gedacht hatte, als sie ihr Nylon-Nachthemd anlegte. Was sie von ihm verlangte, war Sex, eine blutleere Lust, die sie mit Liebe verwechselte, ganz gleich, welche Methoden er anwandte, um sie zu erzielen. Eine Woge süßlichen Parfüms drang ihm in die Nase. Wut explodierte wie ein lautloser Feuerwerkskörper in seinem Kopf, kein Lärm, lediglich eine furchtbare Vorahnung, ein kristallklares Bild dessen, was er tun würde.

Was ist? fragte er leise. Der vogeldürre Körper lag starr und still. Das Fenster ist nicht richtig geschlossen. Biiitte, mach es zu! Ich hab's dir doch vorhin schon gesagt.

Er ging zum Fenster, und plötzlich war der Gedanke vollständig, war aus seinem eiskalten Kühldepot in die stickige Hitze des Zimmers geglitten. Keine Ventilation, nicht die geringste Luftbewegung, als er zum Bett zurückkehrte und ihren starren, winzigen Körper in die Arme nahm.

Komm her, mein Schatz. Ist ja schon gut! Sie klammerte sich an ihn, und er spürte, wie sich ihre langen Nägel in seine Schultern gruben. Er hatte aufgehört zu schwitzen, seine Haut war unter ihrer Berührung kalt wie Eis. Ist ja schon gut, mein Schatz! Ich bin ja bei dir. Machen wir es uns doch ein bißchen nett. Wie letzte Woche. Das hatte dir doch gefallen, nicht wahr, mein Schatz? Du weißt genau, was mich in Fahrt bringt. Ihr Kopf nickte dankbar bejahend. Solange er sie nur liebte, würde sie tun, was er wollte, und wenn seine Bedürfnisse demütigend waren, so hatte sie dagegen nichts einzuwenden. Tu immer, was dein Ehemann will, nur so wirst du ihn halten können.

Also mein Schatz, atme tief ein ... O ja, wunderbar ... wunderbar ... Halt mich fest ...

Als er später das Fenster öffnete, zeigte sich eine Andeutung von Helligkeit am Himmel. Um endlich tief durchatmen zu können, beugte er sich weit nach draußen und beobachtete, wie die Lampen des Wachhäuschens auf dem Baugelände schwächer wurden, während am Horizont hinter dem Kran ein wolkig-rosiges Leuchten aufzog. Großstadtlichter, eine falsche Morgendämmerung. Er sah, wie die Gebäude allmählich Gestalt annahmen, ein Durcheinander von häßlichen Stilarten, entstellt durch die Zerstörungen eines Weltkriegs, der mit dem weit wichtigeren Ereignis seiner Geburt zusammengefallen war. Die Baustelle war menschenleer, ein weites, matschiges Gelände, ausgebaggert für neue Häuser, neue Menschen, neue Kunden: eine tapfere neue Welt. Zum erstenmal ließ ihn die trostlose Szenerie vor Freude erschauern. In diesem Dschungel von Ausschachtungen und zusammengestückelten Bauplänen, Hochhäusern im Hintergrund und flachen Gebäuden gleich nebenan, mochte Hölle und Vernichtung liegen, im Moment aber fand er den Anblick schön.

Gleich darauf jedoch und jenem Plan getreu, der sich während des Handelns entwickelt hatte, schloß er das Fenster wieder genauso sorgfältig, wie seine Frau es getan hätte, und sah, während er noch die Hand ausgestreckt hielt, ganz flüchtig die Andeutung einer vertrauten Bewegung: Eine ferne Gestalt, zu früh und beunruhigend klar, schlurfte an den Bretterzäunen vorbei, die die hintere Straße vom Baugelände trennten. Sollte sie doch weiterschlurfen! Er war von Jubel erfüllt, stieß das Fenster erneut auf, war versucht, einen Gruß hinüberzurufen, schloß es statt dessen aber wieder. Ging ins Nebenzimmer, wo seine Kleider ordentlich gefaltet auf einem Stuhl lagen, zog sich gewissenhaft so an wie am Abend zuvor, nahm keine frischen Kleidungsstücke aus dem Schrank. Als er umherging, um die Spuren seines nächtlichen Aufenthalts zu beseitigen, und dabei am vorderen Fenster vorbeikam, achtete er darauf, außer Sicht zu bleiben, während er von draußen vertraute Geräusche vernahm. Markttag. Ein alter Mann, der morgens um halb sechs die rollbaren Stände herauszuholen begann. Ein günstiger Moment, das Haus zu verlassen. London noch wie ausgestorben, und er selbst triumphierend, tapfer, frei. In diesem Moment lag nichts von dem Mann in seinen Bewegungen, der sich allem gebeugt hatte, in diesem Moment war er ein Tiger, erfüllt von einer geheimnisvollen Kraft. Freuet euch, hieß es im Radio. Bald ist Weihnachten. Freuet euch der Geburt Christi.

Eiskalt draußen, doch freuet euch, der Heiland ist geboren – ein Lied, das in seiner Kehle aufstieg. Der Wagen war eine Straße weit entfernt geparkt, aber noch immer so dicht an der Baustelle, daß gefrorener Staub auf der Windschutzscheibe lag. Nachdem er eingestiegen war und das Licht eingeschaltet hatte, beugte er sich vor, um sich das Haar glattzustreichen, sah, daß sein Gesicht ein ruhig-heiteres Lächeln trug, das Gesicht eines jungen

Weihnachtssängers auf einem Plattencover, mit einer Andeutung von Schalk im Ausdruck. Aber auch dicken, heißen Tränen, die auf seinen kalten Wangen brannten und langsam in den Mund hinabrannen, der lächelte und lächelte …

O du meine Liebe. Warte auf mich!

1

Helen West lag in einem großen, hohen Bett, das etwas zu breit geraten war für eine Person, hilflos einer Anstaltsmatratze ausgeliefert, in der ungeahnte Möglichkeiten zu stecken schienen. Trotz der Unbequemlichkeit ihrer Liegestatt und noch im Nebel der nachlassenden Narkose vermochte sie sich vorzustellen, wie dieses Gestell aus rostfreiem Stahl, begleitet von den anderen Betten, die draußen auf dem Korridor vorbeisurrten, zu den Klängen einer Strauß-Melodie mal hierhin und mal dorthin walzte. Das Bett konnte gerollt und ganz oder teilweise angehoben und abgesenkt werden, allerdings nicht zum Spaß – ein teures Möbel, leider jedoch alles andere als erotisch. Allein der Gedanke an dieses Wort, der allzu flüchtige Gedanke, ließ sie erschauern, als leide sie unter Nekrophilie. Helen vermochte sich nur sehr schwer vorzustellen, daß man sich so elend fühlen konnte wie sie, ohne tatsächlich tot zu sein; wenn ihr jetzt jemand nahe kam, konnte es sich nur um den Leichenbestatter handeln. In welchem Fall das Bett geeignet war, sie kurzerhand in eine Kiste zu kippen und ohne Aufsehen davonzuschaffen.

Die Tür öffnete sich in gut geölten Angeln, und Helen schloß die Augen, um die Existenz eines jeden Menschen zu leugnen, der ihr eine Reaktion abnötigen könnte. Doch gute Manieren verflüchtigten sich nicht so einfach, nicht einmal *in extremis.* Sie steckten ihr tief in den Knochen, zwangen sie zu einer verdammten, instinktiven Höflichkeit, obwohl sie allen am liebsten gesagt hätte, man könne sie mal ... Im Grunde war es ihr gutes Recht, unhöflich zu sein, aber trotzdem begann sie sich, wenn auch widerwillig, aus diesem wirren Nebel und den Fesseln der steifen Laken heraus hochzustemmen. Lächelnd.

»Sieh an! Sieh an! Wie geht's uns denn heute? Fast schon wieder einsatzbereit? Ho, ho, ho. Tut mir leid. Mußten ein bißchen mehr tun als beabsichtigt. Lieber

Himmel! Böse kleine Zyste, am linken Eierstock. Oder nein, am rechten. Mußten wir rausschnipseln.«

»Was? Den Eierstock?«

Er lachte, als hätte er einen außergewöhnlich geistreichen Witz gehört. »Aber nein, meine Liebe, nein! Nur die Zyste. Prächtig, prächtig!«

Warum das prächtig sein sollte, war Helen mehr als schleierhaft, interessierte sie auch nicht, aber sie störte sich an dem Gedanken, daß ihr ein unbenutzter Eierstock Sorgen machte. Seltsam, wie der Mensch reagierte, und ach wie qualvoll, wenn der Intellekt allmählich zurückkehrte, in gedämpfter Form, und warum redeten sie alle wie die Idioten? So laut, redeten mit den Patienten, als wären sie taub, während die Schwester dem Arzt über die Schulter blickte wie eine lächelnde, ein wenig besorgte Sphinx. Der Chirurg erinnerte Helen an den kleinen Jungen in der Schule, der aus reiner Neugier Löcher in die Wand zwischen Knaben- und Mädchenklo bohrte, die Schwester beugte sich plötzlich mit unerwartetem Takt über sie.

»Sie werden sich bald besser fühlen«, versicherte sie ihr. »Auch wenn Sie es mir jetzt vielleicht noch nicht glauben. Ihr Mann hat vor fünf Minuten angerufen. Ich hab ihm gesagt, er soll Sie noch ausruhen lassen.«

»Danke«, antwortete Helen. »Vielen Dank.«

Auch für kleine Gefälligkeiten. Der Teil ihres Gehirns, der Händchenhalten und Warm-Zudecken zu schätzen wußte, war zwar enttäuscht, der Rest dagegen aber ungeheuer erleichtert. Sie ließ sich zurücksinken, die Augen geschlossen, noch immer lächelnd. »Danke.« Für nichts. Verschwinde, wer immer du bist. Laß mich in Ruhe!

Barmherzige Dunkelheit, als sie fort waren. Sich hineinschmiegen, langsam wieder in die Matratze dieses Bettes hinabsinken, ihr ganzer Körper eine merkwürdig fremde Form, winzig und groß in verrückten Proportionen, die nichts mit dem richtigen Leben zu tun hatten. Das ferne Summen des Verkehrs tröstlich für die Ohren, warm hier drinnen, wunderbar warm, beinah bequem, solange sie sich nicht bewegte, doch ein Geruch, nahe am Ekel. Irgend etwas war da, verlangte Einlaß in ihr Gedächtnis, und irgendwo, kurz nach diesem Hinabsinken, die vage Erinnerung an einen Kuß aufs Haar, an Schritte auf weichen Sohlen, an jemand, der hinausging. Ich liebe dich, mein Schatz. Sehr sogar. Du wirkst so schwach.

Nachdem er – mit klopfendem Herzen – Helens Zimmer verlassen hatte, schritt Geoffrey Bailey, Detective Chief Superintendent, in seinen, wie es der Sergeant ausdrückte, Puffschleicher-Schuhen quietschend den blankgewienerten Korridor entlang. Selbstverständlich würde sie nicht sterben. Frauen waren zäh, nur wirkten sie im Schlaf oft so zerbrechlich, daß er sich immer wieder fragte, ob sie aufwachen oder sich davonstehlen würden. Na schön, hatte die Schwester gesagt, machtlos gegen seinen zweiten Versuch, aber nur eine Minute, und wecken Sie sie nicht, das würde sie nicht wollen. Ich muß einfach hinein, wissen Sie, hatte er bescheiden erklärt, wenn ich nicht zu ihr darf, werden mich nachts so furchtbare Gedanken quälen, daß ich nicht schlafen kann, aber ich muß morgen arbeiten. Hochgewachsen, wie er war, hielt er sich zuvorkommend gebeugt, trotz seiner Kultiviertheit eindeutig Polizist, seine Beobachternatur in Augen und Konturen erkennbar, auch im Akzent vielleicht, nicht aber im Schnitt seines Anzugs. Also gut, gehen Sie hinein, aber bitte, seien Sie vorsichtig.

Was glaubte diese Schwester denn, was er da drinnen anstellen würde? Schreien? Losheulen? Eine Szene machen? Aber in Krankenhäusern geschahen die seltsamsten Dinge, auch in Privatkliniken wie dieser; die Menschen wußten mit dieser Art Situation nicht umzugehen, Menschen wie Helen und er, sieht man von der Police für ihre fast vergessene Lebensversicherung einmal ab. Die blitzblanke, hochmoderne Atmosphäre des Hauses sprach unverhohlen von Privilegien, die Bailey ausnahmsweise billigte. Kranke sollten verwöhnt werden, auch wenn sie das nach seiner Erfahrung selten wurden, weil er meist nicht in Kliniken wie dieser hinter Wandschirmen darauf gewartet hatte, daß Menschen sich von Schußwunden, Stichwunden, Unfällen erholten. Hier roch es nicht nach Schlachthof wie in einer normalen Notaufnahme. Eine vorübergehende Schwester lächelte ihm zu, und er lächelte zurück. Wie gerne hätte er im Sessel neben Helens Bett geschlafen: Das Leben in Unbequemlichkeit war ihm zur zweiten Natur geworden.

Draußen auf der Straße traf ihn die Kälte wie ein Kanonenschlag. Sein Wagen, nachlässig geparkt, war eisig unter seiner Berührung. Während er nach Hause fuhr, dachte er darüber nach, daß man ihn als Helens Ehemann bezeichnet hatte, fragte sich, wie lange es wohl dauern würde, bis sie diese vorschnelle Annahme korrigierte. Und wünschte sich gleichzeitig, der nur geborgte Status wäre echt.

Der kostbare Schlaf währte nicht lange. Wie ein Taucher in verschlammtem Wasser, dem nur verschwommenes Licht vergönnt ist, bewegte sich Helen zurück an die Oberfläche, kämpfte sich durch einen Traum, in dem sie in einer Apotheke, in der Musik gespielt wurde, nach Schmerzmitteln suchte, in den vollgestopften Regalen aber nichts weiter fand als Kosmetika, Haarbürsten, Strümpfe und bunt verpackten Puder. Sie drehte sich auf die Seite, und unversehens nahm der Schmerz wieder zu. Erschrocken wurde sie sich ihrer Umgebung bewußt. Vier Uhr früh, winterliche Dunkelheit hinter dünnen Gardinen, ein Gesicht neben ihrem Bett, antiseptische Krankenhausluft, daneben aber auch ein Geruch, der eine andere Art von Alkohol begleitete, und ein Hauch von Nikotin, der sie veranlaßte, die Augen schließlich ganz aufzuschlagen. Kein Gesicht, das versuchte, Klischees von sich zu geben, sondern ein altes, verlebtes Gesicht, ganz anders als das des Chirurgen, der sich zu jedem

Stundenschlag zu waschen und mindestens dreimal pro Tag zu rasieren schien.

»Gott, Sie sehen ja furchtbar aus, Mädchen! Und Ihr Blick! Wenn so was töten könnte, wär ich längst hinüber.« Das Gesicht bewegte sich zur anderen Bettseite und begutachtete den Tropf. »Ich hab Sie in den Schlaf gewiegt«, fuhr er fort, »wie ein Baby. Und Sie wachen auf, ohne eine Spur von Übelkeit, und sehen mich an, als wär ich ein Gibbon. Dankbarkeit! Hier steht Ihr verdammter Anästhesist, falls Sie sich erinnern sollten. Haben Sie Schmerzen?« Der Kopf am Bett war blaß und faltig, die grauen Haare standen senkrecht empor, die dichten Brauen in permanenter Fragestellung.

»Na ja ... ein bißchen ...«

»Tun Sie nicht so, als wär das was Schlimmes; ist völlig in Ordnung. Nur Chirurgen behaupten das Gegenteil. Operationen tun weh und sind eine Gefahr für die Gesundheit – das scheinen die auch nie zu erwähnen. Danken Sie Gott, daß Sie am Leben sind, aber was soll's. Gleich gibt's wieder 'ne Spritze, doch je länger wir warten, desto länger wirkt sie. Tut's sehr weh? Sollten froh sein, daß es weh tut. Zigarette?« In seiner Stimme lag irische Geradheit, Gemeinplätze waren eindeutig verpönt.

»O ja, bitte!« Helen grinste trotz ihrer Schmerzen, erfüllt von jenem Sinn für Komik, der bei ihr wie stets dicht unter der Oberfläche lauerte. Idiotisch, so dazuliegen, mit einem Kater, halbtot, und nichts weiter zu wollen als eine Zigarette, die ihr ausgerechnet ein Arzt anbot! Er las ihre Gedanken und seufzte tief auf.

»Der absolute Gipfel und Abgrund der Torheit, wie bei jeder Sucht. Und dem Leben im allgemeinen. Die Schwester wird mir die Leviten lesen, aber wir machen das Fenster auf. Hier.« Damit reichte er ihr eine brennende Zigarette. Helen wußte, warum man die Dinger Sargnägel nannte. Die rechte Hand, mit der sie danach griff, fühlte sich schwammig an; der Geschmack war köstlich.

»Wie fühlen Sie sich?«

»Weiß nicht recht. Unwohl. Grauenvoll ausgeweidet. Mein unteres Ende ist wie ein Osterei mit Zickenbart.«

Er lachte leise. »Also, das gefällt mir. Poetische Schilderung postlaparotomischer Chirurgie, aus Sicht des Patienten. Eines momentan nicht suizidgefährdeten Patienten, hoffe ich!«

»Erst schon, aber jetzt nicht mehr. Diese Freunde hier –« sie hob die Zigarette – »bringen mich sicher vorher ins Grab.«

»Gibt wirklich bessere Möglichkeiten, sich in den Himmel oder die Hölle zu befördern. Selbstmord ist überflüssig.« Das klang aufrichtig. »Also, eines sage ich Ihnen: Dahinten liegt so ein armes Schwein, ist beschnitten worden und kriegt sein Ding seit sechs Stunden nicht einen Millimeter tiefer als einen Fahnenmast. Und ihr Weiber glaubt, ihr habt Probleme! Wie schmeckt die Zigarette?«

»Wundervoll. Grauenhaft.«

»Sie werden schon noch geläutert. Zeit für die Spritze. Dann sind Sie für den Himmel bereit.«

»O nein, nicht den Himmel! Ich hasse weiße Kittel.«

Sein Giggeln, erstaunlich beruhigend und ansteckend, kam wieder von der anderen Seite des Bettes. Irgendwie merkte sie, daß die Schwester gekommen war und Hände, die nunmehr nach Seife rochen, eine Schale präsentierten. Nach einem flüchtigen, scharfen Schmerz strömte ein warmes Glühen von ihrer Hüfte aus, das die Schmerzen vertrieb und ihr die Augen schloß. Das Bild der Apotheke kehrte zurück, nicht bedrohlich, doch etwas daran rührte an ihre Erinnerung, ohne sie zu bedrängen – der zähe Geruch nach Medizin. Dr. Hazel betrachtete die fahlen, aber dennoch attraktiven Züge seiner Patientin, umrahmt von ihrem dichten, schwarzen Haar, die verblaßte Narbe auf ihrer Stirn. Er legte Helens Arme zurecht, drehte ihren Kopf leicht zur Seite, um ihr das Atmen zu erleichtern, und fragte sich, ob man sie objektiv als schön bezeichnen konnte, dachte ja, legte die zuvor gekreuzten Füße nebeneinander, um ihren Kreislauf zu fördern, und zog die Decke ein Stück herauf – alles mit leichten, sparsamen Bewegungen, die sein Alter Lügen straften.

»Sie würden einen guten Krankenpfleger abgeben, Doktor«, sagte die Stimme der Schwester leise. Er seufzte und tätschelte ihr die Schulter.

»Schade, daß ich keiner bin. Heutzutage ist das leicht für junge Männer, zu meiner Zeit aber, meine Güte, da tat man so etwas nicht.«

Vier Uhr dreißig früh, und das hier war wirklich keine Aufgabe für einen Mann. Selbst ohne daß ihm jemand dabei zusah, kam Geoffrey Bailey sich ziemlich töricht, wenn auch – wegen der drei Whiskeys, die er getrunken hatte, um seine Schlaflosigkeit zu bekämpfen – längst nicht bedrückt vor. Die Tatsache, daß sich Helens ständige Schmerzen als heilbar erwiesen hatten, obwohl dazu dieser radikale chirurgische Eingriff erforderlich gewesen war, hatte ihn ungeheuer erleichtert. Jetzt hantierte er voller Ungeschick in der fröhlichen kleinen Küche ihrer Souterrainwohnung herum. Auf dem Ablaufbrett stand ein Klotz aus einem Material, das er für Schaumstoff hielt und in das er, wie er den Instruktionen – »Destruktionen« nannte er sie – entnahm, lediglich die Pflanzenstiele zu stecken brauchte, um ein perfektes Arrangement zu erzielen. Wie ein Dieb hatte sich Bailey, um die Nachbarn nicht zu beunruhigen, in den Garten hinausgeschlichen und zwei große, leicht ramponierte Winterrosen, ansonsten jedoch nur karge Zweige für seine Zwecke gefunden, und nun wirkte das Ergebnis seiner Bemühungen dürftig und kahl und längst nicht so elegant, wie er es beabsichtigt hatte. Dabei versuchte er lediglich, einen Teil von Helens kostbarem, doch unordentlichem Garten zu ihr ins Krankenzimmer zu verpflanzen. Sein Werk war jedoch eindeutig zu armselig ausgefallen und erweckte ohne Zweifel den Eindruck, er versuche das Geld für einen anständigen Blumenstrauß zu sparen. Den er, in Klarsichtfolie gewickelt, genauso hassen würde, wie Helen es täte, ein Gedanke, der ihn bedrückte. Kleine Niederlagen lasteten schwer. Auf der Suche nach einem weiteren irischen Whiskey ging Geoffrey von der Küche ins Wohnzimmer.

Ohne Helen in Helens Wohnung zu sein, bereitete ihm ein merkwürdiges Gefühl, das ihm jedoch durchaus gefiel, solange er sie in Sicherheit wußte. Sie besaßen beide jeweils den Schlüssel zur Wohnung des anderen, aber die seine, in einem Lagerhaus in East London, war so ganz anders als die ihre, ein helles, sparsam möbliertes Loft, während die ihre gemütlich mit Mahagoni, Bildern und frischen Farben eingerichtet war. Das Feuer im Wohnzimmerkamin warf sein Licht auf die roten Wände und zersplitterte die Schatten der wuchernden Grünpflanze im Messingtopf, die so dicht daneben stand, als brauche sie die Wärme. Helens täglich benutzte Bücher stapelten sich dort, wo sie zuweilen arbeitete: ›Archbold Criminal Pleadings‹, die vierundvierzigste Ausgabe, ›Stones Justices Manual‹, Wilkinson über ›Road Traffic Offences‹, Cross über Beweismittel – notwendige Nachschlagewerke für die Vorbereitung auf den folgenden Tag, ergänzt durch einen unordentlichen Stapel von Prozeßberichten, die er nur allzu gern geordnet und mit einer Art Index versehen hätte, aber das maßte er sich nicht an. Arbeitshilfen für einen Strafrechtler, mehr noch für einen Staatsanwalt, obwohl er sich Helen in dieser Verkleidung momentan nicht vorzustellen vermochte, wenn sie ihre Würde auch nie ganz verlor, selbst wenn sie sich zum Narren machte.

Bailey mochte die zerbrechliche Helen genausosehr wie ihre kraftvolle Gegenspielerin mit dem eisernen Willen und der flinken Zunge und mußte zugeben, daß »mögen« eine sehr unzulängliche Beschreibung ihrer beiderseitigen Befindlichkeit war, die ihn dazu veranlaßte, während ihrer Abwesenheit in ihrer Wohnung herumzustreunen und all ihre Dinge liebevoll zu berühren. In ihrer Gegenwart verlieh man Gefühlen nur selten Ausdruck, allein und unbeobachtet bei ihr zu Hause jedoch konnte er ihnen freien Lauf lassen. Sie wechselten zwischen ihren beiden Wohnungen, an den Wochenenden und auch während der Woche – das jetzt war aber etwas anderes. Ein unverheiratetes Ehepaar, hatte er immer wieder gesagt, hat es oft leichter als die anderen. Mochte es auch eine bessere Lösung geben, vorderhand war sie nicht in Sicht, denn das eine Jahr ihres Zusammenlebens außerhalb von London hatte keinesfalls zu einer Verbesserung des gegenwärtigen Status quo beigetragen. Und er dachte nicht daran, ein Arrangement in Frage zu stellen, das funktionierte – zumeist jedenfalls.

Bailey trat vom Kamin zurück, ging ins Schlafzimmer, in dem er keinen Schlaf gefunden hatte, und packte eine Reisetasche. Sie würde einige Dinge brauchen, zum Beispiel frische Nachthemden, die sie nicht besaß, ihre Gesichtscreme, einen Morgenrock und etwas zu lesen, dessen Auswahl er mühelos bewältigte. Rasch packte er alles ein, eifersüchtig auf ihre Selbstgenügsamkeit. Dann machte er es sich mit einem von den Hunderten zurückgebliebener Bücher erneut vor dem Kamin bequem und wartete auf den Morgen. Kein Besuch vor zwölf Uhr mittags, hatte die Schwester gesagt. Zum Teufel damit, er war nicht umsonst Polizist. Helen, mein Schatz, ich sage es vielleicht nur selten, aber ich liebe dich, du fehlst mir wie mein rechter Arm, und ich darf keinen Whiskey mehr trinken. Gott sei gedankt, daß du mich ebenfalls liebst, auch wenn ich zuweilen daran zweifle.

»Love ... is a many splendoured thing ...« Ach, wirklich?

Um sechs Uhr fünfzehn wandte Duncan Perry, Detective Constable der Metropolitan Police, den Blick von seinem Bild im zersprungenen Spiegel des winzigen Badezimmers ab, um die Konfrontation mit diesem vom Alkohol aufgedunsenen Gesicht und den von Schlafmangel geschwollenen Augen zu vermeiden. Früher einmal war er mit seinem Aussehen völlig zufrieden gewesen, nun aber – und er reckte das Kinn, um den Rasierer besser ansetzen zu können – vermochte selbst er sich nicht mehr als gutaussehend zu bezeichnen. So früh am Morgen rasierte er sich am liebsten mit abgenutzten Klingen, weil er sich damit nicht so leicht die Haut aufritzte, auf der schon mehrere lachsfarbene Tupfer aus Toilettenpapier prangten – Garnierungen, die er immer wieder vergaß, bis man ihn in aller Öffentlichkeit darauf aufmerksam machte –, trotzdem hatte er in diesem Moment das Gefühl, sich die Haut völlig runtergekratzt zu haben. Das Bad war überheizt, vor allem, weil er vergessen hatte, den Gasherd in der Kochnische abzustellen, die unmittelbar daneben lag. Im Backofen wartete eine am Abend zuvor vergessene, völlig ausgetrocknete Steak-Nieren-Pastete. Auf Zehenspitzen verließ er die Wohnung, ohne daß er einen Grund dafür gehabt hätte, doch diese lautlose Art der Fortbewegung war das Ergebnis ständigen Trainings und des nie nachlassenden Gefühls, sich den Rücken dekken zu müssen. Die Hände in die Anzugtaschen gerammt, startete Duncan zu einem unsicheren Sprint in Richtung seines Wagens, der die leichte Schweißschicht auf seiner Stirn zu Eis gefrieren ließ. Während die Windschutzscheibe langsam auftaute, blieb er minutenlang hinter dem Lenkrad sitzen und genoß den Schutz der Abgeschlossenheit. Sein Wagen war eines der wenigen Besitztümer, die ihm geblieben waren und nicht denselben Weg genommen hatten wie seine Frau, seine Familie und sein Gesicht, wenn deren Unterhalt auch weit billiger war: Kim verlangte niemals auch nur einen einzigen verdammten Penny von ihm, was zwar eine Erleichterung war, aber auch eine Beleidigung. Das Leben in anderthalb Zimmern hätte ihm mit der Zeit leichter fallen müssen, aber noch hatte er sich nicht damit abgefunden – noch nicht.

Viertel vor sieben, zu früh für die Frühschicht, die Befehlsausgabe erfolgte um halb acht und war nicht sein unmittelbares Ziel. Von seiner Wohnung in Highbury aus fuhr Duncan ostwärts im Bogen um die menschenleere City herum, durch Shoreditch nach Whitechapel. Das Revier von Jack the Ripper, heute »Little Bengal« genannt, wurde mittlerweile zum drittenmal seit einem Jahrhundert von einer Einwanderungswoge überschwemmt: dereinst einmal Chinatown, dann das jüdische Zentrum der Petticoat Lane, heute ein düsteres Viertel voller Gewürze, Herzkrankheiten mühsam sich durchschlagender Armut. Im Krieg von tausend Bomben getroffen, immer wieder aufgebaut. Wohin gehen die alle, wenn sie hier weggehen? dachte Duncan. Wohin soll ich gehen? Kein besonderes Ziel, nur irgendwohin, wo ich keinen in Verlegenheit bringe. Und das werde ich nicht. Nicht mal einen Mülleimer behandelt man so wie Kim mich behandelt. Scheiße!

Er lenkte den Wagen in eine schmale Gasse, die hinter einer Ladenreihe entlangführte, bremste und spähte erwartungsvoll nach oben. Über den Läden lagen Wohnungen, die ganze Zeile scheußliche Betonkästen aus den sechziger Jahren, die sich nicht mit den breiteren Vorkriegshäusern vertrugen und deren halbwegs akzeptable Innenräume die einzige Entschuldigung für das verkommene Äußere, die plumpen Balkons und die häßlichen Treppen waren, die auf die Straße hinunterführten. Er suchte Licht im drittletzten Haus, dem frühmorgendlichen Zeichen dafür, daß seine Frau aufgestanden war und sich ebenfalls auf ihren Arbeitstag vorbereitete. Wenn er bis halb acht auf seinem Posten blieb, würde er gerade noch sehen, wie dieses Tier eintraf, dieser angebliche Kinderverwahrer, ein stöhnender, gähnender, stolpernder Kerl, der zu Duncans Unbehagen seinen viel zu verwöhnten Sohn zur Schule brachte. Detective Constable Perry hielt überhaupt nichts von den Entscheidungen seiner Frau, vermochte jedoch nichts dagegen zu tun.

Okay, seiner »getrennt lebenden Frau«, wie es sein Anwalt so vornehm ausdrückte, der aufgeblasene Schnösel. Ebenso getrennt lebend wie das eher kleine Bündel von einem widerborstigen Kind namens Tom, dessen Vater zu sein Duncan im Verlauf eines hitzigen Krachs mit Kim bezweifelt hatte, eines Krachs, der damit endete, daß sie sagte, jawohl, damit sei es genug, sie werde ihn verlassen, und den Jungen bei der Hand nahm, der Duncan wie aus dem Gesicht geschnitten war. Wie hatte er nur jemals daran zweifeln können! Der vorwurfsvolle Blick seiner Augen, Toms grüner Augen, verfolgte ihn noch immer, wie auch jeder andere Gedanke an den Jungen Gewissensbisse bei Duncan auslöste.

Hinter dem Milchglas des Badezimmerfensters entdeckte Perry die Kontur ihres Kopfes; er hoffte jedenfalls, daß es ihr Kopf war und nicht der eines unbekannten nächtlichen Besuchers. Mit aller Kraft umfaßte er das Lenkrad des Wagens und schloß für einen Moment ganz fest die Augen. Wenn da ein Mann in ihrer Wohnung war, würde er durchdrehen; schon der bloße Gedanke ließ Übelkeit in ihm aufsteigen. Aber das würde sie nicht tun, bestimmt nicht! Nicht, bevor sie ihre Zulassung und von diesem Apothekerladen, in dem sie schon so früh arbeiten mußte, das gekriegt hatte, was sie sich wünschte. Zielbewußt war sie, das mußte man ihr lassen, arbeitete genauso, wie sie kämpfte: im Freistil. Perry startete den Wagen und fuhr langsam die Straße hinauf, voll angestauter Aggressivität, steigerte sich, beschämt, immer weiter in Eifersucht und Zorn hinein, schimpfte ohne Unterbrechung.

Helen erwachte um sieben, nicht unbedingt frisch, doch mit dem Gefühl, wieder sehr weit vom Tod entfernt zu sein. Die gewohnte Geste, sich mit der Linken das Haar aus der Stirn zu streichen, scheiterte daran, daß ihr Handgelenk mit einem Schlauch verbunden war, der sich irgendwo außerhalb ihres Blickwinkels verlor, was sie überraschte und leise fluchen ließ. Sie warf einen Blick auf die Wanduhr und erinnerte sich, daß sie an diesem und auch wohl noch an einigen weiteren Tagen nicht um neun Uhr im Büro sein mußte. Was zwiespältige Gefühle in ihr hervorrief. Die Arbeit würde sich nicht von selbst erledigen, sondern immer noch anwachsen, dieser Krankenhaus-Kokon jedoch war angenehm, weil man einfach so liegenbleiben und darauf warten konnte, daß einem jemand den Tee brachte. Bis die Pflegerin mit ihrem antiseptischen Duft erschien und Helen bei dem Gedanken an einige der Akten auf ihrem Schreibtisch laut aufstöhnte.

»Die Schwester ist weg«, flüsterte die Pflegerin verschwörerisch. »Ich lasse Ihren Mann für einen Augenblick rein, okay?«

»Er ist nicht steril«, wandte Helen ein. »Zumindest nicht staubfrei, nicht, wenn er in meiner Wohnung ... Und er ist nicht mein ...« begann sie, hartnäckig auf die Details bedacht wie immer, unterbrach sich dann aber, um über die Vorstellung zu lachen, daß Bailey in ihr Zimmer gelassen wurde wie ein Löwe in einen Käfig. Und da war er: Fast schüchtern drückte er sich zur Tür herein, ein breites Lächeln auf dem müde wirkenden Gesicht und in der Hand zwei halbverblühte Winterrosen.

2

»Nun komm schon, Tom – bitte, mein Herz! Was ist denn bloß los mit dir?« Kimberley Perry wußte, daß ihre Stimme scharf klang, und es tat ihr leid, aber sie war unfähig, etwas daran zu ändern. Oder daran, daß Tom erst zehn Jahre alt war, mit einem weit älteren Gesicht und einem großen Kopf auf mageren Schultern. Niemals paßte Tombo etwas, das sie ihm kaufte, nicht mal der bunte Jogginganzug heute, den sie persönlich für zu kalt hielt, schließlich hatten sie Dezember, den er aber unbedingt anziehen wollte, weil er in seiner Schule ein Muß war. Der Anzug staute sich in der Taille und hing ihm bis über die Turnschuhe, auf die er, als sie noch neu waren, besonders stolz gewesen war: die richtige Marke, die richtigen Streifen an der Seite, sogar die Farbe der Schnürsenkel von immenser Bedeutung, und er hatte sie getragen, als seien sie aus Seide und mit Gold bestickt. Gekostet haben sie jedenfalls so viel, hatte Kim damals mit einem gequälten Lächeln gedacht. Tombo wußte besser über die gängigen Bekleidungsregeln und den übrigen Verhaltenskodex seiner Altersgenossen Bescheid als über den Stundenplan seiner Klasse. Kim juckte es in den Fingern, mit denen sie so gern seine beiden Taschen geleert hätte, in denen Murmeln und andere Wertgegenstände den Eindruck eines doppelten Leistenbruchs erweckten. Ebensogern hätte sie ihm das strähnig abstehende Haar glattgebürstet, doch beides wäre einer Beleidigung gleichgekommen. Tombo mochte zwar aussehen wie ein Baby im besonders liebenswerten Alter und sich auch so benehmen, wenn er seinen Toast über den Tisch schnippte, ktschuu, ktschuu, mit einem Geräusch, das eher an ein Niesen erinnerte als an einen Schuß. Was aber seine Bedürfnisse betraf, so war er alles andere als ein Baby. Kims Blicke an diesem frühen Morgen sprachen von Schuldbewußtsein, Reizbarkeit und einer recht spröden Liebe. Wenn nötig, würde sie alles für ihn tun, ja, auch jemanden umbringen, im Moment aber fand sie ihn nur sehr begrenzt liebenswert.

Sie stand auf, schob das Geschirr in den Spülstein und bespritzte sich dabei den Pullover mit heißem Seifenwasser, während Tombo aufreizend über ihre Flüche kicherte. Du hättest bessere Sachen zum Anziehen verdient, mein Herz, flüsterte sie vor sich hin, eine bessere Schule und eine bessere Mummy. Doch nur noch ein bis zwei Monate, dann habe ich meine Zulassung, und dann mache ich alles gut. Glotz mich nicht so an, du kleines Miststück!

»Kommt Daddy heute?«

»Aber nein, das weißt du doch. Nächstes Wochenende erst.« Wieder diese Schärfe. Kim strich sich den Rock glatt. Möglich, daß er ein bißchen zu eng war für den Laden, aber sie hatte der Farbe nicht widerstehen können. Das Leben war ohnehin grau genug. Duncan hatte immer gelacht über ihre engen Röcke, die hohen Stöckel, ihren üppigen Busen und den vollen Hintern, aber worüber hatte er nicht gelacht? Die ganzen Jahre über, in denen sie unablässig gepaukt hatte, hatte er sich nur lustig über sie gemacht. »Apothekerin, mein Schatz? Du? Oh, ha, ha, ha, ha ... Tut mir leid, Süße, ich wollte nicht lachen, aber ho, ho, ho, ho! Kim, die Apothekerin? Hübscher Titel! Kim die Apothekerin, die nicht mal Hustensaft nehmen kann!« Sie hatte sich eben verändert, war nicht mehr die hier mal was und da mal was Disco-Kimberley mit Punkfrisur und Mikrorock, die schließlich durchaus damit zufrieden gewesen war, im Alter von neunzehn schwanger, verheiratet und scheinbar ohne Sorgen zu sein. Bis Tombo zwei war und sie sich vor Langeweile am liebsten den Schädel eingerannt hätte, der, wie ihr klar wurde, früher einmal ein Gehirn beherbergt hatte, mit dem sie die Lehrer zur Verzweiflung treiben konnte. Also arbeitete sie in einer Apotheke, die zur Hälfte eine Drogerie war, und kam mit der Zeit auf die Idee, warum eigentlich nicht, warum soll ich diesen Beruf nicht lernen können? Da sie keine allzu großen Erwartungen in ihre Ehe setzte, hätte sie Duncan alles verziehen, hätte er wenigstens versucht, Verständnis für ihre Wünsche und ihren Ehrgeiz aufzubringen. Kimberley aus dem East End, die freche Göre mit den schlechten Zensuren, die unverbesserliche Faulenzerin – und doch hatte sie es zu etwas gebracht! Nach all den Jahren fast selbst schon eine richtige Apothekerin geworden, war ihre eiserne, harte Arbeit durch eine Liebe belohnt worden, die ihr nichts als Hindernisse in den Weg legte, damit sie nur ja nicht erwachsen wurde und zu entkommen vermochte. Sie ständig verspottete, ständig herabsetzte.

Der große, kräftige, hübsche Affe. Also zerriß sie die durch all ihre Streitereien schon ziemlich ausgefranste Leine, an der er sie hielt. Für ihn war es nichts als ein spontanes Aufbegehren, als sie die Wohnung mit dem Jungen an der Hand verließ, sie aber hatte alles geplant. »Lach mich nie wieder aus«, warnte sie ihn, »ich habe eine Wohnung und einen Job, und ich meine es verdammt ernst, wenn ich dir noch ein letztes Mal sage: Lach mich nie wieder aus!«

»Du machst ein Muttersöhnchen aus dem Jungen!« schrie er erbost.

»Besser als ein Schwein«, schrie sie zurück. Und wiederholte diesen kargen Trost noch einmal in Gedanken, als sie Tombo jetzt beobachtete.

»Ich will nicht in die Schule! Ktschuu, ktschuu!« Immer mehr Krümel flogen in seinen Milchbecher.

»Ach, komm schon, mein Schatz, das ist doch nicht wahr! Du gehst doch gern in die Schule.«

Der Blick, den er ihr zuwarf, war vernichtend, das Schweigen unheildrohend. Dann verriet ein Geräusch, ein Stöhnen auf der Treppe, daß Daniel kam. Der einfältige Daniel mit seinem ausdruckslosen Morgengesicht und seiner kränklich-fahlen Haut war ein weiteres Sorgenkind. Duncan würde sie umbringen, wenn er wüßte, wer und was Daniel war, und es war nur eine Frage der Zeit, bis er von Tom alles erfuhr. Niemand Besonderes, dieser Daniel, hatte sie Duncan erklärt. Einfach ein Mann, der im Laden mit den Kartons und so hilft, überall in der ganzen Straße aushilft, bringt Tom zur Schule und holt ihn manchmal, wenn ich keine Zeit habe, auch wieder ab. Hör endlich auf, dich einzumischen. Tatsache war, daß Daniel sich herumtrieb, rastlos von einem Laden zum anderen zog und in der Apotheke täglich seine Ration Methadon abholte. Daniel war dreißig, obwohl er älter aussah, gutmütig, neugierig, hatte sein Drogenproblem in den Griff bekommen, doch Duncan würde niemals einsehen, daß ein stabilisierter Drogenabhängiger, eigentlich jeder fremde Mann, in die Kategorie harmlos einzustufen sein könnte. Kim reagierte auf ihn wie ein einsamer, eigensinniger Mensch auf den anderen, hatte das Gefühl, Daniel verteidigen zu müssen, gab ihm gelegentlich etwas zu essen (Bohnen und Pommes, ihrer beider Lieblingsspeisen) und sagte sich überdies, daß man in der Not nicht wählerisch sein dürfe. Daniel war kräftig genug, um zu verhindern, daß Tom verdroschen wurde, und war schon deswegen besser als nichts.

»Wie geht's denn, Dan?«

»Okay.«

»'lo, Danny.« Ein mürrischer Gruß von Tom. Dan war zwar eine Art Freund, aber nicht besonders lustig.

»'lo.«

Daniel war so gebaut, daß er sich setzen konnte, ohne sich groß bewegen zu müssen, und er brachte Tom, umringt von einem Schwarm anderer Kinder, unbeschadet zur Schule, ließ ihre zum Teil brutalen Bemerkungen einfach wie Wolken über seinen Kopf hinwegziehen. Jetzt stand er da, keuchte die Kälte aus sich heraus und zeigte ein einfältiges Grinsen. Kim nahm ihre Handtasche, drückte ihrem Sohn, dieser Zeitbombe, einen Kuß auf die Stirn und eilte zur Wohnung hinaus, schuldbewußt, aber erleichtert.

»Laß ihn nicht auf die Baustelle, ja? Oder im Müll rumkramen ...«

»Ja.«

Zwischen den Läden der Herringbone Parade und den darüberliegenden Wohnungen gab es keine direkte Verbindung. Philip Carlton, dem Apotheker, gehörte die eigene große Wohnung über seinem Geschäft wie auch die daneben liegende, die er Kim vermietet hatte. Um nach vorn auf die Parade zu gelangen, mußten die Bewohner hinten die Treppe hinabsteigen, nach links oder rechts durch den Dreck der Hintergasse stapfen und dann, wie es bei Kim der Fall war, bis auf die Höhe ihrer eigenen Schlafzimmerfenster zurücklaufen. Die Carltons hatten sich großzügig verhalten, als sie Kim die Wohnung vermieteten: Kim war sich durchaus im klaren darüber, daß die beiden eine höhere Miete hätten verlangen können, und da ihr Gehalt noch recht niedrig war, kam ihr das Arrangement sehr entgegen. Sie bemühte sich immer wieder, nicht im Plural an die Carltons zu denken. Seit diese frostige, herrschsüchtige Wetterhexe vor vier Wochen im Schlaf gestorben war, ohne daß jemand begriffen hatte, warum, gab es nur noch ihn. Kim versuchte diesen Gedanken zusammen mit dem an die tote Margaret in ihrem Bett zu verscheuchen – nicht etwa aus Mangel an Mitgefühl, sondern weil sie es sich nicht leisten konnte, in ihrer mühsam aufrechterhaltenen Konzentration gestört zu werden. Das Leben war ohnehin viel zu kompliziert, und Tod und Gefühle drohten mit Krisen, die sie sich einfach nicht leisten konnte.

Als sie die Treppe hinunterklapperte und bereits wußte, daß sie die hohen Absätze später am Tag bereuen würde, hörte sie, wie ihr ein Arbeiter, der auf dem Weg zur Baustelle war, nachpfiff. Kim reckte demonstrativ die Nase in die Luft und ignorierte das Kompliment, doch ihr prachtvoller Hintern wiegte sich beim Gehen auch ungewollt aufreizend sexy. So schlechtgelaunt sie sein mochte – am frühen Morgen bot Kimberley Perry einen Anblick, der selbst im Winter die Herzen erwärmte.

Viertel vor acht, und in der Herringbone Parade brannten ganze drei Lichter. Dennoch war die Umgebung weitaus angenehmer als das, was Kim von ihren rückwärtigen Fenstern aus sah: eine verdreckte Gasse, von der aus die Läden beliefert wurden, und dahinter das Baugelände. Es handelte sich um eine Sanierungszone, uralte Häuser, im Krieg beschädigt, die nun endlich abgerissen wurden. Man hörte den Lärm der Mischmaschinen, in denen der Beton für die Fundamente bereitet wurde, und irgendwann im nächsten Jahr sollten dort zwei Dutzend neue Häuser stehen, die sich die Leute der Parade höchstwahrscheinlich nicht würden leisten können. Bitter für jene, die sich noch an die Bomben erinnerten, durch die ihr Viertel für zwei Generationen in eine eher zwielichtige Zone verwandelt worden war. Aber dennoch, die Parade war stolz. Zwanzig kleine Geschäfte gab es hier nebeneinander in einer Reihe, und jedesmal, wenn sie nicht unmittelbar mit etwas anderem beschäftigt war, dachte Kim, das sei doch schon etwas. Die Lichter, die auch außerhalb der üblichen Öffnungszeiten brannten, gehörten zu »Carlton's Caring Chemist«, deren Tür Kim nun auf- und dann hinter sich wieder abschloß, denn vor acht Uhr morgens ließen sie keine Kunden herein, während Mr. Oza in seinem Zeitungs- und Tabakskiosk drei Türen weiter schon fleißig bediente. In »Cyril's Caff«, fünf Türen weiter, berühmt für seine Schinkenbrötchen und sein Lkw-Fahrer-Frühstück, waren bereits die Fenster beschlagen, und in »Sylvie's Hair Salon« daneben, halbe Preise für Rentner nur donnerstags, blühte der Klatsch. Zu den übrigen Läden gehörten ein Gemüsegeschäft, eine Schlachterei, zwei indische Garküchen, die nur abends geöffnet waren, und ein recht bekanntes Chinarestaurant auf der anderen Straßenseite. Darüber hinaus gab es einen Bäcker, einen von Ahmed geführten Discount-Shop für Elektroartikel und einen Spielwarenladen, den Tombo verächtlich als hoffnungslos altmodisch verschmähte. Daneben lagen ein Spirituosengeschäft und gegenüber eine Eisenwarenhandlung, eine Boutique und ein Schuhgeschäft, in dem Auslaufmodelle von Versandhäusern und dazu noch einige andere Dinge feilgeboten wurden. Keines der Geschäfte beschränkte sich auf sein Fach: Im Eisenwarenladen gab es beispielsweise auch Socken, im Spirituosengeschäft konnte man Videokassetten ausleihen, und an den beiden Wochentagen, an denen sich die Straße in einen Markt verwandelte, gab es inzwischen nichts mehr, was es nicht gab. Die Herringbone Parade war eine kleine Enklave, die alles bot, was der Mensch brauchte, und jede Lücke füllte, sobald sie entdeckt wurde, das heißt, jede Ware orderte, die sich gut verkaufen ließ. Pip Carlton, der *Caring Chemist,* war bei weitem der Ungeübteste in diesem Spiel. Er konnte es nicht ertragen, für unzulänglich gehalten zu werden, und so platzte der Laden aus allen Nähten, weil er unbedingt allen gefällig sein wollte. Kein Wunder, daß Margaret ständig an ihm herumgemeckert hatte.

Kim kniff die Augen vor dem grellen Neonlicht zusammen, das die ausgestellten Waren beleuchtete. Die eigentliche Apotheke hinter der Ecke auf der anderen Seite des Raums dagegen lag, obwohl sie dort Arbeiten verrichteten, die größte Aufmerksamkeit erforderten, immer im Halbdunkel. Vorn wucherten die Waren wie Wildwuchs und quollen ständig aus allen Regalen, so daß Kim sie immer neu einräumen mußte, obwohl sie hätte beschwören können, daß sie über Nacht sofort wieder die Plätze tauschten. Es gab alle gängigen Shampoos, Zahncremes, Seifen, nicht verschreibungspflichtige wie auch homöopathische Medikamente, bunt gemischt mit Vitaminen, einer verschlossenen Parfümbar, einer Abteilung für Babypflege, einer für Handcremes und überall dazwischen verteilt Unterwäsche, billiger Modeschmuck und vierzehn verschiedene Marken Kosmetika. Die Wäsche, Nylonträume aus schwarzer Spitze und Rüschen, Hosenträger, Strumpfbänder, Schlüpfer und Strümpfe in allen modischen Farben verliehen dem Laden eine irgendwie frivole Atmosphäre. Das war Margarets Spezialität gewesen, andererseits jedoch war sie stets darauf bedacht gewesen, Ordnung in dieses Chaos zu bringen. Ziemlich einschneidende Veränderungen hatte sie verlangt, zum Beispiel, daß die Menge der Waren drastisch reduziert und das Labor im Hinterzimmer geschlossen wurde, der Raum hinter dem Raum, den Pip Carlton sich mit Kim teilte und wo er, darauf bestand er eisern, wie ein guter, altmodischer Apotheker verschiedene Präparate eigenhändig herstellte. In strenger Abgeschlossenheit. Nicht geschäftsfördernd, hatte Margaret energisch erklärt, wird abgeschafft. Gott sei ihrer Seele gnädig, sagte Pip mit frommem Augenaufschlag und vergaß die ewigen Streitereien.

»Morgen, Pip. Na, schaffen Sie's?« rief Kim laut, als sie sich ihren Weg zwischen den überfüllten Regalen hindurchbahnte, die von den mit Paketen beladenen Kunden im Laufe des Tages wieder völlig durcheinandergebracht werden würden, wenn sie sich zum Tresen durchdrängten, wo Pip im Augenblick bemüht war, ein Silberpapierplakat mit der Aufschrift »Allen Kunden ein fröhliches Weihnachtsfest« aufzuhängen. Wirklich, dieser Laden ist was für Zwerge, dachte sie, und das war etwas, was keineswegs auf sie und ihre ausladende Figur zutraf. Margaret, die Elfe, hatte es da leichter gehabt. Daher auch die Wäschegrößen ihrer Lieblingsmodelle, die sie im Angebot hatten und die nur ganz winzigen Persönchen paßten und fast ausschließlich als Scherzartikel verkauft wurden. Kim fand das wunderbar.

»Natürlich schaff ich's. Ich schaff alles.« Pip stand auf dem Tresen, posierte wie eine Ballerina und hob grüßend die gespreizte Hand. »Oho, Ihr Anblick ist Balsam für meine wunden Augen! Auch wenn er mir einen Stich gibt. Ha, ha, o mein Gott, nein! Sie sehen zauberhaft aus.« Die ganze Dekoration mitziehend, kam er von der Theke geklettert. Pip führte fast nie eine Aufgabe zu Ende, auch wenn er sie mit jugendlicher Begeisterung angegangen war. »Kommen Sie, ich nehme Ihnen den Mantel ab. Wie geht's Tombo?«

Seine Wortspiele wie seine Artigkeiten kamen ihr abwechselnd liebenswert und nervtötend vor, Pips Energie jedoch wirkte unweigerlich ansteckend. Er war ein magerer, lebhafter Mann, vierzig, mit dem Elan eines Zwanzigjährigen, der sich durch einsames Jogging fit hielt, das er so verbissen betrieb wie alles andere auch. Die älteren Kunden liebten Pip. Kim behauptete immer, sie würden sogar Katzenfutter fressen, wenn er behauptete, es sei gut für ihre Gesundheit. An diesem Morgen war sie geneigt, ihn nett zu finden und den Unterton in seiner liebenswürdigen Stimme, der ein wenig beunruhigend wirkte, zu überhören. Seine Hand drückte ganz überflüssigerweise ihren Ellbogen, als er ihr aus dem Mantel half: Sie wußte nicht recht, ob sie das richtig verstand oder nicht.

»Tombo geht's gut«, versicherte sie hastig. »Aber er trotzt.«

»Macht nichts«, entgegnete er. »Ich werde ihm was Hübsches raufschicken. Gesundheitsfördernde Lollis, eben erst eingetroffen.«

»Ach, Pip«, seufzte sie mit einem Blick auf den geöffneten Karton auf dem Boden, aus dem zuckerfreie Süßigkeiten quollen, eine ganz neue Warenkategorie, während doch schon für die alten kaum Platz war. »Wohin sollen wir die um Himmels willen packen?«

»Wir werden schon ein Plätzchen finden, Kim. Ein Plätzchen, von dem wir gar nicht gewußt haben, daß es da ist. Einen Tee?«

Der Blick, mit dem er sie bedachte, war ein wenig übertrieben in seiner Bewunderung, doch sein Optimismus wirkte heute erfrischend auf sie. Pip war wirklich ein freundlicher Mensch, und wegen seiner Trauer mußte man nachsichtig mit ihm sein. »Na schön, mein Herr und Meister«, antwortete sie grinsend, »aber den brühe ich auf.«

»Früh gebrüht, ist halb gewonnen!« Er brüllte vor Lachen über seinen Witz, der erste eines langen Tages. Herr im Himmel, dachte sie nachsichtig und machte sich auf einen langen Tag voller weiterer Witze und mindestens ein Dutzend Tassen Tee gefaßt. Als Kim ihren Mantel an den Haken hängte, den Pip viel zu hoch angebracht hatte, rutschte ihr der rote Rock an den Beinen hoch und entblößte jede Menge glattbestrumpfte Oberschenkel. Aber nur einer von beiden nahm davon Notiz.

»Einen Tee, Dr. Hazel?« erkundigte sich die Pflegerin, die sich damit abgefunden hatte, daß der Arzt sich länger um diese Patientin bemühte, als es sonst üblich war.

»Nein, danke. Lieber einen kräftigen Schluck Whiskey, doch bezweifle ich, daß Sie mir den besorgen können, Schätzchen. Dann werde ich mal weiterziehen und die Prinzessin nebenan mit meinen kostbaren Düften erfreuen.« Er seufzte. »Also in Ordnung, ich werde den Tee zusammen mit meiner Lieblingspatientin einnehmen. Die heute etwas mehr Farbe auf den Wangen und ein wenig leichte Lektüre auf dem Plumeau liegen haben dürfte. Großer Gott, was ist denn das?« Nachdem Helen drei Tage im Krankenhaus war, sah ihr Zimmer aus wie ein Büro. Zwar war es bis obenhin gefüllt mit Blumen, die wie zufällig verteilt wirkten und über alle Maßen bewundert wurden, auf dem Nachttisch jedoch türmten sich die Bücher, und drei Aktenordner waren vom Bett schon halb auf den Boden gerutscht, ohne daß sie den Versuch gemacht hatte, sie wieder heraufzuziehen.

»Das ist doch hoffentlich keine Arbeit, meine Schöne, oder?« Entsetzt deutete er auf das Chaos. »Eine kleine Aufmerksamkeit Ihres Büros? Zusammen mit den Blumen? Die reine Erpressung!«

»He, Doktor, *das* gehört zu *meinem* Wortschatz, nicht zu Ihrem! Und ist in diesem Zusammenhang außerdem fehl am Platz, wenn ich das anmerken darf: Erpressung ist die Erzwingung finanzieller Vorteile durch Drohung. Hier handelt es sich aber nicht um eine Drohung, sondern um Blumen, und außerdem bin ich mittellos.«

»Ach, Sie und Ihre Juristerei! Ich meine, moralische Erpressung. Wenn ich gewußt hätte, daß Sie Juristin sind, hätte ich mich Ihrer Zunge angenommen. Einen Juristen erkennt man am Zustand seiner Sprechwerkzeuge.«

»Setzen Sie sich um Gottes willen schon hin! Sie machen mich nur noch nervöser, und außerdem schulden Sie mir fünfzig Pence. Whiskey gibt's hier nicht, also nehmen Sie sich ein Glas Wein. Sie können sich hinterher ja den Mund ausspülen. Und erzählen Sie mir von der Welt da draußen.« Sie gingen inzwischen recht freundschaftlich miteinander um, die dunkle Helen West und der grauhaarige, alte Dr. Hazel, der sie aus seinen gesprenkelten Augen liebevoll betrachtete. Körperlich ein zäher Brocken, diese Miss West, sie hatte sich schnell erholt, und der Gedanke, daß sie es kaum erwarten konnte, wieder nach Hause zu kommen, erfüllte ihn mit einer unbestimmten Traurigkeit. Andererseits wollte kein vernünftiger Patient länger als unbedingt nötig im Krankenhaus bleiben, selbst wenn man ihm das Trinken und Rauchen erlaubte. In stillem Einverständnis steckten sich die beiden eine Zigarette an, er eine Players, sie eine etwas leichtere.

»Die Welt da draußen? Gott im Himmel, was wollen Sie von der hören? In der Regent Street haben sie die Lichter eingeschaltet, und die Geschäfte werden von Weihnachtsliedern überflutet. Das grenzt an Mord, sage ich Ihnen. Alles andere lesen Sie in der Zeitung, und warum in aller Welt hat Ihnen Ihr verdammtes Büro diese Akten geschickt? Wissen die nicht, wie krank Sie sind?«

Sie lachte. »Und wann in Ihrer langen Karriere hat ein Chirurg jemals davon Notiz genommen? Etwa damals, als Sie noch in meinem Alter waren und nicht der ruppige Alte, den Sie jetzt spielen? Arzt, denk an dich selbst, mach dich ans Werk.«

»Diese Burschen denken nicht nach. Hol die Nadel raus, Hazel, mein Junge, wir geben dir einen Stuhl, falls du ohnmächtig wirst, und eine Maske, damit der Patient keine Bakterien abkriegt.«

»Na also. Ich habe die Akten hier, weil kein Mensch außer mir meine Handschrift lesen kann. Wenn ich mich nicht freiwillig dazu bereit erklärt hätte, würden sie rausfinden, wie dämlich ich bin. Darf ich bitte Ihr Gehirn anzapfen?«

»Mit etwas Glück.«

»Gut.« Sie deutete auf eine der Akten, die jeden Moment vom Bett fallen mußte. »Im Grunde arbeite ich gar nicht, ich tu nur so. Versuche, einen Bericht von einer Geschichte zu lesen, bei der es sich um Mord handeln könnte, bin aber noch nicht über die erste Seite hinausgekommen. Sagen Sie mir, warum sollte eine sechsundvierzigjährige Frau, die nicht trinkt, nicht raucht und vollkommen gesund ist, plötzlich ganz einfach in ihrem eigenen Bett umkommen? Offenkundige physische Gründe sind nicht vorhanden.«

»Sie könnte sehr, sehr müde gewesen sein«, meinte er respektlos. »Oder zuviel an Weihnachten gedacht haben. Hat schon so manchen umgebracht, allein der Gedanke daran. Der Blutdruck? Ein Herzanfall?« Er beugte sich vor und ergänzte gespielt lüstern: »... Gift?«

»Keine Hinweise durch die Obduktion. Für rein gar nichts. Die Blutproben werden noch untersucht. Ich habe erst den halben Bericht. Hat geschlafen wie ein Baby, die Dame, lag auf der Seite, zusammengerollt.«

»Ein Erstickungstod ist also unwahrscheinlich. Ich kann nicht sagen, woran sie gestorben ist. Überlassen Sie das dem Coroner.«

Helen legte den halbfertigen Polizeibericht über den Tod von Mrs. Margaret Carlton beiseite, und das Gespräch wandte sich schnell weniger belastendem Lesestoff zu. Während Dr. Hazel sich über die im Zimmer verstreuten Bücher mokierte, wurde Wein eingeschenkt, der bei weitem dem Tropf vorzuziehen war, selbst wenn beim Entfernen der Kanüle weder blaue Flecken noch andere Spuren entstanden waren, was für die Tüchtigkeit des Doktors sprach. Ein bißchen Alkohol wirkte Wunder bei der Wiederherstellung der Patientin, ganz wie die kleinen Wortgefechte. Im Augenblick wurden die Verdienste einer Lieblingsautorin unter Beschuß genommen. Hazel genoß die Diskussion.

»Wie können Sie behaupten, das sei nur Mist. Stimmt mit Ihren Augen irgendwas nicht?«

»Also, nun hören Sie mal! Diese Frau ist schlechthin unlesbar ...«

Genau die Art Konversation, an der Bailey, dieser belesenste aller Polizeibeamten, seine Freude gehabt hätte, und doch beendete sein Erscheinen die kameradschaftliche Atmosphäre, wie Helen es hätte voraussagen können, ohne so recht zu wissen, warum. Seine Ankunft gab gleichsam das Stichwort für Hazels unvermittelten Abschied. Im Gegensatz zu den Schwestern, die in Baileys Gegenwart dahinschmolzen, reagierte Hazel eindeutig negativ auf den Polizisten in Baileys unauffälliger Erscheinung, scheute zurück wie ein nervöses Pferd, das seinen Reiter abwerfen wollte. Ein nur allzu vertrautes Syndrom, das bei Helen Verärgerung hervorrief. Bailey wirkte oft so auf die Menschen – ein sprechender Leichnam beim Leichenschmaus, der einen unversehens an die Kälte draußen erinnerte, an Gewissen und alle möglichen anderen alten Gespenster. Höflich hielt er Hazel die Tür auf. Der Arzt unterließ es, ihm zu danken.

Die Verärgerung war beiderseitig. Auf der Fahrt quer durch London, vom schäbigen Osten zum eleganteren Westen, hatte Bailey zwar erwartet, Helen von Besuchern umringt anzutreffen, denn sie zog die angenehmen genauso an wie die unangenehmen, ohne auch nur einen von ihnen zurückzuweisen, war aber nicht darauf gefaßt gewesen, die Patientin zwar schwach, doch eindeutig wohlauf vorzufinden, mit einem Glas Wein in der einen, einer Zigarette in der anderen Hand und tief ins Gespräch vertieft mit einem rüpeligen Kerl, der ohne Zweifel angetrunken war. Am Abend zuvor schon hatte er Helen zwar noch kaum bewegungsfähig, dennoch aber mit eben diesem Dr. Hazel in ein Damespiel vertieft angetroffen und das als irgendwie kränkend empfunden – fühlte sich aus seiner Rolle als Beschützer und Gesellschafter gedrängt. In der Luft lag Blumenduft und Tabakqualm, was die geheiligte Klinikatmosphäre verletzte und schließlich seine gute Laune zurückkehren ließ. Die Federn der Unsicherheit glätteten sich nach kurzem Sträuben wieder, als er dazu noch die gewisse Unordnung im Zimmer registrierte, ein klares Zeichen der Genesung, das ihn mit Freude erfüllte. Seine beiden Winterrosen hingen endgültig verwelkt in der Vase neben dem Bett. Helen hegte eine seltsame Vorliebe für halb verwelkte Blütenblätter und brachte es nur schwer übers Herz, Blumen einfach wegzuwerfen. Fiel Helen schon als Beamtin ziemlich aus dem Rahmen, so war es so gut wie unmöglich, sie den Restriktionen einer Institution wie der Klinik zu unterwerfen.

»Akten«, sagte er sarkastisch und schob die Ordner zurecht. »Was soll das, Liebling?«

»Du darfst gern nachsehen«, gab sie mit gespielter Förmlichkeit zurück. »Die da spielt übrigens in deiner Gegend, nicht unmittelbar bei dir, aber in der Nähe. Ein Apotheker.«

»Mrs. Carlton«, las er, legte den Ordner aber wieder zur Seite und setzte sich auf den von Dr. Hazel noch warmen Sessel neben ihrem Bett. »Zum Teufel mit Mrs. Carlton. Wie geht's dir? Wann kommst du nach Hause?«

»Ich habe vier dicke Nähte«, vertraute ihm Helen verschwörerisch an, als er sich vorbeugte, um sie zu küssen. »In meinem Osterei.«

Bailey fuhr geradewegs wieder zurück nach Osten, bis auf den matt erleuchteten Parkplatz des Polizeireviers, in dem er den Großteil seiner Arbeitszeit zubrachte. Er sah in seiner Arbeit nichts, das seinem Leben die Erfüllung bringen sollte, vor allem, da seine Aufgabe darin bestand, Arbeiten zu delegieren und die einzelnen Ermittlungen gleichsam per Fernsteuerung zu dirigieren. Dabei verließ er sich auf die persönliche Motivation seiner Leute und geriet nicht gleich in Panik, trotz unerklärlicher Todesfälle, gestohlener Lkw-Ladungen, asiatischer Bräute, die im Verlauf einer Bandenfehde verbrannt wurden, bewaffneter Überfälle auf Lohngeldtransporter und sonstiger allwöchentlicher Vorkommnisse in East Central London. Bailey, zum Manager geworden, leitete drei Teams von Kriminalbeamten, obwohl »leiten« nicht immer der richtige Ausdruck war. Man respektierte ihn, doch die Zusammenarbeit ließ manchmal zu wünschen übrig, wenn seine Leute sich zu seinem Erstaunen auch dazu überreden ließen, sich ihm sowohl beruflich als auch privat anzuvertrauen, damit er die schlimmsten Katastrophen abwenden konnte, bevor sie tatsächlich eintraten. Zum Beispiel, indem er sich weigerte, einen Durchsuchungsbefehl ohne die Spur eines Beweises auszustellen, oder einen jungen Sergeant beschwichtigte, der drauf und dran war, einen Rivalen zu verprügeln. Manchmal kam es Bailey so vor, als sei seine gegenwärtige Position, seine Rolle als vertrauter und dennoch Distanz wahrender weiser, alter Mann der Abteilung, ausschließlich dazu da, dem Commissioner Peinlichkeiten zu ersparen. Da er seit einiger Zeit das Gefühl hatte, unter der neuen Version einer alten Krankheit zu leiden, einem zunehmenden Desinteresse am Leben, fragte er sich, ob sein Managerdasein der Grund oder die Folge dieser Malaise war. Seit Monaten schon, seit er und Helen vom Land nach London zurückgekehrt waren, seit er einen Jungen bei lebendigem Leib hatte verbrennen sehen, ihn schreien gehört hatte, war ihm, als ginge sein Lebensmut verloren. Wollte nichts mehr wissen von den Begleitumständen all der Tragödien, wollte weder Leichen begutachten, noch Schreie hören. Alles in allem bevorzugte er mittlerweile, obwohl er viele seiner gegenwärtigen Aufgaben verabscheute, Ruhe und Disziplin. Er hatte den Kontakt zu seinen Straßen verloren, und drinnen gab es genug für seinen Verstand zu tun; die Geduld, die er an den Tag legte, half ihm, die einzelnen Fälle nicht zu nah an sich heranzulassen. Seine Rolle verlangte Ruhe, Überlegtheit und eine Art passive Intelligenz, und obwohl Bailey nie zugegeben hätte, daß er tief in seinem Herzen unter Langeweile litt, hoffte er doch, daß es nicht mehr war, was ihn quälte.

Nebel verbarg das häßliche Gebäude des Polizeireviers East Ham, eines viktorianischen Backsteinbaus, standfest, ohne das festungsähnliche Exterieur modernerer Äquivalente, seltsamerweise draußen wie drinnen gleichermaßen schlecht beleuchtet. Die wenigen Lampen draußen betonten nur die düstere Atmosphäre des Parkplatzes, und drinnen, wenn man zur Hintertür hereinkam, setzte sich die Düsternis in der Farbe der Wände fort, so daß jeder, uniformiert oder nicht, genauso fahl wirkte wie das Senfgelb des allgegenwärtigen Anstrichs. Bailey verfügte über ein eigenes, wenn auch winziges Büro mit einer Tür, die direkt in den CID-Raum führte, in dem tagsüber mehrere Detectives saßen und ihre Scherze mit der überlasteten Sekretärin trieben. Irgendein Spaßvogel hatte Baileys Tür mit einer Weihnachtsdekoration versehen, einem grellbunten Santa Claus mit Verschnürungen auf den Schultern und einer Krawatte in Baileys Lieblingsfarbe Bordeaux um den Hals. Er freute sich darüber, denn es zeugte von einer Beliebtheit, auf die er nie bewußt gesetzt hatte, denn das wäre der beste Weg in den Wahnsinn gewesen. Es gab Zeiten, da hätte er gern mal den guten Kumpel gespielt, mit seinem Team zusammen getrunken, die Ansichten der Männer geteilt und sich als einer der ihren feiern lassen. Doch da er so war, wie er war, war es nicht dazu gekommen, wurde er auch kaum jemals zum Objekt der allgemeinen Spötteleien. Er galt als streng und ironisch, aufgeschlossen für alles Neue, ohne revolutionär zu sein, mit unterschwelligem Zynismus und einer Intelligenz, die für den Geschmack der meisten seiner Mitmenschen zu scharf geschliffen war. Baileys Männer waren bemüht, ihn zufriedenzustellen, erröteten fast, wenn er sie lobte, wagten es aber nie, ihm einen kameradschaftlichen Schlag auf die Schulter zu geben.

Leere Büros erinnerten Bailey immer an leere Schulen und verlassene Marktplätze, Orte, die bei Nacht durch nichts an das erinnerten, was sie bei Tag waren, so einsam, daß er jedesmal das Gefühl hatte, an falscher Stelle zu sein. Während er an seinem Schreibtisch saß und zügig die aufgelaufenen Eingänge bearbeitete, das heißt, den größten Teil gleich weiter in den Ausgangskorb beförderte, verstärkte sich dieses seltsame Gefühl der Stille, nur durchbrochen von ein paar Motorengeräuschen auf dem Parkplatz draußen und leisem Gemurmel im vorderen Büro – und von komischen, kleinen Schnarchgeräuschen im Nebenzimmer, die immer wieder im ständigen Gurgeln der uralten Heizung untergingen, die allen, die in diesen unpersönlichen Räumen arbeiteten, das Gefühl verlieh, Wasser im Hirn zu haben. Baileys lange, schmale Hände, ebenso geschickt darin, seine vielen Uhren zu reparieren, wie knappe Sätze in elegantem Amtsstil zu verfassen, lagen flach auf dem Tisch, als er den Kopf hob, reglos und neugierig, und unsichtbare Antennen ausfuhr, um jede Bewegung nebenan aufzufangen, auch wenn ihm instinktiv klar war, daß keine Gefahr von dort drohte. Einbrecher kommen im allgemeinen nicht aufs Revier, um dort ihren Geschäften nachzugehen, und der – relativ unwahrscheinliche – Gedanke kam ihm, daß einer seiner Männer möglicherweise Überstunden machte und noch nicht, ebenso unwahrscheinlich, nach Hause gehen wollte. Die Möglichkeit, daß irgendein männlicher und ein weiblicher Beamter sich ein leeres Büro gesucht hatten, wollte er ausschließen, derartige Dinge fielen nicht in sein Ressort. Doch während er noch überlegte, ob er etwas unternehmen oder sich wenigstens warnend räuspern sollte, wurde das Geräusch endlich definierbar. Es war ganz eindeutig ein Schnarchen: unrhythmisch, steigend und dann wieder fallend, rauhe Laute, weder gleichmäßig noch kontrolliert. Kaum daß Bailey das Geräusch erkannt hatte, wußte er, wer sich im Nebenzimmer aufhielt: Duncan, nach einem ausgiebigen Besuch im Pub. Sollte er mit seinem Wagen gekommen sein, würde Bailey ihm das Fell über die Ohren ziehen. Duncan Perry, Detective Constable, der starke Mann der Abteilung, der Türenbrecher, die Inkarnation des Machismo.

Als Bailey die Tür zum Büro nebenan öffnete, regte

sich Duncan, zwar noch ohne aufzuwachen, jedoch fraglos am natürlichen Ende seines wohl eher unbequemen Ruhestündchens angelangt. Sein mächtiger Körper, der Körper eines Athleten, der seine besten Tage hinter sich hatte, hing mit einem lang ausgestreckten Bein schlaff auf einem Stuhl, auf dem er sich nur wie durch ein Wunder zu halten vermochte. Sein Brustkasten lag halb auf der Schreibtischplatte, sein Kopf ruhte auf einem Arm, und der andere Arm hing so schwer herab, daß Duncan allmählich von seinem Sitz hinunterzugleiten drohte. Er wachte auf. Sein Ellbogen glitt ab, und als Bailey auf ihn zutrat, rutschte er mit überraschtem Gesichtsausdruck hinter den Schreibtisch und aus dem Blickfeld. Auf dem Boden angekommen, stieß er ein verwundertes Grunzen aus. Bailey, der das mehr oder minder geordnete Durcheinander im Raum betrachtete, sagte sich, daß noch ein bißchen mehr Unordnung gar nicht auffallen würde, und vermutete ebenfalls, daß Duncan, obwohl er durchaus heftig auf dem Boden aufgeschlagen zu sein schien, über jeden Schmerz hinaus war.

»Aufstehen, Mann!« befahl er scharf. »Was zum Teufel haben Sie hier mitten in der Nacht zu suchen? Es ist zehn Uhr, Duncan. Schlafenszeit, nach Ihrem Aussehen zu urteilen. Steht Ihr Wagen auf dem Parkplatz?«

»Nein, Sir.« Duncan rappelte sich mühsam auf. »Bin zu Fuß gegangen, Sir. So dumm bin ich nun doch nicht.« Er fuhr sich mit der Hand durchs Haar, als wollte er prüfen, ob sein Kopf noch auf den Schultern saß. Er war kleinlaut, ohne eine Spur von Trotz, und Bailey entdeckte zu seinem Schrecken, daß sich die Augen des Mannes mit Tränen füllten. »Hab gar nicht mal so viel getrunken, Sir. Ehrlich! Ich war einkaufen.« Dabei deutete er auf zwei Supermarkt-Tragetaschen in der Ecke, aus denen Klopapierrollen und Konservendosen quollen. »Bin schrecklich müde, Sir. Verdammt müde.«

Bailey musterte ihn genauer. Vielleicht sagte er ja die Wahrheit, und sowohl seine Schlafstellung als auch die

Wahl des Schauplatzes waren zweifellos mehr seiner Erschöpfung zuzuschreiben als dem Alkohol, obwohl auch der sicher eine Rolle gespielt hatte. In Duncans Leben gab es nicht einen einzigen Tag, an dem der Alkohol keine Rolle spielte, aber er war eigentlich immer ehrlich. Arbeit, Ehrlichkeit, törichte Tapferkeit, Sturheit und Alkohol – das waren die Schlüssel zu einem Charakter, der nur an der Oberfläche simpel wirkte. Bailey mochte Duncan, wenn auch nicht immer. Manchmal wirkte er sogar für einen Mann abstoßend. Sein Mangel an Mitgefühl für Duncan gehörte zu einem Teil von Baileys Charakter, den er vor anderen Menschen sorgfältig verbarg.

»Sie hatten doch um sechs schon dienstfrei. Was zum Teufel haben Sie denn bis jetzt getrieben?«

Duncan richtete sich auf, zog seine Hose zurecht und starrte das Jackett, das er noch immer trug, so eingehend an, als erkenne er es nicht als das seine.

»Nur'n paar Drinks, Sir. Hab erst ziemlich spät eingekauft.« Wieder deutete er auf die Tragetaschen. »Und dann so'n bißchen rumgehangen.«

Bailey seufzte deutlich vernehmbar. Er beteiligte sich zwar nicht am allgemeinen Klatsch, aber es gehörte zu seinen Pflichten, so viel zu hören, daß er sich ein recht gutes Bild von dem zu machen vermochte, was es in Duncans Fall bedeutete, »herumzuhängen.« Uniformierte Kollegen hatten ihm gegenüber ein- oder zweimal Bemerkungen fallenlassen, daß D.C. Perrys auffallender Wagen frühmorgens und auch abends im Gäßchen hinter der Herringbone Parade gesehen worden war, wo er seine Frau beobachtete, aber auch ohne dieses Detail hatte sich Duncans Kummer Monat um Monat immer unübersehbarer bemerkbar gemacht. Kimberley Perry war anders als die Frauen von Duncans Kollegen, daran erinnerte sich Bailey deutlich von einer der Jahrespartys her, auf der er sich eine geschlagene Viertelstunde mit ihr unterhalten hatte und hocherfreut gewesen war, in ihr unter all den Berufs-Ehefrauen eine selbständige junge Person zu finden. Duncan hatte mit ihr geprahlt wie mit einer preisgekrönten Pflanze auf einer Blumenschau. Sie war tapfer genug gewesen, nicht mit einem anderen davonzulaufen. Das allein schon machte sie zur Ausnahme. Himmel, dachte Bailey, ich werde ja zynisch!

»Ich nehme an«, sagte er freundlich, »Sie haben nach Kimberley gesehen. Ob mit ihr alles in Ordnung ist. Und wie's dem Kleinen geht, stimmt's? Muß ja inzwischen ein richtig großer Junge geworden sein.«

Wie ein stumpfsinniger Ochse nickte Duncan schwerfällig vor sich hin.

»Wäre es möglich, daß ihr zwei euch wieder vertragt?« erkundigte sich Bailey so taktvoll, als rede er über das Wetter. »Ich meine, irgendwann kommt der Zeitpunkt, an dem man sich entweder wieder vertragen oder aufgeben muß. Ist ja inzwischen schon ein Jahr her.«

»Sie will nicht mal davon reden«, stieß Duncan zwischen zusammengebissenen Zähnen hervor. »Ich hole den Jungen, bringe ihn zurück, sie lächelt, macht die Tür auf und wieder zu, läßt mich aber auch nichts für sie tun. Kalt wie Eis, das dämliche Miststück!«

»Sie ist kein Miststück«, widersprach Bailey ruhig. Duncan musterte ihn kurz mit kampflustigem Blick, dann sank er gegen den Schreibtisch zurück.

»Nein, Sir, sie ist kein Miststück. Wär aber vielleicht besser, sie wäre eins.«

»Und sie ist auch nicht dämlich. Sie kann selbständig denken. Scheint fest entschlossen zu sein, nicht wahr? Hat sie einen anderen?« Er fragte mit beabsichtigter Härte.

»Ja. Nein. Keine Ahnung. Ich liebe sie«, antwortete Duncan auf einmal sehr heftig. »Ich glaube, sie hat vielleicht was mit ihrem Chef. Aber das kann sie mir nicht antun. Verdammt noch mal, ich liebe sie!«

Diesmal unterdrückte Bailey seinen Seufzer nicht. Wie oft wurden diese Worte wie ein Knüppel benutzt! Ich liebe sie, deswegen muß sie mich auch lieben, deswegen muß ich sie haben, und kein anderer darf ... Diese halsstarrige Hoffnung, geboren und sterbend in der verbohrten Dummheit, daß Liebe belohnt wird. Ungeduld mit Duncan stieg in ihm auf. Vor ihm stand ein Mann, intelligent genug, um zu wissen, daß man einen Häftling nicht zum Reden, ein Pferd nicht zum Saufen und einen Wagen nicht zum Anspringen zwingen konnte, und glaubte immer noch, er könne eine Frau zwingen, ihn zu lieben. Bailey wußte nicht, was er dazu sagen sollte.

»Machen Sie bloß keine Dummheiten, sonst kriegen Sie Ärger. Wäre nicht gut, wissen Sie. Kommen Sie, ich bring Sie nach Hause. Ihre Wohnung liegt auf meinem Weg«, ergänzte er noch, denn Duncan haßte Gefälligkeiten genausosehr wie gute Ratschläge. Man tat nur, was man konnte, und akzeptierte, daß die Menschen nicht zu ändern waren.

»Vielen Dank, Sir.«

Bailey wandte sich um und kehrte in sein Büro zurück, noch bevor Duncan die Tragetaschen aufhob. Er wollte nicht sehen, was seine einsamen, traurigen Beamten zum Abendbrot aßen, wollte helfen, ohne zu tief in ihre Privatsphäre hineingezogen zu werden. Er ging hinaus, um draußen zu warten, und dachte ein wenig bitter, wie sehr ihm das schon zur Gewohnheit geworden war: Menschen am Reden zu hindern, den Blick abzuwenden von dem, was töricht sein mochte, dennoch aber durchaus real war. Nur zu sehen, was er unbedingt sehen mußte.

»Ich muß einfach mit jemandem reden – ich *muß*! O Gott, ich kann nicht mehr! Dreht er etwa durch? Oder *ich*?«

Kimberley Perry versuchte ihren Schrecken zu unterdrücken und nicht zum Telefon zu greifen, während sie hektisch von einem Zimmer ins andere lief. Doch das brachte sie nicht weiter, weckte höchstens den nörgelnden Tombo, der schon unter Murren eingeschlafen war. Und da war niemand, dem sie sich anvertrauen konnte: Kims Ehe und was daraus geworden war, hatte sie ihrer

Familie entfremdet, ihr Stolz ließ es nicht zu, einem ihrer Verwandten ihr Herz auszuschütten, und so wanderten ihre Gedanken unwillkürlich zu Pip. Aber nein, die Sache war viel zu persönlich, um Pip damit zu belasten, und außerdem wäre es unfair, dem jungen, wenn auch überaus tapferen Witwer eine zusätzliche Bürde aufzuladen. Sie konnte schlicht überhaupt nichts unternehmen, denn schon wenn sie die Schlösser in der Tür zu ihrer Wohnung auswechseln ließ, die schließlich ihm gehörte, wäre das für Pip Carlton ein Grund zur Besorgnis. Sie wußte genau, was er dann täte, der gute Pip: Rufen Sie mich, würde er sagen, wann immer Sie Kummer haben, und in zwei Sekunden bin ich bei Ihnen. Pip war der gute Samariter. Mann Gottes, es war ja nicht, als hätte sie was Unrechtes getan, als sie relativ spät heimgekommen war, schließlich hatte sie doch nicht, eine Rose zwischen den Zähnen, die Nacht durchtanzt, sondern war nur kurz auf einen Drink weggegangen. Aber allein die Tatsache, daß sie irgendwo außerhalb seiner Reichweite gewesen war, schien Duncan so sehr auf die Palme gebracht zu haben, daß er sie bestrafen wollte. Also mußte er sich mit Hilfe der Schlüssel, die er mit ihrem Einverständnis für Notfälle behalten hatte – unter der Voraussetzung, sie aber wirklich nur im Notfall zu benutzen –, in ihre Wohnung geschlichen haben. Eingeschlichen haben wie eine streunende Katze, nachdem er Tom von einem Ausflug heimgebracht hatte, um herumzuschnüffeln und sein Territorium zu markieren. Ein paar Souvenirs hatte er mitgenommen und sich wieder davongeschlichen. Der Mistkerl.

»O verdammt! Verfluchter Mist!« Ihre Stimme war tief und durchdringend – eignete sich eigentlich besser für Späße, konnte aber durchaus auch fluchen – und klang ihr hart und schneidend in den Ohren. Die Wut wurde allein von den Vorwürfen gedämpft, die sie selbst sich machte. Nie hätte sie so viel durchstehen müssen, wäre sie nicht eine so dumme Kuh gewesen. Ziellos lief sie in der Wohnung umher, suchte irgendeinen Beweis dafür, daß sie noch jung und attraktiv war und kein mütterliches Aschenbrödel. Suchte ein bestimmtes Negligé, ein Nichts aus zartestem Satin, erstanden in weit berauschenderen Zeiten, Flitterwochenzeug, so frivol, daß es in keine Aussteuer gepaßt hätte. Wollte es auf der Stelle, um sich unbeschwert und anziehend zu fühlen, auch wenn ihr niemand zusah. Wollte ein Zeichen dafür, daß sie aus diesem Loch herauskommen würde, eines Tages, möglichst bald. Und obwohl sie sich einzureden versuchte, das zarte Etwas sei vielleicht doch nicht in der untersten Schublade gewesen, in der sie es verstaut zu haben glaubte, wußte sie, daß das nicht stimmte und daß es tatsächlich verschwunden war. Zusammen mit zwei Paar hauchfeinen Strümpfen, während ein Flacon mit Parfüm, den Duncan ihr zu Weihnachten und zum Geburtstag geschenkt hatte, noch an Ort und Stelle war. Kim starrte in die Schublade und fürchtete sich, noch in einer anderen nachzusehen – jedenfalls nicht vor Tagesanbruch. Seine offensichtliche Besessenheit steigerte ihre Angst.

An wen sich also wenden, wenn das alles zuviel für sie wurde? Viel hatte sie nicht mehr zuzusetzen, um mit neuerlichen Eskapaden Duncans fertig zu werden, seiner mißtrauischen Eifersucht, die immer schlimmer geworden war, seit sie ihm ein einziges Mal, ausnahmsweise, erlaubt hatte, über Nacht zu bleiben. Nachdem sie Margaret gefunden hatte. Wem also sich anvertrauen? Unmöglich, Duncan, den Polizeibeamten, bei seinen Kollegen zu melden und dann Hohn und Spott ausgeliefert zu sein. Plötzlich blitzte ein Gedanke durch die Finsternis ihrer Verängstigung, tauchte ein Gesicht aus der Dunkelheit auf, und ihre Stirn glättete sich ein wenig. Bailey, dieser Bailey, Duncans Chef! Der, mit dem sie sich auf der Weihnachtsparty vor einem Jahr unterhalten hatte, der einzige, der ihr zugehört hatte, als sie ihm von ihren Plänen erzählte, und der instinktiv zu begreifen schien, wie schwer sie es mit diesem verdammten Säufer von einem Ehemann hatte. Der gesagt hatte, wenden Sie sich an mich, wenn Sie Hilfe brauchen, ich bezweifle zwar, daß ich Ihnen wirklich weiterhelfen kann, aber Reden ist besser als Schweigen. Bailey war jemand, der vielleicht, ganz vielleicht ein bißchen Druck auszuüben vermochte.

»Nein! Schlag dir das aus dem Kopf!« Niemand würde ihr helfen. Das hatte noch nie jemand getan, und das würde auch nie jemand tun. Du bist allein, Schätzchen! Du hast alle verdammten Regeln gebrochen. Apothekerin? Daß ich nicht lache!

Sie sah in den Spiegel und rieb sich das Gesicht. Ich werde mit dieser Geschichte fertig werden, ich pfeif auf euch alle, ihr Idioten! Ich will nichts von euch, also laßt mich in Ruhe. Beschissene neunundzwanzig war sie, mit Tränensäcken unter den Augen und einem durchdrehenden Ehemann. Grundgütiger! Wie um ihr Spiegelbild einzuschüchtern, streckte Kim ihm durch ihr Nachthemd die Brüste entgegen, wie sie es auch bei einem unbeholfenen Kunden machen würde. Sie würde es schaffen! Sie *mußte* es schaffen!

Sie wußte, daß ihre Silhouette von draußen zu sehen war, doch das war ihr gleichgültig. Das Baugelände war menschenleer, ein neu aufgestellter Kran drehte sich leise im Wind. Niemand pfiff zu ihr herüber, und das Geräusch fehlte ihr.

3

»Jemand hier? Ja? Nein? Dann eben nicht.«

Wie schnell man sich doch absolut idiotisch vorkam! In der Atmosphäre verschlafenen Desinteresses, die in Helens Dienststelle herrschte, war es völlig sinnlos, mit dieser grellbunten Blinklicht-Fliege – von einem ihrer Patenkinder – durch die geheiligten Pforten zu treten, so zu tun, als sei man überhaupt nicht müde, sei gänzlich wiederhergestellt, während sich die immer gleichen Gedanken in den Vordergrund drängten: Wie grauenvoll, wieder hier zu sein! Aber nein, manchmal bin ich, glaube ich, ganz gerne hier, bloß heute nicht. Die zehn Tage ihrer Abwesenheit kamen ihr vor wie mindestens zehn Jahre, und jeden Augenblick mußte jemand zur Tür hereinkommen, verlegen dreinblicken und sagen: Wie schön, daß Sie wieder da sind, und da es Ihnen offensichtlich schon soviel besser geht, könnten Sie bitte heute nachmittag zu Gericht? Am liebsten würde sie dann antworten: Hör zu, Bursche, nach den Vorschriften hätte ich noch bis nach Weihnachten blaumachen können, leider nur, leider hat mich mein Gewissen geplagt, und deswegen bin ich hier, aber fordere das Glück nicht heraus! Siehst du diese Fliege? Wenn's mir genauso ginge wie der, könnte ich ganz einfach die Batterie wechseln. Tut's aber nicht. Und wenn ihr mir nicht nur die halbe Akte zum Tod von Mrs. Carlton geschickt hättet, wäre ich zu Hause geblieben. Wo zum Teufel sind eigentlich alle?

Die Tatsache, daß sie derlei Selbstgespräche führte, sagte sich Helen, war ein Zeichen von Verschrobenheit, und einen Willkommensgruß von ihren Kollegen zu erwarten, zeugte von einem Optimismus, der um elf Uhr vormittags zumindest noch mehr als fehl am Platz war – es aber auch zu anderen Zeiten wohl gewesen wäre. Den Kleiderbügel mit dem Plastiksack, den sie von der Reinigung abgeholt hatte, warf sie über einen Stuhl und atmete angewidert den Staub in der Luft ein.

Die leeren Büros wunderten sie nicht. In keiner Dienststelle des Crown Prosecution Service, der staatlichen Anklagebehörde, gab es ausreichend Personal. Ein überaus romantischer Name übrigens, fand sie. Klang nach einer Firma, die Handtücher reinigte, »King's Laundry«, oder einem Verein, der die Bordsteine fegte. Zu Ihren Diensten, Sir, »Prosecutions Incorporated«, wir empfehlen eine Einkerkerung – die Menüs sind äußerst günstig – oder ein paar gute Ausreden. Unter Helens Chaos verbarg sich

Effizienz, und das Amt hätte das gleiche sicher generell gern behauptet, war aber bekannt für unerfüllte Erwartungen und verlorengegangene Papiere. Justitia nagte am Hungertuch, die Bezahlung war mies und die Zukunftsaussichten lausig. Da Helen alles andere als ehrgeizig und dem Geld gegenüber eher gleichgültig war, hatte sie ihren Posten bereits länger als die meisten anderen inne. Unter den überlasteten Kollegen galt sie als zuverlässiger Rettungsanker, übernahm Arbeiten, die sonst keiner erledigen wollte, komplizierte Fälle, die niemand so recht anzugehen wußte, so wie die lästigen, langweiligen Banalitäten, für die allen die Zeit fehlte und die so völlig uninteressant waren. Darüber hinaus bot sie eine Schulter, an der man sich ausweinen konnte (ihre Rechtfertigung für Schulterpolster), und zuweilen auch Anlaß für dumme Witze.

Die Batterie ihrer Blinklicht-Fliege kratzte unbehaglich unter ihrem Blusenstoff, und die Fahrt mit der Underground hatte sie mehr Kraft gekostet, als sie erwartet hatte. Ach was, Unsinn! Sie war es leid, müde zu sein. Einer der Gründe, vollständige Wiederherstellung vorzutäuschen, war die Flucht vor der Überängstlichkeit der anderen, die schlimmer war als jede Krankheit. Bailey war so liebevoll gewesen, so instinktiv taktvoll, daß seine Aufmerksamkeit kaum etwas anderes als Schuldbewußtsein bei ihr erzeugt hatte. Außerdem war ihr der Gedanke zuwider, sich bis zur unerträglichen Langeweile erholen zu müssen und dabei nichts als Gerstenschleim löffeln zu dürfen. Die Tür ging auf, und Mika, die Bürobotin, kam unter schwerer Aktenlast hereingewankt.

»Oooh! ’lo, Miss West. Wo waren Sie denn nur? Hab ’ne Menge Arbeit für Sie. Redwood dachte sich schon, daß Sie wieder da sind. Sie gehn doch heute nachmittag zu Gericht, nicht wahr? Haben sich wohl nicht wohl gefühlt, wie? Nanu, was sagt man dazu!« Sie deutete auf die leuchtende Fliege, lächelnd, aber ein wenig verdutzt, als könne dieses Ding nichts mit Helen zu tun haben. Mika hatte keinen Sinn für Humor. »Was ist denn das?«

»Zeigt meinen Herzrhythmus an, Mika. Wie geht's Ihnen?«

»Sie machen Witze, Miss! Aber natürlich! Ja, ja, ja! Das soll ein Witz sein. Soll ich ihm sagen, daß Sie da sind? Und übrigens, Darren möchte Sie sprechen. Und Lefty ...«

»Geben Sie mir etwas Zeit, Mika. Sagen Sie's dem roten Eichhörnchen erst nach dem Lunch, ja? Ich muß noch ein bißchen lesen, bevor er mich am Wickel kriegt.«

»Schon kapiert. Wird gemacht«, flüsterte Mika, als stände sie auf großer Bühne, grinste dazu und zog wieder los, ins Botenzimmer, um mit ihren Akten auch gleich die frohe Botschaft zu verbreiten.

»Na schön, aus mit dem Versteckspiel«, seufzte Helen laut und hoffte zwar nicht gerade darauf, daß die Leute Schlange stehen würden, wußte aber ohne Selbstüberschätzung, daß genau das der Fall sein würde. Die Büroboten, die Stenotypistinnen, die nicht gerade die Grippe hatten, der ständig verärgerte Portier und all die anderen würden sich früher oder später zu ihrer Tür hereindrükken. Weil sie wußten, daß sie bei ihr ein offenes Ohr für ihren Klatsch und für ihre Probleme fanden. Die sie sich anhören würde, genau wie sie sich Zeugen anhörte, wartende Angeklagte, die ihr oft mehr Vertrauen entgegenbrachten als ihren eigenen Rechtsvertretern, und überhaupt jeden, der eine Stimme besaß. Helen verschwende damit ihre Zeit, behauptete Redwood, sei ein abschrekkender Fall für eine Zeit-Bewegungs-Studie. Und was noch schlimmer sei: Sie steckte auch andere damit an.

Stille senkte sich herab, wie es während der Gerichtsstunden immer wieder geschah, ein Zwischenspiel, das zu gründlichem Nachdenken einlud. Doch Helen wollte nicht nachdenken, hätte sich lieber unterhalten, obwohl das Aktenstudium notwendig und sie nur deswegen hergekommen war. Was ihr an Mrs. Carltons Fall – den sie im Krankenhaus nur undeutlich aufgenommen hatte – so rätselhaft erschien, war die Tatsache, daß die Akte unvollständig war. Was sie unwiderstehlich gemacht hatte. Der typische Fall eines Chief Inspectors, der sich seiner mühseligen Pflichten widerwillig entledigt hatte. Es bestand zwar weder besondere Veranlassung noch eine dienstliche Vorschrift, dem zuständigen Kronanwalt jeden unnatürlichen Tod zu melden, doch wenn man es tat, noch bevor er beim Frühstück in der Zeitung davon las und von sich aus einen Bericht verlangte, konnte man als Polizeibeamter in jedem Fall sagen, man habe alles Nötige unternommen und gemäß seinen Aufgaben gehandelt. Die Gleichgültigkeit, mit der dieser Bericht abgefaßt worden war, sprang in die Augen: ein paar kurze Sätze an die Adresse einer Person, deren Existenz, wenn nicht angezweifelt, so doch mit Sicherheit als unangenehm empfunden wurde. Ein bißchen wie diese verrückten Briefe an die Queen, die sie manchmal erhielten.

»Sir.« Die Möglichkeit, daß der Adressat eine Frau war, schien in dieser eher primitiven Form von Höflichkeit nicht vorgesehen. »Ich bitte, folgenden Fall zur Meldung bringen zu dürfen ...« Wer bittet? dachte Helen. Ich bitte, du bittest. Um Gehör, Verständnis oder das tägliche Brot sollte niemand bitten müssen. »Mrs. Margaret Carlton wurde am 3. November 1990 tot in ihrem Bett aufgefunden. Ihr Ehemann war die letzten achtundvierzig Stunden vor Entdeckung ihres Todes nicht zuhause, da er als Apotheker an einem Symposion/einer Konferenz über Drogen in einem Londoner Hotel teilnahm. Als er Mrs. Carlton telefonisch nicht erreichen konnte, rief er seine Assistentin an, die unmittelbar neben der Wohnung des Ehepaares lebt; diese wiederum benachrichtigte auf sein Verlangen am folgenden Morgen die Ortspolizei. Police Constable Jones verschaffte sich zusammen mit Mrs. Perry Zugang zur Wohnung, wo sie Mrs. Carlton tot im Bett vorfanden. Sie wirkte, als liege sie ganz normal im Schlaf. Da es außer denen von P. C. Jones hinterlassenen weder Spuren gewaltsamen Eindringens« – Helen hielt inne und lächelte: Jones war vermutlich mit der Wucht eines Rammbocks in die Wohnung eingedrungen – »noch Zeichen für einen Kampf oder einen Einbruch gab, wurde angenommen, daß Mrs. Carlton eines natürlichen Todes gestorben war, während sie schlief, und ihr Hausarzt wurde gerufen. Er bestätigte ihre Identität, gab an, daß sie sechsundvierzig Jahre alt sei und, soweit aus seinen Unterlagen ersichtlich, keine ernsthaften Gesundheitsprobleme gehabt habe. Bis zu ihrem Tod war sie fünf Jahre mit Philip Carlton verheiratet, dem Eigentümer der Apotheke und Drogerie unterhalb der Wohnung. Die Ehe scheint nach Auskünften der Nachbarn glücklich gewesen zu sein. Sie war bei der Heirat verwitwet, Mr. Carlton dagegen noch Junggeselle. Viele Jahre lang hatte er seine eigene Mutter gepflegt. Die Verstorbene besaß einen Anteil am Geschäft und beteiligte sich an den Arbeiten. Eine Routine-Obduktion, ausgeführt in Anbetracht der Tatsache, daß die Verstorbene über einem ganzen Lager von Medikamenten und Drogen gelebt hatte, ergab nichts Außergewöhnliches. Wie Mr. Carlton erklärte, haben sie am Abend vor ihrem Tod eine von ihm persönlich zubereitete Mahlzeit verzehrt, anschließend ist er zu seiner Konferenz gefahren. Das wurde von seiner Assistentin bestätigt. Die Verstorbene wurde erst am folgenden Abend vermißt, als Mr. Carlton sie telefonisch zu erreichen suchte und keine Antwort erhielt. (Fortsetzung Seite zwei ...)«

Doch es gab keine Seite zwei. Der Rest der Unterlagen bestand aus einer Erklärung des Arztes und des P.C. Jones, eines weiteren Arztes vom Ortskrankenhaus, der die Obduktion vorgenommen hatte, den kurzen Aussagen der zwei Krankenwagenfahrer und der Erklärung einer Person, die zugegen gewesen war, als Mr. P. Carlton den Leichnam seiner Ehefrau identifizierte. Helen sah den Grund für den Bericht darin, daß der Chief Inspector, oder was immer er war, Grund zu der Annahme zu haben glaubte, an der Sache stimme irgend etwas nicht, vielleicht schon, weil er einfach keine Apotheker mochte, da sie mit Drogen zu tun hatten, und wenn dann in ihrem Umkreis jemand auf mysteriöse Weise ums Leben kam, dann haftete dem ein gewisser Ruch an. Was immer der Hintergrund sein mochte, den vorliegenden Informationen zufolge war es die Mühe wert, den Apotheker etwas genauer unter die Lupe zu nehmen, ohne Frage – und dennoch hatte man dem Fall selbst, trotz des Berichts, nicht den Status eines Mordfalles zuerkannt. Wo nur war die zweite Seite, falls es sie überhaupt gab? Und warum ging ihr die Geschichte, neben allen Krankenhaus-Alpträumen, so sehr nach? Nachlässigkeit, Schwachsinn, aufgeblasene, zeitraubende Banalitäten waren im Amt an der Tagesordnung: Wer hatte denn jetzt wieder wem in die Tasche gegriffen? Wer sich einbildete, in diesen heiligen Hallen ginge es tagtäglich um richtige Verbrechen, der wurde unweigerlich schon bald auf den Boden der Tatsachen zurückgeholt. Doch dieser Fall hatte etwas: Dieser verdammte Laden, oder zumindest einer, der ihm sehr ähnlich war, rief Helen hartnäckig ein unbehagliches Bild vor Augen.

Zu behaupten, daß sie Läden liebte, wäre untertrieben gewesen. Läden und Märkte, da machte sie keinen Unterschied. Es war eine Art Sucht, für die Bailey kein Verständnis aufbrachte. Ein Laden, sagte sie vor sich hin. Nicht unbedingt derselbe Laden, aber sie war überzeugt, sich an die häßliche Schrift an der Fassade zu erinnern: »Carlton's Caring Chemist«. Und davor auf der Straße ein richtiger Markt. Ein paar Wochen, bevor man sie operiert hatte – also in ihrem vorherigen Leben –, war sie an einem Samstagvormittag von Baileys Wohnung aus nach Hause gefahren, auf einer Route, die sie fast mit geschlossenen Augen zurückzulegen vermochte, und dabei hatte sie diesen Markt entdeckt, hatte angehalten und sich eine grüne Strumpfhose gekauft, schließlich jedoch, von Schmerzen gepeinigt, innegehalten, den Drogerieladen betreten und am Tresen gemurmelt: »Neurofen, bitte. Oder sonst was gegen Schmerzen!« Erst jetzt nahm sie das schwindelnde Durcheinander im Laden wahr. Socken, die über dem Tresen hingen, gerüschte Unterwäsche, alle Wundermittel dieser Welt, ein Poster, das mit Zahnseide gereinigte, breit grinsende Zähne zeigte, und ein anderes mit einer Raucherlunge. Diese grell beleuchtete, kunterbunte Vielfalt mitsamt den Warnungen und Hinweisen auf den Plakaten sowie die herablassende Frage des Ladenbesitzers: »Kopfschmerzen, wie?«, hatten auf Helen die gleiche Wirkung ausgeübt wie ein psychedelisches Dekor auf einen ausgewachsenen Kater. Sie hatte nur einen kurzen Dank ausgestoßen, ihren Einkauf genommen und die Flucht ergriffen. Draußen dann schluckte sie die Pillen, verzog das Gesicht und vergaß das Bild, während sich der komische Geruch von Talkum, Vitaminen, Wäschebleiche und Apotheke mit dem zuckrig-süßen, bitteren Geschmack in ihrem Mund vermischte. Erst in ihren Träumen im Krankenhaus dann, als die Schwestern wieder denselben Geruch mit ins Zimmer brachten und auch die Laken davon durchtränkt waren, hatte sie sich daran erinnert.

Natürlich. Auch die Ehefrau eines Apothekers muß einmal sterben – vielleicht sogar allein, was traurig ist (Helen war abwechselnd froh und traurig darüber, nicht verheiratet zu sein). Es gab nicht den geringsten Hinweis auf ein Verbrechen – Tragödie und Verbrechen gehen nicht automatisch Hand in Hand –, und ohne ausreichende Hinweise hatte Helen keine Veranlassung, sich mit diesem oder auch einem anderen Fall näher zu befassen. Sie wurde nicht für ihre Neugier bezahlt, sondern für die Verfolgung derer, die zufällig oder vorsätzlich in ein – als solches aktenkundiges – Verbrechen verwickelt waren. Dennoch, sie machte sich über den Eingangskorb her und suchte nach der fehlenden Fortsetzung und eventuellen weiteren Anlagen dieses so fragmentarischen und vorläufigen Berichts über den Tod der Apothekerin, der irgendwie ihre Phantasie ansprach. Aha! Da war sie, die Seite zwei, in diesem Durcheinander von internen Memos,

Notizen über den Weihnachtsurlaub, verschiedenen Berichten und Briefen, die sie einfach zu Boden fallen ließ, damit sie sich später damit befassen *mußte*. So ein Eingangskorb schien wie ein Magnet auf alles Belanglose zu wirken, barg aber immer auch Überraschungen.

»Mrs. Perry, die Assistentin des Apothekers, wurde im Zusammenhang mit dem Tod eingehend befragt, da sie offenbar mit der Verstorbenen gut bekannt und auch diejenige war, die den Leichnam fand. Zur Todesursache vermochte sie keinerlei Angaben zu machen. Mr. Carlton erklärte jedoch, noch bevor seine Befragung begann, seine Frau habe die Gewohnheit gehabt, gelegentlich Chloroform einzuatmen, um schlafen zu können oder sich ganz einfach wohler zu fühlen. Eine kleine Flasche davon wurde im Bad gefunden, die im Körper festgestellte Menge genügte jedoch nicht, den Tod herbeizuführen, da sie noch nicht einmal die Hälfte der tödlichen Dosis betrug. (Siehe Bericht des Pathologen) Im übrigen wurden in der Wohnung keine weiteren Drogen oder Chemikalien gefunden, nur die üblichen Haushaltsmittel wie Chlorbleiche, Fleckenentferner und so weiter. Diese wurden sichergestellt. Stimulanzien fanden sich nicht. Ich erbitte Ihre Mitteilung, wie weit die Ermittlungen in diesem Fall geführt werden sollen. Die Familie wünscht, daß der Leichnam zur Beisetzung freigegeben wird ...«

Ich kann seinen Standpunkt verstehen, dachte Helen, kein Mordverdächtiger, kein mysteriöser Unfall, sondern ein schlichter Sterbefall, wenn der Vorgang des Todes auch immer wieder unbegreiflich schien. Chloroform, selbst angewandt – sieh an. Zwölf Milligramm, las sie, nicht tödlich. Woher wußten die das nur, wo das Zeug in der modernen Medizin doch gar nicht mehr benutzt wurde? Die Arroganz, die sie da spürte, ärgerte sie. Warum Chloroform einatmen, wenn man eine Treppe tiefer einen endlosen Vorrat von Pillen hat, die man einfach mit einem Schluck Tee einnehmen kann? Sie kramte in der rechten oberen Schreibtischschublade nach den Äpfeln, die sie dort aufzubewahren pflegte, um ihren Zigarettenkonsum einzuschränken, hatte vergessen, daß keine mehr da waren, fand aber eine Tüte Hustenbonbons, von denen sie geistesabwesend eins in den Mund steckte. Auf ihren Notizblock schrieb sie: Telefon ... zweite Blutuntersuchung – wonach? Chloroform im Bad, Leichnam im Bett – wie? Ich hasse diese Faktensucherei, beschwerte sie sich bei sich selbst. Ich hasse Fakten und die meisten Gerüche.

Widerwärtige Aromen. Sie lebte von visuellen Eindrücken, von Worten, ja, und von bestimmten Düften, Sinneswahrnehmungen, die lange in ihrer Erinnerung hafteten. Das Hustenbonbon schmeckte nach Eukalyptus, und darunter mischte sich etwas, das sie an ihren Zahnarzt erinnerte, an die Maske, die sich auf ihr Gesicht senkte – widerlich. Ein bißchen wie der Geruch der frischgereinigten Kleider, die sie vor ihrem Schreibtisch über den Stuhl gelegt hatte, der stechend durch das Zellophan drang und sie unangenehm an aggressive Reinlichkeit erinnerte. Der Geruch einer Apotheke, so aufdringlich wie eine Reklametafel mit der Aufschrift: »Wir haben alles zweifach gereinigt.« Wieder notierte sie etwas auf ihrem Block: »Fleckenentferner testen lassen ...« Unheimlich, diese Assoziationen bei Gerüchen, viel, viel schlimmer als die bei Wörtern.

Nein, ich glaube das nicht. Niemand würde sich freiwillig einem derart ekelhaften Geruch aussetzen, einfach um besser einschlafen zu können. Niemand, der jemals bei einem Zahnarzt gewesen war. Irgendwo in diesem Bericht steckte eine Lüge.

Helen regte sich, betastete ihren noch immer leicht geschwollenen Bauch und wünschte sich einen Menschen zum Reden. Sie fühlte sich schwach, haßte die Vorstellung, sich anstrengen zu müssen, sehnte sich nach ihrem Krankenhausbett, nach Tee und Mitgefühl, war aber gleichzeitig voller Abscheu gegen die Gerüche von Narkose und Klinik.

Auch Tombo haßte Gerüche, vor allem diesen, haßte ihn fast so sehr wie die ganze Angelegenheit. Irgendwo zerfloß verdorbenes Obst, war nicht verfault, sondern überreif, drohte aus Kisten zu quellen und auf den Boden zu tropfen, viel schlimmeres Obst als die Früchte, die seine Mutter ihm jeden Tag einpackte und die er wie alle anderen Kinder kurzerhand gegen die Schulhofmauer schmetterte. Er war nur hier auf dieser Party, weil er fürchtete, sonst früher oder später von einem der Jungen aus der Herringbone Parade Prügel zu beziehen. Eine Party wie diese, wo es von Kindern nur so wimmelte, die ihn allesamt aus Gründen, die keines von ihnen hätte erklären können, ohne Unterlaß ärgerten, ja quälten, sobald sie ihn sahen, war das Schlimmste überhaupt an diesem Leben, allein, ohne Daddy in der Herringbone Parade. Ja, auch wenn er da war. Viel besser war es, nur an ihn zu denken und in der Pause mit ihm zu prahlen: Laßt mich in Ruhe, mein Daddy ist ein Bulle, ein *Copper*! Sprüche, die, ständig wiederholt, allmählich ihre Wirkung verloren. Trotzdem gefielen ihm diese Angebereien viel besser als das tatsächliche Zusammensein mit Daddy jeden zweiten Sonnabend, denn Daddy wußte nie so recht, was er mit ihm anfangen oder wohin er mit ihm gehen sollte, es sei denn, ins Kino, wo er einschlief, während Tombo dasaß und Popcorn futterte, bis ihm schlecht wurde, und ihn das, was auf der Leinwand vorging, meist gründlich langweilte. Was allerdings nicht so schlimm war, wie mit Dad Fußball spielen zu müssen, weil er sich dabei immer so ungeschickt anstellte, daß Dad furchtbar enttäuscht von ihm war. Dad? Können wir uns nicht Omen III ansehen? Jimmy ist mit seinem Vater reingegangen und hat gesagt, der ist einfach toll. Nein, können wir nicht. Komm jetzt, fang! Muß schließlich einen Mann aus dir machen. Kann nicht zulassen, daß du ’n Muttersöhnchen wirst, und diese billigen Alptraumfilme kommen nicht in Frage.

Wirklich ein Witz! Als gäbe es einen schlimmeren Alptraum als das hier. Doch es hatte für Tombo keine Wahl gegeben, er hatte hingehen müssen zu dieser Party, die von »Mrs. Hintern« vom Gemüseladen in ihrem ziemlich großen Geschäftsraum organisiert und von »Mrs. Busen« vom Kleiderladen mitbezahlt wurde, zwei Namen, die er erfunden hatte, um sich im stillen darüber auszuschütten vor Lachen, was ihm im Moment aber nicht weiterhalf. Er fühlte sich tatsächlich wie in einem Alptraum: Eine heiße Woge stieg in seiner Brust auf, ein kleiner Schweißausbruch fand auf seiner Stirn statt, ein Gefühl heißer, drängender Panik durchzog ihn. Und nur, weil er hatte gehen müssen, hielt er aus und durchlitt die Folterqualen einer Seele im Fegefeuer.

So was machten sie jedes Jahr, Mrs. Hintern und Mrs. Busen, wie immer sie auch wirklich heißen mochten, und versuchten sich dabei gegenseitig zu übertreffen, was die Fortsetzung dieses längst abgeleierten Rituals sicherstellte. Mrs. Hintern dachte nicht daran, Mrs. Busen die Lorbeeren für das zu überlassen, was früher einmal, in schwereren Zeiten, eine philanthropische Idee gewesen war; und außerdem war es ihr unmöglich, die Nutzung ihres Ladens für dieses Ritual zu verweigern, das sie insgeheim haßte, obwohl sie stets ausdrücklich das Gegenteil behauptete, da man sie sonst für geizig und für einen Menschen hätte halten können, der keine Kinder mochte, die sie im Grunde wirklich nicht ausstehen konnte. Bisher hatten das nur die Kinder bemerkt, und eins war Mrs. Hintern zu ihrer Erleichterung gelungen: daß diese Party nämlich, die Party für die Kinder der Herringbone Parade und all ihrer Kunden, Anfang Dezember und damit noch vor Beginn der heißen Weihnachtsphase stattfand. So ging ihr wenigstens nicht zuviel Verkaufszeit verloren, wie es später der Fall wäre, wenn ohnehin jedermann Partys gab und ihre eigenen Bemühungen unbemerkt untergehen würden. Also räumte sie den vorderen Ladenteil und einen der großen hinteren Räume, in dem frische wie auch ältere Ware lagerte, die sie an den Wänden stapelte, um sie kurz vor dem Verkauf hübsch herzurichten und ein wenig aufzupäppeln. Da ihr Ehemann an Magengeschwüren litt, überließ er Daniel das Schleppen von Säcken und Kisten. Daniel war dazu gut zu gebrauchen, wurde aber dennoch ein wenig herablassend behandelt, da er ein »Drogenabhängiger« war; er war ganz nett, nicht immer zuverlässig, doch eine billige Arbeitskraft, ohne daß man so richtig warm mit ihm wurde. Da standen mehrere Kisten Melonen, die er ins Haus geschleppt hatte – ein Fehler, diese Melonen, aber die Lichterketten waren in Ordnung, die sollten nämlich erst einmal getestet werden, bevor Mrs. Beale, so ihr richtiger Name, sie übernächste Woche ins Fenster hängte. Zum Teufel mit den kleinen Scheusalen, soviel Arbeit mit der Bande! Tombo hörte ihre Stimme, doch alles, was er wirklich wahrnahm, während er sich absichtlich von den anderen Kindern zurückzog, war der Geruch der verrottenden Melonen, die muffige Feuchtigkeit im Raum und der Schweiß der eigenen Angst.

»Jetzt spielen wir alle ›Gib das Paket weiter‹«, kreischte Mrs. Busen, die sich trotz der gefährlichen Gewichtsverteilung ihrer Figur, alles glitzernd und furchtbar vorderlastig, mit Begeisterung an ihre Aufgabe machte. Mrs. Busen hatte keine Kinder, hatte sich aber ihre prachtvolle Figur und den Glauben an kindliche Freuden bewahrt. Ihre Stimme klang bereits heiser. »Und anschließend, Kinder, spielen wir Verstecken. Mit Preisen!«

Tombo war längst darüber hinaus, etwas gewinnen zu wollen: Die Schande, leer auszugehen, hatte für ihn ihre Bedeutung verloren, und außerdem hatten sie alle schon einen Schokoladenriegel bekommen. Sie mußten einen Kreis bilden, und dann wurde ein riesiges Paket hereingebracht. Aus dem Lautsprecher in der Ecke plärrte Musik, knisterte von einem Weihnachtsliederband, das schon viel zu oft gespielt worden war. Als Tom das Paket in den Händen hielt, warf er es so heftig weiter, als hätte er sich die Finger verbrannt, und lehnte sich dann erleichtert zurück, die Arme vor der Brust verschränkt, um jedem weiteren Kontakt mit was oder wem auch immer aus dem Weg zu gehen. Doch als das Weihnachtslied dann verstummte, landete das Paket wieder auf seinem Schoß. Fassungslos und wütend starrte er darauf hinab, warf es aufgebracht weiter und überstand noch einmal fünf gräßliche Minuten. Er zwang ein Grinsen auf sein Gesicht, während die Schokolade, die er gepackt hielt, in seinen heißen Fingern die Form verlor und er nicht wußte, wo er sie ablegen sollte.

Das Versteckspiel danach war eine langsame, qualvolle Folter, voller Erinnerungen an frühere Erfahrungen, und da half es auch nichts, daß er auf die Toilette mußte, weil er an der Treppe auf flüsternde Mädchen traf, sich schnell verdrücken und sich alles verkneifen mußte und das Bedürfnis in dem weit stärkeren Wunsch erstickte, ganz einfach die Zeit hinter sich zu bringen, bis sich eine Fluchtmöglichkeit bot, und auch nicht zu lächeln vergaß, als er zurückkehrte. Er versteckte sich so, daß er innerhalb von Sekunden entdeckt, gepackt und zurückgeschleppt wurde, nur um zu hören, daß das erst die Probe gewesen sei und er das gleiche noch mal über sich ergehen lassen müsse. »Such dir ein besseres Versteck, Tom, gib dir Mühe«, kreischte eine Stimme, aber er haßte es, sich so zu verstecken, daß er vom Feind in einer abgelegenen, stinkenden Ecke gefunden, geschubst, geboxt und gekniffen wurde. Er versteckte sich hinter den Melonenkisten, erstickte fast an dem Gestank, hatte jeden Mut verloren. Draußen zählten sie bis hundert, extra langsam, um ihm möglichst viel Zeit zu lassen, und alle mit den Händen vor den Augen, bis das endlose Zählen – siebenundzwanzig, achtundzwanzig, neunundzwanzig, dreißig!, mit einem Aufschrei bei jedem Zehner – so klang wie das Kläffen eines Rudels bissiger Hunde, das auf ihn gehetzt wurde, um ihn in Stücke zu reißen. Der Geschmack von Erbrochenem stieg in seiner Kehle auf: Die Schande würde ihn verschlingen.

Blindlings stolperte er durch den Lagerraum. In diesem größten der Geschäfte in der Parade gab es zwei hintere Räume: den einen, in dem sie diesen schrecklichen Tee hatten trinken müssen, der ihm so im Magen herumrumorte, und den anderen, der eher ein Durchgang zu dem kleinen Hof war, der auf die Hintergasse führte, ein eisigkalter, zugiger Anbau. Tombo hörte das Zählen immer noch, schneller und schneller, bis jemand das Licht ausmachte, damit sie ihm endlich nachspüren konnten – weniger wie Hunde als wie im Dunkeln zischelnde Ratten. Die panische Angst vor dieser Demütigung wurde übermächtig, verlieh ihm Kraft. Er stieß die Hintertür auf, obwohl er wußte, daß dieses Stoßen laut genug war, um drinnen gehört zu werden, doch es war ihm gleichgültig, trat die Tür hinter sich ins Schloß, rannte über den Hof, um unvermittelt – und plötzlich sehr tapfer – stehenzubleiben, sich umzudrehen und aus vollem Hals »Ja, ja, ja!« zum Haus zurückzurufen, so laut, daß ihn das Echo in dieser Stille selbst erschreckte. Erhob voll Zorn die geballte Faust und schüttelte sie trotzig.

Das Gemüsegeschäft lag am unteren Ende der Parade; früher einmal war es ein Wohnhaus gewesen und später dann der erste Laden hier, der eine ganze Serie von Nachahmern auf den Plan gerufen hatte. Hinten war alles irgendwie konturlos, doch Tombo wußte genau, wo er war, denn er hatte die Gasse längst gründlich erforscht, jeden einzelnen der kleinen Höfe und Lieferanteneingänge durchsucht, wenn auch niemals im Dunkeln, in dem diese unbeleuchtete Region fast grenzenlos wirkte. Heute waren die Läden schon früher geschlossen worden, die Party hatte bereits direkt nach der Schule begonnen, und er wurde nicht vor sieben zu Hause erwartet. Mummy nutzte die Gelegenheit vermutlich zum Ausgehen. Tombo atmete so tief durch, daß seine Brust sich weitete, und sah sich suchend um, ob nicht vielleicht irgendwo Daniel auftauchte. Daniel trieb sich oft hier herum. So richtig Spaß hatte man mit ihm zwar nicht, doch er war groß und so was wie ein Kumpel, und man konnte gemütlich mit ihm zusammensitzen. Hoffnungsvoll musterte Tom das Baugelände. Leer. Kein Laut in der winterkalten Öde, nur sein eigener Atem in der eisigen Luft, ein rauhes Geräusch, das Nebel vor seinen Augen aufsteigen ließ. Sehnsüchtig dachte er an den Mantel, den er zurückgelassen hatte, doch als er vor Kälte die Arme um seine Brust schlang, hörte er im Laden hinter sich schon das dumpfe Getrappel: die losgelassenen Hunde und Ratten. Bald würden sie ihn entdecken, ihm folgen, quietschend und bellend, ihn verspotten und zwischen die hohen Mülltonnen hetzen, die den Weg säumten. Tapfer setzte er sich in Trab, immer schneller, an der Rückseite des Zeitungskiosks vorbei, dem Schnapsladen, dem Schlachter, der Garküche, überall ein eigener, widerlicher Gestank, zwang sich, nicht zu schnell zu laufen, redete sich ein, Herr der Situation zu sein. Und wußte nicht recht, was tun, bis er die Rückseite von »Carlton's Caring Chemist« erreichte. Oben in ihrer eigenen Wohnung brannte kein Licht: keine Rettung. Manchmal hatte er den Schlüssel dabei, obwohl sich seine Mutter dessen schämte, weil alle wußten, was das bedeutete, heute aber nicht. An jedem anderen Tag hätte er drinnen im Laden bei Mr. Carlton warten können, der war heute aber auch schon geschlossen. Unschlüssig und frierend stand Tombo in der Gasse, ging dann sehr langsam weiter. Doch da! Ganz hinten im Laden, wo Mr. Carltons Hinterzimmer, sein kleines Labor, in den Gang unterhalb der Treppe zu den Wohnungen führte, fiel Licht aus dem Fenster, so hell und freundlich, daß er am liebsten darin gebadet hätte. Das war die Rettung, denn er fror fürchterlich.

Tombo hatte sich nie so recht überwinden können, Philip Carlton, den er meist nur mit »Mister« anredete, zu mögen, auch konnte er sich nicht darauf verlassen, daß der Mister Verständnis für seine mißliche Lage hatte, denn er war eindeutig ein Mensch, der Partys liebte; aber weil der Mister sich immer Mühe gab, nett zu ihm zu sein – »sag doch Onkel Pip zu mir« –, glaubte Tom nicht, daß er ihn wegschicken würde. Im Kopf bereits Rechtfertigungen und Gründe formulierend, schlich er zum Fenster, das die obere Hälfte der Hintertür bildete. Mit dem Gedanken, wie satt er es hatte, unvertraute Türen aufzustoßen, um irgendwo hinein- oder auch wieder hinauszukommen, drückte er gegen die Tür, die so plötzlich nachgab, daß sein leichter Körper mit der Wirkung eines Springteufels ins Labor des Apothekers geflogen kam.

»Was zum Teufel ...«

Philip Carlton wirbelte herum. Er saß an der Arbeitsplatte seines kleinen Laboratoriums, die den halben Raum einnahm, mit einer Spüle in der Mitte, die zu beiden Seiten von Medizinflaschen und ein paar uralten, modrig wirkenden Büchern flankiert wurde. Auf der anderen Seite des Raums führte eine Tür ins größere Hinterzimmer, fast genauso wie in Mrs. Hinterns Laden, nur daß es keine Treppe zu irgendwelchen Obergeschossen gab. Philip Carltons Stimme klang wie erstickt vor Wut. Er hielt eine Eisenstange zum Öffnen der großen Pappkartons in der Hand, hielt sie hoch erhoben, senkte den Arm dann aber langsam, während er den unwillkommenen Besucher mit zusammengekniffenen Augen musterte.

»Was in aller Welt hast du hier zu suchen, Perry junior? Ich dachte schon, du wärst einer von diesen üblen Kerlen, die hier herumlungern, um Drogen zu stehlen. Du weißt verd ...« Er verschluckte den Fluch und versuchte sich höher aufzurichten. »Du weißt sehr gut, daß du hier nichts zu suchen hast. Also, was willst du?«

»Gar nichts, Mr. Carlton, wirklich nicht. Aber ich bin oben ausgesperrt und habe das Licht gesehen. Ich dachte, Mum wäre inzwischen wieder zu Hause, aber sie ist nicht da, wissen Sie, noch nicht zurückgekommen ...« Philip Carlton, den er so gar nicht kannte, ließ Tombo mit seiner Wut stammeln, verstummen und, noch immer die Arme um den Oberkörper geschlungen, stockstill stehenbleiben. Doch jetzt begann der Mister übertrieben breit zu lächeln, und Tombo wurde mit einemmal von ganz neuen Zweifeln gepackt, als Pip Carlton so plötzlich einen völlig anderen Ton anschlug und seine Stimme übertrieben freundlich und sogar ein bißchen verträumt wurde.

»Ach so, ja natürlich, ich verstehe. Na also, dann ist es ja gut, wunderbar. Du solltest wirklich hierbleiben, bis deine bezaubernde Mummy nach Hause kommt. Willst du mit Onkel Pip spielen, eh? Paß nur auf, wir werden viel Spaß haben, sehr viel Spaß werden wir beide haben!«

»Was machen Sie da?«

»Ich? Ach ja, außer mir ist ja niemand hier, ha, ha. Ich stelle Mixturen zusammen. Zum Abfüllen in Flaschen, damit das Gift sicher aufgehoben und verbrauchsfertig ist. Wir werden viel Spaß haben, du wirst schon sehen.«

Er wiederholt sich, dachte Tombo, sagt immer wieder das gleiche. Ein wenig beruhigt, doch immer noch auf unbestimmte Weise besorgt, entging ihm nicht, daß der Mister heute sonderbar war: Er grinste so breit, daß seine Augen seltsam funkelten, und machte so ausladende Bewegungen, daß er, als er den Arm hob, um Tom weiter in den Raum hineinzuziehen, ein paar Bücher zu Boden stieß. Tom war es eigentlich gewöhnt, daß der Mister in seinen Bewegungen auf zuweilen sogar komische Art sparsam und präzise war; das übertriebene Gestikulieren und die laute Stimme waren eher das Markenzeichen von Mrs. Carlton gewesen. Der Gedanke, daß seine ehemalige Freundin tot war, verursachte Tombo zusätzliches Unbehagen. Der Tod war etwas, das er nicht verstand; er wußte nur, daß man mit gedämpfter Stimme von ihm sprach.

»Hast du solche Bücher schon mal gesehen, Tombo?« Philip Carlton deutete auf die alten Folianten zwischen den Gerätschaften auf dem Tisch, in denen er allem Anschein nach studiert hatte, bevor er unterbrochen worden war. Die Bücher boten einen merkwürdigen Kontrast zu den modernen, mit Plastik überzogenen Handbüchern, die Toms Mutter als Nachschlagewerke benutzte, aber Tom war nicht neugierig.

»Nein«, antwortete er.

»Du kannst dir die Bilder ansehen, aber nur, wenn du nichts gegen Alpträume hast, ha, ha!«

»Was ist denn da drin, in den Büchern?« erkundigte Tom sich höflich. Er gewöhnte sich allmählich an Philip Carltons glitzernde Augen und den seltsamen Geruch im Zimmer. Ganz anders als der ziemlich dreckige Geruch bei Mrs. Hintern. Das hier roch wenigstens sauber. Tom war, wie sein Vater verächtlich festgestellt hatte, ein mäkeliger kleiner Junge geworden.

»Da kannst du sehen, wie man die Leute früher einmal, in alten Zeiten, operiert hat, Master Perry. Als ich so alt war wie du, hab ich mir diese Bücher besorgt, aber es hat nicht sollen sein, nicht sollen sein. Nicht genug Geld. Ein bescheidener Apotheker, aber kein Anästhesist. Mein schäbiger alter Dad, überhaupt keinen Ehrgeiz besaß der. Tot, natürlich, mein alter Dad.«

Dieses Wort »tot« ... ein Stichwort, das Thema zu wechseln.

»Was für ein Doktor ist denn ein Nästist?« wollte Tom wissen, der pflichtschuldig in einem der Bücher blätterte, das ganz einfach langweilig war, natürlich auch Bilder enthielt, das schon, aber keine bunten und nur von Dingen, die aussahen wie Masken, seltsame Gestelle, alte Schwesterntrachten. Philip Carlton kicherte und zeigte mit dem Finger auf eine der Illustrationen.

»Ein An-ästhe-sist ist ein Doktor, der dich vor einer Operation einschlafen läßt, Naseweis.«

»Ach so«, sagte Tombo und blätterte weiter. Die Atmosphäre war drückend: hier, inmitten der sauberen Gerüche, fing der Tee in seinem Magen erneut an zu rebellieren, und außerdem kriegte er Kopfschmerzen.

»Wieviel Uhr ist es bitte, Mr. Carlton?«

Mit großer Umständlichkeit wurde die Uhr konsultiert. Obwohl das Licht außergewöhnlich hell war, schien es dem Mister schwerzufallen, die Zeit abzulesen.

»Achtzehn Uhr fünfundvierzig. Oder Viertel vor sieben, was immer dir lieber ist.« Wieder lachte er, schien überglücklich zu sein.

»Dann geh ich besser mal nachsehen, ob Mummy zu Hause ist. Vielleicht hat sie ...«

»Ach ja, hat sie vielleicht? Ja, ich glaube schon, daß sie vielleicht... Deine Mutter... Deine Mutter ist eine wunderbare Frau, weißt du.« Philip Carltons Stimme bebte vor Bewegung. »Sag ihr... Sag ihr... Ach was, laß nur.« Unvermittelt wurde er wieder normal. »Wie dem auch sei, du kannst gern zurückkommen, wenn sie nicht da ist. Wir können dich doch nicht mutterseelenallein da draußen rumlaufen lassen, nicht wahr?«

Tombo hatte inzwischen das Gefühl, daß das bei weitem vorzuziehen war. Mit dem unverbildeten Instinkt seines Alters spürte er schon lange, was seiner Mutter verborgen blieb: Pip Carltons komische, verquere Neigung für sie und daß er ihr im Laden, wenn sie nicht hinsah, mit den Blicken folgte, während Tombo wartend auf seinem Platz am Tresen saß, wo er sich in Mrs. Carltons Nähe immer am sichersten gefühlt hatte, obwohl sie eigentlich unerträglich gewesen war. Zu analysieren vermochte er das alles nicht, doch daß die kleine Mrs. Carlton ihn durch ihren Tod im Stich gelassen hatte, ärgerte ihn: Mit ihr war ein Stück Sicherheit verschwunden. Auch über Mummy ärgerte sich Tom, die, wenn sie nur zur Ruhe kommen könnte, bestimmt wieder mit Daddy zusammenfinden würde. Immer wieder hatte sie ihm energisch erklärt, sie seien gute Freunde, wirklich, Daddy und sie, nur eben nicht solche, die unter demselben Dach leben könnten. Du weißt doch, wie das ist, mein Herz, manche Menschen mag man, kann aber trotzdem nicht ständig mit ihnen zusammensein. Solche Freunde hast du doch auch in der Schule. Den Teufel hatte er. Tombo war daran gewöhnt, sich nach Freunden zu sehnen, und konnte sich den Luxus, sie abzuweisen, nicht mal im Traum vorstellen; nicht mal Daniel vermochte er ablehnend gegenüberzutreten, und wenn dieser Mister hier, mit seinem breiten, schmachtenden Grinsen und seinen glitzernden Augen … wenn dieser Mister dachte, er könnte sich da reindrängen, wo Daddy fehlte, dann sollte er sich noch ganz schön wundern. Tombo rutschte von seinem Hocker.

»Wiedersehn«, sagte er betont höflich. »Danke, daß Sie mich reingelassen haben.«

»Jederzeit, alter Junge.« Sah ihm zwei Schritte weit nach und winkte unbestimmt. Alter Junge, neuer Junge, ich bin nicht dein Junge, du … du Stinker: Du interessierst dich doch einen Dreck für mich. Tombo trödelte im Hof herum, denn je länger er sich dort aufhielt, desto größer wurde die Chance, daß oben in der Wohnung das Licht anging. An der Mauer blieb er stehen, duckte sich halb dahinter, tat so, als spielte er wieder Verstecken, spähte um den baufälligen Zaun herum, obwohl er nicht erwartete, auf der anderen Seite etwas zu entdecken. Doch, nicht weit entfernt, sah er die Hecklichter eines parkenden Autos aufleuchten – direkt hinter der Bäckerei. Leise sprang ein Motor an und begann gut vernehmbar zu laufen: Mit einem Freudensprung erkannte er das vertraute Geräusch, stürzte aus seiner Deckung hervor und schrie den Lichtern und dem Auspuffqualm nach: »Daddy, Daddy, Daddy! Ich bin's, Dad, warte … Dad … warte …« Aber es war zu spät. Er lief dem Auto bis zur Kreuzung am Ende des Weges nach, wo es bremste und um die Ecke bog. Es war zu dunkel, als daß der Fahrer hinter sich etwas hätte wahrnehmen können, und so ließ er Tombo allein zurück, der dastand und vor Wut weinend die Faust schüttelte.

Er wischte sich mit der Hand unter der Nase her, und Spuren von Schokolade vermischten sich mit den Tränen.

4

»Du bist alt, du bist alt ... deine Knochen werden kalt ...«

Alt. Nahzu siebzig, einen Lebensabend in einem Krankenhauszimmer vor Augen. Oh, William, mein Junge, du bist alt und versuchst deine Depressionen zu verbergen. Sanfte Hände, kundig, voll frommen Wissens, überaus begabt, jede Vene zu finden, und doch keine Hilfe in all diesen Stunden vor dem Einschlafen. Dr. Hazel war mit seiner Verzweiflung mehr als vertraut. Seine Rechte reckte sich nach der Brandyflasche neben dem Bett, dann folgte die Linke und versetzte ihr einen Schlag. Blinzelnd musterte er den roten Abdruck, den sie dabei hinterließ, doch war er unter den Altersflecken auf der fahlen Haut nur schwach zu erkennen. Nein.

Solange er in diesem Raum übernachtete, konnte es sein, daß er gebraucht wurde. Krankenhäuser atmeten bei Nacht: Es gab das Summen von Generatoren und das Geräusch von Schritten draußen auf dem Gang. Leben und Kampf statt nichts als den Tod im leeren Raum eines leeren Hauses. Niemand bat ihn zu bleiben und nach seinen Patienten zu sehen, aber er tat es dennoch. Zuhause warteten lediglich Selbstvorwürfe. Auf dem Schreibtisch lag Papier, lag Schreibgerät und erinnerte ihn daran, was er hatte schreiben wollen und nicht schreiben können. Hier war es leichter. Nein. Kein Brandy. Die lebenslange Erfahrung mit dem Betäuben von Patienten hatte ihm zu einem verdrehten Bild des Daseins verholfen: Zynische Depressionen waren der Fluch seines Lebens. So sehr, daß es ihm Unbehagen bereitete, gelegentlich auf eine verwandte Seele zu treffen, die jenen Lebenshunger in ihm wachrief, den er in sich abzutöten versuchte, und sein Talent für Unterhaltung und Belehrung wiedererweckte: Dankbar war er Helen West gewiß nicht dafür.

»Lieber Gott«, murmelte er vor sich hin und faltete die Hände zu einem ironischen Gebet, »würde mir bitte irgend jemand irgend etwas Sinnvolles zu tun geben? Widerlich geworden bin ich mir mit meinem abgestandenen Wissen und meinen uralten Kleidern.«

Das Jackett hatte dreißig Jahre auf dem Buckel, seine Kavalleriehose zwanzig, er war alt wie viele seiner Drogen, nur seine Finger waren noch wunderbar geschickt. Der Ruhestand, dieses bösartige Geschenk, das ihn zu seinem siebzigsten Geburtstag erwartete, gähnte vor ihm wie ein schwarzes Loch, und ein möglicher Selbstmord schien ihm weniger eine Sünde wider den Heiligen Geist als der Tausch einer Hölle gegen eine andere. Er griff nach seinem Kugelschreiber und spürte, wie seine Finger erstarrten. Niemand würde das wissen wollen. Er musterte den Giftschrank in der Ecke des Raumes, der als sein persönliches Eigentum nicht kontrolliert wurde. Ein paar Tropfen hiervon, ein paar davon, das war alles ganz einfach. Doch abermals nein. Er hatte seinen Stolz, auch wenn er sich verachtete. Von der verblaßten Fotografie neben dem Waschbecken her starrten Frau und Sohn ihn an. Tot, begraben zusammen mit seiner Würde und seinem guten Ruf. Ein winziges Schlückchen Brandy vielleicht. Ein ganz kleines.

Helen spürte, daß es ihr besserging. Die vertraute Energie kehrte langsam in ihre Glieder zurück. Sie hatte sich durch zwei Tage im Büro und eine sehr schwierige Unterredung mit dem Chief Inspector über den Fall Carlton geschleppt, doch die Genesung kündigte sich deutlich an – begleitet von den Vorbereitungen auf eine Abendeinladung bei Freunden und dem Beginn einer Meinungsverschiedenheit mit Bailey. Vor derartigen Einladungen kam es mit Bailey häufig zu diesen mehr oder minder verhaltenen Auseinandersetzungen, denn er mochte Partys jeglicher Art erst, wenn sie vorüber waren; dann hegte er nicht selten angenehme Erinnerungen an sie und liebte es, darüber zu reden; ihn aber hinzuschaffen, war nicht einfach. Und vor allem ärgerte es Helen, daß der gesellschaftliche Teil ihres nicht gerade gesellschaftsfreudigen Lebens unweigerlich von ihr initiiert wurde, niemals von ihm. Er hatte keine Hemmungen, Einladungen auszuschlagen, und keinerlei Ehrgeiz, Bekanntschaften zu machen, die ihr wie von selbst zuzufliegen schienen. Nahm sie Bailey zu einem Dinner mit Bekannten mit, kam sie sich vor, als führe sie einen Tanzbären an der Leine: Er brummte und fauchte, quengelte und nörgelte, folgte trotz allem aber gehorsam. Sah sich wie immer geködert.

»Das gefällt mir. Gut siehst du aus.« Helens Aufmachung ließ Bailey nie unberührt; sein Interesse für ihre Kleidung war seltsamerweise groß und würde sie möglicherweise noch zu einem etwas auffallenderen Stil ermuntern. Grundsätzlich bevorzugte sie schlichte Schnitte und kräftige Farben. Er war stolz auf sie, liebte es, wenn andere sie ansahen, erwähnte das aber natürlich mit keinem Wort.

»Du aber auch. Wie immer. Wirklich großartig. Wenn auch vielleicht ein bißchen konventionell.« Es lag keine Spur Sarkasmus in ihren Worten, höchstens liebenswürdiger Spott. Bailey schaffte es einfach nicht, sich locker zu kleiden. Für die Arbeit gab es Anzüge und Uniformen; zum Tischlern, Gärtnern und Regenrinnenreparieren ausgefranste Jeans und karierte Hemden, dazwischen rein gar nichts. Helen sah den großen, leicht schlaksigen Bailey allerdings durchaus gern im Anzug, was die anderen Männer trugen, war ihr egal.

»Übrigens«, fuhr sie fort, »kennst du einen Chief Inspector Davies? Von deiner Abteilung, wenn auch nicht von deinem Revier?«

»Nur flüchtig. Hab nicht direkt mit ihm zu tun. Netter Mann. Allerdings nicht für den höheren Dienst geschaffen. Will er aber wohl auch nicht. Sammelt Teekannen.«

»Ach ja? Wenn ich das gewußt hätte, wäre er mir womöglich sympathischer gewesen. Er kam gestern zu uns ins Büro, und wir hatten eine Meinungsverschiedenheit über den Tod von dieser Mrs. Carlton, du weißt schon, der Frau von dem Apotheker ganz in deiner Nähe. Er dachte, ich wollte ihm vorschreiben, wie er seine Arbeit zu tun hat.«

Bailey krauste die Stirn; ein Ausdruck von Ärger verdrängte die Schicksalsergebenheit, die noch vor einer Minute auf seiner Miene gelegen hatte. Er nahm die Autoschlüssel aus der großen Schale auf dem Kühlschrank, die alle möglichen Gegenstände enthielt, unter anderem Rechnungen, die in Helens Wohnung zuweilen wochenlang darauf warteten, ihren Platz zu finden. »Nun ... *hast* du ihm vorschreiben wollen, wie er seine Arbeit zu tun hat?«

»Ich hab's zumindest nicht so gesehen«, antwortete Helen und kramte nach den Hausschlüsseln, die sie ebenfalls in der Schale vermutete und die immer, wenn sie nach ihnen suchte, ein gewisses Eigenleben zu entwickeln schienen. »Er war einfach nicht interessiert. Wir brauchen eine weitere Autopsie, hab ich ihm erklärt, Analysen von Haushaltsreinigern, um zu sehen, ob irgendwo noch was anderes im Spiel war, und viel mehr Einzelheiten über die Wirkungsweise von Chloroform und natürlich auch die Familie, bevor wir endgültig sagen können, ob die Frau dieses verdammten Apothekers tatsächlich eines unerklärlichen Todes gestorben ist, das heißt unerklärlich, sieht man von dem Narkotikum ab. Eine gründliche Durchleuchtung der Drogerie und der Apotheke. Und so weiter. Ein zusätzliches Gespräch mit der Assistentin ...« Ihre Stimme hatte inzwischen jenen getragenen Ton angenommen, der bedeutete, daß sie auf Kritik von ihm gefaßt war. Und eben die hätte Helen recht gern vermieden, denn das wäre ein schlechter Beginn für einen Abend, der ohnehin noch zahlreiche Fußangeln bergen würde; sie wußte aber, daß es bereits zu spät war. Bailey kannte zwar keine blinde Loyalität, fühlte sich keinem Clan zugehörig, ob es sich dabei nun um Polizisten oder sonstwas handeln mochte, doch irgend etwas in ihm sträubte sich dagegen, mit anhören zu müssen, wie ein Kollege kritisiert wurde. Bei Fremden war das tolerierbar – die Presse tat es jeden Tag –, nur nicht bei jenen, die ihm persönlich nahestanden.

»Hör mal, der Mann ist schließlich Chief Inspector und tut sein Bestes. Die haben wirklich den übelsten Teil erwischt, die armen Schweine, die ganze Verwaltung ist ein einziger Alptraum, die haben fast ausschließlich in Routinefällen zu ermitteln; Fahrerflucht, unerklärlicher Tod, und dazu nicht eine der Einrichtungen zur Verfügung, die die großen Schnüffler unterstützen. Laß ihn seine Arbeit tun und akzeptiere seine Ergebnisse. Wenn du dich einmischst, bringst du die Sache nur noch mehr durcheinander. Er hat übrigens eine sehr gesunde Einstellung zu Juristen.«

»Du meinst also, daß wir alle geborene Idioten sind, die nichts von der Welt, so wie sie ist, verstehen? Daß wir wie Götter über das Universum richten, ohne jemals die Ärmel aufkrempeln zu müssen? O ja, ich glaube, das meinst du tatsächlich.«

»Nein, nein, nicht ich meine das, sondern möglicherweise er, vor allem, wenn du dich ihm gegenüber wie ein Diktator aufspielst. Weder bei uns noch bei euch wird perfekte Arbeit geleistet, aber der eine sollte sich nicht in die Belange des anderen einmischen.«

»Ich dachte, ich könnte in dieser Angelegenheit vielleicht Dr. Hazel um Hilfe bitten, du weißt schon, meinen Anästhesisten. Oder soll ich tatsächlich alles einfach so laufenlassen?«

»Normalerweise schon, es sei denn, du hast stichhaltige Gründe dafür, es nicht zu tun. Die hier zweifellos nicht vorliegen. Es gibt keinen Hinweis auf Mord oder Totschlag, genausowenig wie auf Tod durch Schnüffelei von Chloroform oder sonstwas. Doch Helen West mit ihrer unersättlichen Neugier ist drauf und dran, von uns zu verlangen, die Privatsphäre eines armen, ehrlichen Bürgers zu verletzen. Ohne irgendwelche Beweise zu haben. Und ruft überdies noch einen mehr als fragwürdigen Mann zu Hilfe.«

Sie versuchte nicht, den guten Doktor zu verteidigen, denn das hätte mit Sicherheit in einen wirklich ernsthaften Streit gemündet, aber sie fühlte sich unbehaglich. Es gab tatsächlich keinerlei Beweise für ein Verbrechen, im Gegenteil, eher dafür, daß nichts Unrechtes vorlag. Nur die Erinnerung an einen Gang zum Metzger und die Frage, wie jemand den Geruch von Betäubungsmitteln ertragen konnte, ohne zuvor eine Überdosis bekommen zu haben. Endlich fand sie das Schlüsselbund tief im Staub auf dem Grund der Schale.

»Da du ihn kennst, könntest du doch vielleicht ein versöhnliches Wort mit Chief Inspector Davies sprechen, oder? Ihn sozusagen weichmachen, die Wogen glätten?«

»Aber Helen«, gab er warnend zurück, »du weißt genau, daß ich das auf gar keinen Fall tun werde!«

»Okay, okay, lassen wir das. Tut mir leid, daß ich das Thema angesprochen habe.« Sie zupfte ihn am Ärmel. »Nun komm aber endlich, wir sind spät dran.«

Spät dran für einen Abend mit gutem Essen – bunter Salat und Kalbsschnitzel –, das er genoß, sowie auf ihn zielenden Gesprächsübungen, die er haßte. Schon ein einziger liberaler Kopfgeldjäger, der überzeugt war, die gesamte Polizei-Clique stinke vor Korruption, genügte, und wie ein Rudel stürzte man sich auf ihn, allen voran die, die nicht an die Gegenwart eines echten Exemplars seiner Zunft gewöhnt waren und es offenbar nicht abwarten konnten, ihn mit Fragen zu bombardieren, die sie schon immer hatten loswerden wollen. Es gab einen Zahnarzt, drei Juristen und einen Journalisten, der für eine Illustrierte arbeitete – keine ungewöhnlich große Zahl für eine normale Dinnerparty. Was für eine Juristin Helen selbst auch sein mochte, sie war immer noch eine von ihnen, gehörte viel eher zu diesem lockeren Bündnis von Mittelklasseakademikern als zu seinesgleichen; und da sie überdies wußte, daß er alles andere als wehrlos war, und ihr Ärger auf ihn noch nicht ganz verraucht war, überließ sie ihn eiskalt dem Wolfsrudel, das sich so angriffslustig um den Tisch scharte. Nein, wiederholte er mißmutig, nein, ich glaube nicht, daß die Londoner Polizisten großartiger sind als andere Männer, sie tun lediglich, was andere auch tun, denken, was andere denken, und sind denselben Versuchungen ausgesetzt wie der Rest der Menschheit.

»Haben Sie«, erkundigte sich eine aufdringliche Lady, »jemals die Beherrschung verloren, und, Sie wissen schon, o Gott, hoffentlich nehmen Sie's mir nicht übel, daß ich das frage, ich meine, haben Sie jemals jemanden geschlagen, verprügelt? Bei einer Verhaftung, meine ich«, und ergänzte noch hastig: »Ich nehme es Ihnen nicht übel.«

Baileys Ton wurde um eine Nuance schärfer und ließ Helen aufhorchen. »Da Sie schon so fragen, lautet die Antwort ja. Und zwar ohne stichhaltigen Grund. Doch das ist lange her. Unbeherrschtheit ist eine Eigenschaft der Jugend, gelegentlich allerdings hat sie auch mit Courage zu tun. Ziemlich schwierig, in kritischen Situationen die Dinge auseinanderzuhalten.« Bailey lächelte die Lady an wie ein Piranha, bis sie den Kopf über ihren Teller senkte, lächelte sein so abschreckendes wie einschüchterndes Lächeln, das bei seinem männlichen Gegenüber jedoch keine Wirkung zeigte. O Gott, dachte Helen, dies ist nun wirklich kein Abend, für den es sich lohnt, den gemütlichen Platz am Kamin zu verlassen, selbst wenn man sich das Kochen spart. Schon nach dem zweiten Gang wußte sie, daß sie sich verabschieden würden, sobald es die Umstände gestatteten. Sie musterte die Runde ihrer Freunde: allesamt gebildeter als Bailey, trotz dessen mühsam über die Abendschule erreichten akademischen Grades, belesener, obwohl Bailey seine Bücher geradezu verschlang – auf keinen Fall aber zivilisierter. Bailey seinerseits wäre es nicht im Traum eingefallen, einen der Gäste in Bedrängnis zu bringen. Von ihm, bei dem Schweigen ebenso Mißbilligung wie Unsicherheit bedeuten konnte, würde eine wirklich ernstgemeinte Unterhaltung niemals so unverhohlen und ohne jeden Rückhalt gegen eine einzelne Person gerichtet. Es schien nicht seine Schuld, daß er trotzdem oft einem Elefanten im Porzellanladen glich. Sie war stolz auf ihn, sie liebte ihn, obwohl sie sich zuweilen gegenseitig in Verlegenheit brachten.

Als sie das Haus verlassen hatten – und genau wußten, daß man inzwischen über sie redete –, fragte sich Helen in der schützenden Wärme des Wagens, ob es mit derlei peinlichen Vorfällen bei gesellschaftlichen Anlässen, in die sie immer wieder einbezogen wurde, wohl jemals ein Ende haben würde. Vermutlich nicht.

»Deine Wohnung oder meine?« erkundigte er sich, und sein Lächeln, das sein Gesicht mit tausend Fältchen überzog, verriet Erleichterung nach langer Bedrängung.

»Irgendeine, James, und gib dem Gaul die Sporen.«

Philip Carltons verstorbene Frau Margaret hatte es nie darauf angelegt, ihren Mann öffentlich zu beschämen, ihn seiner Meinung nach aber auch nie wirklich unterstützt. Ein Pluspunkt war sie für mich auf jeden Fall nicht, sagte er sich in der Einsamkeit der blitzblanken Küche, in der er sich einen Schluck von ihrem Lieblingswein genehmigte, der, nachdem er die Flasche schon vor einiger Zeit geöffnet hatte, leicht säuerlich schmeckte. Was Pip kaum störte; er kaufte den Wein genauso automatisch, wie er am Abend zu einer sorgfältig zubereiteten Mahlzeit ein Glas davon trank. Ein Schweinekotelett, zwei Sorten Gemüse, eine kleine, gebackene Kartoffel – eine Gewohnheit, die die Frauen beim Gemüsehändler und beim Schlachter lobenswert rührend und tapfer fanden. Und beinahe ebenso schnell bei der Hand mit Lob und Mitgefühl war dieser Chief Inspector, der ihn damals angerufen hatte, um ihm mitzuteilen, daß Margaret tot sei. Das Mitgefühl hatte allerdings abgenommen, nachdem die Sache mit dem Chloroform ans Licht gekommen war, und wirkte seither leicht doppelbödig, doch schien man Pips rechtfertigende Erklärungen zu akzeptieren. Außerdem war mit der Apotheke offenbar alles in Ordnung: kein einziges Gramm Gift, das nicht registriert wäre, alle Unterlagen makellos, und obwohl die Stimme des Inspectors ein wenig barsch klang, wirkte sie dennoch beruhigend. Voller Genugtuung dachte Pip daran, wie es ihm gelungen war, die Polizisten aus seinem Labor im Hinterzimmer fernzuhalten.

»Tut mir leid, wenn ich Sie störe, Mr. Carlton. Ich hatte gesagt, daß ich mich melden würde, wegen der ... Beisetzungsformalitäten.« Wegen der Leiche Ihrer Frau, hatte er sagen wollen, den Satz aber schnell abgewandelt. Chief Inspector Davies liebte seine Frau aufrichtig und ging davon aus, daß es den meisten anständigen Männern ebenso ging, auch wenn sie unter dem Druck allzu vieler Pflichten standen. Daß er immer wieder mit Beweisen konfrontiert wurde, die auf das Gegenteil hinwiesen, änderte daran nichts. Außerdem fanden die Leute der Herringbone Parade, die er befragt hatte – eine etwas oberflächliche Befragung, mußte er zugeben –, Philip Carlton durch die Bank großartig. Das, zusammen mit dem naiven Glauben des Inspectors an die Integrität von Akademikern, ließ ihn eindeutig Pips Partei ergreifen. Frauen dagegen waren immer ein wenig schwierig ...

»... wir können, wie ich schon sagte, die Verstorbene noch nicht freigeben, und morgen will Sie einer meiner Kollegen aufsuchen: Detective Inspector Collins. Ich wurde von diesem Fall abgezogen.«

»Aber warum?« erkundigte sich Pip.

»Nun«, antwortete Davies ein wenig verlegen, »ich mußte dem Crown Prosecution Service berichten, das ist so üblich, wissen Sie, von denen geht das Ganze aus, nicht von mir. Sie verlangen weitere Ermittlungen. Dieses Chloroform, verdammt noch mal. Dumm von ihr, so damit rumzuspielen.«

Menschen, die im Bett starben, gehörten nicht auf einen Schreibtisch, der ohnehin vollgepackt war mit Akten über Tod und Katastrophen. »Aber keine Sorge, die tun nur ihre Pflicht. So ist es nun mal. Wird bestimmt nicht lange dauern. Ein paar lose Enden, die noch verknüpft werden müssen.«

»Könnten Sie mir die Sachen zurückbringen, die Sie aus der Wohnung mitgenommen haben?«

Eine kurze Pause entstand. »Leider noch nicht, Sir, aber machen Sie sich bitte keine Sorgen. Um zwölf Uhr wird er bei Ihnen sein. Okay?«

Pip machte sich keine Sorgen, zumindest keine großen. Wenn sie ihm weitere Fragen stellten, mußte er ihnen eben weitere Antworten geben, denn schließlich hatte er nichts zu verlieren außer dem Mitgefühl eines weiteren Polizeibeamten. Bisher hatte noch niemand eine ausführliche Erklärung verlangt, und er hätte niemals vermutet, daß es tatsächlich so einfach sein würde. Wie auch immer: Was er und Margaret oft abends unmittelbar vor dem Einschlafen getan hatten, mochte merkwürdig wirken, konnte aber wohl kaum ein Verbrechen sein. Man brauchte sich bloß ein Foto von Margaret anzusehen, um zu wissen, warum.

Die Tätigkeiten des Abends hatten ihn träge gemacht, zuversichtlich und gutmütig gestimmt, und fast war er selbst davon überzeugt, daß ohnehin alles nur Margarets Schuld gewesen war. Ach, diese herrschsüchtige Margaret mit ihrem faltigen Affengesicht, ihrer durchdringenden Stimme und dieser rührend-abscheulichen Sehnsucht, geliebt zu werden. Nicht ganz so wohlhabend und unterwürfig, wie er ursprünglich angenommen hatte, diese Margaret, die den Laden unten von ihrem ersten, verstorbenen Gatten geerbt hatte. Dieses Erbe hatten sie – Pip heiratete zum erstenmal – mit dem Verkaufspreis für das Haus seiner Mutter zusammengelegt. Es war alles Margarets Schuld. Sie hätte nicht so herrschsüchtig, so eifrig darauf bedacht sein dürfen, sich in alles einzumischen. Bei diesem Gedanken verweilte er und steigerte sich in einen selbstgerechten Zorn, der Schutz bot vor seiner Scham, dieser heißen, sengenden Scham, die seine Lenden durchfuhr, während er da in der Küche saß und mit einer Hand automatisch sein Geschlecht zu schützen suchte. Klein und perfekt geformt, hatte seine Mutter gesagt, wenn sie ihn, wie so oft, dort berührt und gekitzelt hatte. Plötzlich glaubte er wieder ihre Finger zu spüren, wie sie seinen winzigen, noch kindlichen Schwanz kitzelten und zum Leben erweckten, zu diesem schrecklichen, schandbaren, unwillkürlichen Leben, nach dem sich Margaret so verzehrt hatte.

Unvermittelt schrie er auf vor Schmerzen. Krümmte sich, preßte die Knie zusammen, wiegte sich vor und zurück, bis er sich endlich ein wenig beruhigte. Wartete, daß der Schweiß abkühlte, spürte aber immer noch die Hände auf seinem Rücken und zwischen den Beinen, Hände wie Insekten. Es klopfte an der Tür. Sein Kopf schnellte hoch, das glatte Haar fiel an seinen Platz, Farbe kehrte in sein Gesicht zurück. Draußen war Daniel schon wieder halbwegs die Treppe hinuntergestiegen.

»Ich wollte zu Ihnen. Hörte Sie schreien. Diese Kartons hinter dem Haus ...«

»Nein«, sagte Pip. »Jetzt nicht. Morgen. Es ist zu spät.«

»Okay.« Daniel zuckte die Achseln. Ein verschlagenes Lächeln spielte um seinen Mund, kein besonders angenehmes. »Sie wollen nicht, daß jemand in die Nähe von Ihrem Hinterzimmer kommt, wie?«

»Geh nach Hause, Dan!« Pips Ton wurde scharf.

Daniel ging davon, mit seinen immer gleichen Schritten, und hinterließ eine Atmosphäre des Unbehagens. Der stets wachsame Daniel, dessen halbes Lächeln Unheil verkündete. Pip zitterte am ganzen Körper. Plötzlich war sie wieder da, die Erinnerung an eine Gestalt draußen im unsicheren Licht des beginnenden Morgens, aber Daniel war kein Mensch mit Gedächtnis. Pip schüttelte den Kopf und konzentrierte sich statt dessen auf die Vorstellung von Kimberley Perrys rundem Hinterteil, wenn sie sich bückte, von ihren Beinen, wenn sie die Trittleiter bis zum obersten Regal der Apothekenabteilung emporstieg, von ihrem wohligen Busen unter dem Kittel. Laß ihr Zeit, laß ihr Zeit, warte lieber noch ab. Dann endlich würde er es erfahren. Zunächst nahm er sich vor, erst einmal die Wohnung und seinen besten Anzug zu säubern. Für die Beerdigung.

Pfeifend machte sich Pip an die Hausarbeit: Der Gedanke an den nächsten Tag und die Frage, was er dem Inspector antworten sollte, störten ihn nur wenig. Er putzte die Edelstahlspüle, die ohnehin blank war, zog das Bügelbrett aus dem Schrank und holte seinen Anzug hervor. Griff nach der markenlosen chemischen Reinigungsflüssigkeit, die er als Fleckenwasser für Wollflanell benutzte. Verschwunden, nicht mehr unter der Spüle, die er gerade geputzt hatte, verschwunden zusammen mit den anderen Putzmitteln, die er dort unten versteckt hatte, mit Jiff, Sparkle und dem umweltfreundlichen Waschpulver, alles von der Polizei beschlagnahmt. Der Gedanke daran ließ ihn einen Moment innehalten, ein bis zwei Minuten, in denen ihm der Schweiß ausbrach und er sich unvermittelt hinsetzen mußte. Und immer wieder, wie ein Mantra, dieselben Sätze vor sich hin murmelte: Spielt keine Rolle, sie werden keine Verbindung feststellen, es wird schon nichts passieren. Ich habe eine Erklärung. Beweise werden sie niemals finden. Keiner von ihnen ist alt genug. Polizisten sind keine Apotheker. Doch schließlich gewann die Trägheit wieder die Oberhand und mündete nach dem Abklingen des Schweißausbruchs in die vormalige Hochstimmung, die, zusammen mit dem Gefühl der Sorglosigkeit, so charakteristisch für ihn war. Vielleicht sollte er Kimberley besuchen. Er kramte in den Schubladen seiner Kommode: Süßigkeiten für Kinder, denn die mögen Kinder immer, sogar die vergammelten Schokoladenriegel, die Margaret ihm aufgedrängt hatte, damit er dicker würde. Damit bewaffnet, trat er auf den Balkon hinaus, während der Gedanke an Kimberley seinen Atem schneller gehen ließ. Er mußte es unbedingt wissen, er mußte es erfahren – sie war die einzige, die es ihm zeigen konnte, die einzige, die er jemals begehrt hatte ... Sein ständiger Hang zum Sparen ließ ihn das Licht ausmachen, bevor er die verglaste Hintertür öffnete. Frierend blieb er in der eisigen Luft am Geländer stehen und hörte zu seinem Verdruß, daß unten auf dem Weg jemand seinen Namen rief.

»Macht nichts, Tombo, ist nicht so schlimm! Ehrlich, es macht wirklich nichts. Partys sind doch nicht so wichtig, ich wünschte nur, du hättest mir schon letztes Mal gesagt, wie sehr du sie haßt, dann hätte ich mir eine Entschuldigung für dich ausgedacht. Warum in aller Welt hast du nur angenommen, ich könnte dir wegen so was böse sein? Bist mein kleines Dummchen!« Liebevoll fuhr sie ihm durchs Haar. »Zumindest bist du dann weg und hast bei Onkel Philip auf mich gewartet. Wie gut, daß er dich reingelassen hat. Eigentlich darf nämlich niemand in sein Labor, nicht einmal ich. Und was hast du dann gemacht?«

»Auf der Treppe hab ich gesessen. Im Dunkeln. Nachdem ...«

»Nachdem was?« Sie spürte, daß er nicht antworten wollte, es aber tun würde, wenn sie nur geduldig genug war und ihm weiter den Kopf streichelte, weil ihn das zu beruhigen schien. Völlig durcheinander hatte sie ihn vorgefunden, vor Kälte zitternd, ohne Mantel. Und kaum waren sie in der Wohnung, hatte er sich übergeben müssen. Sie hatte ihn besonders liebevoll zu Bett gebracht, mit mehr als dem üblichen Schuldbewußtsein gehätschelt. »Nachdem was?«

»Nachdem Daddy weggefahren ist«, stammelte er und spürte, wie ihm der Verrat nicht nur in den Magen kroch, sondern bis hoch in die Augen, die immer noch mit Tränen drohten. Der Druck ließ erst nach, als er sah, daß Mummy ganz ruhig blieb und überhaupt nicht erstaunt zu sein schien.

»Einen Moment nur, Tom, ich hol mir schnell eine Zigarette.« Um ihr Zittern zu verbergen, ihren Schock, lief sie zum Zimmer hinaus, steckte sich hastig eine Zigarette an und kehrte zurück, indem sie Sorge und Schrekken mit Rauchwolken und Entschuldigungen kaschierte. Selbst in seinem zarten Alter war Tombo merkwürdig puritanisch, was das Rauchen betraf: genau wie sie, wenn es ihr gutging.

»Ich wußte gar nicht, daß Daddy heute abend kommen wollte«, sagte sie ruhig. »Aber schließlich tut er das ja ziemlich häufig. Einfach nur, um nachzusehen, ob bei uns alles in Ordnung ist, weißt du. Auch wenn er keine Zeit hat reinzukommen.« Wenn das nur wahr wäre, dachte sie. Wenn ich ihm doch bloß nicht den Schlüssel gegeben hätte! Wenn er uns doch nur in Ruhe lassen würde – *mich* in Ruhe lassen würde! Mit Tombo ist ja alles in Ordnung. Und er stiehlt auch sein Nachtzeug nicht, unterzieht ihn nicht jedesmal, wenn sie sich sehen, einem Kreuzverhör, wie er es mit mir tut.

»Um wieviel Uhr ungefähr hast du Daddy gesehen? Ich meine, hast du mit ihm gesprochen?« Sie riß sich zusammen, paffte nicht mehr so hastig an der ungewohnten Zigarette, tat so, als wolle sie Rauchringe blasen, und zog Grimassen, um ihn zum Lachen zu bringen.

»Etwa zehn Minuten, bevor du gekommen bist. Ich hab nicht lange auf dich gewartet, ehrlich! Es war nur ein bißchen kalt.« Inzwischen fühlte er sich wieder behaglich, warm und von Liebe umgeben, während der Schlaf sich in sein noch eifrig arbeitendes Gehirn einschlich.

»Kann ich mir vorstellen, mein armes Häschen! Morgen früh wirst du deinen Anorak zur Schule anziehen müssen. Ich muß deinen Mantel erst von Mrs. Beale holen. Ich weiß, daß du sie ›Mrs. Hintern‹ nennst, aber ich darf so etwas nicht von ihr sagen. Obwohl ich's gern tun würde. Ist ein passender Name für sie, wirklich. Perfekt getroffen.« Tombo kicherte, glücklich vor Erleichterung darüber, daß sie sich so gut verstanden. Mummy lachte.

Sie lachte selten, doch wenn sie es tat, wenn sie wie jetzt mit ihm zusammen lachte, wußte er genau, daß sie bereit war, für ihn zu kämpfen, für ihn zu sorgen, und daß er sie nur darum zu bitten brauchte. Das Bitten jedoch, das war der schwierige Teil. Denn sein Stolz war ein Hindernis, so hoch wie eine Mauer. Und ihre unsichtbare Unterstützung, diese Liebe, die ihn im Augenblick so fest umschloß, war auf dem Schulhof nicht immer greifbar, denn der erstreckte sich nach allen Seiten auf mehr als hundert Meilen, ganz zu schweigen vom Pflaster der Herringbone Parade.

Mrs. Beale stand keuchend auf der Lieferantenseite von »Carlton's Caring Chemist«. Sie genoß das Gefühl ihrer eigenen Bedeutung und hatte nur andeutungsweise ein schlechtes Gewissen. Es tue ihr ja so leid, ihn zu belästigen, erklärte sie, aber sie habe sich gedacht, daß er zu Hause sei – er ging ja nie aus, und sollte das als frisch Verwitweter auch nicht, das wäre nicht richtig –, und es sei wirklich dringend. Mrs. Beale hielt nichts vom örtlichen Doktor, der *gentle* war, ja, ein sehr sanfter Mann sogar, aber gewiß kein Gentleman, denn er war so schwarz wie die Nacht und hieß auch noch Dr. Gupta. Nicht gut genug für das Magengeschwür ihrer Mutter, o nein! Dafür war Pip Carlton der richtige Mann, ach was, jeder Apotheker mit einem Haufen Pillen war dafür in Ordnung. Daß ihre verdammte Mutter wegen der Störungen durch die Party sich auch wieder mal anstellen mußte wie ein Baby. Die verfluchte Alte. Ihr Magengeschwür kam nur daher, daß sie sich ständig vollstopfte wie ein Schwein und sich mit jedem zweiten Atemzug dann auch noch beschwerte. Geschah ihr ganz recht. Und über die Hintergasse war sie gekommen, weil sie möglichst niemandem begegnen wollte. Auf der Herringbone Parade wimmelte es zwar tagsüber von Nachbarn, doch abends war es dort nicht sehr freundlich, nicht so wie früher. Nicht wie während der nur vage erinnerten

Kriegsjahre. Damals habe noch ein echter Gemeinschaftssinn geherrscht, sagte die Mutter, wenn sie wieder einmal von den Bomben erzählte, die während des »Blitz« die Stadt verwüstet hatten. Nach sieben Uhr abends rührte sich hinten in der Gasse überhaupt nichts mehr, herrschte Grabesstille, kam höchstens gelegentlich ein Auto vorüber, sonst nichts. So angenehm, so nett, ein paar Worte mit Pip zu sprechen, der niemals ungeduldig wurde, niemals nein sagte, sich wirklich kümmerte. Gewiß, Mrs. Beale, und wie geht's Ihnen selbst? Ich kann Ihnen natürlich nichts geben,wofür Sie ein Rezept brauchen, aber ich glaube, ich habe genau, was Sie brauchen. Könnten Sie um die Ecke zum Ladeneingang kommen? So etwas verwahre ich grundsätzlich nicht in der Wohnung, wissen Sie, das würde Margaret nicht dulden. Mrs. Beale rührte es, daß er von Margaret sprach, als lebte sie noch, vielleicht, weil die Beerdigung noch nicht stattgefunden hatte. Eine traurige Geschichte, gewiß, aber dennoch nicht allzu tragisch. Sie wußte genau, daß Margaret ihr in diesem Moment die Tür vor der Nase zugeschlagen hätte, um Pip vor der Belästigung zu schützen, die ihm in Wirklichkeit willkommen war, und ihr geraten hätte, den Arzt zu rufen.

»Tut mir wirklich leid«, wiederholte sie jetzt zum siebtenmal, obwohl sie es schon beim erstenmal nicht ernst gemeint hatte, »aber sie stellt sich so furchtbar an, wissen Sie. Könnte kein Auge zutun, wenn ich sie so leiden ließe, nicht wahr?«

»Bestimmt nicht«, bestätigte Pip mit einem schalkhaften Funkeln in den Augen. »Sie könnten sie aber, nun ja, ein wenig ablenken. Wie wär's denn mit einem von diesen zauberhaften Nachthemden, da wir schon mal davon sprechen?«

Sie platzte förmlich vor Lachen, war immer wieder dankbar für seine kleinen Flirtereien.

»Ach, geh'n Sie doch! Könnten Sie sich das vorstellen? Ich in so einem Ding? Ich würde ja schon einen Herzanfall kriegen, wenn ich nur in den Spiegel sähe!«

»Eins davon hab ich Ihrer Freundin verkauft, wissen Sie. Wie war übrigens die Party?« Sie ignorierte seine Frage, nicht jedoch den verschmitzten Blick und die hochgezogenen Brauen, als er jene Lady erwähnte, die von Tombo »Mrs. Busen« genannt wurde. Die Chance, sich ein bißchen über Mrs. Beales auffallende Freundin lustig zu machen, war zu verlockend, um ihr zu widerstehen. Nicht etwa, daß Pip jemals etwas Nachteiliges über sie sagen würde, aber sein Blick genügte durchaus.

»Haben Sie das?« gab Mrs. Beale leise zurück. »Tatsächlich? Sagen Sie mir nur, in welcher Farbe, und ich werde nie wieder ein Wort darüber verlieren.« Nun war es an ihm zu lachen. Er überreichte ihr ein Fläschchen mit Tropfen, umfaßte dabei ihre Hand und hielt sie eine Weile fest. Pip berührte andere Menschen immer, bevor er von ihnen berührt wurde. »Im Leben nicht, Mrs. B., das wissen Sie doch, im Leben nicht!« In gegenseitigem Einverständnis strahlten sie einander an.

»Kommen Sie doch auf ein Täßchen Tee mit zu mir«, schlug Mrs. Beale vor. »Oder ist es dazu schon zu spät? Der Gedanke, daß Sie ganz allein hier sind, gefällt mir nicht. Mum würde sich sicher freuen. Könnte mit Ihnen von den alten Zeiten reden.«

Pip verbarg seinen Argwohn hinter einer dankbaren Miene. Ach ja, die Nächstenliebe, all die verschiedenen Arten der Liebe, die Margaret ihm nicht gestattet hatte. Die alte Mrs. Beale hatte ihn schon als Kind gemocht, eine halbe Meile und eine Million Jahre lagen dazwischen. Sie hatte die ganze Familie gekannt, die Tanten und seine Mutter, sie war der einzige Mensch in der Parade, der sie alle gekannt hatte, für Erinnerungen war Pip jedoch noch nicht aufgelegt. »Das ist sehr liebenswürdig, aber nicht heute abend. Ich muß arbeiten – leider.«

»Nun, dann eben ein anderes Mal. Geben Sie gut acht auf sich.«

Zehn Türen weiter saß die alte Mrs. Beale wartend vor ihrem Kamin. Sie fragte sich, warum die Polizei trotz ihres wahrhaft umfassenden Wissens niemals zu ihr gekommen war, saß da, wie schon seit Wochen, der verkörperte stumme Vorwurf.

Die Einsamkeit war deprimierend. Dennoch gab es Zeiten, da trug Hazel so leicht an ihr wie an seiner schlaksigen Figur. Dann wieder, wenn die späten Abendstunden so schwer auf ihm lasteten, daß sie sein Herz zu ersticken drohten, fielen ihm plötzlich all jene Narkotika ein, die er als noch unreifer Mann benutzt hatte. Als er noch an die Wissenschaft und die Kraft des Heilens geglaubt hatte – großer Gott, waren das Zeiten gewesen! Als man die Patienten festhielt und sie die Erlösung von ihren Schmerzen einatmen ließ, selbst wenn sie es nicht wollten. Aber nein, das war reine Phantasie, so etwas hatte er niemals getan. Das hatte man sehr viel früher gemacht, in den ersten Anfängen, Mitte des neunzehnten Jahrhunderts, als noch mehr Patienten durch die neuentdeckte Anästhesie gestorben waren, als durch sie gerettet wurden, auch wenn sie sich während der ganzen gräßlichen Chirurgenarbeit die Seele aus dem Leib schrien und aus den dichtbelegten Krankensälen entfernt werden mußten, damit die übrigen Patienten nicht zu sehr darunter litten. Nun ja, dachte er, als er seine Büchersammlung betrachtete, wenigstens haben sie den armen Schweinen den Weg ins Jenseits eröffnet, diese K.o.-Dämpfe, die anfangs von den Chirurgen persönlich oder von jemandem verabreicht wurden, der zufällig in der Nähe war, Zauberformeln in unsicheren, ungeübten Händen, dosiert mit einer Großzügigkeit, daß der Patient oft gar nicht erst auf das Messer zu warten brauchte, um zu sterben – ein Student oder eine Schwester mit einer Maske, die aussahen wie Scharfrichter und nicht selten auch unfreiwillig die gleiche Aufgabe erfüllten. Das alles war Sean Hazel bekannt, und er wußte, seine Phantasie würde ihn nicht mit so schrecklichen Alpträumen plagen, hätte er es sich nicht zur Gewohnheit gemacht, die Geschichte dieser Dinge zu studieren. In seinem Kopf existierte ein Traumbuch, das er niemals geschrieben hatte, die Geschichte all dieser Männer, wie sie ihm sein eigener Vater erzählt hatte, nachgelesen in diesen staubtrockenen Bänden, die er als einer der wenigen Ärzte kannte, die alt genug waren, um eben diese Mittel benutzt zu haben. Die junge Generation brauchte und wollte davon nichts mehr wissen. Oder davon, daß sie den Älteren für ihre Existenz zu danken hatte, ob die nun, wie auch Hazel, nutzloses Wissen mit sich herumtrugen oder nicht.

Er hielt wieder mal Selbstgespräche, bereitete sich aufs Schlafengehen vor und deutete auf seine Bücher, die alten viktorianischen Manuale, um sich selbst zu beweisen, wie recht er hatte. »Du kämst mit Sicherheit am besten im Dschungel zurecht, mein Junge. Du kannst wenigstens improvisieren.« Dieser Gedanke barg Genugtuung, war ein sinnloses Eigenlob, das war ihm klar, war aber dennoch recht beruhigend. Er warf einen Blick zur Brandyflasche hinüber: nur zwei Finger breit weniger, braver Junge. Er hatte alles probiert, den Alkohol zuletzt, nichts hatte geholfen. Vergessen war das Schwerste, Erschöpfung das Beste, was er sich verschaffen konnte, um die Bilder in seinem Kopf verschwimmen zu lassen und den Geruch aus seiner Nase zu vertreiben.

Dem eigenen Sohn hatte er Chloroform gegeben.

Es war nichts anderes zur Hand gewesen.

Als Helen sich an die Arbeit machte, klangen ihr Baileys Warnungen noch im Ohr, die wenigen, leise geäußerten Worte: Misch dich nicht ein. Laß die anderen die Arbeit tun, für die sie bezahlt werden ... Sie hatte ihm nicht gesagt, wie oft sie diesen Ratschlag schon von ihren Vorgesetzten gehört hatte, ohne sich weiter darum zu kümmern, und dennoch, da sie sich niemals gegen gute Ratschläge oder konstruktive Kritik zu sperren pflegte, begann sie sich mit dem Gedanken anzufreunden, unter den Fall Carlton einen Strich zu ziehen. Arroganz war ein fremdartiges Gefühl für sie, und sie mußte sich nicht ständig neu bestätigt sehen; war sie allerdings von etwas überzeugt, dann war es nicht leicht mit ihr, doch als sie jetzt den Korridor entlangschritt, über dem Arm ihr zweitbestes Kostüm, das frisch aus der Reinigung kam, in einem Gefühl des Wohlbefindens und der Absicht, mit Redwood, Mika und all den anderen in Frieden zu leben, war sie zu jeder Zusammenarbeit und darüber hinaus sogar dazu bereit, sich bei aller Welt dafür zu entschuldigen, daß sie Schwierigkeiten gemacht hatte – alles, nur damit endlich Frieden herrschte.

Bis ihr Mika eine Notiz überreichte, und zwar mit der vorwurfsvollen Miene jener, die immer schon lange da sind, während andere notorisch zu spät kommen. »Chief Inspector Davies hat angerufen. Ich hab's aufgeschrieben. Er meldet sich später noch mal. Jetzt mußte er weg.«

»Verdammt!« Der Eingangskorb war wieder voll, und die Carlton-Papiere lagen nach wie vor auf ihrem Schreibtisch. »Chloroform«, hieß es in der Notiz, sicher sorgfältig diktiert, denn Rechtschreibung war nicht Mikas Stärke, »in chemischer Reinigungsflüssigkeit.«

»Und er wollte Ihnen noch was sagen«, fuhr Mika fort. »Ein An ... Afro ... Afrodissie ... Irgendwas mit Sex.«

»Aphrodisiakum?« erkundigte sich Helen.

»Genau! Das war's! Sie sollten ihn lieber anrufen. Er war furchtbar sauer.«

»Verdammt!« zischte Helen noch einmal und ließ das gereinigte Kostüm aus ihren Armen zu Boden rutschen. Allein der Gedanke an den Geruch. Anti-aphrodisiakisch. Die Welt war nicht nur schlecht, sondern verrückt!

5

»Die Wahrheit, die ganze Wahrheit und nichts als die Wahrheit, so wahr mir Gott helfe.«

Helen blickte von dem Dokument auf, das vor ihr lag,

und begegnete dem Blick des Mannes, der ihr gegenübersaß. Detective Inspector Collins versuchte andere zufriedenzustellen, ohne unterwürfig zu sein. Bisher gefiel ihr, was sie sah. Als er Helens Miene bemerkte, gestattete Collins sich ein kleines Lächeln.

»Ich habe ihn nicht gezwungen, das zu sagen, Miss West. Er hat selbst darauf bestanden.«

»Also, das reicht wirklich, um mich aus der Fassung zu bringen.«

Sie hatte hinten angefangen und war inzwischen bei dem angelangt, was für sie persönlich das Widerlichste an Philip Carltons Aussage war. Anrufungen von Jehova, Schwüre »beim Leben meiner Mutter«, all das ließ ebenfalls die Alarmglocken schrillen, löste bei ihr gleichzeitig das Gefühl von Übelkeit aus.

»Ich begreife nicht, warum er vorher kein Wort davon gesagt hat. Es wäre doch wirklich so einfach gewesen.«

»Er wollte uns nicht schockieren, wie er sagt. Außerdem hätte ihn weder Mr. Davies noch sonst jemand danach gefragt. Und wir hätten uns sicher auch nicht um all das Zeug gekümmert, wenn nicht Sie, na ja, darauf bestanden hätten.« Inspector Collins hüstelte mehrmals höflich zustimmend. Helen erwog, ihm ein Hustenbonbon aus ihrer Schublade anzubieten, unterließ es jedoch, weil es ihn nur noch verlegener machen würde, mit einem Bonbon im Mund vor ihr zu sitzen. »Kein Mensch wußte, daß da noch mehr Chloroform war, und Mr. Carlton erklärt, er habe die Flüssigkeit tatsächlich zum Reinigen von Kleidern benutzt. Sie sei sehr viel besser als normales Fleckenwasser, behauptet er. Aber im Grunde ändert das alles doch überhaupt nichts, nicht wahr? Es bleibt nach wie vor ein Unfall.«

»Na schön, ein Unfall. Nur stellt sich auf einmal heraus, daß dieser verdammte Apotheker seiner armen, unbedarften Ehefrau beigebracht hat, das Zeug zu inhalieren. Als Tochter eines einfachen Ladenbesitzers kannte sie sich da nicht aus. Das Schwein!«

»Ein Unfall«, erklärte Collins energisch. »Ein schlimmer Unfall, doch kein Verbrechen. Bisher jedenfalls nicht. Niemand hat sie gezwungen, die Dämpfe einzuatmen. Sie war allein.«

»Darüber würde ich gern ein bißchen nachdenken«, erklärte Helen. »So ungefähr ein bis zwei Tage.«

»Haben Sie sonst noch etwas für mich? Ich könnte die Nachbarn noch einmal befragen. Aber es ist schließlich nicht so, als ermittelten wir in einem Mordfall.«

»Sie werden natürlich sein Alibi überprüfen, nicht wahr?«

»Das habe ich vor. Er war zweifellos in diesem Hotel, aber wir sollten die Einzelheiten noch einmal genauer unter die Lupe nehmen. Würde ich sagen.« Eine unterschwellige Zurechtweisung, eine Erinnerung daran, daß er sich auf seine Arbeit verstand.

»Und seinen Laden haben Sie auch überprüft?«

»Selbstverständlich. Das hat Davies bereits erledigt, und zwar gründlich. Der Mann führt gewissenhaft Buch über alle rezeptpflichtigen Medikamente, wirklich gewissenhaft. Als Apotheker bleibt ihm auch kaum etwas anderes übrig, wissen Sie. Die müssen über alles Rechenschaft ablegen, was sie rausgeben. Er hat auch Chloroform, für seine Mixturen, aber das ist absolut legal. In seinen Augen sowieso.«

»Gut. Ich glaube, das wäre im Augenblick alles.« Wieder lächelte sie beruhigend. Versuch dem Mann nicht vorzuschreiben, wie er seine Arbeit zu tun hat, der weiß genau, was er tut; in ihre Stimme stahl sich ein Unterton von Nörgelei. Helens berühmte Geduld war zum größten Teil gespielt, sie wollte keinesfalls dastehen wie jemand, der, kaum allein, zu Hause in unaufgeräumten Zimmern auf und ab rannte und versuchte, auf diese Weise Frustration und Unwissenheit zu Leibe zu rücken.

Wieder blickte sie auf die Aussage hinab.

» ... habe ich ihr einmal erklärt, daß Chloroform ein Aphrodisiakum ist. Wir haben es ausprobiert, nur so zum Spaß. Man gießt etwas davon auf ein sauberes Staubtuch und atmet es etwa sechzig Sekunden lang ein. Nicht ich, natürlich. Ich habe ihr erzählt, daß ich das in meinen alten pharmazeutischen Büchern gelesen habe. In der Wohnung hatte ich nur etwas Chloroform als Fleckenwasser für meine Anzüge. Dann stellte ich fest, daß sie sich was davon abgezapft hatte und zum Einschlafen benutzte. Sie wußte, daß ich dagegen war, aber ich konnte es nicht verhindern ...«

Chloroform – ein Aphrodisiakum. Wie wenig man doch von dieser Welt wußte. Helen hatte immer gedacht, das Zeug lasse einen einschlafen.

»Während Unwissen Seligkeit bedeutet«, notierte Sean Hazel, »ist Wissen ausgesprochen gefährlich. Vor allem jungfräuliches Wissen, unberührt von Experimenten. Oder vielmehr von Erfahrung, welche die Quintessenz allen Experimentierens ist. Und die Erfahrung rät, skeptisch zu sein, lieber ein kleines Repertoire von Mitteln einzusetzen als eine große Auswahl, nicht zuletzt, da die Art der Anwendung nicht weniger wichtig ist als die Qualität der Substanz selbst und unser Geist nur eine gewisse Menge verarbeiten kann ...«

Die sehr klein sein kann, je nachdem. Gern hätte er eine Geschichte der Sinnlosigkeit geschrieben – kurz wie eine Broschüre, irgend etwas, um zu zeigen, daß auch Ärzte dazu neigen, sich wie Schafe zu verhalten, sich selbst und andere dazu verleiten zu kaufen, was ihnen vorgesetzt wird; doch das Schreiben, von dem er sich erhofft hatte, es werde der Trost seines hohen Alters, verwandelte jeden Gedanken, der aus seiner Feder floß, in eine Art Porridge. Und als Kind hatte er Porridge gehaßt, und außerdem war er sehr, sehr müde. Unser kurzes Leben mündet in Schlaf, sagte er sich. Ich hoffe nur, bald. Das Schreiben wollte ihm nicht gelingen, und *cigarettes, whiskey and wild, wild women* waren passé, das heißt, von Zigaretten und Whiskey abgesehen.

Also was sonst? Gar nichts. Und dann diese Stimme am

Telefon, mit der Bitte um Auskunft, die niemand sonst von ihm erbeten oder gar gebraucht hatte. Diese so bezaubernde Stimme.

»Hier ist Helen West. Entschuldigen Sie, wenn ich gleich mit der Tür ins Haus falle. Chloroform, Doc: Erzählen Sie mir von Chloroform. Alles, was Sie wissen!«

Nach wenigen Stunden hatte sich das Wetter verschlechtert. Ein grauer, nasser Wind versprach Schneeregen, durchdrang warme Kleidung, ließ Schirme umschlagen und wütete gegen Gesichter. In den Büros liefen die Nasen, die Fenster der Pubs waren beschlagen, und an den kahlen Bäumen bogen sich die Zweige, feuchter Schmutz tropfte von ihnen herunter. Auf Baileys täglichem Weg zwischen Whitechapel und Bethnal Green mitten durch den Beton- und Backsteindschungel waren allerdings selbst diese häßlichen Winterbäume selten. Abseits des Verkehrs fanden sich nur noch spärliche Reste der alten Plätze, die im Sommer die einzige Erholung boten. Heute wich Bailey von seiner gewohnten Route ab und machte einen Abstecher in die Herringbone Parade, da Helens Interesse am Fall Carlton seine Neugier geweckt hatte. Er parkte in der Hintergasse, überließ seinen Wagen dem Schmutz und spähte über den Bretterzaun in die Baugrube auf der anderen Seite. Weiter hinten sah er eine elegante Wohnanlage, die den Krieg überdauert hatte und nun eine Moschee sowie rund einhundert Familien beherbergte; dazwischen lag eine Wüste aus roter Erde. Bailey fröstelte. Das London seiner Kindheit war eine Stadt voller Kriegstrümmer gewesen, und das hier sah gar nicht so anders aus, obwohl in der Zwischenzeit bereits zwei Generationen nachgewachsen waren. Schon oft hatte er sich gefragt, was sich seit damals tatsächlich verändert hatte.

Er ließ seinen Blick schweifen. Irgend etwas im Fall Carlton hatte Helens eklektisches Interesse geweckt, doch da er ihr von jeder Einmischung abgeraten hatte, hatte sie das Thema nicht wieder erwähnt. So ging es häufig, und die beiderseitige Zurückhaltung erfrischte die Atmosphäre zwischen ihnen wie ein Sommerregen. Nach ein paar Tagen Schweigen allerdings fand Helen es, im Gegensatz zu ihm, schließlich unmöglich, die Stille weiter aufrechtzuerhalten, und erzählte ihm, was sie unternommen hatte. Womöglich versuchte sie ihn so zu größerer Offenheit zu bewegen, womöglich spürte sie aber auch, wie Monotonie und Leere in ihm um sich griffen und in Furcht umzuschlagen drohten. Dieser Gedanke gefiel ihm nicht.

Als er mit dem Wagen in den Lichterglanz der Parade eingebogen war, die in der frühen Dunkelheit des Nachmittags hell erstrahlte, war ihm klargeworden, daß Helens Taktik, Schweigen mit Schweigen zu beantworten, durchaus gerechtfertigt war. Mit keinem Wort hatte sie die letzten Entwicklungen erwähnt, denn schließlich hatte auch er ihr nicht erzählt, was er über die Parade sowie über Mr. und Mrs. Duncan Perry wußte. Aber er würde nicht länger schweigen, und sie würden sich helfen. Das alles hatte mit Duncan zu tun und wie man mit ihm umgehen sollte. Er könnte mit seiner Frau reden, ihn selbst etwas aufzurichten versuchen, doch im Moment fühlte er sich dazu nicht imstande. Im Moment fühlte er sich zu gar nichts imstande.

Die Herringbone Parade war ein Ort, den wohl niemand freiwillig zum Leben oder Sterben wählte, fand Bailey, die Zeit schien hier auf seltsame Weise stillzustehen, hatte die Menschen stranden lassen und es in ihre Hand gelegt, das Beste daraus zu machen. Doch trotz der vielen älteren Bewohner, die das Schicksal hierher verpflanzt hatte, trotz all der Menschen, die sich noch an den Krieg erinnerten, war sie ein tapferer Ort. Kräftig strahlten die Lichter, und hinter beschlagenen Schaufensterscheiben prangten Weihnachtsdekorationen. Menschen liefen von einem Hauseingang zum nächsten. Vor der Drogerie hatte er zwei Kundinnen gesehen, deren Gespräch in der eisigen Luft gefror. Bailey lachte über sich selbst. An anderen Tagen wäre er wegen des Marktes gekommen. Jetzt war er aus genau der müßigen Neugier hergefahren, die er angeblich so haßte. Langsam war er weitergefahren, vorübergehend behindert von einem Lkw, der die letzten Versatzstücke eines Standes auflud, dann war er nach links in die Hintergasse eingebogen.

Zwischen Müllsäcken beobachtete er angewidert, wie eine Promenadenmischung von Köter, eine Hühnerkarkasse in der Schnauze, erschrocken vor ihm davonsprang. Die winterliche Kälte förderte auch in Hunden und Katzen Raubinstinkte zutage, doch Hühnerknochen waren schlecht für Hunde, das wußte Bailey, weil sie zu brüchig für ihren Schlund waren. Das Tier verschwand in der Dämmerung und wartete vermutlich darauf, daß Bailey wieder wegfuhr, um sich dann von neuem auf die besten Bissen des menschlichen Abfalls zu stürzen. Sollte es doch.

Als Bailey in die Gasse gebogen war, kam Helen hinter einem Regal in Pip Carltons Laden hervor. Denn während sie im Schaufenster die verstaubte Auslage von Sonnenschutzcremes betrachtet hatte und ihre Gedanken sich mit der Frage befaßten, warum die dort lagen, hatte sie mit jenem kurzen Blick aus den Augenwinkeln, der alles Vertraute sofort registriert, Baileys Wagen und seine Gegenwart wahrgenommen. Durch zwei Glasscheiben von ihm getrennt, so weit und dennoch so nah für jenen sechsten Sinn, der sie veranlaßte, sich zu bücken, als wolle sie alle Einzelheiten über die Faktor-Sechzehn-Creme, die auch für Babys geeignet war, studieren. So etwas wie Scham, doch eindeutig nicht beschämend, ließ sie erröten. Sie bedauerte diese Art von Geheimniskrämerei, diesen Versuch, einen Charakter zu verbergen, zu dem auch Neugier gehörte – selbst wenn es sich dabei um eine sehr vorsichtige handelte – und der Kritik vermeiden wollte. Außerdem litt sie unter der Urangst eines jeden gewissenhaften Menschen, der seinen Arbeitsplatz mit Hilfe einer Lüge früher als gewöhnlich verlassen hat.

»Kann ich Ihnen helfen? Himmel, was für ein Durcheinander!« Als sie sich aufrichtete, war vor ihrer Nase ein ausladendes Hinterteil in einem knallroten Rock aufgetaucht, mit langen, wohlgeformten Beinen darunter, die in einer nur verschwommen wahrgenommenen rotschwarzgestreiften Strumpfhose steckten – eine abenteuerliche Aufmachung, die wohl mehr auf Experimentierfreudigkeit als auf einen guten Geschmack zurückzuführen war, die aber verzeihlich schien angesichts der allgemeinen Proportionen, des breiten schwarzen Gürtels um die wunderbar schmale Taille, der Ahnung eines äußerst attraktiven Körpers, der alle Nähte zu sprengen drohte. Helen, noch halb gebückt, befand sich etwa auf der Höhe eines Busens, wie sie ihn sich mit achtzehn sehnlichst gewünscht hatte und auch heute noch bewunderte, und sah dann empor in ein Gesicht, das intelligente, ein wenig zerstreute Freundlichkeit verriet. Große Augen, blauer Lidschatten, ein voller Mund – die Züge einer ungekünstelten Brigitte Bardot, wenn auch ohne deren Erfahrung.

»Ich wollte nur ...«

»Schon gut. Lassen Sie sich Zeit. Ich hasse es, wenn einem Verkäufer keine Zeit lassen. Sie nicht auch? Wir haben alles da. Und passen Sie bitte am Zahnpastastand auf, da holt man sich leicht ein paar Laufmaschen.« Und schon bewegte sich das Hinterteil mit energisch wiegenden Hüften wieder davon, als würde es vom eigenen Schwung getragen. Helen kam sich klein und unfähig vor.

Was ich hier mache, ist schon in Ordnung, redete sie sich ein, während die Tasche mit den Akten schmerzhaft an ihrer Schulter zog. Ich tue nur, was notwendig ist. Sie war sich ihrer Rolle durchaus bewußt und rebellierte üblicherweise auch nicht gegen ihre Grenzen. Sie war eine Art Zulieferer, ein Verarbeiter von Wissen, dem nur selten Einblick aus erster, höchstens aus zweiter Hand gewährt wurde, bevor die Stars des Gerichtshofs ihren Auftritt hatten. Im Vergleich zu den Hauptdarstellern war sie die Garderobiere. Ein Off-Stage-Produzent, einer, der die Autopsiefotos durchsieht, nicht der Pathologe selbst oder der Anwalt mit der sonoren Stimme. Ein Rechercheur, ein Verwerter von Beweisen, ein Treppenterrier, ein Hinterzimmerhocker. Keine Beifallsstürme für das, was sie tat. Doch in der Regel störte es sie nicht, daß man ihr nur begrenzten Einblick gewährte, solange man sie das, was sie tat, gut und gründlich tun ließ. Nicht ertragen konnte sie es allerdings, keine Meinung haben zu dürfen. Und sie dachte gar nicht daran, sich zumindest einen kurzen Blick auf den *locus in quo* verwehren zu lassen. In jedem normalen Mordfall hatte sie wenigstens ein Foto vom Gesicht des Leichnams auf dem Tisch, konnte kurz einem außerdienstlichen Mitgefühl Ausdruck verleihen oder ein Videoband des Hauses betrachten, in dem der Tote gefunden worden war, um der Szene Farbe zu verleihen: die Einrichtung, die durchaus Schlüsse auf die Pressionen dieses Lebens und dieses Todes erlaubte, ja, die Kleidung selbst war ein Teil der Geschichte. Ihre Aufgabe bestand unter anderem darin, die gräßlichsten Fotos von denen zu trennen, die man der Jury vorlegen konnte. In diesem Fall jedoch, in dem die verstorbene Mrs. Carlton wie eine ganz normale Routine-Tote ohne eine einzige Blitzlichtaufnahme fortgebracht worden war, hatte Helen rein gar nichts in der Hand. Keinen Hinweis, dem sie folgen konnte, bis auf die Gerüche, nichts, was dem Inhalt dieser seelenlosen, maschinengetippten Seiten, die sie gelesen hatte, Leben verlieh. Es war nicht das Verlangen nach Nervenkitzel, das sie hergebracht hatte, sondern das einfache Bedürfnis, den Rahmen kennenzulernen, der Wunsch nach hilfreichen Anhaltspunkten.

Sie hatte die Regale kontrolliert, die Gerüche in sich aufgenommen, ins grelle Neonlicht geblinzelt, tief eingeatmet und genau das getan, was sie immer tat, wenn sie in Ruhe einen Laden durchstöberte: Dinge zusammengesucht, die sie kaufen wollte. In jeder Drogerie fanden sich

Dinge, die man brauchte: Shampoo, Hühneraugenpflaster, Tampax, Diätsuppen, neue Lippenstifte, ein guter Lebensvorrat an Toilettenpapier und Staubtüchern. Großer Gott! In diesem Laden müßte man wirklich jedes Regal absuchen, von oben bis unten, wollte man finden, was man suchte. Angezogen vom Sonnengelb einiger Tücher aus künstlichem Chamoisleder, bückte sie sich abermals – ihr schlanker Po steckte in einem weiten Khakirock –, bis sie über sich die bereits bekannten Worte vernahm, die Stimme war allerdings eine andere.

»Kann ich Ihnen helfen? Suchen Sie etwas Bestimmtes? Wir helfen gern.«

Gräßlich! Du sollst deine Kunden nicht nötigen! Allein dafür verabscheute Helen diese Stimme. Als sie sich aufrichtete, waren sie beide gleich groß, Helen West und der *Caring Chemist,* und standen so dicht voreinander, daß ihre Gesichter nur eine Handbreit voneinander entfernt waren. Helen trat rasch einen Schritt zurück. Ihr Absatz kollidierte mit einem Paket Watte – ein unangenehmes Gefühl unter ihrem Fuß.

»Wünschen Sie etwas Bestimmtes?« erkundigte der Apotheker sich abermals. Sie starrte ihn an, gebannt; ihr Gesicht verzog sich zu einem entschuldigenden Lächeln, während ihr Empfinden ganz von seinem Geruch erfüllt war: Lavendelwasser, irgendein zarter Duft von Babypuder, vermischt mit allen möglichen anderen Gerüchen, die an seinem weißen, perfekt gebügelten Kittel hafteten. So klein, so servil und mit dieser Stimme, die zu dem öligen Inhalt seiner Worte so gut paßte, kam Helen ihr Gegenüber unwillkürlich wie ein geschniegelter Kellner vor. Die sorgsam manikürten Hände hatte er unter der Taille gekreuzt und stand da, als sei ein halber Bückling seine natürliche Haltung; die Schuhe blitzblank poliert, der Kragen seines blauen Hemdes makellos, die Krawatte mit einer Nadel an Ort und Stelle gehalten, und kein einziges Härchen auf seinem Kopf wagte sich aus den vom Kamm gezogenen Furchen heraus. Fahle Haut und die blassesten Augen, die Helen je gesehen hatte. Ein ausgebleichtes Blau, die Farbe ausgewaschen, ostentativ lächelnd, doch ohne Leben. Eine hohle Fassade.

»Ja. Das hier.« Sie legte ihm ihre kleine Warensammlung in die Hände, die er ihr wie eine Bettelschale entgegenstreckte.

»Sonst noch was?«

Helen spürte die gegenseitige Antipathie, während er sie zum Tresen begleitete.

»Sie sind nicht von hier, nicht wahr?« erkundigte er sich beiläufig, während er mit seinen zierlichen Fingern die Beträge in die Kasse tippte.

»Nein«, antwortete sie knapp. Etwas in ihr weigerte sich, mehr von sich preiszugeben, und hilfesuchend sah sie sich nach dem Mädchen mit den rotschwarzgestreiften Beinen um.

»Einen schönen Tag wünsche ich«, sagte er, als er ihr die weiße Tragetasche überreichte, ohne den Blick von ihr zu nehmen, und plötzlich durchzuckte es Helen so unvermittelt, daß ihr die Knie weich wurden: Ich habe recht, schrie es in ihr so laut, daß sie schon glaubte, er müsse es hören. Ich habe recht, ich weiß, daß ich recht habe! An einem Tod im Haus dieses Mannes würde niemals etwas natürlich sein, niemals hatte er seine Frau durch einen Unfall verloren; einen solchen Verlust von Kontrolle würde dieser Mann nicht gestatten. Und dann der Geruch! So *sauber,* eine sterile Bedrohung.

»Vielen Dank.«

»Auf Wiedersehen.«

Nicht, wenn ich's vermeiden kann. Auf dem Weg zur Tür nahm Helen wahr, daß er sich von ihr ab- und der weiblichen Stimme zugewandt hatte, die aus dem Raum hinter dem Tresen kam. Ein freundlicher, normaler Klang, der so gar nicht zu der seltsamen Künstlichkeit dieses Raumes paßte. Auf Helen wirkte er in diesem Moment entnervend. Ich hätte nicht herkommen sollen, sagte sie sich, wußte aber, daß sie nicht anders gekonnt hatte.

Am schlimmsten jedoch war das Bewußtsein, daß sie mit niemandem über das alles sprechen konnte.

»Sie denken doch daran, daß Sie gesagt haben, ich könnte heute früher gehen, Pip? Haben Sie auch ganz bestimmt nichts dagegen?«

»Aber wirklich nicht, nein!«

Sie zögerte. »Was hat eigentlich die Polizei gestern von Ihnen gewollt? Sie waren ja stundenlang verschwunden. Ging es um Margaret?«

Er räusperte sich. »Ja, ja, so war es wohl. Hören Sie, ich möchte mit Ihnen sprechen. Wäre das möglich?«

Kim wußte nicht, was sie darauf antworten sollte, da sie nicht einmal ahnte, um was es ging, doch ihre Plauderstündchen mit der indiskreten Margaret machten sie nicht gerade neugierig auf weitere eheliche Geheimnisse. Sie hatte mit einer ähnlichen Frage gerechnet und gewußt, daß sie ihr nicht ausweichen konnte. Während des gesamten Vormittags hatte sie gespürt, wie Pip sie beobachtete, wohl um ihre Stimmung zu ergründen. So abgelenkt war er von seiner Arbeit gewesen, daß er nicht mal die Pillenzählmaschine betätigen oder sich die Rezepte der Reihe nach vornehmen konnte. Jetzt saßen sie hinten, wo Pips Labor, wie meist tagsüber, hinter Kisten und Kästen verborgen war, und tranken Tee. Pip bereitete immer wieder andere Sorten: Kamillentee, schwarzen Tee, Pfefferminztee. Es machte ihm Spaß zu experimentieren. Im Laden draußen war alles still.

»Ich hatte Angst, sie würden Margarets kleines Geheimnis entdecken. Die Polizei, meine ich. Ich hatte gehofft, es würde ihnen entgehen, aber nun sind sie dahintergekommen. Gott sei Dank haben Sie mich an dem Abend fortgehen sehen, bevor sie gestorben ist. Sonst säße ich jetzt ziemlich in der Patsche. Sicher würden die dann glauben, ich hätte es ihr gegeben.«

»Gegeben? Was? Tut mir leid, Pip, ich kann Ihnen nicht folgen.«

Er rutschte auf seinem Hocker herum und nippte an seiner Tasse, und als sie seinen Namen aussprach, warf er ihr einen so traurigen Blick zu, daß sie spürte, wie sie dahinschmolz. Kims rauhe Kanten verschwanden immer, wenn Pip so rührend und mit so großen Augen dreinblickte wie ein Welpe. Ein so netter Mann; kein Wunder, daß Margaret ihn geliebt hatte. Und aussehen tat er im Grunde auch nicht schlecht, obwohl Kim jung genug war, ihn für ein bißchen alt zu halten.

»Chloroform. Ich erzähle Ihnen das nur, weil Sie's vermutlich sowieso erfahren und weil ich's Ihnen nicht verheimlichen will, obwohl ich natürlich nicht möchte, daß die ganze Straße davon erfährt. Hören Sie zu. Als ich Margaret kennenlernte, war sie drogenabhängig. Jawohl, ich weiß, das kommt überraschend, und niemand hat es je bemerkt, aber haben Sie sich nie gefragt, warum sie so dünn war? Sie hatte einen Entzug hinter sich, sich aber dann an Tranquilizer gewöhnt, und wie die wirken, wissen Sie ja. Von den ganz harten Drogen bis zu Valium, sie hat einfach alles ausprobiert, und dann fing sie mit dem Alkohol an. Und einmal machte ich den Fehler, ihr zu erklären ... Sie stellte immer wieder Fragen, erinnern Sie sich?, wollte immer eingeweiht werden ... Wie dem auch sei, ich erklärte ihr, daß man durch das Einatmen von Äther oder Chloroform high werden kann. Äther brauche ich nicht vorrätig zu haben, Chloroform aber verdünne ich und benutze es zur Haltbarmachung von Morphium, das ich manchmal verfügbar halten muß, auch wenn es nicht oft vorkommt und niemals für länger. Und dann habe ich's ihr so zum Spaß mal gezeigt ...«

»Zum Spaß?« wiederholte Kim. Verdammt noch mal, dachte sie, eine höchst seltsame Auffassung von Spaß. Hätte niemals gedacht, daß die so was tun würde, da sieht man's mal wieder. Sie spürte, wie sich ihr Mund vor Staunen leicht öffnete.

»Selbstverständlich nur zum Spaß. Es schadet niemandem und hat sie von allem anderen ferngehalten, das sie sonst eventuell genommen hätte. Auf ein sauberes Staubtuch hab ich's geträufelt, nur ein paar Tropfen. Man hält es sich übers Gesicht, auf gar keinen Fall aber direkt aufs Gesicht, atmet tief ein, und presto fühlt man sich großartig. Glücklich. Sie war so versessen darauf, daß ich das Zeug verstecken mußte und ihr erklärt habe, wenn sie es benutzen wolle, dürfe sie das nur zusammen mit mir.«

»Was für ein Staubtuch?« fragte Kim verdutzt, weil sie nichts anderes zu sagen wußte. Sie suchte zu verhindern, daß ihre Miene verriet, wie geschockt sie war. Sie erinnerte sich deutlich an Margaret Carltons unnatürliche Magerkeit, ihr kindliches Verhalten und ihre Überschwenglichkeit, hatte jedoch nie ein Zeichen von Unberechenbarkeit an ihr entdecken können. Margaret war immer dieselbe gewesen, kichernd, nervend, vielleicht ein bißchen überaktiv. Auf jedes dümmste Detail versessen. Pip war verblüfft über die irrelevante Frage.

»Eines von denen aus dem Laden. Von den gelben. Dutzende haben wir davon. Immer dieselbe Marke. Das hab ich denen auch erklärt.« Plötzlich wurde er vorsichtiger, schien mit einemmal beunruhigt über ihre Reaktion und wandte sich wieder seiner Tasse zu, um sein Gesicht zu verbergen. Er war bemüht, seine Worte beiläufig klingen zu lassen. »Hat Margaret die Geschichte Ihnen gegenüber nie erwähnt? Ich weiß, daß sie mit Ihnen gesprochen hat, sie mochte Sie sehr ...« Kim wurde immer verlegener, murmelte ihre Antwort eher, als sie richtig zu artikulieren. »Sie hat mir nie etwas davon erzählt. Ich hatte keine Ahnung. Sie hat nur mal gesagt, sie glaube, Sie bräuchten ... Keine Ahnung, was sie meinte, geht mich auch nichts an, aber irgend etwas, um Ihr Liebesleben zu verbessern.«

Sein lautes, sehr nervöses Lachen klang so schrill durch den kleinen Raum, daß sie zusammenzuckte.

»Unser was? Wir hatten überhaupt kein Liebesleben, sie konnte es nicht ertragen, wirklich buchstäblich nicht ertragen. Ich hatte gehofft, wenn es ihr besserginge, aber ...«

»Hätten Sie das Chloroform nicht wegschließen können?«

»Ja, doch. Aber lieber den Teufel, den man kennt, nicht wahr, und außerdem macht es nicht süchtig. Hören Sie, Kim, ich war mir meiner Pflichten Margaret gegenüber genau bewußt. Ich habe mich um sie gekümmert, so gut es nur ging. Aber das war nicht gut genug. Ein einziges Mal lasse ich sie allein – hatte ja, weiß Gott, nur äußerst selten Gelegenheit dazu –, und als ich zurückkomme, ist sie tot. Und nun heißt es, daß sie an Gift ... O Gott, o Gott, Sie können sich nicht vorstellen, wie das war ...«

Er barg den Kopf in seinen Händen auf dem Tisch und schluchzte mit bebenden Schultern. Genauso hatte Kim ihn weinen sehen, als er aus der Anatomie zurückgekehrt war – dieses hilflose Schluchzen eines kleinen Kindes, das sie an Tombo erinnerte, wenn er einen seiner verzweifelten Zornesausbrüche hatte. Doch seitdem hatte er sich nichts mehr anmerken lassen, hatte gelacht und sich völlig normal verhalten, während diese furchtbare Bürde auf ihm lastete. Der arme, arme Philip! Tränen rührten sie immer sehr schnell, besonders männliche Tränen – ein Mittel, das Duncan niemals benutzt hatte, obwohl es das sanfteste, gleichwohl aber auch das wirksamste gewesen wäre. Bettelei widerte sie an, Tränen konnte sie sich nicht verschließen. Doch mitten in ihrem aufrichtig empfundenen Mitleid verspürte sie heimliche Erleichterung. Sie hatte den völlig absurden Verdacht gehegt, der gewalttätige, besessene Duncan könnte irgend etwas mit Margarets vorzeitigem Ableben zu tun gehabt haben. Zwar hatte sie nie richtig durchdacht, was sich da abgespielt haben mochte – doch möglicherweise hatte er sie mit seinem mitternächtlichen Herumlungern zu Tode erschreckt, vielleicht hatte er sich auch versehentlich in die falsche Wohnung geschlichen und die falsche Unterwäsche gestohlen. Aber nein, das war unmöglich, allein schon die Größe ... Und dennoch hatte sich dieser finstere Gedanke in ihr breitgemacht ... Doch jetzt wußte sie mit Sicherheit, daß Duncan wenigstens in diesem Punkt unschuldig war. Darüber hinaus erleichterte es sie, daß es an Pip offensichtlich nichts Pervertiertes gab, wie seine Frau es einmal vage angedeutet hatte.

Inmitten all ihrer Lamentos über Durchfall, Zahnbehandlungen, kleine Operationen und dergleichen hatte Margaret ungeheuerlich bösartige Ideen geweckt und bei jedem Gespräch mehr Andeutungen gemacht, bis sich ein winziger Hauch von Verdacht über ihren Mann zu senken begann. Eine Woge von Antipathie gegen die Tote stieg in Kim auf. Sie trat zu Pip, legte die Arme um seinen gebeugten Rücken und schmiegte den Kopf an seine Schultern. »Nein, nein, nicht doch! Bitte nicht weinen! Ich verstehe Sie ja. Ehrlich, Pip, ich verstehe Sie! Gott, Sie Ärmster, ich wünschte, ich hätte Ihnen helfen können ...«

Mit einer Grimasse zuckte er vor ihrer Berührung zurück, wie ein Kind vor einem Erwachsenen zurückweicht, der es tätscheln oder kitzeln will, hielt dann jedoch kurz ihre Hand und suchte in der Tasche seines Kittels nach einem Taschentuch. Kim fragte sich, wie es nur kam, daß er es zugleich liebte und haßte, berührt zu werden.

»Aber Sie *haben* mir geholfen. Sie helfen mir immer. Und entschuldigen Sie, daß ich hier heule wie ein Baby ... Ist nicht sehr männlich von mir, nicht wahr, Kim?«

Sie umarmte ihn abermals, ein wenig fester jetzt, ließ ihn gleich darauf aber unvermittelt los, denn hinten am Ladentisch stand Daniel und beobachtete sie aufmerksam, das Gesicht zu jenem halben Lächeln verzogen, das Verachtung wie auch Neugier ausdrücken mochte. Im Bruchteil einer Sekunde wurde Kim klar, warum sie ihn so unheimlich fand: Er sah so viel und war alles andere als ein Dummkopf. Sie zupfte Pip am Kittel, woraufhin er zusammenzuckte, hochfuhr und sich umdrehte. Sie war verwirrt, zwar nicht verlegen, aber doch ein wenig steif.

»Daniel ist hier, Mr. Carlton.«

Dan strahlte sie an. Kim war immer auf eine burschikose Art freundlich zu ihm gewesen, nahm sich für ihn Zeit, ohne Fragen zu stellen. Ließ ihn sogar reden. Mit schleppenden Schritten kam er betont langsam näher.

»Da ist ein Lieferwagen draußen, und dann noch all das Zeug von gestern. Soll ich jetzt damit anfangen?« erkundigte er sich mit unschuldiger Miene. Pip schneuzte sich geräuschvoll die Nase.

»Wenn du Zeit hast. Ja. Ja. Sie können gehen, Kim. Sie wollten heute doch früher weg. Nun gehen Sie schon, mein Kind!«

Ohne in der Eile Daniels kühlen Blick zu bemerken, lief sie hastig nach oben in die Wohnung, um ein bißchen aufzuräumen, sich zu schminken und dann ein paar Weihnachtseinkäufe zu erledigen. Was sie gehört hatte, beschwichtigte ihr Unbehagen; dabei empfand sie nicht nur Mitleid, sondern auch ein bißchen Stolz, dachte sie an das, was er ihr gesagt hatte. Sie fühlte sich geschmeichelt, von Pip ins Vertrauen gezogen worden zu sein. Kam sich weiser und stärker vor. Als sie im Wohnzimmer ein paar Zeitschriften und Toms Spielzeug aus dem Weg räumte, entdeckte sie Staub auf den Möbelflächen. Hielt sekundenlang inne, weil ihr ein Gedanke kam, und machte dann kopfschüttelnd weiter. Sie war dabeigewesen, als Margaret Carlton gefunden wurde. Hatte erfolglos mehrmals ihren Namen gerufen, schließlich das altmodische Schlafzimmer betreten, dessen abgestandene Luft von keinem Atemzug bewegt wurde, und sofort gewußt, daß Margaret tot war; hatte nicht erst innegehalten, um das kleine, zerfurchte Gesicht zu betrachten, das sie noch nie ohne Lippenstift gesehen hatte, sondern war gleich zurück ins Nebenzimmer gelaufen. Wenig später hatte sie noch einen kurzen, weiteren Blick gewagt, konnte sich aber nicht erinnern, irgend etwas gesehen zu haben, das wie ein gelbes Staubtuch ausgesehen hatte.

Genug: Es tat ihr leid, und sie war spät dran. Angesichts der Probleme, die andere Menschen plagten und die eher Tragödien waren als Kümmernisse wie ihre eigenen, fühlte sie sich überraschend wohl. Zorn und Besorgnis verschwanden. Der Gedanke, sich jemandem anzuvertrauen oder sich gar auszuweinen, also wieder schwach zu sein, trieb davon wie das vom Wind verwehte Papier auf der Straße draußen. Was immer auch kam, sie würde damit fertig werden!

Kim zog ihren gelben Mantel an, ein preiswertes Schnäppchen vom Markt und sehr, sehr kurz. Legwarmers, so knallig wie ihr Lippenstift. Stelzte am Laden vorbei zum Bus. Ohne die hungrigen Blicke zu sehen, die ihr durch die hellerleuchteten, leicht beschlagenen Fenster folgten und sie so scharf beobachteten wie Falkenaugen.

Daniel hatte bei Mr. Carlton täglich mindestens eine halbe Stunde zu tun. An einem guten Vormittag machte Kim ihm Tee, und manchmal bekam er auch etwas zu essen. Eine weitere halbe Stunde verbrachte er ein Stück weiter die Straße entlang bei Mrs. Kennel, die ihm dafür zwar dankte und auch etwas Obst zusteckte, ihn aber niemals bezahlte. Davon halte sie nichts, erklärte sie. Genau wie Mrs. Beale, während ihm Ahmed aus dem Getränkeladen Videos lieh und ihm zuweilen mit einer Dose Bier aushalf. Alles in allem sorgten sie recht gut für ihn, die Leute in der Parade, mit dem, was sie hatten, und je nach Geiz und Großzügigkeit, doch nur Mr. Carlton und Kimberley Perry gaben ihm tatsächlich Geld. Dafür hatte Margaret gesorgt, die sich ja immer um alles kümmerte. Geld, hatte sie gesagt, er braucht Geld. Seltsam genug, denn er wäre auch so immer wiedergekommen, er war an diese Apotheke gefesselt wie mit Ketten, tat, was man von ihm verlangte. Wie gemein war es da von diesem Pip Carlton, daß er plötzlich ganz einfach vergaß, ihn zu bezahlen. Das Geld war längst fest bei ihm eingeplant. Und auch, daß Daniel zum Dank für seine Arbeit hier und da mal ein Lächeln brauchte, schien Pip nicht einzusehen.

Ein Anerkennen ihrer beider Männlichkeit wäre bereits auf fruchtbaren Boden gefallen. Pip redete nicht so über Medikamente, wie Daniel darüber sprach. Und doch war Dan fasziniert: Er lernte aus dem eigenen Zustand. Er wußte eine Menge von Pip, und ihm gefiel die Vorstellung, daß Pip auch nicht annähernd ahnte, was er alles wußte.

»Nein, nein, auf gar keinen Fall ins hintere Zimmer«, warnte Pip ihn in scharfem Ton.

»Warum denn nicht? Haben Sie die da vergessen?« Er deutete auf einen Stapel Kartons. »Hier draußen ist kein Platz mehr dafür.«

»Das Hinterzimmer ist kein Lagerraum«, gab Pip zornig zurück. »Und ich habe gar nichts vergessen.«

»Ach ja, Ihr Lieblingszimmer. Finden es wohl gemütlich da drin. Und nichts, was über die Bücher läuft. Wie in einer Priesterzelle. Wissen Sie, daß ich sie neulich beobachtet habe? Und an dem Abend, als Ihre Frau den Löffel abgegeben hat. Nein, am Abend davor. Halt, wieder falsch. Aus dem Fenster haben Sie gesehen. Am frühen Morgen. Am sehr frühen Morgen. Ich steh gern schon auf, wenn es noch dunkel ist.«

Daniel hegte keine wirklich böse Absicht; es war lediglich ein Gedanke, der ihm plötzlich gekommen war und für den Bruchteil einer Sekunde in seinem Denken verweilte, ohne genau zu unterscheiden zwischen einer Winternacht, in der jemand gestorben war, und einer anderen. Der Tod war häufig zu Gast in Daniels Leben: Die meisten seiner Altersgenossen hatte es bereits erwischt, und so vermochte er den Zeitpunkt eines speziellen Todes nicht mehr genau zu bestimmen. Margaret war ein Mensch, dessen Tod er bedauerte, ohne ihn zu betrauern, denn zu Trauer war er nicht fähig. Er wußte, daß Pip keinerlei Interesse für ihn hatte, wollte aber, daß er ihn ansah, jetzt, in diesem Moment. Seine Worte waren nichts weiter als der Versuch, Pips Gedächtnis auf das Thema Geld zu bringen. Nur eine Pfundmünze hier und da – auch Kleinvieh macht Mist.

»Was ist nur so kostbar an Ihrem Hinterzimmer?« knurrte er. »Heutzutage braucht doch keiner mehr seine eigenen Rezepturen zusammenzustellen. Gibt doch alles abgepackt. Haben sich wohl vor der Missus gedrückt, nehme ich an. Ist aber doch jetzt kein Problem mehr, was? Vor Kim brauchen Sie sich nicht zu drücken. Das macht Spaß, in die reinzulaufen. Aber *ganz* langsam!«

Leise lachend beugte er sich über einen Stapel Kartons, rückte sie zurecht und wollte schon fortfahren, da bekam er einen Schlag auf den Hinterkopf, einen wuchtigen, lähmenden Schlag, wie von eiserner Faust geführt. Eine Hand, die seinen Hals gegen den staubigen Fußboden drückte. Worte, die in sein Ohr gezischt wurden.

»Aufhören! Sofort aufhören! Halt die Schnauze, du Dreckskerl, du mieser Abschaum, du Schwein ...«

Tombo schlurfte von der Schule nach Hause – mit einem Riesenloch in seiner Nylonschultasche. Ein zweites Riesenloch klaffte in seiner Hose, und er wußte nicht recht, was er zuerst erklären sollte: die beiden Löcher oder die Beule an seiner Stirn. Er war völlig benommen vor Kummer. Das war heute einer jener Tage gewesen, an dem alles danebengegangen war – nicht schon in der Schule, aber danach, auf dem Heimweg, als die anderen merkten, wie schutzlos er war. Er hätte nicht damit prahlen sollen, daß Daddy ihn mit dem Auto abholen würde; nur darum hatten sie gewartet, hatten ihn verhöhnt und schließlich verprügelt. Heute holt Daddy dich ab, hatte Mum gesagt, er hat es mir fest versprochen. Wenn nicht, hatte sie gesagt, dann geh zusammen mit jemand anderem, und wenn ich noch nicht zu Hause bin, warte unten bei Onkel Pip im Laden. Er hatte nicht geglaubt, daß Dad ihn im Stich lassen würde, aber nun war er allein und stahl sich wie ein Dieb die Hintergasse entlang. Dad war ein Mistkerl, ein Schuft, ein Stinker, ein mieser, fieser ...

Er haßte sie alle, die ganze Welt, wollte nichts und niemanden sehen. So abgrundtief war sein Kummer, daß ihn seine Wunden und Prellungen nicht kümmerten und sogar die finstere Gasse ihn nicht schreckte. Langsam schlich er an der Rückseite der Häuser entlang, um den Blicken von Mrs. Busen und Mrs. Hintern auszuweichen, die ihn bestimmt fragen würden, warum er von ihrer Party weggelaufen war. Mum hatte es ihnen erklärt, aber er wußte genau, daß sie ihn auch noch persönlich zur Rede stellen würden. In der Herringbone Parade selbst wohnten so wenige Kinder, daß er auffiel wie ein bunter Hund. Dennoch waren es genug, um sich gegen ihn zusammenzurotten. Er hatte das Gefühl, die Schramme auf seiner Stirn leuchte scharlachrot, und nur allmählich bewirkte die Stille ringsum, daß er ein wenig ruhiger wurde. Selbst den Verkehr hörte er nur noch gedämpft, und Wind und Regen waren einer ziemlichen Kälte gewichen. Um den Zeitpunkt möglichst hinauszuzögern, da er bei Mr. Carlton Zuflucht suchen mußte, falls Mum noch nicht zu Hause war, ging Tombo drei Schritte vor und zwei zurück und hielt dabei Ausschau nach einer Möglichkeit, seine Wut abzureagieren.

Hier, auf der Rückseite der Herringbone Parade, war kaum etwas anderes zu finden als die hohen Mülltonnen, die ihn ein wenig einschüchterten, weil sie so groß waren, daß sich ein Mann dahinter verstecken konnte, und er sich immer wieder vorstellte, kopfüber und mit gefesselten Beinen in eine von ihnen hineingestopft zu werden. Auch eine Art, wie sie mit ihm auf der Party hätten verfahren können. Die Tonnen waren ungeleert, und nur die Hälfte der Säcke war am Morgen nachlässig aufgeladen und abgeholt worden. Überall lagen Abfälle herum, die im erneut auffrischenden Wind hin und her wehten. Das taten sie oft, die Müllmänner: Wenn es kalt wurde, hatten sie auf halbem Weg keine Lust mehr und ließen den Rest bis zum folgenden Tag liegen. Als er sich langsam der Wohnung näherte, in der alles dunkel war, stieß Tombo auf einen zerrissenen Müllsack, durchgenagt von einem Hund, der eine Fährte von Knochen hinter sich gelassen hatte. Endlich etwas Interessantes, und das gleich vor der eigenen Haustür: ein verbogener Kleiderbügel, nein, zwei, zu einem Ring geformt, mit Drahtbügeln, die sich in einem Bogen darüber kreuzten, so daß das Ganze irgendwie aussah wie das Skelett eines kleinen Hutes. Das Gestell ragte aus einer festverknoteten Tüte, in der es verborgen gewesen sein mußte, und diese sorgfältige Verpackung verlieh ihm gleich einen noch höheren Wert. Tombo versuchte sich das Gestell auf den Kopf zu setzen, und da ihm das Ding recht gut paßte, betrachtete er es als einen Glücksfund, obwohl er sich ein wenig schämte, daß er sich so sehr darüber freute. Im Grunde war er zu alt für solche Spiele, für dieses dumme So-tun-als-ob, das war ihm klar, aber der Hut gefiel ihm trotzdem, und er beschloß, ihn zu behalten. Dinge, die man irgendwo aufsammelte, wurden mit der Zeit irgendwie kostbarer als Dinge, die man geschenkt bekam, weil man sich für die bedanken mußte. Gefährlich grollend machte er einen kleinen Ausfall gegen die Mülltonne und sah sich um nach einem Szenarium, in dem er sich als tapferer Wikinger betätigen konnte. Oder, wenn er Zweige in das Gestell stecken und sich irgendwie tarnen konnte, als Infanterist. Er trottete zum erleuchteten Fenster in Mr. Carltons Hintertür, um in Ruhe sein leicht verschwommenes Spiegelbild darin zu betrachten, den Helm in der zerrissenen Schultasche zu verstecken und dann erst, da Kim offensichtlich noch nicht da war, auf eine langweilige Stunde nach vorn zu Mr. Carlton zu gehen. Inzwischen hatte er sich damit abgefunden, sich Vorwürfe anhören, Ausreden erfinden und den ganzen Sermon über sich ergehen lassen zu müssen.

Doch zunächst noch nicht. Als sein Fuß vor der Treppe gegen etwas Warmes, Weiches stieß, stieg ihm das Herz bis in die Kehle. Fast hätte er auf die Gestalt getreten, die da kauerte, sprang aber vor Schreck sofort zurück und wollte schon das Weite suchen, als er ein Stöhnen hörte. Trotz der Dunkelheit fühlte er sich durch etwas Vertrautes beruhigt, einen Geruch, eine vertraute Haltung, die ihm sagte, er brauche keine Angst zu haben.

»Was ist?« zischelte er der Gestalt aus sicherer Entfernung zu. Die Gestalt stöhnte, bewegte sich ein wenig, und dabei verwandelte sich das Stöhnen in einen Singsang verzweifelter Schmerzen: »O Gott, o Gott, o Gott!«

»Daniel!« sagte Tombo und trat vorsichtig näher. »Was ist los? Hör doch auf damit, was ist denn bloß los? Hör doch auf, du hast mich erschreckt!«

»Mein Kopf«, stöhnte Daniel lallend. »Mein Kopf. Jemand hat mich getreten. Es tut so weh. Ich kann nicht richtig sehen. Es tut so weh!«

»Wer hat dich getreten? Wo? Hier draußen, jetzt eben?« Er war bei Daniel angekommen, streckte seine Hand nach ihm aus und sah sich argwöhnisch um, so, als wittere er Gefahr. Daniel antwortete nicht, fing nur wieder an zu wimmern, die Arme über der Brust gekreuzt, und wiegte sich unablässig vor und zurück. Als Tom ihn berührte, schüttelte er ihn ab. Tom zuckte zurück, als hätte er einen elektrischen Schlag abbekommen.

»Warte«, sagte er. »Warte hier. Ich hole Hilfe. Warte.« Daniel stöhnte nur tief und kehlig, und Tom glaubte zu sehen, daß er den Kopf schüttelte. Er flitzte um die Ecke, lief keuchend zum Laden vor und drängte sich zwischen den Regalen hindurch bis zum Tresen, vor dem zwei Kundinnen warteten. Weil er Mr. Carlton nicht sah, lief er, ohne sich zu entschuldigen, zur Tür und steckte, mit beiden Händen den Türrahmen haltend, den Kopf ins Hinterzimmer. »Mr. Carlton, Mr. Carlton, kommen Sie schnell! Es ist Daniel, es geht ihm schlecht, es ist sehr schlimm!«

Pip Carlton wandte sich flüchtig zu ihm um und gleich wieder ab. »Eintritt für Kinder verboten, Tom, das weißt du.«

»Ja, ja, aber Sie müssen sofort kommen! Schnell! Gehen Sie hinten raus. Es ist Daniel, hören Sie? Sie kennen doch Daniel!«

Über Toms Kopf hinweg lächelte Pip den beiden Frauen am Tresen zu und zuckte die Achseln, als wolle er sagen, was kann man da machen – Kinder! Sie erwiderten sein Lächeln. »Ja, ich kenne Daniel«, antwortete er sanft, voller Herablassung jede einzelne Silbe betonend. »Und es ist alles in Ordnung mit ihm, alles in Ordnung. Er war vor einer Minute hier. Es ist nur einer von seinen Anfällen, Tom, alter Junge, wirklich nichts Schlimmes.«

»Aber da ist ... da ist ... Sie müssen mitkommen, sich das ansehen!«

»Nein, Tom. Siehst du denn nicht, daß ich zu tun habe?«

Flehend wandte sich Tom an die wartenden Frauen.

»An deiner Stelle würde ich da lieber rauskommen«, sagte die eine, die verärgert war, weil sie warten mußte. »Du hast doch gehört, was Mr. Carlton gesagt hat.« Tom hatte es gehört, laut und deutlich. Und das einschmeichelnde Lächeln auf seinem Gesicht gesehen, das er mit einem haßerfüllten Blick erwiderte. Er wandte sich ab und drängte sich wieder so hastig an den beiden Frauen vorbei, daß die eine mißbilligend mit der Zunge schnalzte. Auf halbem, etwas langsamer zurückgelegtem Weg zur Tür hörte er Mr. Carltons Stimme, die ihn zurückrief.

»Tom! Komm her! Wenn du dich nützlich machen willst, kannst du Dan sein Medikament bringen. Ich dürfte es dir eigentlich nicht geben, aber ich glaube kaum, daß du's selbst schlucken willst. Das ist alles, was er braucht. Rauschgiftsüchtig, wissen Sie, ein trauriger Fall«, ergänzte er halblaut an die Adresse der Frauen. In der Hand, die er Tom entgegenstreckte, hielt er eine weiße Tragetasche. Eine ähnliche Tasche hatte Tom schon öfter gesehen, auch ein- oder zweimal in der Hand gehabt. Daniel, das wußte Tom, holte sich jeden Tag so eine, aber die, die ihm Mr. Carlton jetzt gab, schien viel schwerer. Doch ohne weiter nachzudenken, packte er sie und lief los.

Vielleicht, dachte er, hat der Mister ja recht, und das ist alles, was Daniel braucht. Wieder um die Ecke und zurück ins Dunkel, das nach den Lichtern der Parade tiefschwarz wirkte. Er überschüttete Daniel, der noch immer dalag, mit atemlosen Erklärungen. Er will nicht kommen, Danny, er will einfach nicht, aber ich hab dein Medikament. Daniel lachte, richtete sich auf, lachte unglaublicherweise; es war ein komischer, schluchzender Laut. »Was soll ich denn tun, Daniel? Komm mit mir rauf, wir warten auf Mum ...« Und dann wurden die beiden durch die grellen Scheinwerfer eines Wagens geblendet, der unmittelbar vor ihnen zum Stehen kam. Daddy, auf den er so böse gewesen war, stieg aus. »Tut mir leid, mein Sohn«, sagte er, »tut mir leid, ich konnte nicht zur Schule kommen ...« Und Tombo verharrte ein, zwei Sekunden lang, sah aber nicht ein, was er damit erreichen konnte, lief auf ihn zu, sprudelte über vor Worten. Er stolperte über seine Sätze, stieß sie viel zu hastig hervor, deutete inmitten eines Gewitters von Erklärungen nach hinten, nach vorn und dann wieder auf seinen Freund. Der Vater löste sich von seinem Sohn, und beide näherten sich Daniel. Der beobachtete sie, den Jungen mit dem Vater an der Hand, eine Gemeinschaft, die ihn ausschloß, der eine dazu noch ein Copper, und sprach die ersten verständlichen Worte. Poetisch in ihrem Ausdruck einsamen Hasses.

»Verpiß dich, hörst du? Verpiß dich, Mann! Mir geht's gut.«

Dann rappelte er sich mühsam hoch und stolperte davon. So blieb er in Tombos Erinnerung, ganz und gar schwarz in der Dunkelheit, die weiße Plastiktasche das einzige, was deutlich zu sehen war. Er hätte ihn irgendwie aufhalten müssen, das wußte er, ihn mitnehmen, sich um ihn kümmern, aber da war Daddy, der große Daddy, dem er schon längst alles vergeben hatte, den ganzen tränenreichen Kummer, weil er ihn nicht abgeholt hatte.

Bailey war als erster da, wie verabredet in Helens Wohnung, beladen mit Einkäufen, denn er wollte kochen. Sie haßte derlei Tätigkeiten, und würde er die Kocherei ihr überlassen, gäbe es nie etwas zu essen. Nun, im East End gab es ausreichend Märkte, unter anderem den in der Herringbone Parade, und Bailey hatte festgestellt, daß das Kochen genau wie das Reparieren von Uhren die Hände auf angenehme Weise beschäftigte und so das beste Heilmittel gegen das Leben war. Weit angenehmer als die Menschen, die, bis auf Helen, alle zum Teufel gehen konnten. Baileys Treue galt immer nur wenigen, denen aber bedingungslos.

An der Art, wie sie zur Haustür hereinstürmte, durch den Flur und die Treppe ins Souterrain hinab, alles im Flug, erkannte er, daß es ihr gutging. Bailey stellte sich vor, wie sich ihr langes, dichtes Haar wie immer um diese Zeit aus der Spange löste, die es den Tag über zusammengehalten hatte, und sie aus ihrem leuchtendblauen Mantel schlüpfte. Und wußte mit absoluter Sicherheit, daß sie noch irgendwo gewesen war, bevor sie nach Hause kam. Vermutlich im Pub.

Nicht etwa, daß er etwas dagegen gehabt hätte! Jeder führte sein eigenes Leben, zuweilen jedoch spürte er die eigene Verletzlichkeit, seine gesellschaftliche Isolierung, verglichen mit ihr. Sie versuchte ihn so oft wie möglich in ihre Unternehmungen mit einzubeziehen, war mit ihren Freunden ebenso großzügig wie mit ihrem Geld und ihrer Zeit, doch er war und blieb ein Außenseiter. Wie auch immer, sie kümmerten sich umeinander, waren füreinander da, und auch sie brauchte ihn! Er war für ihre Ausgeglichenheit so wichtig wie die Luft zum Atmen. Diesen Platz in Helens Herzen zu besitzen, diese enorme Liebe, die nur für ihn da war, genügte ihm, obwohl ihm durchaus klar war, daß sie in ihrem Empfinden auch Platz für andere hatte. Von Vorurteilen gegen die Menschheit geplagt zu werden war *sein* Kreuz, sein persönliches Leiden. Das er verbarg, da sie nicht daran zu leiden schien und er sie nicht damit anstecken wollte.

»Na, was war?« erkundigte er sich gutmütig. »Hat jemand Abschied gefeiert, hat sich jemand verlobt, oder war es ein ganz einfacher Montagabend?« Sie grinste, dachte gar nicht daran, ihm sofort zu antworten. Er berührte ihre kalte, rosige Wange mit seiner und wartete auf ihre Arme, die sich um ihn legten, auf ihre Zuneigung, die ihn so glücklich machte.

»Ich habe Eier an den Händen«, sagte er, voll Sehnsucht, ihre Umarmung zu erwidern.

»Ich war nur einkaufen.« Irgendwie lag etwas Ausweichendes in ihrer Antwort, doch das kümmerte Bailey nicht. »Ach ja, und mit Dr. Hazel hab ich heute gesprochen. Ich hab ihm versprochen, mit ihm Kontakt zu halten. Ich mag ihn, weißt du, und er mag mich. Und er ist so einsam. Er hilft mir im Fall Carlton.«

»Wie das?«

»Mit dem Chloroform. Er kennt sich genau aus damit. Genau wie Mr. *Caring* Carlton, sage ich dir. Dr. Hazel wird mir eine Abhandlung darüber schreiben. Wußtest du, daß Chloroform ein Aphrodisiakum ist?« Begierig stelzte sie in der Küche umher, schnuppernd, die Düfte genießend, freudig erregt.

»Nein, wußte ich nicht. Dann bring doch mal was davon mit.«

»Lieber nicht. Und außerdem«, ergänzte sie kokett, »glaube ich kaum, daß wir das nötig haben.«

»Ach, ich weiß nicht. Man wird nicht jünger. Ich bin immerhin zehn Jahre älter als du.«

»Und weiser – meistens. Und ein besserer Koch. Manchmal gibst du mir das Gefühl, völlig überflüssig zu sein. Weil du alles verdammt noch mal besser kannst als ich. Gegen dich bin ich ein regelrechter Kretin.« Ihr Ton verriet weder Besorgnis noch Spöttelei, sondern aufrichtige Bewunderung. Er sah auf, um sich dessen zu vergewissern, und wandte sich dann lächelnd wieder dem Kochen zu. Sie hatte so ihre Tricks, sein Selbstbewußtsein zu streicheln.

6

Trotz der schon pathologischen Abneigung, anderen zuzuhören, merkte Redwood, daß er irgendwie fasziniert von ihr war.

»Ja, ja, ja«, wiederholte er, energisch dem Tableau von Gesichtern direkt vor sich zunickend. Er hatte sich bereiterklärt, sie anzuhören, betrachtete Helen West in ihrer Eigenschaft als Staatsanwältin jedoch als einen der schmutzigen Tricks, die das Leben ihm spielte. Helen war ihm einst in der weit friedlicheren Umgebung des Dorfes Essex unterstellt worden, von wo sie zu seiner ungeheuren Erleichterung aber schon bald verschwunden war – bis ihm mitgeteilt wurde, daß er ihr gemäß der Beförderungsliste des Crown Prosecution Service zu folgen habe. Ein bißchen Stadtluft wird Ihnen guttun, Redwood. Sie sind für Höheres auserkoren, und wir müssen sehen, wie Sie im Dschungel überleben.

Ein Riesenunterschied, dieses trübselige Büro, zu den kultivierten Räumen von Branston, wo es allerdings stinklangweilig gewesen war. Redwood versuchte den Kopf über Wasser zu halten und wußte, mit zusammengebissenen Zähnen in seinem schwammigen Gesicht, daß sein Überleben weitgehend von dieser rebellischen Juristin abhing, die niemals unverschämt wurde, niemals querschoß, ihm stets gehorchte, die er aber dennoch nie ganz unter Kontrolle bekam. Selbst nicht gerade ein engagierter Mann, hegte er eine starke Abneigung gegen Helen, unter die sich regelrechter Groll mischte, der dadurch noch verschlimmert wurde, daß er sie für die Dinge, die er selbst nicht zu tun vermochte, wahrhaft verzweifelt brauchte. Zum Beispiel dafür, im Büro die Harmonie zu wahren. Eine heimliche Revolutionärin war diese Frau, viel zu clever und viel zu beliebt.

Niemand außer ihr hätte es gewagt, ihm einen derart verlotterten, uralten Medizinmann ins Büro zu schleppen, mit einer Story, die lediglich dazu angetan war, seine Zeit zu verschwenden. Im fast ländlichen Essex hatte Redwood aus lauter Ehrgeiz die Gewohnheit gehabt, alles, aber auch alles, was sich nur regte, strafverfolgen zu lassen; hier in der City erforderte allein der enorme Umfang der anfallenden Arbeit eine radikale Veränderung dieser Praxis. Gab es auch nur den geringsten Vorwand, einen Fall niederzuschlagen, tat er das in dem verzweifelten Versuch, die unübersehbare Flut von Akten einzudämmen, die sich tagein, tagaus durch sein Büro wälzte wie glühende Lava: heiß, unerbittlich und alles erstikkend. Ohne Beweise, die selbst ein Erschießungskommando überleben würden, warf er einen Fall kurzerhand in den Papierkorb. Berichte, die ihm nicht zweizeilig getippt vorgelegt wurden, wurden zurückgewiesen, und jeder Fall, der den so wertvollen wie niemals verfügbaren Faktor Arbeitszeit zu sehr beanspruchte, wanderte denselben Weg. So betrachtete er auch die heutige Besprechung trotz der hübschen Erzählung als nichts weiter als eine einstündige, unterhaltsame Atempause. Etwas, wovon er seiner Frau erzählen konnte. Immer öfter sah er mittlerweile auf seine Uhr, während er dem Mediziner zuhörte, den angenehm irischen Klang seiner Stimme registrierte und ihm mehr als nur ein bißchen mißtraute. Mediziner, Anästhesisten, Chirurgen, was auch immer, durften *so* einfach nicht aussehen.

Sean Hazel war in Topform. Ernsthafte Arbeit verlieh seinem Verstand Flügel und befreite seine Zunge zum Wohle der Zuhörerschaft.

»Zwölf Milligramm«, erklärte er leutselig. »Nicht unbedingt tödlich, hat Ihr Pathologe gesagt, und recht hat er. Etwa das Äquivalent einer leichten Narkose bei einem normalen Patienten, und doch ausreichend, um einem empfindlicheren Menschen den Garaus zu machen. Der Punkt ist der, daß die in den einschlägigen Tabellen verzeichneten weit höheren Werte – oft doppelt so hoch oder doch wenigstens fast – zusammen mit der Verabreichung von Sauerstoff erzielt wurden: Von dieser Mischung verträgt man weit mehr. Früher mal war Chloroform der Liebling aller Anästhesisten, doch barg es einige Risiken. Denn erstens wehrte sich der arme Teufel von Patient häufig dagegen, weil er den Geruch nicht mochte, der genauso widerlich und schwer war wie die Dämpfe selbst. Wirklich sehr schwere Dämpfe. Wer ein schwaches Herz hatte und sich zu heftig wehrte, war schon hinüber. Gefährlich war es auch, zuviel zu verabreichen: Das verlangsamte die Atmung bis zu dem Punkt, da der Patient ganz damit aufhörte. Und als man schließlich die richtige Dosierung gefunden hatte, wurde eine verheerende Nebenwirkung auf die Leber entdeckt, vor allem bei Kindern. Die schrumpfte später nämlich oft so stark, daß die Patienten starben, wo sie doch geheilt werden sollten. Das Ganze bekam man in dem Moment in den Griff, da man den Dämpfen Sauerstoff beigab. Das Problem, wissen Sie, besteht nämlich bei jedem Narkotikum darin, daß man genug davon verabreicht, um den Patienten zu betäuben, gleichzeitig aber auch ausreichend Sauerstoff hinzufügt, damit er am Leben bleibt. Das erreichte man mit einer Maske. Masken für Chloroform und Äther ...«

»Die *Chirurgen* benutzten Masken?« erkundigte sich Redwood, eindeutig entsetzt über die Vorstellung eines Operationssaals voller Wegelagerer.

»Aber nein«, widersprach Dr. Hazel nachsichtig. »Eine Maske, wie man sie *Ihnen* früher beim Zahnarzt übers Gesicht gelegt hat. Erinnern Sie sich nicht daran? Nein, vermutlich nicht, dazu sind Sie nicht alt genug.« Redwood war durchaus für diese Art Schmeichelei. »Man legte dem Patienten ein Drahtgestell über das Gesicht«, fuhr Hazel fort, »in das bei den entwickelten Versionen ein Schlauch für die Sauerstoffzufuhr ragte. Darauf wurde dann die Gaze gelegt, auf die man anschließend das Chloroform oder den Äther träufelte – beides verflüchtigte sich sehr schnell –, und der Patient atmete ausschließlich die Dämpfe ein, ohne mit der Flüssigkeit in Berührung zu kommen. Flüssiges Chloroform brennt nämlich und hinterläßt weiße Flecken. Alles in allem war Äther weit besser. Angenehmer für die Patienten, also weniger Herzanfälle, und die Atmung wurde auch nicht verlangsamt.«

»Und warum hat man dann nicht ganz einfach Äther statt Chloroform verwendet?« Redwood wurde allmählich ärgerlich. Die Zeit wurde knapp, sein Magen knurrte, und bei medizinischen Details wurde ihm übel.

»War wohl nicht in Mode. Und dann wegen der Brandgefahr. Äther ist äußerst leicht entzündlich. Man sollte zum Beispiel niemals in einem Raum damit hantieren, in dem auch ein Bunsenbrenner steht, und die meisten primitiven Operationssäle damals waren mit so was ausgestattet. Und außerdem pflegten die Chirurgen in der guten alten Zeit während einer Operation nicht selten eine Zigarre zu qualmen.«

»Widerlich!« kommentierte Redwood das als fanatischer Nichtraucher. Helen, die sich nach einer Zigarette sehnte, machte ein Pokergesicht, und Hazel, dem es ähnlich erging, fuhr einfach mit seinen Erklärungen fort: »Überdies stand Äther in einem recht zweifelhaften Ruf. Äther-Orgien waren wohlbekannt, man inhalierte das Zeug, um die Stimmung zu heben; damals ein Zeitvertreib derer, die heute Kokain schnupfen würden. Chloroform hat eine ähnliche Wirkung, ist nur ungleich mühsamer anzuwenden. Macht die Burschen kräftig. Früher benutzte man Chloroform auch als Wahrheitsdroge. Verabreichte es einem Verdächtigen in Polizeigewahrsam, damit er redete. Könnte mir nicht vorstellen, daß ihr heutzutage damit durchkommen würdet.« Hazel kicherte, für Redwoods Ohren hämisch.

Redwood rutschte auf seinem Sessel herum. Sein Ärger wurde immer deutlicher. »Nur zu Ihrer Information: Wir sind nicht die Polizei«, begann er, doch die einzige Wirkung, die er damit erzielte, war, daß Hazel weiterredete.

»Natürlich wurde das Zeug auch bei Verbrechen benutzt. Eine Frau soll ihren Ehemann, einen Arzt, mit Chloroform ermordet haben, und ein paar schweren Jungs wurde vorgeworfen, sie hätten's bei einem Raubzug benutzt. Halte ich aber für unwahrscheinlich. Dauert nämlich viel zu lange, bis es wirkt, und die ganze Sauce, die man jemandem über den Mund gießen kann, würde höchstens ein bis zwei Minuten wirken. Und genau da haben wir unseren Punkt, verstehen Sie? Darin sind Miss West und ich uns einig.«

»Gewiß«, murmelte Redwood völlig verwirrt. Welch eine unheilige Allianz, Helen West und dieser verkommene Exzentriker, machten aus einer Mücke einen Elefanten, während er sie brauchte, damit sie vor Gericht ging oder sich mit dem riesigen Betrugsskandal befaßte, der schon viel zu lange vor sich hin moderte. Nun kommt endlich zum Schluß! Wenn irgendwelche verrückten Apothekerfrauen unbedingt dilettantische Viktorianer nachahmen mußten, Mißbrauch mit Betäubungsmitteln trieben und daran starben, konnte das ja durchaus interessant sein, war mit Sicherheit aber kein Fall für den Crown Prosecution Service. Dem er, wie er sich immer wieder sagte, hier vorstand und in dem es keine Zeit für Kinkerlitzchen gab. Er war an nichts als harten Beweisen interessiert!

»Verstehen Sie?« Dr. Hazel beugte sich vertraulich vor. »Man kann Chloroform nur inhalieren, nicht etwa trinken, wenigstens nicht freiwillig, und außerdem war nichts davon in ihrem Magen zu finden. Und soweit ich sehe, kann man sich selbst nicht genug davon ins Blut praktizieren, um sich zu betäuben, geschweige denn zu töten. Verstehen Sie denn nicht? Dazu braucht man Hilfe.

Um so viel einzuatmen, braucht man einen Anästhesisten. Deshalb hat man uns ja erfunden, verstehen Sie? Aus dem einfachen Grund, daß die Anwendung fortgesetzt werden muß, auch nachdem man bereits eingeschlafen ist. Der Punkt in diesem Fall ist nicht, ob zwölf Milligramm tödlich sind oder nicht. Der Punkt ist, daß man sich selbst kein Chloroform verabreichen kann, wenn man bereits bewußtlos ist!«

»Ach so!« sagte Redwood, dem allmählich ein Licht aufging. »Ich verstehe. In der Tat.«

»Alles in Ordnung, Duncan?«

Bailey erwartete keine wirkliche Antwort auf seine Frage. Schon ein Grunzen hätte genügt, seine besorgte Miene aufzuhellen. In den letzten Tagen hatte er den Eindruck gewonnen, daß Duncan etwas besser aussah. Vielleicht hatte er sich wieder mit seiner Frau vertragen, oder D. S. Perry hatte endlich eingesehen, wie sinnlos es war, auf der Rückseite der Herringbone Parade herumzulungern, erfüllt von einer Hoffnung, die Bailey allmählich zu begreifen begann: der Hoffnung, Kimberley Perry in einer Notlage anzutreffen, ihr auf die Schliche zu kommen oder sie ganz einfach nur zu sehen. Bailey war die immer neue Niederlagen herausfordernde Natur von Duncans Liebe nicht fremd. Ebensowenig Duncans Sehnsüchte. Etwas weniger direkt, und viele Jahre vor Helen, war er seiner Ex-Ehefrau ebenfalls heimlich gefolgt, die ihn allerdings mit einer so wahnwitzigen Heftigkeit verleugnet hatte, wie Kimberley Perry sie niemals aufbringen würde. Kimberley schien vernünftig und besaß, anders als Baileys Ehemalige, ein lebendes Kind statt eines toten. Bailey verstand weit mehr von Duncans Besessenheit, als seine ausdruckslose Miene je hätte vermuten lassen, und irgendein abgestumpfter Instinkt sagte Duncan, daß Bailey ihn begreifen würde.

»Nein, Sir, nichts ist in Ordnung. Nicht wirklich.«

Bailey stand auf und schloß die Tür zum Nebenzimmer. Die Stimmen am Telefon, das Klappern der Schreibmaschine, die gedämpfte Stimme eines der Detectives, der gerade einen Witz erzählte, das alles wurde merklich leiser. Als die Tür ins Schloß fiel, fiel auch die Pointe des Witzes, und das aufbrandende Gelächter ließ Duncan zusammenzucken.

»Ich habe den Wagen kaputtgefahren«, erklärte er. »Draußen vor Kims Wohnung.«

»Waren Sie betrunken?« erkundigte sich Bailey in möglichst neutralem Ton. Duncan schnaufte.

»Nein, das kam später. Keine Sorge, ich hab ein Taxi nach Hause genommen. Verdammte Kiste. Mußte die Karre abschleppen lassen. Und sie kam raus und schrie mich an, verstehen Sie? Weil ich zu spät gekommen war, um den Jungen abzuholen, und er allein von der Schule nach Hause gegangen war. Ich hab ihn dann erst später zu Hause erwischt und auf einen Hamburger mitgenommen, und als sie vom Einkaufen oder so nach Hause kam, wußte sie nicht, wo er war, nur daß er um die Ecke beim Apotheker gewesen und anschließend verschwunden war. Also hat sie mich angeschrien und nach allen Regeln der Kunst runtergeputzt. Ich sollte endgültig abhauen, mich nie wieder blicken lassen, endlich aufhören, ihre Sachen zu klauen und mich da rumzutreiben. Ihre Sachen klauen? Richtig hysterisch ist sie geworden, kann ich Ihnen sagen. Also hab ich gesagt, was zum Teufel sie sich dabei denkt, den ganzen Tag bei der Arbeit zu sein und den Jungen mit 'nem Junkie rumspielen zu lassen? Das tut er nämlich, er hat's mir selber erzählt.« Bei der Erinnerung an die furchtbare Schreierei regte sich Duncan schon wieder auf.

»Einen Moment mal! Wie alt ist der Junge?« Bailey empfand es gewöhnlich als unangenehm, wenn sein und Helens Berufsleben sich überschnitten, im Augenblick aber war er dankbar dafür, daß ihre Gespräche über die Situation in Carltons Laden ihn wenigstens annähernd über das Leben der Betroffenen ins Bild gesetzt hatten.

Sonst hätte er Schwierigkeiten gehabt, Duncan zu folgen. Menschen in Not vermuteten, wie er festgestellt hatte, fast immer, daß man weit mehr über sie wußte, als es tatsächlich der Fall war.

»Er ist erst zehn«, antwortete Duncan. »Und meistens bringt ihn morgens dieser verfluchte Junkie zur Schule. O ja, ein gezähmter Junkie, und schwarz ist er auch nicht; nicht labil und kommt jeden Tag in die Apotheke, um sich sein Methadon zu holen. Aber ich bitte Sie, er ist immer noch ein Junkie. Und was bildet die sich eigentlich ein, mich so anzuschreien? Selbst ich hätte was Besseres gefunden als das ...«

»Aber Sie sind zu spät gekommen und haben den Jungen mitgenommen, ohne ihr zu sagen, wohin, oder ihr wenigstens eine Nachricht dazulassen. Sie muß sich zu Tode geängstigt haben. Kein Wunder, daß sie Sie angeschrien hat.« Sein Ton vermied jede Andeutung von Mißbilligung. Duncan blickte auf seine Hände.

»Okay. Aber ich war so wütend, als dieser geschniegelte kleine Apotheker, ihr verdammter Chef, von irgendwoher auftaucht wie 'n beschissener Springteufel und mir sagt, ich solle verschwinden, *mir.* Dieses hochnäsige, kleine Arschloch! Scheint sich für'n Geschenk Gottes zu halten. Ich weiß, Kim hat immer wieder beteuert, daß nichts ist zwischen ihnen, und ich weiß auch, daß seine Frau gerade gestorben ist, denn wieso hätte er sonst die Faust geschüttelt, ihr den Arm um die Schultern gelegt und sie ins Haus gebracht – *meine Frau*?« Das Lamento endete mit einem Aufschrei. Nebenan wurde es auf einmal ganz still.

»So ist's richtig«, erwiderte Bailey gelassen. »Sollen doch alle mithören. Nur weiter.« Er warf einen Blick auf seine Uhr. »Kommen Sie, wir unterhalten uns woanders weiter. Und lassen Sie Ihre Jacke hier.«

Statt sich dem Spießrutenlaufen durchs CID-Büro auszusetzen, gingen sie durch den vorderen Dienstraum. Als er die schwere Klappe im Tresen hob, nickte Bailey dem

Diensthabenden zu. Draußen im Korridor, der in die graue Außenwelt führte, warteten drei Personen: ein Schwarzer, ein Weißer und eine Frau, die alle drei einen niedergeschlagenen Eindruck machten. Verschwundene Autos, verschwundene Freunde vielleicht; auf gar keinen Fall waren sie da, um gute Nachrichten zu bringen.

»Wieder mal alles vertreten«, stellte Duncan fest. »Die Versammlung ist beschlußfähig.« Bailey mußte lächeln. Der Diensthabende sah ihnen nach und zuckte die Achseln, während ihm ein Mann mit hochgezogenen Schultern erklärte, weshalb er seinen Führerschein nicht dabeihatte. Manche hatten ein leichtes Leben, konnten kommen und gehen, wie's ihnen beliebte. Mit der einen Hand füllte er ein Formular aus und griff mit der anderen nach dem Telefonhörer, lauschte schwer atmend. »Nein, von hier nicht, Kollege. Von hier können wir niemanden schicken, die Herringbone Parade gehört nicht zum Revier. Ja, ich weiß, daß sie gleich unten an der Straße liegt, aber wir haben da nichts zu suchen. Ist mir egal, und wenn's um Sophia Loren ginge. Ruf in Bethnal Green an, okay?« Mit finster gekrauster Stirn beobachtete er den sich entfernenden Rücken von D. C. Perry. Der geht die Sonne putzen, wo er so deprimiert aussieht. Muß doch alles gehört haben. Eines Tages würde Bethnal Green ihnen den Gefallen tun und Perry erwischen, wenn er besoffen da rumlungerte. Und dann gute Reise!

»Was genau wollen Sie damit beweisen, Helen? Oder vielmehr, Miss West.«

O nein, das doch nicht. Nur keine falsche Verbrüderung. Wir sind alle Mr., Mrs., Miss. Doch sie pflegte ihre ständige Belustigung über Redwoods gräßlich aufgeblasenes Gehabe geschickt zu kaschieren.

»Nun ja, im Moment noch nicht sehr viel, bis auf die Tatsache, daß es sich wohl kaum um einen Unfall handeln kann. Was bedeutet, daß wir es mit einem Verbrechen zu tun haben. Mit Dr. Hazel habe ich Sie bekanntgemacht, um Ihnen zu zeigen, daß ich da nicht allein stehe. Wenn dieser Fall je vor Gericht kommen sollte, könnte er als sachverständiger Zeuge aussagen, vorerst jedoch möchte ich von Ihnen nur die Zusage, daß er weitere Tests machen darf, die von uns bezahlt werden.«

»Wozu?«

»Um genau festzustellen, wie lange es dauert, zwölf Milligramm Chloroform einzuatmen. Damit steht und fällt die Geschichte.«

»Wie man es auch dreht und wendet«, antwortete Redwood grollend, »ich kann da so recht nichts sehen.«

»Aber wir müssen dem doch nachgehen, oder? Und Dr. Hazel wird nicht viel verlangen. Heute morgen war er sogar gratis hier.« Helen warf einen kurzen Blick auf die Abrechnungsbögen inmitten der übrigen Papiere auf Redwoods Schreibtisch; er tat ihr leid, sie war nicht zum erstenmal erleichtert, eine Beförderung in diese luftigen Höhen und Sorgen vermieden zu haben.

»Gut«, sagte er mit einer Miene resignierter Verzweiflung. »Machen Sie's möglichst billig. Ach ja, und« – Helen war bereits halbwegs an der Tür – »überprüfen Sie, wie es um seine fachliche Integrität steht.«

Helen nickte und mied Redwoods Blick. Sie hegte den leisen Verdacht, daß da womöglich nicht alles zum besten stand. Es kam höchst selten vor, daß sie einen Menschen mit wirklich fleckenloser Vergangenheit mochte. Für Redwood war sie einen erfreulichen Augenblick lang nichts weiter als eine einsfünfundsechzig große, schlanke, gehorsame Beamtin. Bis sie lächelte.

»Verschwenden Sie nicht zuviel Zeit mit der Sache, Helen«, fuhr er auf. »Wir haben auch so ausreichend zu tun.«

Ein Tanz, dachte Helen. Das Recht ist ein langer, getragener Tanz. Ein Menuett lernt man in Etappen, niemals in Eile. Kein Raum für Hektik, nirgendwo: Entscheidungsträger sollte man nicht erschrecken.

Der Tag war schon viel zu lang.

»Du bist schuld, Mummy. Du, du, du! Warum sollte er sich entschuldigen? Du hast gemacht, daß Dad rückwärts gegen die Mauer gefahren ist, das warst du, weil du ihn so angeschrien hast!«

»Ich hatte dir gesagt, du solltest im Haus bleiben, Tom. Und Dad hat die Beherrschung verloren. Er hat den Wagen nicht einfach zurückgesetzt, er hat versucht, Onkel Pips Wagen zu beschädigen. Das war unbeherrscht, gelinde gesagt. Geschieht ihm ganz recht, daß er dabei die Mauer erwischt hat!«

»Ist gar nicht wahr! Das wollte er nicht! Warum sollte er so was tun?« Doch Tom ahnte, warum, und er hatte Verständnis für seinen Dad. Sie kamen von der Schule, und er stritt mit Mum, weil er streiten wollte, weil er immer noch so zornig war wegen des Abends zuvor, stritt tränenlos, nur um ihr Vorwürfe zu machen. Als sie die Parade entlanggingen, legte sie ihm die Hand auf die Schulter, doch er schüttelte sie ab, um ihr damit weh zu tun. Sie tat so, als sei alles in Ordnung. Jetzt redete er wenigstens wieder mit ihr, beim Frühstück hatte noch eisiges Schweigen geherrscht. Kim fühlte sich uralt.

»Daddy war ärgerlich, weil Onkel Pip sich eingemischt hat«, erklärte sie sanft. »Und ich war sehr, sehr ärgerlich auf Dad, weil er dich nicht von der Schule abgeholt hat und dann einfach mit dir weggefahren ist. Kann ich nicht einmal weggehen ...? Ach was, Schluß damit. Auf jeden Fall tut es mir leid, ich hätte ihn nicht so anschreien dürfen. Und du hättest im Haus bleiben sollen. Wollen wir uns also beide entschuldigen? In Ordnung?«

»In Ordnung.« Er trat gegen einen Pflasterstein, spürte, wie die Schultasche gegen seinen Rücken schlug und sich der Drahthelm darin in seine Wirbelsäule bohrte. Er hätte ihr seinen Fund gern gezeigt, war sich aber nicht sicher, ob sie eines derartigen Privilegs auch würdig war. Langsam ließ sein Trotz nach, der aufgebrandet war, weil er es satt hatte, ständig aufgefordert zu werden, Mums Standpunkt zu verstehen, weil er wußte, daß er wahrhaftig was

Besseres verdient hatte. Dafür, daß er brav gewesen und allen Fragen von Dad ausgewichen war, immer nur gesagt hatte, es geht Mum gut, und nein, sie geht nicht mit dem Apotheker und auch mit keinem anderen, und dann hatte Mum nichts Besseres zu tun, als Dad anzuschreien. Und sich von Onkel Pip den Arm um die Schultern legen zu lassen, weshalb Dad ihn jetzt bestimmt für einen Lügner hielt. Mit Erwachsenen ging immer alles daneben. Die hörten einem einfach nicht zu.

Mrs. Beale stand in der Tür, als sie an ihrem Laden vorbeikamen, und Toms Versuch, sich wegzuducken, mißglückte. »'n Abend, Kim. Aha, da ist ja auch unser Tom! Wie geht's denn dem kleinen Mann? Hat wohl nicht viel übrig für Partys, wie?«

»Nein, leider nicht.« Kim blieb stehen, lachte und antwortete für ihn. Erkundigte sich nach dem Befinden, was macht Ihre Mutter, und befreite Tom vom Angelhaken ihrer Fragen. Immer war sie darauf bedacht, zu den Nachbarn nett zu sein und sich natürlich zu geben, als steckte sie bis obenhin voll Freundlichkeit. Doch Tom hatte keine Ahnung, wie oft sie nur seinetwegen jemanden grüßte. Damit sie aus ihrer Isolation herauskamen, von den anderen akzeptiert wurden. Eine vergebliche Hoffnung. Mrs. Beale musterte Kims üppige Figur mit neidischem Blick, und beinahe wäre es aus ihr rausgeplatzt, daß eine Frau, die so aussah, so jung und so appetitlich wie Eiscreme, einfach nichts Gutes im Sinn haben konnte.

»Haben Sie inzwischen noch was über Mr. Carltons Frau gehört?« erkundigte sich Mrs. Beale und nahm, schon ganz in weihnachtlicher Stimmung, einen Apfel aus der Auslage vor dem Laden, den sie dem Jungen reichte. Er bedankte sich mit unverständlichem Gemurmel und steckte ihn in seine Schultasche. Tom haßte Äpfel.

»Nein, gar nichts«, antwortete Kim. »Ich meine, es ist alles in Ordnung und so, aber sie scheinen nicht rausfinden zu können, was für eine Art Herzanfall es war. Ist jetzt schon über einen Monat her, furchtbar, nicht wahr? Der arme Mr. Carlton, kann sie nicht mal beerdigen.«

»Nun, dann kümmern Sie sich ein bißchen um ihn, meine Liebe.« Mrs. Beale, immer auf der Jagd nach einem Skandal, zwinkerte ihr übertrieben zu. Sie verabschiedeten sich und gingen weiter.

»Ist sie nicht grauenvoll?« flüsterte Kim Tombo zu, und ihr gemeinsames Urteil vereinte die beiden wieder in Freundschaft. Er hielt sich schon für zu erwachsen, um ihre Hand zu halten, es könnte ja irgend jemand sehen, also umklammerte er statt dessen den Ärmel ihres Mantels.

»Was meint sie damit, du sollst dich um ihn kümmern?« stieß er hervor, weil er sich anstrengen mußte, um mit ihr Schritt zu halten.

»Genau das, mein Liebling: mich um ihn kümmern. Wie er sich um uns kümmert.«

Tom wagte sich nicht weiter vor. Sein Trotz hatte die seltsame Angewohnheit, sich zu legen, bevor er wirklich alles gesagt und gefragt hatte, was er sagen und fragen wollte. Oder Mum gegenüber anzudeuten wagte, wie sehr er Onkel Pip haßte. Zum Beispiel, wenn er den Arm um seine Mutter legte, und vor allem wegen dieses furchtbaren Moments, als er sich weigerte, rauszukommen, um nach Daniel zu sehen. Daniel, das war auch so eine Sache, die Tom den ganzen Tag beschäftigt hatte.

»War Dan heute im Laden?«

»Ich habe ihn nicht gesehen, aber Pip sagt, er hat heute vormittag sein Medikament geholt. Es scheint ihm gutzugehen.« Sie hatte schon von Toms Samariterdienst gehört, wußte aber nicht, wie barsch seine guten Absichten durchkreuzt worden waren. »Onkel Pip hatte also recht. Wir brauchen uns keine Sorgen zu machen.« Überhaupt keine, und doch verspürte Kim ein leichtes Unbehagen, das ihren gestrigen Auftritt und die seltsame Katharsis, die darin gelegen hatte, beeinträchtigte. Obwohl sie Daniel gelegentlich ihren Sohn anvertraute – allerdings nur, weil es nicht anders ging –, wußte sie nicht, wo er wohnte. Überall und nirgends; womöglich in einem der Zimmer oben über dem Pub, nur einen Steinwurf entfernt; wahrscheinlich hatte sie es irgendwann einmal gehört, es aber gleich wieder vergessen.

»Warst du schon mal bei Dan in der Wohnung, Tom?«

»Nein. Er hat mich noch nicht mitgenommen. Er wohnt irgendwo dahinten.«

»Falls er dich mal fragen sollte, geh lieber nicht mit. Okay?«

Verwundert blickte er zu ihr auf. »Daniel ist'n bißchen schmutzig, Mummy. Aber er ist schon in Ordnung. In seine Wohnung will ich sowieso lieber nicht.«

Nicht wollen. Pip hatte am Abend zuvor auch nicht gehen wollen. Daran mußte Kim denken, als sie die Treppe zu ihrer Wohnung hinaufstieg, sich ein weiteres Mal über das fehlende Licht ärgerte und immer noch nicht wußte, ob ihr die Tatsache, daß Pip auch nach einer weiteren Tasse Tee noch nicht hatte gehen wollen, ein Gefühl von Wärme vermittelte oder ob sie der Gedanke an seinen besitzergreifenden Arm um ihre Schultern eisig erschauern ließ. Sei ehrlich, Kim, sagte sie sich später, als Tom nach einem halben Video und einem Kampf um die Schularbeiten friedlich gähnend zu Bett gegangen war, sei ehrlich, bei Pip Carlton könnte es dir gutgehen. Es dauert zwar nicht mehr lange, und du hast deine Prüfung, nur noch einen Monat, und kannst deine Zulassung beantragen, die Hoffnung auf ein eigenes Geschäft kannst du aber getrost begraben. Wenn du deine Karten allerdings richtig ausspielst, wird der gute alte Pip dir helfen. Du brauchst nichts weiter zu tun, als ein bißchen nett zu ihm zu sein. Da weitermachen, wo seine Frau aufgehört hat, dich verwöhnen lassen und Tombo auch. Ihn selbst auch ein bißchen verwöhnen und ... mit ihm ins Bett gehen natürlich. Sie hielt inne, seufzte, zog abwehrend den Morgenrock noch etwas enger um sich zusammen, kuschelte sich tief in ihr Secondhand-Sofa und sagte sich, wie völlig unsinnig es war, auch nur eine Minute an das zu denken, was Pip ihr würde bieten können. Sinnlos, sich einzureden, sie könnte einen Mann an der Nase herumführen, den sie nicht mochte – schon der Gedanke an Pips Berührung reichte, ihr vor Augen zu bringen, daß sie ihn zwar für seinen Fleiß und seine Begeisterung bewunderte, daß Sex mit ihm, weiß Gott, aber auf einem anderen Blatt stand. Da war ihr Duncan doch weit lieber. Und da sie gerade an ihn dachte: Es hatte ihr überhaupt nicht gepaßt, wie Pip Carlton Duncan angeschrien hatte, sofort zu verschwinden. Auch wenn sie selbst wie ein Fischweib mit ihm umsprang: Duncan war immer noch ihr Mann, und da hatte sich niemand einzumischen. O nein, mein Mädchen, sagte sie zu dem elektrischen Heizlüfter, einem so wirkungslosen wie häßlichen Apparat, den sie ebensosehr haßte wie die übrigen lausigen Möbel, so einfach geht das nicht. Nichts gegen eine wirklich schöne Schmuserei, aber nicht mit Pip Carlton. Igitt! Bei der Vorstellung überlief es sie kalt. Sie stand auf, um zu Bett zu gehen; es war bereits spät. Vor über einer Stunde schon hatte sie schlafen gehen wollen, hatte die Lichter gelöscht, sich dann aber doch nicht aufraffen können. Durch ihr Wohnzimmerfenster sah sie auf die beleuchtete Parade, auf der es bis auf einen vereinzelten Wagen ruhig war. In der Gasse hinten, auf die das Küchenfenster hinausging, herrschte eine Stille, die sie durch die Wände zu spüren vermochte – unterbrochen nur von diesem scharrenden Geräusch, das erst jetzt bis in ihre vor Müdigkeit abgestumpfte Wahrnehmung drang. Ein Kratzen am Fenster, dann an der Tür, nichts zu sehen, kein Schatten, weder durchs Glas noch durch die Gardine. Wie gelähmt stand Kim zwischen Küche und Wohnzimmer, lauschte, hielt den Blick starr auf die Klinke der Tür gerichtet, fast so, als wünschte sie, daß die sich bewegte, stellte sich vor, sie bewege sich. Wenn Tom lange genug auf eine Uhr starrte, konnte er sehen, wie sich die Zeiger drehten. Sie glaubte ein winziges, kaum wahrnehmbares Spiel der Klinke zu beobachten, wieder dieses leise kratzende Geräusch zu hören, hartnäckig, nur mit Mühe auszumachen, womöglich schon seit fünf Minuten oder mehr, wie sie jetzt glaubte, Hintergrundgeräusch für ihre Gedanken. Unvermittelt begann sie zu frieren, dann wurde ihr heiß, war sie von Angstschweiß bedeckt, der gleich darauf wieder so stark abkühlte, daß sie zitterte. Um sich zu beruhigen, umspannte sie mit den Händen ihre Oberarme so fest, daß sich die Finger ins Fleisch gruben, ihr Schmerz zufügten, der ihr half, sich zu beherrschen.

»Duncan, bist du das? Verdammt noch mal, verschwinde!« Die Stille war bedrohlich, doch immer noch hörte sie das fortgesetzte, leise Scharren. Keine Schritte. Der Türgriff rührte sich nicht.

»Hör mit dem Quatsch auf, Duncan! Ich gebe dir zehn Sekunden. Eins, zwei ... Oder ich rufe deinen Chef an ... drei, vier ...«

Sie sagte es so laut, daß er sie verstehen mußte, aber dennoch so leise, daß sie den Jungen nicht aufweckte, spie die Zahlen deutlich und langsam aus ihrem Mund, versuchte sich zu beherrschen, um die Worte nicht laut hinauszuschreien. Sie ging zum Lichtschalter, betätigte ihn und stieß die Hintertür mit einem Ruck auf.

Da war nichts: nur leerer Raum. Stille. Kein Auto, kein anderes Licht als ihr eigenes, das in die Dunkelheit hinausströmte. Gegenüber lag das Baugelände; vor dem helleren Horizont ragte schwarz ein riesiger Kran auf.

»Duncan?« rief sie abermals. Und dann, fragend: »Daniel?« Immer noch Stille, doch in der Brise trieb im Lichtschein leuchtend eine weiße Plastiktasche über den rauhen Beton, drehte und wendete sich wie etwas Lebendiges und tanzte den Balkon entlang. Niemand hing hier Wäsche auf: Der Schmutz war stärker als alles andere. Schlaff, ein wenig schwindlig vor Erleichterung, sackte Kim gegen die Türfassung. Eine Tüte, eine verdammte Tüte hatte sie so aufgeregt. Die Bewegung der Türklinke? Aber nein, die hatte sie sich nur eingebildet. Eine Plastiktasche im Wind. Sie schloß die Tür, wollte unbedingt glauben, was zu glauben sich anbot, und hielt sich die Ohren zu, um nur ja keine Schritte hören zu müssen.

Als Bailey den Wagen am Ende der finsteren Gasse parkte, kam er sich leicht töricht vor und fragte sich, was er wohl antworten würde, wenn jetzt plötzlich ein Streifenwagen auftauchte und man ihn fragte, weshalb er hier herumlungerte. Was suchen Sie hier, Sir? Eine asiatische Nutte, Sir? Wenn Sie ein elegantes Chinarestaurant suchen, sind Sie hier falsch, Sir. Nein, nein, natürlich nicht... Was sollte er sagen? Ich suche einen herumstrolchenden Copper? Daß ich nicht lache. Daß er dennoch mit derartigen Fragen fertig würde, bezweifelte er nicht. Außerdem würde er sie zu vermeiden wissen. Zudem war die Zahl der Streifenwagen beklagenswert gering und dieses Gäßchen weniger bedrohlich, als es wirkte. Im Gegensatz zu Tom sah Bailey in den großen Mülltonnen, Ecken und Winkeln keine Gefahr. Allerdings schien er, fast wie eine hitzeempfindliche Rakete, einen sechsten Sinn für die Nähe menschlicher Wärme entwickelt zu haben, einen Sinn, der ihn, wenn irgendwo im Dunkel eine Gefahr drohte, gleichsam automatisch die Straßenseite wechseln ließ. Bailey hatte in seinem Leben schon einige Wunden davongetragen – an Knien, Ellbogen, Hinterkopf, Rippen und Seele. Doch er konnte kämpfen und wußte, was es hieß, die Beherrschung zu verlieren. Und genau deshalb versuchte er in der Regel, möglichen Konflikten aus dem Wege zu gehen, was auch sein Verhalten Duncan gegenüber beeinflußte, der mehr als fünfzehn Jahre jünger war als er: genau in dem Alter, da auch er selbst sich nicht hatte belehren lassen, sondern alles besser wußte. Damals wäre es zwecklos gewesen, wenn ein klügerer, älterer Kollege ihm gesagt hätte, an deiner Stelle würde ich das nicht tun, ich würde aufgeben, solange es noch geht, mein Junge, wenn eine Frau dich verläßt, ist sie weg, und du suchst dir am besten eine andere. Er hätte genausowenig zugehört, wie Duncan ihm jetzt zuhörte, das wußte er. Sie hatten sich lange unterhalten, und Duncan hatte sämtliche Warnungen über sich ergehen lassen, den Rat, seine Frau so zu akzeptieren, wie sie war, und nett zu ihr zu sein, wenn er sie zurückhaben wollte, hatte das alles in sich aufgesogen, im Grunde aber nicht richtig zugehört. Seine geradezu besessene Eifersucht trieb ihn nach wie vor um, und er war entschlossen, seine Frau auch weiter zu beobachten. Zwei große Bier und noch mehr Heuchelei, und Bailey wurde sich bewußt, daß er sagte, tun Sie, was Sie tun müssen, aber nicht, was ich getan habe. Duncan war kein potentieller Mörder, entschied Bailey, als Polizist jedoch, der zu auffallender Tapferkeit und nicht weniger auffallendem Alkoholkonsum fähig war, als Mann, der einer inneren Stimme folgte, mit wenig Selbstdistanz und ohne Haltepunkte bis auf seine Ex-Ehefrau, war er möglicherweise gefährlich, mit Sicherheit aber ein Ärgernis. Duncans Problem lag darin, daß er nicht wußte, wohin, und auch nicht, was tun. Er schien völlig auf seine Frau fixiert und darauf, jedermann in Verlegenheit zu bringen. Duncan stammte aus derselben Gegend wie die, die er normalerweise verhaftete und die, wie er, keine Bücher lasen. Jemand wie er mußte in flagranti ertappt und wie ein Verbrecher an seiner Tat gehindert werden.

Das war der Grund, warum Bailey auf seinen Kreppsohlen fast lautlos und unsichtbar die kleine Gasse entlangschlich. Der Wind trieb ihm Schmutz ins Gesicht, den Dreck eines heruntergekommenen Viertels, auf das kaum jemand stolz sein konnte. Bailey kam sich ein wenig heuchlerisch vor. All das Gerede, mit dem er Helen überschüttet hatte: Misch dich nicht ein, laß geschehen, was geschehen soll, laß die Leute selbst damit fertig werden, mach dir keine Gedanken, wenn du sowieso nicht helfen kannst. Der reine Unsinn angesichts dessen, was er jetzt gerade tat. Gewiß, er könnte sagen, schließlich werde ich vom Commissioner dafür bezahlt, mich um meine Männer zu kümmern, doch bezweifelte er selbst, daß der Commissioner das hier von ihm erwartete. Daß er mitten in der Nacht unterwegs war, um einem besessenen Ehemann aufzulauern, der zufällig Polizist war, nur weil er hoffte, ihn mit der eigenen Dummheit konfrontieren zu können: damit er sich vorkam wie ein lächerlicher Rumtreiber.

Bailey duckte sich hinter eine der Mülltonnen – nur ein Instinkt, nichts weiter – und spähte zur Tür und der Treppe hinüber, die zu Kimberley Perrys Wohnung führte, so häßlich wie all die übrigen häßlichen Behausungen der Parade. Unmittelbar daneben lag die Wohnung des Apothekers – so nah, daß ein geschickter Mann von einem der wuchtigen Betonbalkone ohne Problem zum nächsten würde hinüberklettern können. Ein Wagen hielt beim Haus des Apothekers, ohne Licht, aber nicht Duncans beschädigtes Vehikel: Ein Mann stieg aus, ging auf die Ecke zu, flotter Gang, kein Schlurfen, kein schlechtes Gewissen. Duncan, dachte er, ohne dessen sicher zu sein. Eigentlich konnte es jeder sein, aber es war eine Windjacke wie die von Duncan und Duncans energischer Gang, ob er betrunken war oder nüchtern. Dann wieder Stille. Die Gestalt bog um die Ecke und verschwand. Plötzlich hörte Bailey ein Stöhnen.

»Nein, nein, nein! Zuviel ... hat er ... Hilf mir ...«

Die Fetzen wurden ihm vom Wind zugetragen, eine Stimme ohne Hoffnung – nicht in furchtbarem Schmerz, sondern *in extremis.* Er folgte dem verzweifelten Stöhnen bis in eine Nische, die den Eingang zum Hinterhof eines Obst- und Gemüseladens bildete, den Bailey am Geruch als solchen erkannte. Es roch ähnlich wie auf einem Marktstand am Ende eines Verkaufstages, ein Geruch nach totem Grün, eher ein wenig süßlich als faulig. In den sich, als er sich über ihn beugte, der Geruch dieses Mannes mischte, der dasaß, Kopf und Arme auf ein angewinkeltes Knie gestützt und das andere Bein weggestreckt, als hätte er sich von diesem Teil seines Körpers bereits getrennt. Als Bailey dem Mann eine Hand unter das Kinn schob, um sanft seinen Kopf anzuheben, sah er in das Gesicht eines Greises, dem nur das dichte, glatte Haar widersprach. Der Mann wehrte sich nicht. Der Atem, der ihm röchelnd aus dem Mund drang, stank nach Verwesung. Bailey ging neben ihm in die Hocke.

»Was ist los, mein Junge? Fühlst du dich nicht wohl?«

»O Gott, o Gott! Er hat ... er hat mich geschlagen. Niedergeschlagen ... Mir das falsche Zeug gegeben, viel zuviel ... O Gott! Ich weiß nicht, warum. Er ... sein Hinterzimmer. Gesehen, wie er zurückkam ...«

Bailey wußte nicht, was er von diesen atemlos hervorgekeuchten Worten halten sollte, aber da er das Gefühl hatte, daß es das war, was der Mann wollte, fragte er ihn: »Wer hat dich geschlagen? Wer ist zurückgekommen?« Er sah die Augen. Sie glitzerten.

»Er. Ich hab ihn gesehn. Ist egal. Helfen Sie mir!«

Es gab ein gutes Dutzend Polizeihandbücher voller Vorschriften über den Umgang mit Landstreichern, Drogensüchtigen und verkommenen Subjekten in schlechtem Gesundheitszustand. Keine künstliche Beatmung ohne Schlauch, einen Krankenwagen anfordern und die jeweilige Person nur mit Gummihandschuhen und sehr vorsichtig anfassen. Sie kratzen, sie beißen, sie infizieren einen mit Aids und Hepatitis und dürfen niemals in einen Wagen verfrachtet werden, der nicht entsprechend ausgerüstet ist. All das war Bailey bekannt; er hatte selbst lange Vorträge darüber gehalten. Jetzt nahm er den Mann in seine Arme, wärmte ihn für eine Weile und war entsetzt, daß er nur dünne Baumwollkleidung und einen zerlumpten Pullover trug. Langsam und überdeutlich sagte er ihm ins Ohr: »Warten Sie hier bitte einen Moment.«

Eine klauenähnliche Hand krallte sich in seinen Mantel. Behutsam löste er sie, lief zum Ende der Gasse zu seinem Wagen und fuhr zurück zu der Stelle, wo der junge Mann lag. Er hob ihn auf und half ihm behutsam auf den Rücksitz, was etliche Minuten in Anspruch nahm, da der Körper des Mannes ziemlich schwer war. Speichel tropfte aus seinem offenen Mund auf Baileys Mantel, und als er ihm eine Hand auf den Kopf legte, um ihn vor der oberen Kante der Autotür zu schützen, spürte er auf dem Hinterkopf unter dem klebrigen Haar eine Schwellung. Bailey hätte an irgendeine Tür klopfen, zu einem Telefon laufen oder verschiedene andere Möglichkeiten wählen können, um sich peinliche Erklärungen für seine Anwesenheit in dieser gottverlassenen Gasse zu ersparen, aber nichts davon kam ihm in den Sinn. Für jemanden, der dringend ins Krankenhaus mußte, war dies ganz einfach der schnellste Weg. Als er jedoch die Autotür schloß und auf dem schnellsten Weg zur nächsten Notaufnahme fuhr, spürte Bailey, daß es bereits zu spät war. Aus der Kehle des Mannes auf dem Rücksitz drang nur noch Rasseln, mit Baileys Mantel zugedeckt, mit wachsbleichem Gesicht und in tiefem Koma sackte er zur Seite, und die warme Luft im Wagen roch nach Tod.

7

»Im großen Durcheinanda, da wühl ich wie ein Panda! Der Atem des Lebens ist seine wahre Substanz. Ohne ihn wird man zum Leichnam, der keinen Kiekser mehr von sich gibt. Und vergißt, wie schön das alles war: ein Leben voller Drogen. Halt jetzt die Luft an, guter Junge! Ein tolles Vergnügen ist uns das, nicht wahr, Hazel, mein Lieber? Richtig schön rumspielen und auch noch dafür bezahlt werden. Jeder Versuchung aus dem Weg gehen, natürlich. Fand den Geruch von diesem Zeug schon immer scheußlich, aber Äther, also Äther, das ist 'ne Sache für sich.«

Sean Hazel ließ den Labortisch hinter sich und holte tief Luft; dann suchte er in seinen Taschen rechts nach einer Zigarette und links nach einem kleinen Flachmann mit Brandy. Beide Hände gleichzeitig wieder hervorziehend, betrachtete er nachdenklich die Gegenstände, die sie hielten, und wußte nicht recht, was zuerst benutzen, wog die Freuden des einen gegen die des anderen ab. Legte dann beides vor sich hin, um sich statt dessen eine ältere Ausgabe des Playboy vom gegenüberliegenden Tisch zu holen. Die Zeitschrift gehörte dem Labortechniker, der derlei Lektüre mit Begeisterung in sich hineinfraß. Als Hazel das Heft durchblätterte, verwirrten und beunruhigten ihn die Dimensionen der Frauen auf den Fotos. »Gott, du Allmächtiger«, murmelte er vor sich hin, »die würden mich bei lebendigem Leibe verschlingen.« Und wunderte sich vage über den Geschmack des Laboranten. Hinter ihm war, unheimlich in der Leere, das stete Geräusch körperlosen Atmens zu vernehmen.

Möglichst weit vom Labortisch entfernt, auf dem er ein automatisches Gebläse installiert hatte, einen Apparat, der das menschliche Atmen imitierte, setzte er sich auf einen Stuhl, zog Papier und Schreiber zu sich heran und begann mit seiner unleserlichen Handschrift zu notieren, was er sich selber laut diktierte. »Folgendes habe ich in der vergangenen Nacht getan: Zunächst habe ich ein ganz gewöhnliches großes gelbes Staubtuch auf unterschiedliche Art und Weise gefaltet und mit Chloroform getränkt, um zu sehen, welche Menge es im Höchstfall aufnehmen kann. Das waren fünfzig Milligramm, und damit war das Staubtuch zwar nicht tropfnaß, doch gut durchtränkt und bereits schwierig zu handhaben. Ich hielt mir das Tuch selbst übers Gesicht und atmete, solange ich konnte. Nach wenigen Minuten jedoch, während mir schwindlig und übel wurde, war das gesamte Chloroform verdunstet. Eine eher schwere Konzentration wie diese ist ziemlich unangenehm, und falls das Narkotikum zu Vergnügungszwecken benutzt worden ist, mit anderen Worten zum Sex, möchte ich bezweifeln, daß man eine so hohe Dosis verwendet hat. Sie könnte zwar ausreichen, eine zierliche Frau zu betäuben, doch höchstens für ungefähr eine Minute. Da Chloroform weit schwerer als Luft ist, wird viel davon vergeudet, da es neben dem Gesicht herabsinkt ... O Gott«, unterbrach er sich, »sogar für mich ist die Sache zu kompliziert, um sie mit einfachen Worten zu erklären. Also, was habe ich dann getan? Ach ja.« Er ging drei Schritte nach links und anschließend wieder zwei nach rechts, zählte dabei laut und vernehmlich und fuhr dann in seinem Vortrag fort, ohne sich jedoch noch Notizen zu machen.

»Ich habe mir selbst eine Blutprobe entnommen und sie heute vom Laboranten untersuchen lassen. Kaum ein Hinweis auf Chloroform, nur ein winziges Milligramm. Und ich war weiß Gott nicht erregt, aber das hängt vermutlich davon ab, mit wem man zusammen ist.« Er kicherte vor sich hin. »Selbst bei intensivstem Einatmen nimmt man also bei weitem nicht zwölf Milligramm auf, und da das Chloroform sehr flüchtig ist, scheint es unmöglich, mit einer einzelnen Staubtuchladung so viel in sich hineinzubekommen – völlig unmöglich.« Er begann im Labor umherzuwandern. »Ich habe darüber hinaus festgestellt, daß man etwa zwanzig Minuten lang intensiv inhalieren müßte, um die fragliche Menge in sich aufzunehmen, schneller geht's einfach nicht. Nach meinen Büchern und Unterlagen wird ein Mensch, wenn auch nur vorübergehend, normalerweise nach etwa fünf Minuten ins Reich der Träume übersiedeln, und etwa fünf Minuten brauchten auch die alten Anästhesisten, um ihre Patienten in Schlaf zu versetzen – wenn diese dabei festgehalten wurden. Also, Miss West und Mr. Redschwein, wie zum Teufel hat diese Frau das Zeug aufgenommen? Es sich selbst verabreicht, während sie bereits bewußtlos war? Unmöglich. Zwölf Milligramm konnte sie nur aufnehmen, indem ihr jemand das Staubtuch übers Gesicht hielt, während sie schon bewußtlos war, und dann weitere fünfzig Milligramm draufgoß und noch einmal fünfzig ... Wer immer das tat, hielt ihr den Chloroformträger so übers Gesicht, daß die Haut nicht berührt wurde, keine Verbrennungen, kein Kontakt mit dem Mund ...« Er kehrte zu seiner Lungenmaschine zurück, die so ruhig atmete wie ein präzise schlagendes Herz. Er wünschte, das Atemgeräusch wäre bei jedem Patienten, den er einmal narkotisiert hatte, so regelmäßig gewesen, ein – aus, ein – aus. »Kein Herz«, sagte er und tätschelte die Apparatur liebevoll. »Keine Angst, keine von lebenslangem Sargnagelrauchen verlotterte Lunge, et cetera, et cetera. Langsam sollte ich wohl die Chloroformmenge rund um diesen Mund messen, der das Zeug seit einer Viertelstunde einatmet ... Und dann werde ich mir überlegen, wie ich in Worte fassen soll, was dieser Mistkerl von einem Apotheker getan hat ...«

Er sah auf die Uhr und stellte das Gebläse ab. Morgen wollte er das Ganze noch einmal wiederholen. Über die Mundöffnung der Maschine hatte er eine konventionelle Narkosemaske gelegt, ein Andenken an frühere Zeiten. Man bedeckte sie mit Gaze, die man mit Chloroform oder Äther tränkte, und wählte für jedes der beiden Narkosemittel eine andere Materialstärke. Er erinnerte sich noch gut daran. Die Schimmelbuschmaske war ihm am liebsten. Ein Oval aus dickem Draht mit sich kreuzenden Bügeln und einem Rand, der die seitlich entweichende Flüssigkeit auffing. Wie ein Helm sah die Maske aus. Hazel seufzte. Zuletzt hatte er sie im Krieg benutzt, während ringsumher die Bomben fielen. Vergrabene Bomben und Erinnerungen, ausgegrabene Gedanken.

»Helen? Entschuldige, daß ich dich wecke, aber ...«

»Wieviel Uhr ist es?«

Bailey wußte immer, wie spät es war, fast so, als hätte er einen eingebauten Wecker. »Zwei Uhr morgens. Nicht sehr höflich, aber ...«

»Ist alles in Ordnung? Dir ist doch nichts passiert?«

Es gab Momente, da liebte er sie ganz besonders, weil sie genau die richtige Frage stellte und nicht verärgert war. Weil sie verschlafen klang wie ein Mensch, der am anderen Ende eines langen Tunnels auftauchte, und trotzdem nicht gereizt reagierte.

»Nein, nein, mir geht's gut. Es hätte auch bis morgen Zeit gehabt.«

»Hätte es nicht, sonst hättest du jetzt nicht angerufen. Also was ist los?«

»Eigentlich nichts.« Beschwichtigung, das automatische Herunterspielen von Gefühlen war eine Angewohnheit, die beiden vertraut war und die sie sofort verstand. »Eigentlich nichts ... aber ich war heute in dieser Straße, du weißt schon, dieser Herringbone, wie auch immer sie heißen mag. Wo dein Apotheker wohnt. Um nach diesem Sergeant zu sehen, den du in deinem Bericht erwähnst, und um möglicherweise zu verhindern, daß man ihn da aufgreift und er sich zum Narren macht. Statt seiner aber hab ich jemand anders gefunden. Er lag im Sterben, an einer Überdosis, denke ich.«

»Und wie ich annehme, hast du ihn mitgenommen. Stimmt's?« erkundigte sich Helen, die ihren Bailey kannte. »Und deine Tarnung aufgegeben.«

»Natürlich. Ich hab ihn zur Notaufnahme gebracht, aber wohl zu spät. Als ich ankam, lag er bereits im Koma. Ziemlich übel die Sache.« Sie wußte, warum er anrief. Angesichts eines derart sinnlosen, überflüssigen Todes wurde Bailey jedesmal zornig, hilflos, irrte eine Zeitlang in einem Nebel von Trauer und Wut umher.

»Möchtest du rüberkommen? Oder soll ich zu dir?«

»Mein Wagen ist noch warm. Und ich bin angezogen.«

»Bring ein frisches Hemd mit, und fahr vorsichtig!«

Die Ermahnung klang beiläufig. Bailey fuhr mehr als zügig, und leichtsinniges Rasen war ein Zeichen von Wut. Sie kannte ihn, wie sie glaubte, ziemlich genau. Und ahnte, daß es des eisigen Odems der Tragödie, der selbstverständlichen Brutalität der Straßen, in denen er aufgewachsen war, bedurfte, um Bailey aus seinen Depressionen ins Leben zurückzuholen.

Kim genoß es, allein im Laden zu sein. In der Mittagspause, wenn das Vormittagsgeschäft aus den Ärztepraxen allmählich abgeflaut war, ließ Pip Carlton sie allein. Zwischen zehn und zwölf kam gewöhnlich ein ununterbrochener Strom von Patienten mit Rezepten in der Hand, die sie dem Apotheker überreichten, um dafür Wässerchen, Tropfen und Pillen entgegenzunehmen. Pip spießte die Rezepte wie der Koch in einem Schnellimbiß auf einen Nagel, und gemeinsam mit Kimberley bediente er die Kunden einen nach dem anderen. Bis zur ihrer Zulassung zur Pharmaceutical Society, die unmittelbar bevorstand, durfte Kim zwar im Grunde schon alles allein machen, nur die Medikamente noch nicht direkt an die Kunden ausgeben, die oft kein Verständnis dafür hatten, wenn sie sagte, kommen Sie später zurück, ich kann Ihnen die Verschreibung zurechtmachen, aber Mr. Carlton muß sie kontrollieren, tut mir leid. Warum? fragten sie ungeduldig. Nun ja, so ist es nun mal und wird es leider auch noch einen Monat bleiben. Was sie persönlich betraf, so konnte sie es kaum noch abwarten.

Schon den ganzen Vormittag über hatte sie das Gefühl, als hätte sie diese einschläfernde Hustenmedizin eingenommen, die bei ihr so besonders stark wirkte. Die Erkenntnis der viel schlichteren Wahrheit aber, daß sie nämlich ganz einfach müde war, machte es ihr auch nicht leichter, ihr Unwohlsein zu bewältigen, das sich in Reizbarkeit niederschlug, einer verstärkten Empfindlichkeit Pips Herrschsucht gegenüber und einem Gefühl, das sie nur als Sehnsucht beschreiben konnte – Sehnsucht danach, diesem Leben hier zu entfliehen, irgendwohin, wo alles ganz anders war. Weg von der hypnotisierend wirkenden Baustelle und dem Abfall auf der Straße, diesem Abfall, der Geister rief, die erst in den frühen Morgenstunden wieder erstarben, wenn von hinten der Betonmischer zu rumpeln begann, weg von all diesen Bildern und Geräuschen des Gefangenseins, auch wenn ihr Verstand ihr sagte, daß sie keine Gefangene war. Kim neigte nicht zu Selbstmitleid, dazu hatte sie keine Zeit. Diese neue Art von Bewußtheit war ungewöhnlich für sie. Tom war süß gewesen heute morgen, hatte versucht, seinen mürrischen Trotz auf seine eigene Art wiedergutzumachen, indem er ihr einen Schatz zeigte, den er auf der Straße gefunden hatte, einen Drahthelm, den sich jemand für ein Kostümfest gebastelt haben mußte, der ihr aber nicht gefallen hatte. Und dann war Daniel, der Tom zur Schule bringen sollte, einfach nicht aufgetaucht.

Ihre Unzufriedenheit, die damit ihren Anfang genommen hatte, steigerte sich noch, als vor ihr am Tresen jetzt plötzlich eine kleine, alte Dame stand, die mit einem Rezept in der Luft herumwedelte und versuchte, ihr eine Tüte in die Hand zu drücken.

»Für Mr. Pip«, erklärte sie immer wieder. »Er will das haben. Bestimmt, bestimmt!«

»Was?« erkundigte sich Kim, verärgert über die Hartnäckigkeit der Kundin und die eigene Unfähigkeit, ihr zu helfen. »Was will er haben?«

»Das hier«, antwortete die Frau und senkte dabei die Stimme, als habe sie Kim ein beschämendes Geheimnis mitzuteilen, hielt ihr aber noch immer die braune Papiertüte hin. »Das Zeug hier. Ich sollte's zurückbringen, wenn wir zuviel davon hätten, hat er gesagt, und jetzt, der Ärmste, braucht er's nicht mehr.« Sie beugte sich vertraulich vor und winkte Kimberley mit gekrümmtem Finger zu sich heran. »... und ein paar andere Sachen hab ich auch noch gefunden. Von damals, als unser Dad gestorben ist.«

»Was denn für Sachen?« fragte Kim, die verzweifelt nach einem Hinweis suchte, obwohl sie bereits ahnte, um was es hier ging. Pip hatte etliche ihm ergebene, abgearbeitete Frauen als Kunden, die häufig zwar alt, aber nicht unbedingt weise waren. Sie alle belieferte er höchstpersönlich mit Medikamenten und Stützstrümpfen, mit ihm teilten sie Geheimnisse und Späßchen, an denen Kim nie teilhatte, weil er seinen Einfluß und seine Beliebtheit eifersüchtig hütete und sie nicht mal in die Nähe seiner Favoritinnen ließ, wie ihr mit einemmal erschrocken bewußt wurde. Auch nicht in die Nähe derer, die hereinschlurften wie diese Alte, bewaffnet mit irgend etwas, das in ihrer Tüte klapperte, übriggebliebenen Arzneien, Giften und Medikamenten, die jedermann, wie immer wieder betont wurde, nicht zu Hause behalten, sondern zurück in die Apotheke tragen sollte. Vor allem nicht in die Nähe der wenigen Pflegerinnen Sterbenskranker, die wenigstens für kurze Zeit zu Verwalterinnen stärkster Gifte berufen wurden. Heroin, möglicherweise, Morphium zuweilen, mildere Derivate häufiger. Altmodische Hilfsmittel in modernen Kapseln, verschrieben als letzter Strohhalm oder Kurzzeitmedikament für Moribunde oder Patienten mit akuten Schmerzanfällen, für jene, die nicht ins Krankenhaus wollten oder konnten. Die letzten all jener, die im Krankenhaus so etwas sahen wie ihre Großväter im Armenhaus. Davon gab es hier in der Gegend eine ganze Reihe, Überlebende eines Krieges, die sich noch an seine Trostlosigkeit erinnerten, Menschen, für die der Wohlfahrtsstaat nichts weiter bedeutete als den Zugang zu einem Arzt, den man nicht belästigen durfte, weil Ärzte viel zu bedeutend waren, um überhaupt belästigt zu werden. Oder die Asiaten, für die es eine Frage des Stolzes – wie auch der Angst vor der Anonymität der Krankenhäuser – war, sich um ihre Angehörigen zu kümmern, egal, in welchem Zustand sie sich befanden. Sie ließen einander nicht im Stich, diese Menschen, die Kim zwar nicht verstand, die sie mit der Zeit aber für ihre starrsinnige, hartnäckige und zuweilen auch törichte Courage bewundern gelernt hatte: Sie warteten, sie gehorchten, sie verabreichten den Sterbenden gehorsam ihre Medikamente, befolgten jede Vorschrift, die mithalf, daß der oder die Kranke die Familie nicht verlassen mußte, akzeptierten den Tod. Und auch danach noch taten sie, was man ihnen gesagt hatte, und brachten wie diese Alte die Reste der Medikamente zurück. Als sie dieses Gesicht betrachtete, resigniert, lebensklug, vertrauensselig, alles in einem, wurde Kim demütig. Und kam sich trotz ihres Apothekerwissens dumm und unwissend vor.

»Ach ja?« tastete sie sich behutsam und etwas freundlicher vor. »Ich glaube ... Sie haben sich doch um Ihren Onkel gekümmert – Krebs, nicht wahr? Sie wollten ihn nicht ins Krankenhaus ... Tut mir leid, daß ich mich nicht gleich an Sie erinnert habe.«

»Kann man nichts machen«, erklärte die Alte kurz. »Ich will dieses Zeug nicht im Haus haben. Könnte sein, die Katze geht dran. Ich brauch auch was für mich selbst. ›Night Nurse‹ heißt das wohl. Ich hab ein Rezept vom Doktor.«

»Möchten Sie Kapseln oder Sirup?«

»Sirup. Hab ich gesagt. Das andere hilft nicht.«

Kim wollte schon erwidern, daß man eigentlich kein Rezept brauchte für Hustensirup und daß die Kapseln genau das gleiche enthielten, las in diesem Gesicht aber die feste Überzeugung, daß alles, was ein Arzt verschrieb, besser sein mußte als das, was man einfach so am Tresen kaufen konnte. Also wickelte sie die Flasche sorgfältig ein und überreichte ihr das Päckchen wie eine Auszeichnung. Dafür überreichte die Frau ihr die Tüte.

»Morphium ist das, hat er gesagt. Geholfen hat's ihm aber auch nicht.«

Auf dem Weg zur Tür riß die Alte mit ihrer Einkaufskarre eine Arrangement aus Zahnpastapackungen um. Ohne anzuhalten, ging sie weiter, während sich hinter ihr die Packungen in wahren Kaskaden über den Boden ergossen. Kim stürzte vor, um schnell wieder Ordnung zu schaffen, merkte dann aber, daß sie noch immer die Tüte in der Hand hielt, und wurde von dem Gefühl bedrängt, sich unerlaubt in ein Geheimnis hineingedrängt zu haben – so sehr, daß sie, als die Türglocke einen neuen Kunden ankündigte, zusammenzuckte, die Packungen kurzerhand beiseite schob und sich wieder hinter den Tresen zurückzog. Die Tüte immer noch in der Hand und mit leicht geröteten Wangen, sah sie dem Kunden mit gespielter Selbstsicherheit entgegen. Und lächelte erleichtert.

»Dr. Gupta! Wie schön, Sie zu sehen. Sie wollen sicher zu Pip, aber der ist im Moment leider nicht da.«

Er wandte ihr sein vogelähnliches, nußbraunes Gesicht zu, dann sah er zurück auf die Straße, wo die Alte auf dem Bürgersteig stand, ohne so recht zu wissen, wohin. »Die Ärmste«, sagte er mitleidig. »Jetzt hat sie keinen mehr, um den sie sich kümmern kann. Hätte Krankenschwester werden sollen. Also, was wollte ich?«

Kim lachte ihn an. Dr. Gupta war lebhaft, ständig geschäftig, drückte sich oft sehr unbestimmt aus und kam nur selten in die Apotheke, die seine Patienten und seine Praxis versorgte, doch wenn er kam, hatte er stets einen besonderen Grund. So konnte es sein, daß er sie vor einem seiner Patienten warnen wollte, der es darauf anlegte, Arzt und Apotheker gegeneinander auszuspielen, um genau das zu erhalten, was er – oder sie – persönlich für angebracht hielt. »Ach ja«, sagte er, »jetzt fällt's mir ein. Daniel. Ich bin ein bißchen beunruhigt.«

»Wieso? Geht's ihm nicht gut?«

Dr. Gupta sah sie erstaunt an und warf dann einen Blick auf seine Uhr, so als könnte er dort eine wichtige Information abrufen.

»Das kann man sagen. Tot ist er. Wußten Sie das nicht? Aber wie sollten Sie das auch wissen. Das Krankenhaus hat mich heute morgen angerufen. Jemand hat ihn da abgeliefert. Eine Überdosis Methadon, so wird vermutet. Oder er hat zusätzlich noch Tranquilizer genommen, eine ziemlich tödliche Mischung. Und offensichtlich ist er auch gestürzt. Hatte ein großes Hämatom am Hinterkopf, sah allerdings schlimmer aus, als es war. Aber das Methadon ... Was mich stört, ist die Frage, woher er das zusätzliche Methadon hatte. Daß es nicht von hier stammt, ist mir klar, doch ich könnte mir vorstellen, daß Pip weiß, ob er auch woanders hingegangen ist.«

»O mein Gott!« Kim war entsetzt, den Tränen nahe. Daniel hatte in ihrem Leben zwar nie wirklich Gestalt angenommen, war eher eine Geistererscheinung geblieben, aber dennoch war sein so unvermittelter Tod schwer zu verarbeiten. Kim lief nach hinten und zog seine Unterlagen heraus: Einmal täglich Methadon oral. Sonst nichts. Langsam kehrte sie zum Tresen zurück.

»Von uns kann er es nicht bekommen haben. Wir ordern immer nur so viel, wie wir brauchen. Sie wissen ja, wie streng die sind. Und Dan hat sich diese Woche, genau wie sonst, Tag für Tag nur seine übliche Dosis abgeholt. Wir haben niemals auch nur ein Mikrogramm zuviel davon am Lager. Viel zu riskant, sagt Pip, selbst wenn es erlaubt wäre. Darauf achtet er sehr genau.« Noch während sie sprach und mit einem Auge die Papiertüte unter dem Tresen liegen sah, war Kim klar, daß sie nicht die Wahrheit sagte. Irgendwo im Haus konnte sich Pip durchaus einen Vorrat von Giften angelegt haben – Heroin, Methadon, Morphium. »Rückposten« wurden die genannt, und in der Regel handelte es sich dabei um kleinere Mengen: Tranquilizer, auch stärkste Schmerzmittel, eine ganze Auswahl von Medikamenten wurde dem Apotheker auf diesem Wege anvertraut. Darum hatte Pip sich immer persönlich gekümmert, hatte sie davon ausgeschlossen, und daher wußte sie auch nicht, was er mit den Rückposten anfing. Bei allem, was sie orderten, hielten sie sich an die strengen Vorschriften, über das, was zurückkam, gab es jedoch keine Kontrolle.

»Und außerdem«, fuhr sie in forciert überzeugtem Ton fort, »sind wir erst vor kurzem von der Polizei kontrolliert worden. Nach Mrs. Carltons Tod, wissen Sie.« Auch daran erinnerte sie sich: Die Männer hatten mit ihr geflirtet und waren nicht ein einziges Mal in Pips geheiligtes Hinterzimmer vorgedrungen. Er hatte sie abgelenkt, und sie hatte ihm dabei geholfen.

Dr. Gupta seufzte. »Du lieber Gott, ich bin wirklich nicht der Meinung, daß er hier was gekriegt hat. Danach habe ich nicht gefragt. Für so was ist Pip viel zu vernünftig. Was mich vielmehr interessiert: Könnte er woanders hingegangen sein? Könnte er es von einem Freund gekauft haben, Himmel noch mal, jetzt ist es doch ohnehin egal. Sagen Sie Pip, er möchte mich anrufen, ja? Nicht, daß ich ihn belästigen will, den Ärmsten. Die arme Margaret. Sie muß ihm sehr fehlen.«

Eben hatte sie noch schlecht von Pip gedacht, doch schon empfand sie wieder die vertraute Loyalität und dachte an das, was er ihr erzählt hatte.

»Ach ja, er gibt sich immer so zuversichtlich, aber er hat ja wirklich furchtbar viel durchgemacht. Ich hatte gar nicht gewußt, daß Margaret süchtig war...«

Dr. Gupta warf abermals einen verwirrten Blick auf seine Uhr. »Süchtig? Vermutlich denken Sie an jemand anders. Margaret Carlton? Zehn Jahre lang habe ich sie behandelt. Ein Hypochonder, ja. Hoffte immer, es gäbe irgendwann mal eine Wunderdroge, die ihr Leben verbessern würde, klammerte sich aus diesem Grunde an alle möglichen Mittelchen und war bereit, alles auszuprobieren, was man ihr gab, aber süchtig? Niemals! Allein die Idee! Wie dem auch sei, Sie werden für Daniel kein Methadon mehr brauchen. Tut mir leid.«

Dr. Gupta war klein und hatte kurze, dicke Beine. Als er mit dem für ihn charakteristischen Tempo zur Tür eilte, warf er auch die letzten Zahnpastatuben noch um, die die erste Attacke überstanden hatten. Sie sah ihm nach. Ließ die Ware mit ihrer Verheißung perfekt weißer Zähne einfach auf dem Boden liegen und setzte sich hin, um nachzudenken. Zähne waren nicht wichtig. Daniels Zähne waren gelb gewesen, seine Augen dagegen hell und klar. Immer fragend, immer neugierig, kannte er seine Dosis haargenau. Trotz seiner Fehler war er alles andere als nachlässig gewesen, höchstens von Zeit zu Zeit etwas verschlagen. Kim hätte gerne um ihn geweint, doch ihre Augen blieben trocken.

Bailey kam das fremde Polizeirevier ein wenig einschüchternd vor. Allerdings nicht, weil er einen Gang entlangging, der in dem ihm so vertrauten Gelb gestrichen war, oder weil er an eine Tür klopfte und einen Raum betrat, der eine ziemlich genaue Kopie seines eigenen Büros war, oder weil er sich irgendwie gehemmt fühlte. All das entsprach den Erwartungen. Was ihn entnervte, war dieses Zucken in seinem linken Auge, das ihm sagte, daß er gerade eine der von ihm selbst aufgestellten Regeln durchbrach, ein bißchen sogar seinen Rang herauskehrte, und das war etwas, das man im Grunde niemals tun sollte. Nur sich niemals in den Fall eines Kollegen einmischen, wenn man nicht wollte, daß man eine sehr kalte Schulter gezeigt bekam, und niemals die Neugier Oberhand über den Verstand gewinnen lassen. Instinkt ist ein schmutziges Wort. Als er klopfte und dann Inspector Collins' Büro betrat, fühlte er sich durch und durch als Eindringling. Was ihm blieb, war Aufrichtigkeit.

»Entschuldigen Sie, Jack. Haben Sie eine Minute Zeit für mich?« Detective Inspector Collins sah vom Telefon auf, legte den Hörer zurück auf die Gabel und erhob sich. Das wäre eigentlich nicht nötig gewesen, denn der Unterschied zwischen seinem und dem Dienstgrad seines Besuchers war kaum erwähnenswert und wurde auf dieser Ebene weit weniger mißbraucht als in den unteren Rängen. Heute pflegte man nicht mehr zu salutieren, und dafür waren sie alle dankbar.

»Hören Sie, diesen Fall, den Sie da haben, Margaret Carlton. Ich habe zwei Punkte, die mich daran interessieren. Erstens ist Sergeant Perry von meinem Revier mit der Frau verheiratet, die in Carltons Drogerie arbeitet. Gestern nacht bin ich hingefahren, um ihn dort abzuholen, und fand statt dessen einen jungen Burschen auf der Straße, von dem Sie wohl noch hören werden, wenn man Sie nicht sowieso schon informiert hat. Ich möchte mehr über diesen Mann erfahren und nehme an, daß er ein

Kunde Ihres Mr. Carlton war. Zweitens haben Sie mit einer Miss West vom Prosecution Service zu tun, mit der ich zusammenlebe, so kann man das wohl nennen. Das heißt, ich habe in diesem gesamten Fall zwar kein Recht auf Informationen, nicht mal auf das, was ich schon weiß, aber vielleicht helfen Sie mir trotzdem weiter. Ansonsten sagen Sie mir gleich, daß ich verschwinden soll. Allerdings kann auch ich Ihnen möglicherweise behilflich sein. Wenn Sie daran interessiert sind.«

Er brachte seine Ansprache schnell und ein wenig brüsk vor, traf damit jedoch ins Schwarze. Collins hatte das Gefühl, durch Melasse zu waten. Sein Gesicht, fast schon genauso ernst, aber doch noch jünger als das von Bailey, verzog sich zu einem Lächeln.

»Setzen Sie sich doch, Geoffrey. Ich wollte gerade einen Bericht an Ihre Freundin abfassen. Über ein Alibi.«

Eine absurde Minute lang dachte Bailey, der Kollege rede von ihm.

»Wessen Alibi? Bis jetzt ist doch noch niemand angeklagt worden.«

»Carltons Alibi für die Nacht, in der seine Frau vermutlich gestorben ist. Ich habe festgestellt, daß ich diesen aufdringlichen, kleinen Mistkerl nicht leiden kann. Viel zu eifrig darauf bedacht, sich lieb Kind zu machen. Überdies kann ich Menschen mit blütenweißer Vergangenheit einfach nicht ausstehen. Vierzig Jahre lang hat er sich um seine Mutter gekümmert und anschließend um seine Frau. Kein Wunder, daß er ausgerechnet die Nacht, als sie über den Jordan ging, in einem Hotel verbracht hat. Ganz groß eingeladen von irgendeiner Firma für Verhütungsmittel. Und wenn er gewollt hat, kann er zwischendurch ohne weiteres nach Hause gekommen sein, ohne daß jemand Wind davon bekommen haben muß. Zeit genug hatte er. Theoretisch.«

»Theoretisch ... Warum laden Leute, die Verhütungsmittel herstellen, Apotheker zum Dinner ein?«

»Was glauben Sie? Wenn ich mir das nächste Mal einen

Gummi kaufe, wobei ich momentan leider das Glück nicht habe, einen zu brauchen, werde ich das in dem Bewußtsein tun, daß der Mann, der ihn mir verkauft, bestochen worden ist, damit er es tut. Komische Branche. Das saubere Ende einer schmutzigen Sache.«

Bailey grinste und knurrte zustimmend.

»Da wird man kaum von schmutzig und sauber reden können«, entgegnete er. »Sagen Sie mal, dieser Apotheker, hat der ...?«

»Was? Seine Frau umgebracht? Nein. Keine Chance. Aber trotzdem, da ist was faul. Ich hab versucht, jemanden zu finden, der sich mit diesem Chloroformzeugs auskennt, aber die scheinen alle schon tot zu sein. Ich verstehe überhaupt nichts davon. Glaubt Ihre Freundin etwa, daß er's war?«

»Scheint so. Schon lange. Und ich glaube, sie hat auch jemanden gefunden, der über Chloroform Bescheid weiß. Sie haben recht: Die Ärzte dieser Kategorie sind inzwischen weitgehend ausgestorben.«

»Schade. Ihre Freundin, diese Miss West ... Sie ist doch keine Ms., nicht wahr? Ich bin immer beunruhigt, wenn die sich ›Ms.‹ nennen. Klingt wie 'ne Wespe. Wie dem auch sei, sie kam mir vor, als hätte sie 'n kleinen Tick.«

Bailey hatte ein ziemlich schlechtes Gewissen. Jedes verschwörerische Männergerede über Helen kam ihm vor wie ein kleiner Verrat, aber was sein mußte, mußte sein: Er war loyal, aber auch pragmatisch.

»Na ja, ein bißchen schon. Nur hat sie auch eine unheimliche Begabung dafür, am Ende recht zu haben.«

»Stürzt sich ein bißchen eifrig auf die Arbeit, wenn ich das sagen darf.« Collins war eindeutig daran interessiert, zu erfahren, wie es wohl sein mochte, so eng mit jemandem von den Rechtsverdrehern zusammenzuleben, vor allem mit einem so attraktiven Exemplar. Juristen waren komische Vögel, die eigentlich in einen Zoo gehörten, zu Studienzwecken.

»Na ja, sie liebt ihren Beruf. Ist äußerst gewissenhaft.

Und außerdem, Sie wissen ja, Frauen ... sind doch irgendwo alle gleich.« Helen würde Verständnis dafür haben, schließlich war sie selbst äußerst pragmatisch. Collins lachte.

»Ja, ja, die Weiber, die haben's wirklich in sich. Wie dem auch sei, haben Sie Lust auf ein Bier? Ich werd Ihnen erzählen, was ich weiß. Sehr gern sogar. Wird nur nicht sehr lange dauern. Könnte man auf der Rückseite einer Briefmarke unterbringen. Und nichts davon ist geheim. Die Weiber!«

Bailey dachte an sein eigenes Büro, und das Verlangen nach einem Bier wurde stärker. Der CID-Raum seines Reviers war tabu, von einem Fieber befallen, das typisch für diese Jahreszeit war und an Intensität einer neu zusammengestellten Mordkommission nicht nachstand. Vierzehn Detectives, darunter drei Frauen, diskutierten mit dem Eifer und der Streitlust von Parlamentariern die letzten Einzelheiten der Weihnachtsfeier, die am folgenden Tag stattfinden sollte. Bailey durfte nichts davon wissen.

»Wunderbar. Wissen Sie was? Da wir schon mal hier in der Nähe sind – wie wär's, wenn Sie mir das alles im Pub in der Herringbone Parade erzählen? Könnte unter Umständen nützlich sein.« Er mochte Collins.

»Gräßliche Kneipe, aber okay, wenn Sie unbedingt wollen. Das Bier ist nicht schlecht. Nur die Gäste.«

Draußen war nichts vom altgewohnten Weihnachtswetter zu spüren. In einem Hof, der genauso trostlos war wie der hinter Baileys Revier, stiegen sie in Collins' Wagen und fuhren die halbe Meile zur Herringbone Parade. Collins parkte den Ford Granada im eingeschränkten Halteverbot, sagte, ach was, zum Teufel, während er sich aus dem Fahrersitz stemmte und anschließend mit schnellen Schritten voraus zum »Lion and Unicorn« an der Ecke ging, untergebracht im letzten einigermaßen ansehnlichen, älteren Haus der Parade. Er hat heute eindeutig nicht seinen besten Tag, dachte sich Bailey, während er selbst allmählich davon überzeugt war, einen recht guten zu haben. Jedenfalls im Vergleich zu den letzten, die von langweilig bis einfach zum Einschlafen gewesen waren. Und doch beneidete er Collins ein bißchen, dem es in seiner Position gestattet war, Fragen zu stellen, der sich noch nicht ständig durch jene endlosen Sitzungen schlagen mußte, die Baileys Status mit sich brachte.

»Sehen Sie, was ich meine?« fragte Collins, als sie schließlich an einem Tisch saßen. »Wegen der Gäste?«

Insgeheim fand Bailey, daß Collins mit seiner Beurteilung des Pubs unrecht hatte, denn es war offen gestanden recht nett hier. Rings um die Bar, auf der etliche noch geschliffene Gläser standen, zog sich ein alter Messinghandlauf, um sie herum standen abgenutzte Hocker mit Kunstledersitzen, und auf dem Boden lag ein geblümter Teppich, dessen Farben durch Schmutz und zahllose Füße längst verblaßt waren, die aber durchaus angenehm wirkten. Der Schmutz schien unvermeidlich. Draußen war Markt, und wenn es heute auch ein eher müder Markttag war, an dem die Markisen der Stände im Wind knatterten und die Kälte sich durch alle Kleider fraß, war die Straße doch furchtbar schmutzig. Außerdem handelte es sich um einen Vorkriegspub, eine Insel, die Zerstörung und Wiederaufbau überlebt hatte, eingerichtet in einer Zeit, da Pubs nicht sauber zu sein brauchten. Die hereinkommenden Gäste legten Hüte und Schals mit den stereotypen Worten ab: »Scheißkälte! Friert man sich ja den Arsch ab!« In der Ecke spielten ein paar Bauarbeiter Karten. Also die, dachte Bailey, sind nun wirklich total verdreckt, ohne was darauf zu geben, als wäre der Schlamm, der sie von oben bis unten bedeckt, nur eine zusätzliche Isolierschicht. Schmieriger Matsch sammelte sich um ihre Füße, und der Übergang zwischen Stiefeln und Hosen war nicht zu erkennen. Er beobachtete sie, wie sie achtlos Bier und Schnaps in sich hineinschütteten, drei Runden, und dann wieder hinaus in den Morast zogen. Obwohl er selbst ein guter Trinker war, wußte Bailey, daß er da nicht würde mithalten können. Er und Collins fielen allein schon wegen ihrer Anzüge auf. Er sah, wie sein Kollege sich die Krawatte zurechtrückte, begegnete seinem Blick und grinste.

»Nun ja, ist hier nicht unbedingt die City«, sagte er. »Man könnte uns für was Besonderes halten. Managementberater.«

»Unmöglich«, widersprach Collins. »Sie vielleicht, aber mich nicht. Ich sehe doch aus wie 'ne öffentliche Bedürfnisanstalt im Anzug. Komme mir sowieso ziemlich daneben vor. Nein, unmöglich«, wiederholte er. Er nahm einen kräftigen Schluck, ließ seine Kehle sichtbar arbeiten und stellte das Glas anschließend halb leer und deutlich erleichtert zurück auf den Tisch. »Diese verdammte City mit ihren tausend Banken auf einer Quadratmeile mag ja von mir aus gleich nebenan liegen, aber im Grunde ist sie Hunderte von Meilen von hier entfernt. Da wird gebaut und gebaut, und hier gibt's nichts als Flickwerk. Von denen kommt doch nie einer hierher. Sehen Sie sich nur meinen Anzug an, hat fünfzig Pfund gekostet. Ist vermutlich hinten von einem Laster gefallen. 'ne ganz schöne Menge von solchen Sachen wechselt hier im Pub den Besitzer. Meinen hab ich aus dem Ausverkauf.«

»Hört sich an, als hätten Sie die Kneipe hier schon mal genauer unter die Lupe genommen.«

»Aber sicher! Und der Klatsch blüht immer. Aber sagen Sie bloß Ihrem D. S. Perry nichts davon, der könnte sonst auf Gedanken kommen. Wir haben mit einigen von den Ladenbesitzern gesprochen. Die haben auch so ihre Ideen über Mr. Carlton und Perrys Frauchen. Trotzdem, letztlich ist sie eine ziemliche Enttäuschung. Entspricht nicht ganz den Erwartungen, wenn Sie verstehen, was ich meine. Die Lady im Gemüseladen hat mir gesagt, eigentlich hätten sie damit gerechnet, daß die beiden schon vor langer Zeit miteinander im Bett erwischt worden wären, noch bevor seine Alte das Zeitliche segnete, aber nichts da, die spielt nicht rum. Mrs. Perry, meine ich. Scheint nicht mal zu merken, daß der alte Carlton scharf auf sie ist, seit sie seinen Laden zum erstenmal betreten hat. Offensichtlich zu beschäftigt, um davon Notiz zu nehmen, aber da ist sie die einzige. Die Leute hier mögen sie. So jedenfalls, wie man jemanden mögen kann, der nicht schon hier geboren wurde.«

Bailey brummte vor sich hin. Collins nahm es als freundliche Aufforderung und wollte die Geschichte nun endlich von Anfang an erzählen.

»Jedenfalls, wie ich schon sagte, Gott, ist das schnell gegangen ...« Sein Glas war leer. Bailey übernahm die Bestellung und holte sich zu seinem Bier einen Whiskey. Das zweite Bier schmeckte ihm nie so recht, und die Gewohnheiten der Bauarbeiter wirkten ansteckend.

»Prost. Ziemlicher Hammer, dieser Fall, wissen Sie. Obwohl es ja nicht mal ein richtiger Fall ist. Da ist wirklich alles verpatzt worden. Hab ich in meinem Bericht ja schon zu erklären versucht: Ein Polizist wird gerufen, um eine Tür aufzubrechen, weil eine Ehefrau keine Antwort gibt, findet sie tot, aber so hübsch zurechtgelegt, daß man meinen könnte, der Leichenbestatter wär schon dagewesen. Also meldet er alles über Funk und läßt die Leiche abtransportieren. Ein natürlicher Tod, warum also nicht? Keine Fotos, keine forensische Untersuchung, kein gar nichts. Niemand hat eingebrochen, keine Verletzung, kein Kampf – okay? Der Pathologe, frisch von der Uni, schert sich einen Dreck, tut alles, was notwendig ist, und erlebt eine veritable Überraschung: Findet ein altmodisches Narkotikum, von dem er zwar gehört hat, über das er jedoch nichts Genaueres weiß. Komisch, denkt er, war aber nicht genug, um sie umzubringen, keine Ahnung, warum sie das eingeatmet hat. Und genau dasselbe denkt auch Davies, obwohl er sich Sorgen um seinen kostbaren kleinen Apotheker macht. Warum? Weil er der beste ist, den es hier in der Gegend gibt. Beliefert höchstpersönlich kleine alte Ladies, kümmert sich, obwohl ihm das keiner bezahlt. Scheint ein netter Kerl zu sein. Hat immer Zeit für seine Kunden, keiner hier hat etwas Schlechtes über ihn zu sagen – verstehen Sie, was ich meine? Die Ehefrau ziemlich bossy, nicht gerade unbeliebt, aber auch nicht im Zentrum der guten Wünsche. Versucht zu verhindern, daß unser Mr. Carlton sich mit den alten Ladies zuviel Mühe gibt, ordert Waren, die keinen Profit bringen, und so weiter. Hat immer sofort den Fußboden aufgewischt, wenn die Bauarbeiter dagewesen waren, um Blasensalbe und Gummihandschuhe zu kaufen, kleiner Drachen, aber nicht so schlimm, daß jemand sie dafür gehaßt hätte, auf ihre Art sogar liebenswürdig. Hält ihren Mann für das Beste, was es seit der Erfindung des Schnittbrots gibt, betet den Boden an, auf dem er geht.« Er nahm einen weiteren, erstaunlich tiefen Schluck. Bailey schwieg. Er wußte, daß er ihn jetzt nicht unterbrechen durfte.

»Also, wie ich schon sagte, wir standen da wie 'n Kind beim Dreck. Weil wir ja schließlich die Leiche nicht hatten, verstehen Sie? Weil sich von Anfang an keiner dafür interessiert hatte, und das bedeutet, daß man noch soviel schimpfen kann, es wird nichts ändern. Wir hatten keine Beweise vom Tatort, und bis noch mal jemand da war, hatte Carlton oder wer immer es war, genügend Zeit, das Zimmer gründlich zu putzen, Haare zu beseitigen, Sperma und so weiter. Nicht etwa, daß irgendwas auf Sex hingewiesen hätte, keine Spur! Allerdings hat er vergessen, das Chloroform wegzuschaffen, das unter seinem Küchenspülstein stand. Also mußte er uns da eine Geschichte auftischen. Und sein Alibi ist nicht wasserdicht. Aber mehr haben wir einfach nicht.«

»Und wenn jemand beweisen kann, daß sie sich das Chloroform nicht selbst beizubringen vermochte? Daß jemand anders es ihr gegeben haben muß?«

»Gut, gut. Das bedeutet dann, daß wir einen Mörder suchen, aber wen? Vielleicht hat sie den ständig hier rumlungernden Drogensüchtigen reingelassen, diesen Burschen, den Sie gefunden haben, ja, ja, ich weiß davon.

Oder ist mit einem von den Bauarbeitern ins Bett. Oder die Perry ist zu ihr rein und hat sie umgebracht.«

»Was Sie aber nicht glauben?«

»Nein, zufällig nicht. Obwohl sie sich tatsächlich hätte reinschleichen können. In der Apotheke gibt es einen Ersatzschlüssel für die Wohnung, und sie hatte den Ladenschlüssel, weil sie morgens für sich und Carltons Stellvertretung aufschließen mußte, während er sich in dem Hotel vergnügte, aber sie sagt, sie hätte nichts von dem Ersatzschlüssel gewußt. Na ja, ist auch egal, ich habe aufgehört, darüber nachzudenken.«

In seinem Glas klebte nur noch ein bißchen Schaum. Collins erhob sich von dem wackligen Tisch, marschierte mit der Selbstverständlichkeit langer Übung auf eine Lücke vor der Theke zu und kam mit zwei vollen Gläsern zurück. Das Bier schien überhaupt keine Wirkung auf ihn zu haben. Das ist etwas, was wir beide beherrschen, dachte Bailey, anständig zu trinken. Schade, daß D. S. Perry diese Lektion versäumt hat.

»Was soll ich also Ihrer Miss West sagen?« erkundigte sich Collins mit einer Andeutung von Kampfeslust. »Wie kann ich sie beruhigen? O Verzeihung, ich sollte keine chauvinistischen Bemerkungen machen, die darauf schließen lassen könnten, daß sie beruhigt werden muß. Männer und Frauen sind alle gleich und so weiter, ich hab da einen Kursus mitmachen müssen, deswegen weiß ich das. Niemals das schöne Geschlecht abwerten oder mit ungezogenen Namen belegen. Moment mal, ist das etwa dieselbe Helen West, die von diesem Psychopathen zusammengeschlagen worden ist? Vor ungefähr zwei Jahren? War doch damals Ihr Fall, nicht wahr?«

»Ja«, bestätigte Bailey voll Unbehagen.

»Ich will verdammt sein«, gab Collins zurück. »Das arme Schwein.«

Sie trennten sich freundschaftlich. Collins verständnisvoll, wenn auch ein wenig ungläubig, als Bailey sagte, er werde noch ein wenig bleiben und auf dem Markt einkaufen. »Äpfel, Orangen, Kartoffeln und so«, erklärte er.

»Und ein paar Pillen vom Apotheker?« entgegnete Collins mit einer Miene, die ein einziges Fragezeichen war.

»Möglicherweise. Wenn's Ihnen nichts ausmacht.«

»Nein, nein. Sie können mir jederzeit auf die Zehen treten, solange Sie Bescheid geben, bevor's weh tut.«

»Danke«, antwortete Bailey.

Auf strengste Anweisung seiner Mutter, die für jene seltenen Tage galt – und häufig ignoriert wurde –, an denen es ihr nicht gelang, jemanden zu finden, der ihn abholte, bestieg Tom Perry kurz vor der großen Masse der anderen Schüler den Doppeldeckerbus nach Hause, nahm gleich unten neben der Tür Platz und klammerte sich ans Geländer, bis die Herringbone Parade in Sicht kam. Dann jagte er wie der Blitz die Straße entlang und sprang geschickt über die Abfallhaufen, die das Ende des Marktes signalisierten, dessen Stände unter lauten Rufen und begleitet von Wind und Dunkelheit, allmählich dichtmachten. Aufmerksam sah er sich um und suchte nach Daniel. Denn Daniel, so gleichmütig er ihn gewöhnlich begrüßte, war zu einem festen Bestandteil seines Lebens geworden, und er gehörte zu diesen Markttagen, hielt sich unfehlbar hier auf, weil er auf Trinkgelder spekulierte. Aber es war schon wieder dunkel. Ständig war es dunkel: morgens, wenn er das Haus verließ, um als erster in der Schule zu sein, und abends, wenn er wieder zurückkam. Dabei konnte er sich einfach überhaupt nicht an die Dunkelheit gewöhnen!

Pip Carltons Laden dagegen war ihm zu grell, das Licht ließ ihn, wie die meisten anderen Leute auch, zurückzukken. Immer blinzelten sie wie die Maulwürfe, wenn sie hereinkamen, nur Mummy nicht, der die Helligkeit nichts auszumachen schien, die nur oft über Kopfschmerzen klagte und noch mehr Tee trank, um sich vor ihnen zu schützen. Die sowieso nie etwas merkte. Vor dem Tresen sitzend, Süßigkeiten kauend und gelangweilt wie immer, wünschte er, sie würde ihm endlich den Schlüssel geben, damit er nach Hause kam, wo er für sich sein konnte. Manchmal, wie auch jetzt wieder, testete er sie und hielt sein Buch verkehrt herum, um zu sehen, ob sie es merkte. Vor dem Tresen hatte sich eine kleine Schlange gebildet, und als Tom aus lauter Langeweile in seiner durchlöcherten Schultasche nach einem weiteren der Schokoladenriegel kramte, die er gegen seine Äpfel einzutauschen pflegte, stellte er fest, daß der Drahthelm, den er überallhin mitnahm, ein zusätzliches Loch in das Nylongewebe gebohrt hatte. Er holte das Ding heraus, legte es sich aufs Knie und fuhr fort, bis zum Ellbogen in dem Chaos zu wühlen, das in seiner Schultasche herrschte. Das machte Mummy mit ihrer Handtasche auch immer so. Jetzt kam Pip an den Tresen und sprach über Tombos Kopf hinweg mit einer Kundin.

»Bitte sehr, Mrs. Jones. Dreimal am Tag einnehmen ...« Dabei fiel sein Blick auf den Drahthelm. »Woher hast du denn dieses Ding da, Tombo, mein alter Junge?« Seine Stimme klang wohlwollend, seine Miene war zu einem Lächeln gefroren.

»Von draußen. Hinterm Haus, glaube ich. Oder woanders. Weiß nicht genau.« Am liebsten hätte er gesagt, was geht dich das an, woher ich das hab, aber auch seine zahmen Worte gaben ihm Gelegenheit, ein Hohnlächeln in seinen Ton zu legen und den Ärger anklingen zu lassen, den er empfand.

»Was für ein komisches Gestell. Ich dachte schon, du hättest das in der Schule gemacht. Darf ich mal sehen?«

Toms Hände umklammerten den Metallhelm, den er seinem Daddy schenken wollte.

»Nein«, sagte er energisch und grinste höhnisch.

Mr. Carlton zuckte lächelnd die Achseln. »Wie du willst, alter Junge, wie du willst.« Damit beugte er sich vor und kniff Tom freundschaftlich in die Wange. Tom erwiderte sein Lächeln, obwohl das Kneifen rote Flecken auf seiner Haut hinterließ. Bedächtig, um nur ja nicht loszuschreien, befingerte er die Metallbügel. Pip stand immer noch vor ihm, also war es lebenswichtig, daß er sich möglichst normal verhielt.

»Okay. Aber sag mir doch, wo du das gefunden hast. Wirklich interessant das Ding!«

Tom überlegte hektisch. Seine Mutter befand sich in Hörweite, und daß sie ihm das letzte Mal, als er im Müll rumgesucht hatte, eine Ohrfeige versetzt hatte, war ihm nur allzu deutlich im Gedächtnis geblieben.

»Hat mir Daniel gegeben.«

»Bist du sicher?«

»'türlich.«

Je lauter er wurde, desto fester glaubte er an das, was er sagte. Daniel kümmerte sich nicht darum, was die anderen von ihm dachten. Sollte Daniel die Schuld kriegen, der war dagegen immun.

Der Blick, der den seinen festgehalten hatte, löste sich und wanderte mit einem seltsamen Ausdruck der Genugtuung weiter. »Das stimmt«, sagte Pip. »Ich glaube sogar, ich hab ihn mit so einem Ding gesehen. Aasgeier.«

Tombo wußte nicht, was ein Aasgeier war, aber das Wort klang fies und weckte seinen Trotz so sehr, daß er bereit war, die Wahrheit zu gestehen.

»War Daniel heute schon hier?« erkundigte sich Tom. »Ich dachte, er wollte kommen ...«

Darauf folgte eine lange Pause. Zu Tombos Erstaunen wirkte der Mister ein wenig verlegen.

»Da mußt du deine Mutter fragen«, antwortete er.

8

»Wie geht's Ihrer Mutter?« fragte Helen den Mann an der Tür.

»Danke, Miss West, im Augenblick nicht mehr so schlecht. Eigentlich ganz gut. Sie liebt Weihnachten, wissen Sie. Das macht sie fröhlich.«

Seltsam, irgendwie wirkten große Gebäude bedrückend auf Helen, ob sie dort nun willkommen war oder nicht. Der Nachteil ihres Büros lag auf der Hand: Versteckt in einer engen Nebenstraße, war es wegen der unmittelbaren Nachbarschaft eines riesigen Häuserblocks zu ewiger Dunkelheit verdammt und mußte sich das bißchen Licht, das es überhaupt gab, mühsam zusammensuchen. Der Unterschied der Jahreszeiten war aus ihm heraus nur schwer zu bestimmen, höchstens aufgrund der Temperatur, da es im Winter immer widerlich überheizt war. Es gab Tage, da konnte sie sich kaum überwinden, die Tür zu öffnen, und warf schon draußen den Mantel ab. Überall sonst auf kleinlichste Sparsamkeit bedacht, legte es der Crown Prosecution Service offenbar darauf an, sein Personal zu grillen und bis spätestens zum frühen Nachmittag in Zombies zu verwandeln. Allein in Redwoods Chefzimmer ließen sich die Fenster öffnen. So kam es, daß alle darauf bedacht waren, mehr Außen- als Innendienst zu tun, was Redwood natürlich nach Kräften förderte. Die wirkliche Arbeit fand seiner Meinung nach vor Gericht statt, wo sich Erfolg und Mißerfolg manifestierten. Die notwendigen Vorbereitungen schätzte er eher gering, da sie kaum jemals bemerkt wurden.

Helen sah, daß jemand die Flure als bescheidene Mahnung an das Fest der Liebe mit Lametta geschmückt hatte. Da war zweifellos Mika am Werk gewesen, doch Helen wurde dabei das Herz eher schwer. Selbst bei bestem Gemütszustand haßte sie Weihnachten. Weihnachten machte die Leute verrückt. Redwood war mit Sicherheit schon angesteckt, und heute abend gab es die erste Party.

Baileys Party. Oder vielmehr Baileys CID-Party, zu der der ganze Bezirk geladen war. Und wo sie mal wieder, genau wie im letzten Jahr und im Jahr davor, auffallen würde wie ein bunter Hund. Unfähig, sich selbst zu einer gewissen Toleranz durchzuringen oder ihre Nerven dadurch zu betäuben, daß sie sich betrank.

Ihr Teppich sah aus wie Patchwork, und das Büro war früher einmal so etwas wie ein Vorführraum gewesen. Aufgrund eines verqueren Entscheidungsprozesses, der jeder Logik widersprach, war der ursprüngliche, von den früheren Benutzern hinterlassene fröhlich-blaue Wollteppich herausgerissen und durch einen minderwertigen gelben Synthetikteppich ersetzt worden. Sie alle hatten dagegen protestiert, sich darauf versammelt, Sprechchöre veranstaltet und sich sogar, wie etwa Helen, lang auf dem Teppich ausgestreckt, und dennoch lag jetzt Acrilan, wo früher Wolle gelegen hatte, und die Türrahmen versprühten statische Elektrizität. Warum zum Teufel tue ich das bloß, fragte sie sich: Warum arbeite ich in diesem Misthaufen, während ich anderswo doch mindestens das Doppelte verdienen könnte? Plus Sekretärin, täglich frischen Blumen, kostenlose Lunches und einem Firmenwagen ... Weil du dort nichts weiter tun würdest, als das Geld anderer Leute zu verwalten, und das wäre dir dann auch wieder zu langweilig. Das ist es nun mal, was andere, reichere Anwälte im allgemeinen so tun.

Gut. Kein Gejammer. Keine Beschwerden bei Kollegen über das Elend, hier arbeiten zu müssen, aber wie schön, wie wunderbar wäre es doch, wenn man sich nicht ganz so abrackern müßte. Gemäß ihrer Kalkulation verbrachte sie die Hälfte des Lebens damit, den inhaltlichen Fragen ihres Berufes nachzugehen, während die andere Hälfte ausschließlich daraus bestand, die reine Mechanik der Dinge in Gang zu halten. All die umständliche Diplomatie, all die Energie, verschwendet etwa auf den demütigen Gang zum Fotokopierzimmer und die Bitte, würde es Ihnen etwas ausmachen, Dot, es wäre so liebenswürdig von Ihnen ... Oder ein Brief mußte getippt werden, also nichts wie auf die Knie und zur Schreibkraft gerutscht. Immer wieder Versprechungen und Schmeicheleien verteilen wie ein Flittchen. Und wenn man weiter oben was wollte, dann ließ sich fast schon von Prostitution sprechen. Lächle, solange du noch Zähne hast. Überzeuge den Chef, daß es seine Idee war, hüte dich zu diktieren, statt nur vorzuschlagen, beschwatze, beschwöre, unterminiere durch Charme, rede, als sei das Reden eben erst erfunden worden, duck dich und dienere, überzeuge und bekehre, treibe den Ball wie ein Hockeyspieler geschickt vor dir her bis ins Tor. Das war der anstrengende Teil, bei dem man Gefahr lief, sein Urteilsvermögen zu verlieren. Täglich einen halben Tag Ringkampf mit der Hierarchie, um auch nur einfachste Dinge unter Dach und Fach zu bringen. Und das alles in Räumen, heiß wie der Hades.

Und natürlich winkte am Ende auch normalerweise keine Belohnung. So wie heute morgen. Sie betrachtete die Uhr, die Bailey ihr geschenkt hatte. Seit sie ihn in einem ähnlichen Büro wie diesem hier kennengelernt hatte, hatte sie nicht immer nur mit Sanftmut an ihn gedacht. Aber wenigstens war er ein aufrichtiger Verbündeter – zeitweise zumindest –, obwohl sein gegenwärtiger Job ihn zum Bürokraten zu machen drohte. Solange er in alles andere als eleganten Straßen keine sterbenden jungen Männer fand. Genug. Das half ihr auch nicht über Baileys Party weg. Sie ging zur Rezeption. Jack, ihr »Empfangschef«, wischte sich gerade den Schweiß von der Stirn. Sein Gespräch mit Dr. Hazel schien ihn übermäßig angestrengt zu haben.

»Inzwischen kennen Sie sich hier ja recht gut aus, Sean, nicht wahr? Wie geht's denn so?«

»Jedesmal besser, wenn Sie anrufen. Müssen wir unbedingt noch mal zu diesem mickrigen Zwerg da rauf?«

»Heute nicht, aber theoretisch trifft er sämtliche Entscheidungen bei uns. Wir nennen ihn den Master.« Sie ahmte seinen irischen Dialekt nach. Während sie mit dem

Lift nach oben fuhren, sah Hazel sie grinsend an und krauste die Stirn über sein Spiegelbild in den Türen.

»Was haben Sie denn da mitgebracht?« wollte Helen wissen und sah auf den kleinen ramponierten Koffer, den Dr. Hazel mit sich herumschleppte.

»Wäsche zum Wechseln«, erklärte er. »Für den Fall, daß Sie mich bitten, über Nacht zu bleiben.«

Redwood hörte ihr Gelächter an seiner Tür vorbeiziehen, kehrte an seinen Schreibtisch zurück und nahm die Brille ab, um sie zu putzen. In seinem einstmals geräumigen Büro standen mittlerweile drei zusätzliche, zerkratzte Tische, die mit allen möglichen Unterlagen vollgepackt waren. Ihr Anblick und das verklingende Gelächter draußen auf dem Flur vermittelten ihm eine dumpfe Andeutung von Einsamkeit. Insgeheim hegte er die vergebliche Hoffnung, der Boden würde sich plötzlich auftun und alles Papier spurlos verschwinden lassen. Ihm dafür die Kameradschaftlichkeit zurückbringen, die er früher so genossen hatte, und möglicherweise auch die wundervolle Wärme der unteren Stockwerke. Sein Fenster, von der Winterkälte verzogen, stand ständig ein wenig offen, seine Nackenhärchen, die sich sonst gelegentlich sträubten, waren vor Kälte wie erstarrt, seine Instinkte durch Beschwerden und Budgetpläne abgestumpft; und nun auch noch Weihnachten. Großer Gott, wie er Helen West beneidete! Wie er überhaupt all die anderen beneidete! Wenn sie hereintrat, warm und mit roten Backen von ihrer Arbeit draußen zu ihm kam, glaubte er die Bedeutung des Wortes »mordlustig« zu verstehen.

»Mord«, sagte Dr. Hazel. »Genau das war's.«

Er hatte seinen Vortrag beendet. Collins und Helen saßen ihm an einem Tisch in jenem unordentlichen Raum im Souterrain gegenüber, der für Sitzungen und als – rudimentäre – Bibliothek benutzt wurde, beide sprachlos, Collins eindeutig entsetzt. Sein Gesicht zeigte noch Spuren von einer Feier am Abend zuvor, doch er bewahrte Haltung wie ein Soldat. Hazel sah zwar aus wie ein Landstreicher, doch hatte er ihre Aufmerksamkeit während der letzten halben Stunde gefesselt wie ein Maestro und dachte, daß er das wohl nie vergessen würde. Auf dem Tisch lag sein Bericht, ergänzt von Diagrammen, Computerberechnungen und Literaturverweisen, abgefaßt in klaren, wohlformulierten Worten. Und mit einemmal wußte er, daß er nun tatsächlich das Buch schreiben würde, das er schon immer hatte schreiben wollen, und dieser Gedanke erfüllte ihn mit Begeisterung.

»Himmel«, sagte Collins staunend, »Sie hätte ich gern auf der Zeugenbank, Doc. Sie würden sie alle in den Sack stecken.«

»O nein!« Hazel hob abwehrend die Hände, und Beunruhigung trat in seine Augen. »Davon hat kein Mensch was gesagt. Ich möchte bezweifeln, daß ich ...«

»Wiederholen Sie das noch mal«, fiel Helen ihm ruhig ins Wort. »Das mit diesem Ding da.« Sie deutete auf das Metallgestell, das auf seinem Bericht lag.

»Mit der Maske? Stellen Sie sich vor, Sie sind der Patient. Und sollen mit Chloroform narkotisiert werden. Stellen Sie sich, wenn Sie wollen, einen Operationssaal vor, voller Herren im Gehrock, die sich gegenseitig mit ›Sir‹ anreden. Sie liegen ausgestreckt, ungefähr so ...« Hazel griff nach dem Gestell, einem ovalen Rahmen aus Draht mit zwei sich kreuzenden Bügeln, kippte seinen Stuhl gefährlich weit zurück und hielt sich die Maske übers Gesicht. »Diese Maske ist ein Patent von Schimmelbusch, längst verstorben, und hat am Rand ringsum eine Rille, die eventuell überlaufende Flüssigkeit auffangen soll. Sie legt sich über das Gesicht, ist aber so groß, daß sie es nicht berührt. Über die Bügel wird Gaze gelegt und darauf sehr behutsam Chloroform geträufelt. Die Dämpfe sickern nach unten, der Patient atmet sie ein. Gibt man ihm gleichzeitig Sauerstoff, verträgt er mehr davon und bleibt länger bewußtlos, genau wie ich erklärt habe.«

»Warum überhaupt eine Maske?« fragte Helen.

»Weil sie die Gaze mit der Flüssigkeit von der Haut fernhält. Und zweifellos zum Wohle des Arztes. Diese Herren im Gehrock, die damit anfingen, benutzten noch keine Gummihandschuhe. Man könnte natürlich auch ohne die Maske auskommen, aber normalerweise würde man nicht darauf verzichten.«

»Und das ist einem Apotheker bekannt?«

»Wenn er sich für die Geschichte interessiert, ja. Sonst dürfte das vermutlich zu den längst vergessenen Studentenkenntnissen gehören. Nicht alle Apotheker sind an der Macht des Lebens über den Tod interessiert, aber Sie würden staunen, wie viele diesen Beruf wählen, weil Medikamente und Drogen eine ungesunde Faszination auf sie ausüben. Drogen bedeuten Macht, verstehen Sie?« Er legte die Maske wieder auf den Tisch, wo sie Helen an einen leeren Sturzhelm erinnerte.

»Wenn wir nur Gelegenheit gehabt hätten, uns das Zimmer näher anzusehen«, sagte Collins. »Vielleicht hätten wir was gefunden, ich weiß es nicht. Abdrücke im Kopfkissen zum Beispiel. So ein Drahtgestell. Aber alles, was Davies auf Miss Wests Drängen hin fand, war Chloroform.«

»Chloroform«, bemerkte Dr. Hazel, »entfernt auch Fingerabdrücke.«

»Aber noch ist alles reine Vermutung«, klagte Collins. »Abgesehen von dem hier.« Er klopfte auf den Bericht. »Abgesehen von den Angaben über die Zeit, die man zu so was benötigt. Zwanzig Minuten, sagten Sie?«

»Mindestens. Ohne Maske länger.«

»Und während des größten Teils dieser Zeit war sie bewußtlos? Großer Gott, so was Kaltblütiges!« Collins erhob sich, schien von der Vorstellung angewidert. »Ein Mann steht vor einem schlafenden Menschen, hält ihm die Maske übers Gesicht und träufelt immer mehr von diesem Zeug darauf. Das ist ja schlimmer als langsames Erwürgen!« Er atmete tief durch. »Soll ich einen Haftbefehl beantragen?«

»Er konnte das Gesicht dabei nicht sehen«, erklärte Hazel. »Und das einzige Geräusch war ihr Atem.«

Helen ordnete die Papiere auf dem Tisch zu einem sauberen Stoß. »Kein Haftbefehl ohne Genehmigung von oben«, sagte sie und blickte zur Decke. »Und nur, wenn ich meine Hand aufs Herz legen und schwören kann, daß ein Selbstmord völlig ausgeschlossen ist. Kein Chloroform unter dem Bett?«

»Da hat keiner nachgesehen«, antwortete Collins verbittert. »Und außerdem – würde das einen Unterschied machen? Wenn *er* dort war?«

Redwood hörte die Schritte, die auf seine Tür zukamen, und versteckte schnell seine Zeitung. Daß er das Lokalblatt las, geschah nicht aus Faulheit, denn die Kenntnis sämtlicher relevanter Schlagzeilen war obligatorisch. »Crown Prosecution Service haut wieder daneben. Falscher Mann verhaftet – richtiger entlassen.« Weitere Horrorstories und Berichte würden folgen, und die Worte schienen sich ihm wie eine Schlinge um den Hals zu legen. Seine Nerven waren aufs höchste gereizt.

Als Helen, den Bericht in der Hand und erfrischt vom eisigen Wind, der zum Fenster hereinblies, das Büro betrat, warf sie nur einen Blick auf seine Miene und wußte bereits, wie seine Antwort ausfallen würde.

»Und?« erkundigte sich Bailey später.

»Und nichts. Nicht das geringste. Außer einem Nein. Falls überhaupt jemals, auf gar keinen Fall jetzt. Einen Haftbefehl? Gegen wen? Bringen Sie mir Beweise, hat er gesagt. Irgend etwas, das diesen Mann im Zusammenhang mit diesem sogenannten Mord belastet. Unsere Sachkenntnis, hab ich zu ihm gesagt, unser Wissen belastet ihn. Unser außergewöhnliches Wissen. O Gott, warum sind nur alle so schwer von Begriff?«

»Es gibt kein Motiv.«

»O doch, das gibt es. Schließlich waren sie verheiratet.« Sie warf Bailey einen kurzen Blick zu, in dem sich Frust mit Spöttelei mischte; schließlich fuhr sie fort, sich rasch und energisch die Haare zu bürsten. Bailey blickte gleichmütig drein, stellte fest, daß sie nervös war. Nicht wegen dieses Falles, sondern wegen der CID-Party, und er konnte sich um alles in der Welt nicht vorstellen, wieso. Ihre Ängste und ihr Mut schienen völlig unabhängig voneinander zum Zuge zu kommen, einerseits war sie von einer merkwürdigen Sorglosigkeit, was das Leben und die Gesundheit allgemein betraf, andererseits jetzt angesichts einer einfachen Weihnachtsfeier gereizt und nervös wie selten.

»Hazels Bericht muß ihm gefallen haben.« Blinzelnd sah Bailey in den Spiegel und versuchte, seine Krawatte zu binden.

»O ja, das hat er. Redwood war überaus beeindruckt, als er ihn las. Widerwillig. Ohne den, hat er gesagt, gäbe es überhaupt keinen Fall. Hazel ist so ungefähr mein einziger Zeuge. Hazel und seine perfekte Rekonstruktion der Ereignisse, mit dieser Maske.«

»Ich muß dir etwas erzählen, Helen ...«

»Oh! Eine Geschichte? Wird sie mir gefallen? Ich fühle mich so entsetzlich frustriert durch diese mutwillige Behinderung der Ermittlungen. Laß uns was trinken.«

»In Ordnung. Die Geschichte kann warten.«

»Alles scheint im Moment warten zu müssen! Aber ich bin noch nicht am Ende.«

Bailey fühlte sich unbehaglich, doch sie fragte nicht weiter nach. Er wußte mehr, als er ihr erzählt hatte, doch alles zu seiner Zeit. Er würde es ihr sagen, wenn er es für richtig hielt. Er trat in die spartanische Weite seines riesigen Wohnzimmers, das praktisch die ganze Wohnung darstellte, und suchte nach dem Wein, fand aber nur

Whiskey, Gin und einen Berg Mandarinen, die er vom Markt mitgebracht hatte.

»Die Ermittlungen können sehr lange dauern, Helen. Du bist immer so ungeduldig! Wenn du Collins' Interesse erst mal geweckt hast, kannst du ihm die Sache beruhigt überlassen. Es eilt doch nicht, oder? Selbst wenn der Apotheker seine Frau tatsächlich umgebracht hat, folgt doch daraus nicht automatisch, daß er auch für jemand anders gefährlich werden könnte.« Und noch während er sprach, dachte er an den Mann, den er auf der dunklen Gasse hinter der Herringbone Parade gefunden hatte, hielt aber den Mund, während Helen sich nicht beruhigen wollte und laut aussprach, was sie dachte.

»Zum Teufel mit den Idioten und Vorbehalten der Gesetze! Man hat mir erklärt, ich dürfe keinen Übergriff auf Mr. *Caring* Carltons Bürgerrechte riskieren. Und was ist, wenn er wirklich ein Risiko darstellt? Natürlich ist er gefährlich. Jeder, der so was einmal gemacht hat, ist gefährlich. Sobald man sie kennt, verzichtet man nicht mehr auf die Macht über Leben und Tod.«

»Unsinn«, antwortete Bailey energisch. »Das ist nichts als Unsinn, mein Schatz.«

»Seien Sie ein Engel, und machen Sie uns einen Tee!«

»Ich bin gerade beschäftigt, es dauert nicht lange ...«

»Also hören Sie, wenn ich jetzt sage, dann meine ich jetzt. Und nicht später.«

Er sagte es freundlich und leerte einen Plastikbehälter voller Pillen in die Zählmaschine, wobei er die Augen fest auf die Anzeige gerichtet hielt. »Vier pro Tag, vierzehn Tage lang, macht sechsundfünfzig. Tee, und zwar schnell – bitte.«

Das »bitte« war eher ein nachträglicher Einfall, und in diesem Augenblick wurde Kimberley klar, daß seine Veränderung nicht etwa nur ein Produkt ihrer Phantasie war. Vor Margarets Tod, ja sogar noch vor dem letzten Besuch der Polizei, hätte sie einen so barschen Befehl von ihm zurückgewiesen, ihn mit seiner Teetrinkerei aufgezogen, sich über seine Frustration und Herrschsucht lustig gemacht. Onkel Pip, der Herrscher dieser ganzen verdammten Parade und der Hälfte des dazugehörigen Viertels. Seien Sie ein Schatz, und machen Sie uns einen Tee, sechzehnmal am Tag. In einem Monat würde sie selber Apothekerin sein, selbständig arbeiten können, und immer noch befahl er ihr, Tee zu machen und Botengänge zu übernehmen! Kimberley dachte an sein kleines Labor und wie streng verschlossen er es hielt; dachte daran, daß Pip auch die einfachsten Dinge stets kompliziert erscheinen ließ, einen Schuß Mystik hinzufügte, wo gesunder Menschenverstand völlig genügte, und das alles, damit das, was er tat, schwieriger wirkte, als es tatsächlich war. Aber schon waren ihre Gedanken wieder bei Tom, der nachher, wie immer nach einem Abend mit Dad, ziemlich widerborstig sein würde. Sie gähnte. Und plötzlich verkehrte Pip mit einem seiner spontanen Einfälle die ganze Situation in ihr Gegenteil und stellte damit das Gleichgewicht wieder her.

»Aber was rede ich denn da? Das klingt ja wie ein Vorarbeiter oder Lehrer! Bleiben Sie, wo Sie sind, ich mache den Tee. Entschuldigen Sie, Kim. Ich habe wohl ziemlich barsch geklungen. Ach was, barsch! Total erledigt bin ich. Wissen Sie was? Wir trinken einen Kräutertee. Der ist gut für die Nerven. Das kommt alles nur von diesen irischen Bauarbeitern, die hier aus und ein gehen. Ich wünschte, sie wären bald fertig und würden verschwinden.«

Am liebsten hätte sie geantwortet, nein, sie wolle keinen Tee, sie wolle nur schlafen. Ohne zu träumen. Schlafen, ohne sich einzubilden, daß Dinge auf ihrem Balkon herumschlurften. Ohne diese plötzliche Sehnsucht nach Duncan, ihren ungeschliffenen Ehemann, der es nach wie vor schaffte, sie zum Weinen zu bringen. Ihren gelegentlich sogar brutalen Duncan, der in ihre Träume eindrang und vor dem kein Auskommen war.

»Ist schon okay, Pip, ich mache den Tee.«

»O nein, nein, nein! Ich mache ihn. Ich, ich! Auge um Auge, Zahn um Zahn. Ich schulde Ihnen so viel. Nicht nur einen Tee.« Die letzten Worte klangen gedämpft, da er sich in die Nische zwischen der Apothekenabteilung des Ladens und seinem kleinen Hinterzimmer zurückgezogen hatte. Dort befand sich der Teekessel und hinter einer Tür die Toilette. »Nun sieh mal an!« sagte er gerade. »Wir haben ja noch was viel Besseres als Tee!« Seine Hand streckte ihr eine Sherryflasche entgegen. »Nektar in einem Meßglas«, murmelte er, wandte ihr erneut den Rücken zu und kramte in den Regalen. Kimberley war so erleichtert, daß sie keinen Tee trinken mußte, nur weil er ihn aufgebrüht hatte, daß sie den Sherry für eine gute Idee hielt. Eines Tages würde sie aufwachen und den Kopf frei haben. Vielleicht war es das, was Duncan auf seinen Sauftouren suchte: Ohne Sorgen unter einem blauen Himmel aufzuwachen, ohne daß gleich etwas Dringendes zu tun war, das mußte ein wundervolles Erlebnis sein, wenn auch nur ein flüchtiges. Um sich ihren Seelenfrieden zu bewahren, hatte sich Kim dazu erzogen, nicht zuviel nachzudenken und alle Beobachtungen auf ein Mindestmaß zu beschränken, ja, jetzt wußte sie, warum Duncan trank.

»Ja, bitte, Pip. Sir. Herr und Meister. Einen großen.«

»Und Tee?«

»Bitte nicht. Ehrlich gesagt, steht er mir schon ziemlich hier oben.« Er reichte ihr eins von den Meßgläsern, das bis an die Sechzig-Millimeter-Marke mit Sherry gefüllt war. Ziemlich viel für einen müden Kopf. Sie tranken. Das Schweigen um sie herum war nicht unbedingt freundschaftlich.

»Sind wir bald fertig, Pip? Ich muß nach Hause. Duncan will Tom noch vor sieben wieder zurückbringen, hat er gesagt, und gleich ist es soweit. Ich möchte nicht, daß er sich länger in der Wohnung aufhält. Und er wird ziemlich pünktlich gehen wollen, Duncan, meine ich. Scheint wohl eine Party zu haben heute.« Sie dachte an seine Weihnachtsfeiern, die ihr so gut gefallen hatten, dachte daran, daß sie sie in diesem Jahr versäumen würde, und seufzte, ohne Pip zuzuhören.

»Wie wär's denn mit was vom Chinesen? Ich könnte später kommen und etwas mitbringen.« Die Einladung klang eher lustlos, ganz so, als erwarte er bereits, daß sie sie ausschlug, und doch spürte sie wieder diesen leichten Unterton, diese Andeutung eines Befehls, wogegen sie innerlich zu rebellieren begann.

»Tut mir leid, Pip, aber ich bin wirklich müde. Dieser Wind letzte Nacht, immer wieder hab ich geglaubt, ich höre was, und der verdammte Zementmixer hat heute morgen schon losgelegt, noch bevor es hell war. Außerdem muß ich Tom das mit Daniel beibringen.«

Seine stumm gekränkte Miene verstärkte ihre Hilflosigkeit. »Carlton's Caring Chemist« wurde allmählich ein unguter Ort. Tombo rebellisch, Daniel tot, Duncan wie besessen und im Kampf gegen die Welt, Pip herrschsüchtig und der Wind ein einziges Heulen.

»Dann eben ein anderes Mal«, sagte Pip freundlich, während er ihr den Rücken kehrte, um noch einen Sherry zu holen. »Möchten Sie, daß ich mit hochkomme, bis die beiden da sind? Nur für den Fall, daß Duncan Schwierigkeiten macht.«

»Nein«, antwortete sie scharf. Jedes Wort, das sie äußerte, schien eine Zurückweisung zu sein, und sie wußte nicht, wie sie auch nur eine einzige davon versüßen sollte. »Lieber Himmel!« murmelte sie, als sie sich von ihrem Hocker erhob, denn ihr wurde so schwindlig, daß sie sich am Türrahmen festhalten mußte. »Ziemlich starkes Zeug, dieser Sherry.« Während sie sich mühsam senkrecht zu halten trachtete, vernahm sie seine weiche Stimme. »Zuviel Tee«, erklärte er, »und nicht genug zu essen. Morgen bringe ich uns ein paar Sandwiches mit.« Sie war zu müde, um zu erkennen, daß er wieder diesen besitzergreifenden Ton anschlug, war über jeden Groll hinaus. Wer von den beiden war denn nun herrschsüchtig gewesen? Philip Carlton oder seine Frau? Die Unterschiede verwischten sich zusehends.

Kim schleppte sich schwerfällig, ja mühselig um die Ecke und die Treppe hinauf und kramte im Durcheinander ihrer Handtasche nach dem Wohnungsschlüssel. Selbst wenn Duncan zu spät kam, heute brauchte er sich keine Sorgen zu machen: Sie war viel zu müde, um ihn anzuschreien, viel zu gleichgültig. Die Straße war heller als sonst, was ihr rein zufällig auffiel, als sie sich umdrehte, um die Tasche auf ein Knie zu stützen. Hinter der Baustelle ragte ein riesiger Kran auf, der die Aussicht beherrschte und dessen prachtvoller ausgestreckter Arm mit Lichtern bestückt war wie ein roter, blauer und grüner Gruß, körperlos vor dem dunklen Himmel, ein Anblick so überwältigend in seiner wilden und doch synthetischen Schönheit, daß sie Tränen der Rührung und des Staunens in sich aufsteigen spürte. Sie dachte an die Erzählungen der alten Leute, an die Erinnerungen an einen von Flammen beleuchteten Himmel, an die nächtliche Angst und vermochte auf einmal ihre übermächtige Müdigkeit nachzuempfinden. Sie ließ die Tür für Tom unverschlossen und schob sich in die Wohnung.

Pip Carlton ging in sein Labor und schloß hinter sich die Tür. Das abgeschirmte Licht erinnerte ihn an eine Kriegszeit, die er nie kennengelernt hatte, und eine Geheimhaltung, die ihm zur zweiten Natur geworden war. Er ließ die neue Jalousie vor dem Fenster in der Hintertür herunter, was den Eindruck der Verdunkelung noch verstärkte und allen neugierigen Blicken von der Straße die Möglichkeit nahm, zu ihm hereinzusehen. Endlich begann er sich sicher zu fühlen. Im Gegensatz zu dem Chaos draußen, in der Welt wie auch in seinem Laden, herrschte hier peinliche Ordnung: Tiegel, Kartons, Pipetten, Meßgläser, alles leicht zugänglich, und außerdem gab es einen großen, verschlossenen Schrank, den er geistesabwesend tätschelte. Draußen vernahm er das Geräusch eines Wagens, hörte eine Tür schlagen und eine Kinderstimme, schrill vor Aufregung beim Verabschieden. »Nun geh schon rauf, du dämlicher Knirps«, murmelte Pip, »und sag mir, ob sie schläft. Wenn du mir bloß nicht im Weg wärst!«

Seine Experimente wurden stets von Phantasien begleitet. Wenn er die echte Kimberley schon nicht in seinen Armen halten konnte, dann eben die erträumte. Pip griff nach dem gelben Staubtuch, das trocken und hart neben dem Waschbecken lag, und setzte sich in den Sessel. Welchen Cocktail für heute? Welche Lust sollte er sich gönnen? Vom Laden, der hell erleuchtet war und es auch bis zum Morgen bleiben würde, drang kein Laut zu ihm herüber. Vage nahm er wahr, daß der Motor des Wagens, den er eben hatte vorfahren hören, zur Abfahrt aufheulte und der Fahrer offenbar seinen hilflosen Zorn an der Maschine ausließ. Das Staubtuch in der Hand, ein seliges Lächeln auf dem Gesicht, lehnte sich Pip zurück, strich den Schlitz seiner Hose unter dem weißen Kittel glatt und beobachtete, wie sich das Zelt bildete. Ach, Kimberley Perry, du meine Liebe!

Helen sah den Kran mit seinen vielfarbigen Lichtern von der Blackfriars Bridge aus und war eine unbeherrschte Sekunde lang versucht, diesen ersten Anblick, der sie in Weihnachtsstimmung versetzte, mit einem begeisterten Applaus zu bedenken. Fest und sicher auf der Erde verankert, einen strahlend leuchtenden Arm weit in den Himmel gereckt, ein ganzes Spektrum von Lichtern, sekundenlang wie ein Feuerwerk vor den schwarzen Wolken. Sie vermochte nicht einmal zu sagen, sieh doch, sieh doch, so sehr fürchtete sie, sich ihre kindliche Freude zu verderben, wünschte sich, sie wären bereits auf dem Rückweg von dieser Party und führen nicht gerade erst hin. Nichts Schöneres kann die Erde bieten; ein Gedicht auf die Blackfriars Bridge: An diesen Kran, wie er sich im

Wasser spiegelte, mußte der Dichter gedacht haben. Allerdings wäre es keinem Dichter jemals in den Sinn gekommen, an einem Polizistenball teilzunehmen.

Die CID-Party der Number Two Area war die Krönung aller Festlichkeiten. Ein glanzvolles Fest, strahlend und voller Glitzerzeug, ein wenig steif nur in den Schulterpolstern. Verschwunden waren Schulterstücke und Mützen, Jeans und abgetragene Anzüge, die Helen wesentlich lieber gewesen wären: Die Herren waren in Zivil, und einige hatten sogar die Anweisung befolgt, lustige bunte Hüte zu tragen. Ein Scherz, Len, ein Scherz, ich wußte, du würdest drauf reinfallen. Du glaubst doch nicht, daß wir eine Party geben, auf der alle mit diesen Hüten ... Oder? Wir haben zwar gesagt, Hüte, aber doch nur, um zu sehen, wer drauf reinfällt. Hier ist schlichte Kleidung verlangt, Len, glaub's mir. Doch war nichts wirklich Schlichtes zu sehen, außer Helens elegantem Kleid, wadenlang, rot, ohne jeden Aufputz, und sie kam sich darin vor wie eine verirrte Großmutter, die wartete und darauf hoffte, sich mit Tee und Riechsalz in eine Ecke zurückziehen zu dürfen. Nichts lag Helen ferner als Snobismus, aber die Aussicht, mit fünfhundert anderen Menschen zusammen das Tanzbein zu schwingen, versetzte sie in noch größere Angst als das Risiko, für einen Snob gehalten zu werden. Und das bedeutete einiges, denn nichts fürchtete sie normalerweise mehr. Dumm, sagte Bailey, geradezu lächerlich. Du bist nun wirklich die letzte, die man als Snob bezeichnen würde. Du bist manchmal viel eher zu gleichmacherisch, zu wahllos in deinen Neigungen, und außerdem spielt es gar keine Rolle, was die Leute denken. Doch das tut es, dachte sie jetzt, es spielt eine Rolle, weil sie nämlich deine Kollegen sind, und ich trage dazu bei, dich von ihnen zu trennen. Es spielt eine ungeheuer große Rolle, was sie denken.

Und nicht nur sie, sondern auch ihre Frauen. Auf einer Party sollte man sich immer eine nette Partnerin suchen –

weibliche Solidarität, der Trost des Lebens. Helen war Frauen gegenüber, die keine gute Freundin hatten, zutiefst mißtrauisch. Doch auf einer Veranstaltung wie dieser entpuppte sich ihr Motto bisweilen als ein recht mühsames Unterfangen. Ehefrauen und Freundinnen rotteten sich zusammen, um sich die Nase zu pudern, Ohrringe zurechtzurücken, die den halben Kopf verdeckten, Frisuren aufzufrischen oder kurze, enge Röcke zurechtzuziehen, die knapp über nackten Knien endeten: aufgeregt und nach Parfüm stinkend, eine Schar von Schmetterlingen, die drei- bis viermal im Jahr frei fliegen durften. Und während Helen den altmodischen Ballsaal durchquerte, der einmal ein Kino gewesen war und der heute dreimal pro Woche dreihundert Bingo-Spieler beherbergte, erkannte sie, warum den Frauen das Geglitzer an ihren Kleidern, in ihren Haaren, um ihren Hals und an ihren Ohren so ungeheuer wichtig war: Ohne etwas, was das Licht der sich unaufhörlich drehenden Kugel unter der Decke auffing und zurückwarf, war man ein Nichts. Sie hatte mit den Frauen auf der Toilette gescherzt, war neben dem Spiegel stehengeblieben, während alle nach ihrem Lippenstift kramten, doch als sie ihren Akzent hörten, versickerten die Scherze unter schüchternem Lächeln. Helen glaubte zwar nicht, daß sie die Schuld daran trug, doch sie bedauerte es trotzdem.

Unter endlosen Entschuldigungen kämpfte sie sich durch ein anonymes Gedränge, schob sich behutsam an den oft alles andere als kräftigen, solide gekleideten Körpern der zahllosen Männer vorbei. Einem einzelnen Polizisten gegenüberzutreten, war kein Problem. Sie verstand es, mit fast allen von ihnen umzugehen, sich jedoch durch eine so ungeheure Masse von ihnen zu bewegen, war im günstigsten Fall ein Minenfeld von Peinlichkeiten – viele von ihnen waren bereits einmal Opfer unangenehmer Befragungen durch sie gewesen. Anfangs war sie die einzige Frau an der Bar: Bei dieser Art von Partys holten die Herren die Drinks, während die Frauen sich zurückhielten und darauf warteten, daß auch sie geholt wurden. Helen hatte es wieder einmal falsch gemacht.

»Mann, sieh dir das an!« sagte eine Stimme neben ihrem Ohr. Die Bewunderung der Männer zielte direkt über ihren Kopf hinweg auf eine Gruppe dicht beieinanderstehender Frauen.

»*Wahnsinnig.* Gut für die Mädels, daß wir in der Überzahl sind. Muß schon 'ne ziemliche Schachtel sein, die heute abend kein Glück hat. Mach dich ran, Dave. Oh, hallo, Miss West...« Sie blickte grinsend in ein bekanntes Gesicht und war sich klar darüber, daß sein Besitzer im Bewußtsein dessen, was sie davon halten würde, alle weiteren Kommentare ungesagt runterschluckte. Bailey stand allein, wie er meist inmitten größerer Ansammlungen am einsamsten wirkte, hob sich von diesen Männern durch Standpunkt, Rang und Temperament ab, wirkte aber zufrieden wie ein Pater familias, als er alle so entspannt sah. Helen nahm den ihr gereichten Drink entgegen, einen Gin Tonic. Alkohol gratis, den ganzen Abend, und allerorten waren bereits die ersten Auswirkungen davon zu entdecken.

»He! Ist das hier eine Party oder ein Viehmarkt?« rief sie Bailey durch den Lärm ins Ohr.

»Beides«, rief er zurück. »Da drüben gibt's was zu essen.« Er hatte es eilig, die Runde zu machen, seiner Pflicht zu genügen, so viele Ehefrauen zu begrüßen wie nur möglich. Also würde er sie sich selbst überlassen, fest davon überzeugt, daß sie sich mit gewohnter Bravour durchschlug. Ahnte nicht, wieviel Anstrengung sie das kostete.

»Alles in Ordnung?« fragte er, indem er sich von seiner mageren Höhe herabbeugte, um die von allen Anwesenden an diesem Abend meistbenutzten Worte auszusprechen.

»Wunderbar!« rief sie und lächelte aufmunternd, während sie im stillen dachte, du Mistkerl. Wie gern würde ich mich an dir rächen. Auf unserer Party stehen die eingeladenen Polizisten an den Wänden aufgereiht wie eine Ladung Ersatzteile. Aber ich denke, daß dies nichts anderes ist als die Vergeltung für all die feinen Dinnerpartys, die du mit mir durchlitten hast.

Was sie immer wieder erstaunte, war die Großzügigkeit der Polizei. Diese Party war weiß Gott eine Party! Von dem, was es zu essen gab, konnten gut und gerne auch fünf*tausend* Leute satt werden. Erdnüsse, Chips, ausgetrocknete Sandwiches, deren Ränder sich nach oben bogen, Eier und Hühnerschlegel in solchen Mengen, daß wohl eine ganze Hühnerbatterie hatte dran glauben müssen, Käse, Brot und verschiedene Salate. Der schwer beladene Tisch, auf dem das Leichteste die Pappteller und die Plastikgabeln waren, zeugte überdies von der Teilnahme fast sämtlicher Pubbesitzer aus dem Umkreis von zehn Meilen.

Mehr bekannte Gesichter kamen auf sie zu, in noch mehr steife Gespräche wurde sie gezogen, voller Zuvorkommenheit, alle Welt schien anzunehmen, daß Juristen nicht lachen konnten, und wenn sie sich noch so lässig gaben. Irgendwo außerhalb der Lichterflut fand Helen eine einzelne Frau, mit der es sich ein wenig entspannter plaudern ließ. Die meisten Angehörigen ihres Geschlechts jedoch hielten sich, um nur ja nicht wie Mauerblümchen dazustehen, in der Mitte des Saales auf und tanzten vorsichtig um ihre Handtaschen herum. Sie waren freundlich, sogar herzlich: Helen mochte sie, aber sobald sie den Mund aufmachte, wurde jede ungezwungene Unterhaltung unmöglich. Selbst wenn das Leben daraus bestand, Brücken zwischen sich und anderen zu überqueren, gab es zweifellos Momente, da man das lieber nicht allzu energisch versuchen sollte. Sie war hier eine Fremde.

»Wollen wir tanzen?« Ein schlaksiger junger Mann mit einer beträchtlichen Menge Bier im Bauch tauchte, von einem Freund herausgefordert, neben ihr auf. Nur keine Körbe verteilen, dachte Helen, also tanzte sie, wobei das, was man hier als Tanzen bezeichnete, eher ein unkoordiniertes, wenn auch begeistertes Wiegen von einem Fuß auf den anderen war.

»Hütchen!« rief er gegen die Musik an. »Verdammte, idiotische Hütchen, sage ich! Damit sich die anderen darüber lustig machen können. So was Dämliches!«

Ein Lächeln mit einem stummen Nicken war die einzig mögliche Antwort.

»Wie heißt 'n du?«

»Helen.«

»Dave«, brüllte er und zeigte auf seine Brust. »Allein hier?«

»Nein. Mit Superintendent Bailey.«

»Oh«, sagte er ein wenig leiser, wohl auch, weil die Musik gerade nicht so laut war. »Hallo, Mrs. Bailey. Freut mich, Sie kennenzulernen.« Dies war weder die richtige Zeit noch der richtige Ort für Spitzfindigkeiten, aber sie konnte nicht widerstehen. Du bist manchmal so furchtbar pedantisch, Helen, warnte ihre innere Stimme sie, doch es war schon zu spät. »Ich bin nicht Mrs. Bailey. Ich bin seine Freundin.«

»Scheiße!« sagte Dave und vergaß weiterzutanzen. »Und wo ist seine Frau?«

Nun, da waren die Verhältnisse offensichtlich geklärt.

Es war ja so leicht, jemandem auf die Zehen zu treten, und wie sie wußte, wimmelte es auf diesem Tanzboden von empfindlichen Zehen. Die weihnachtliche Vorfreude schien die Männer zum Trinken anzuregen, sie prosteten einander zu, als stünde mindestens ein Jahr Dürre bevor. Die Musik wurde lauter, die Stimmen entsprechend schriller: Irgendwo drüben auf der anderen Seite gab es Streit, weil sich jemand einem Mädchen gegenüber in der Tonlage vergriffen hatte; es würde nicht lange dauern, und das Mädchen würde sich weinend auf die Damentoilette zurückziehen, während draußen die noch verbliebenen Animositäten beigelegt wurden. Das alles hatte Helen schon öfter erlebt, sie konnte förmlich riechen, wie die süße Fröhlichkeit der aufgekratzten Zecher Gefahr lief, sauer zu werden.

Nun, wenigstens war Bailey da, falls es zu einer Schlägerei kommen sollte, was bei einem derartigen Auftrieb junger, durchtrainierter Männer durchaus wahrscheinlich war, ob sie nun dafür bezahlt wurden, dem Gesetz Geltung zu verschaffen oder nicht. Da war diese ganz besondere Eigenschaft, die Bailey hatte, sinnierte sie, als sie die Tanzfläche verlassen und sich in Reichweite der Getränke auf einem Barhocker niedergelassen hatte und mit einem weiteren Unbekannten plauderte. Im Gegensatz zu ihren früheren Partnern, ihrem geschiedenen Ehemann und den Männern aus ihren Kreisen, wußte sie bei Bailey, daß er sie beschützen würde. Falls nötig, würde er sich für sie schlagen, und zwar sicher mit Erfolg, wenn auch nicht immer den Queensbury-Regeln entsprechend. Ganz anders als irgendein Jurist, der um sein Image, seinen Anzug oder alle möglichen anderen Dinge besorgt sein würde, und es war dieser Unterschied, der ihr enorme Genugtuung bereitete. Der sie für ihren guten Willen und die wirkliche Knochenarbeit auf Partys wie dieser entschädigte.

Aus dieser Selbstversunkenheit und dem Gedanken, daß, so einfach diese Leute auch waren, so primitiv ihre Festlichkeiten auch ausfielen, sie doch im Grunde lieber mit ihnen als mit anderen Männern zusammen war, aus dieser aufkommenden Leichtigkeit wurde sie durch plötzliches, lautes Geschrei herausgerissen. Die Füße auf der Querstange ihres Barhockers, richtete sich Helen gerade noch rechtzeitig auf, um zu beobachten, wie sich die inzwischen stark wogende Menschenmenge auf der Mitte der Tanzfläche teilte und den Blick auf einen hünenhaften Mann frei gab, der einer Frau die Arme um die Taille gelegt hatte und den Kopf gegen ihren Nacken preßte. Ob aus Zuneigung oder nur, um sich festzuhalten, war auf den ersten Blick nicht zu erkennen, es sah jedoch so aus, als halte der Mann die Frau gegen ihren Willen umklammert und sie wehre sich gegen seine Umarmung, die geradezu gewalttätig wirkte. Mittlerweile zerrte die Frau heftig an den Händen, die sich um ihre Mitte gelegt hatten, kreischte protestierend und sah sich hilfesuchend nach einem Beschützer um. Sie war ganz eindeutig Eigentum eines anderen. Jedenfalls schienen das die Umstehenden zu wissen, daher auch die Rufe: »He, Duncan, hör auf...« »Duncan, du Döskopp, laß sie los!« »Verpiß dich, Duncan, verschwinde endlich!« Das alles schien der Mann nicht wahrzunehmen, wiegte sich, ohne die Umklammerung zu lösen, nach seinem persönlichen Takt. Seine Hände glitten über den seidigen Stoff des Kleides und zogen das bescheidene Décolleté dabei gefährlich weit herunter. Die Miene der Frau drückte Panik aus. Der Mann, der Duncan hieß und dessen Gesicht verborgen war, trug einen etwas zu kleinen Metallhelm auf dem Kopf, ein Drahtgestell, das kaum die Bezeichnung Hut verdiente. Die anderen hatten nach dem ersten Spaß ihre Hüte abgelegt. Der Draht schien der Frau weh zu tun.

Irgend jemand versetzte ihm einen Schlag. Die Hand, die Helen sehen konnte, griff hilfesuchend nach dem Ausschnitt des Kleides und riß dabei einen Knopf ab, der im Licht eines der Scheinwerfer kurz aufblitzte, während der Mann langsam zu Boden rutschte und die Horde Angetrunkener sich um ihn drängte. Helen hatte Angst, lähmende Angst, doch dann sah sie Bailey inmitten der Menge, wie er die Leute rechts und links aus dem Weg schob, um sich zum Zentrum des Geschehens vorzuarbeiten, wo die Köpfe nach unten deuteten und wüste Beschimpfungen ertönten. Ein Mann hob die Arme und zeigte ein wütend verzerrtes Profil, während er mit dem Fuß zu einem brutalen Tritt ausholte, gleich darauf jedoch fragendes Erstaunen, als er nicht gerade sanft zur Seite gestoßen wurde. Die Musik spielte weiter. Helen spürte, daß Baileys Befehle, obwohl leiser als der pulsierende Rhythmus, irgendwie befolgt wurden. Und schon Sekunden später löste er sich aus der Masse und zerrte einen Mann am Ellbogen mit. Der Drahthut rollte zu Boden. Helen sprang von ihrem Hocker, und Bailey hievte den Mann so auf ihren Platz, daß sein Oberkörper auf die Theke sank. Mit einer raschen Bewegung, einem mechanischen Ordnungssinn folgend, griff Helen nach dem Drahtgebilde. Duncan regte sich, fluchte, grinste Helen an und blickte dann geradeaus auf die Flaschenbatterie über der Bar. Bailey hustete und rückte seine Krawatte gerade. So unvermittelt, daß Helen sich fragte – nicht gleich, aber später –, wie oft in seinem Leben er das wohl schon getan hatte.

»Helen, ich möchte dir Sergeant Perry vorstellen. Einer meiner besten Männer, wenn er gut drauf ist. Was man im Augenblick allerdings nicht sagen kann. Begrüßen Sie die Dame, Sergeant.«

»Hallo, Mrs. B. Ich lad Sie zu einem Drink ein.«

»Der braucht nun wirklich keinen Drink mehr«, sagte Helen leise, widerwillig fasziniert. Derart Betrunkene hatten etwas, solange jemand dabei war, der einen vor ihnen zu schützen vermochte.

»O doch, er braucht noch einen«, widersprach Bailey, »denn dann wird er fügsam. Und wenn wir Glück haben, schläft er ein.«

»Na schön, wie du meinst«, entgegnete Helen mit gutmütigem Spott und gab dem Mann hinter der Bar ein Zeichen, begann die Situation sogar zu genießen. »Und wer bringt ihn nach Hause?«

»Ich«, erklärte Bailey. »Wartest du hier auf mich? Es wird nicht lange dauern.«

»Ich komme mit.«

Duncan sah Bailey unglücklich an.

»Nein.«

»Warum nicht?«

»Ihm könnte schlecht werden.«

»Dafür hab ich seinen Hut. Schöne Partys habt ihr. Nun komm schon!«

Lautlos glitt der Wagen dahin. Hielt vor Ampeln, fuhr wieder an, befolgte alle Verkehrsregeln.

»Wie kommen die Leute normalerweise von solchen Weihnachtsfeiern nach Hause?« erkundigte sich Helen. »Ich meine, wenn sie am Ende alle hinüber sind? Seit einer Stunde habe ich niemanden mehr gesehen, der noch nüchtern war.«

Bailey hüstelte. »Es gibt immer Möglichkeiten«, begann er. Duncan schnarchte auf dem Rücksitz.

»Ich habe mich schon immer gefragt«, fuhr Helen fort, »was du wohl an den Abenden tust, an denen ich nicht auf dich aufpasse. Bewußtlose karrst du rum. Sieht jedenfalls so aus.«

»Nicht jeden Abend. Moment! Er ist aufgewacht.« Vom Rücksitz drang Weinen nach vorn. Haltloses, geräuschvolles, auf einmal völlig nüchternes Weinen: ein für einen ausgewachsenen Mann so verzweifeltes Weinen, daß es Helen fast das Herz brach. Sie drehte sich nach hinten und streckte die Hand aus. Sein Griff war so kraftlos und ohne jede Hoffnung, daß sie ihre Finger fest um die seinen schloß, während ihr sein Geruch in die Nase stieg.

»Laßt mich nicht allein«, bettelte Duncan. »Bitte, laßt mich nicht allein. Bringt mich nach Hause. Bitte, bringt mich nach Hause zu Kim.« Betrunken. Einsam und verzweifelt nach Halt suchend.

»Wir sind bereits da«, erklärte Bailey ohne großes Mitgefühl. Er stoppte den Wagen, stemmte sich aus der Tür und ging zum Rücksitz, während Helen, weniger geübt, aus der anderen Tür kletterte.

»Können wir ihn denn so sich selbst überlassen? Ich komme mit rein. Der arme Kerl leidet ja wie ein Hund . . .« Detective Sergeant Perry beugte sich so weit aus dem Fond, daß er hinauszufallen drohte. Bailey zog ihn hoch und legte sich einen schlaffen Arm um den Hals.

»Nein«, antwortete er mit einem kurzen Blick zurück. Das Haus, vor dem sie standen, war dunkel. »Himmel noch mal, bleib hier! Du bringst ihn doch nur in Verlegenheit. Ich bring ihn ins Bett. Du bleibst im Wagen und verschließt alle Türen. Bin gleich wieder da.«

Dankbar, gehorchen zu dürfen, und sich der eigenen Naivität durchaus bewußt, setzte Helen sich zurück in den Wagen. Wurde nach ein, zwei Minuten unruhig und fragte sich, wie lange es wohl dauerte, bis ein Mann einen anderen ins Bett gebracht hatte, wußte, daß es bei Frauen sehr lange dauerte, auch wenn sie auf nur wenige einschlägige Erfahrungen verweisen konnte, und machte es sich bequem. Das Leben einer Polizistenfrau. Warten. Verdammte Weihnachten! Das matte Licht einer Straßenlaterne fiel direkt in Baileys Wagen. Sie hätte ein Buch lesen können, wäre da ein Buch zum Lesen gewesen. Stattdessen drehte sie den Drahthut in ihren Händen, betrachtete ihn ausgiebig von allen Seiten, von innen und außen. Überlegte, betrachtete, begriff allmählich und bedauerte, daß sie viel zuwenig Gin Tonic zu sich genommen hatte.

Perry. Wie Kimberley Perry. Ihr Mann? Oder nur zufällig derselbe Name? Auf jeden Fall Besitzer eines komischen, kleinen Gegenstands, der so aussah wie ein dilettantisch hergestelltes Duplikat der Maske, die Hazel ihnen am Morgen gezeigt hatte. Großer Gott! Eine Narkosemaske!

9

Daß das Telefon am frühen Morgen schrillte, war so ungewohnt für Kimberley Perry, daß sie glaubte, sich verhört zu haben, mit dem angstvollen Gefühl erwachte, nicht recht zu wissen, wo sie war. Wieder im Haus ihrer Mutter oder auch bei Duncan, wo der Apparat ununterbrochen klingelte. Doch dieser Zustand währte nur Sekunden, sie sah sich um und wußte, wo sie war, haßte es, dort zu sein, kämpfte sich benommen und mit hämmerndem Herzen aus dem Bett und nahm den Hörer ab. Sie hatte nicht einmal die Kraft, hallo zu sagen.

»Mrs. Perry?«

»Ja. Wer zum ...«

»Superintendent Bailey. Wir haben uns ein- oder zweimal getroffen, glaube ich. Tut mir leid, Sie zu belästigen ...«

O Gott, halb sieben! Sie hätte schon vor einer halben Stunde aufstehen müssen. Was war los mit ihr? Dunkel erinnerte sie sich daran, sich vom Sofa ins Bett geschleppt und Tom dort bereits vorgefunden zu haben, daß sie sich so benommen gefühlt hatte, daß sie, ohne etwas zu essen und ohne die Zähne zu putzen, eingeschlafen war.

»Wie geht es Ihnen?« erkundigte sich die Telefonstimme. Dumme Frage. Fragte man sie ständig, und immer antwortete sie das gleiche.

»Danke, gut.« Erst allmählich dämmerte ihr, wie merkwürdig dies alles war. »Doch, ich erinnere mich an Sie. Duncans Chef. Aber er ist nicht hier. Was ist denn los? Hat er wieder was angestellt?«

»Nein, nein, es geht ihm gut. Hören Sie ...«

Also hatte sie zugehört und versprochen, ihn zurückzurufen. Wobei Pip Carlton sie dann später im Laden überraschte. Sie hätte Pip vorher um Erlaubnis fragen und es ihm erklären können, so wie früher, wenn sie während der Arbeitszeit hatte telefonieren müssen, aber sie hatte es nicht getan. Sie hatte gewartet, bis er zu Mrs. Beale ging, um Obst zu kaufen, und zwar, weil ihn diese Sache nichts anging. Und dann hatte er sie dabei ertappt, wie sie einem Superintendent der Polizei erklärte, ihr Sohn habe ihr erzählt, er habe dieses Drahtgestell, von dem die Rede war, auf der Straße von einem Drogensüchtigen bekommen und dann im Wagen seines Vaters vergessen. Beschreiben Sie den Drogensüchtigen, hatte Bailey sie gebeten, und auch das hatte sie getan und war sich dabei vorgekommen, als verrate sie ein Geheimnis. Kimberley war nurmehr ein Nervenbündel. Ihr Mutterinstinkt sagte ihr, daß Tom, als er am Morgen so trotzig auf ihre Fragen reagierte, ein bißchen gelogen hatte. Und ein anderer, weniger deutlicher Instinkt, halb formulierte und gleich wieder verworfene Gedanken, forderte sie auf, sich vor Pip vorzusehen. Der sie mit der angeblichen Drogensucht seiner Frau belogen hatte. Dessen verdammter Sherry sie eingeschläfert hatte, als hätte sie einen Schlag auf den Schädel gekriegt. Dessen Blicke ihr Löcher in den Rücken bohrten, während sie versuchte, das Telefongespräch an ein Ende zu bringen.

»Alles in Ordnung mit Ihnen?« erkundigte sich Bailey.

»Ja, ja, wunderbar. Hören Sie, ich muß Schluß machen. Von neun an haben wir sehr viel zu tun.«

»Hören Sie, Mrs. Perry, rufen Sie bitte wieder an, ja? Reden hilft manchmal. Alles natürlich streng vertraulich. Holen Sie Ihren Sohn heute von der Schule ab? Ja, ich weiß, wo die ist. Könnten wir uns da vielleicht unterhalten? Warten Sie, ich gebe Ihnen noch eine andere Nummer.« Gewissenhaft notierte sie alles, spürte einen Schauer im Rücken, während sie die Ziffern auf die Rückseite einer Packung Paracetamol kritzelte, und legte dann erleichtert den Telefonhörer auf. Ja, es würde ihr guttun, mit jemandem zu reden. Über irgendwas. Vor allem aber darüber, daß Duncan in der vergangenen Nacht ihren tiefen Schlaf ausgenutzt, sich mit Tom zusammen hereingeschlichen und die Hälfte ihrer Unterwäsche gestohlen haben mußte. BHs, Schlüpfer, alles weg. Kim rieb sich den Nacken, um die Notwendigkeit, sich umzudrehen, noch ein wenig hinauszuzögern, dachte an die halbleere Schublade in ihrem Schlafzimmer und hätte vor lauter Angst und Wut am liebsten losgeheult. All ihre Burschikosität, ihre Lebhaftigkeit und ihr Witz waren dahin. Am liebsten hätte sie es wie die Schildkröte gemacht, die Tom sich so sehnlichst wünschte, und sich irgendwo zum Winterschlaf verkrochen.

»Wer war das?« erkundigte sich Pip freundlich.

Sie wollte sagen, niemand, erkannte aber, wie sehr das dem Unsinn gleichkam, den Tom von sich gab, wenn er log, und antwortete: »Nichts Besonderes. Entschuldigen Sie, daß ich das Telefon benutzt habe. Es war wegen

Tom. Die Schule. Er ist gestern zu spät gekommen. Möchten Sie noch einen Tee, vor dem Ansturm?«

»Ja, bitte«, sagte Pip.

Während Kim den Teekessel holen ging – und dabei an der Tür zum Hinterzimmer vorbeikam, dessen Zugang Pip zur Hälfte mit Kartons zugestellt hatte – warf er rasch einen Blick auf die Notiz auf der Paracetamol-Schachtel. *Detec Super Bailey, vor Schule, 32866,* der Rest unleserlich. Aber er glaubte, genug gesehen zu haben.

»Was Sie alle nicht begreifen zu können scheinen«, schrie Redwood erbost, »ist die Bedeutung von *Be-wei-sen*!«

Helen glaubte schon, er werde aufspringen und mit der Faust auf den Tisch schlagen – ganz Pädagoge.

»*Eindeutige* Beweise. Nichts, was die Auffassungsgabe des normalen Menschen übersteigt! Kein wissenschaftlicher Hokuspokus, sondern klare, eindeutige Beweise. Unanfechtbar!«

»Wie der Mann, der mit dem Messer in der Hand über einer Leiche steht?« warf Helen schnippisch ein.

Redwood funkelte sie böse an.

»Jawohl! Wunderbar! Irgend etwas in der Richtung. Geschworene sind beschränkt. Justizbeamte ebenfalls. Etwas, womit wir nicht schon in der Vorverhandlung abblitzen. Aber keinen toten Drogensüchtigen namens Daniel Maley, der anscheinend über alle einschlägigen Narkotika genau Bescheid wußte und darüber hinaus eine Narkosemaske besaß, die er einem kleinen Jungen geschenkt hat. *Dieser* Kerl muß doch unser Hauptverdächtiger sein, und er ist *tot.* Nicht irgendein untadeliger Apotheker mit wenigstens einem halben Alibi und ohne Motiv, seine Ehefrau zu ermorden, auch wenn sie diesen Chloroform-Tick hatte. Den Mann auf der Straße kann man so nicht überzeugen, mit wissenschaftlichen Rekonstruktionen, ohne jedes Phantombild von einem Verdächtigen, erstellt von einem verrückten, alten Arzt, der schon vor Jahren in den Ruhestand hätte gehen sollen.«

»Also, verrückt ist er nun wirklich nicht!« Helens Ton war eindeutig trotzig.

»Nein«, lenkte Redwood ein und tätschelte den Bericht, der aufgeschlagen auf seinem Schreibtisch lag. »Verrückt nicht. Sein Stil ist schlichtweg wunderbar: Diese Abhandlung ist elegant und überzeugend – wenn wir nur einen Schuldigen hätten. Aber wir können Ihren Dr. Hazel noch nicht mal als Zeugen benennen. Ich muß mich wirklich über Sie wundern, Helen. Ich hatte Sie doch gebeten, ihn zu überprüfen.«

»Wie bitte?«

Collins rutschte auf seinem Platz herum, hustete verlegen. Redwood beugte sich vor.

»Dr. Hazels Strafregister, Miss West. Ihr ... ich meine, Superintendent Bailey hat das doch, soweit ich weiß, überprüft. Zwei Verurteilungen wegen Drogenmißbrauchs, vor Jahren. Von der Ärztekommission vorübergehend suspendiert, weil er Äther geschnüffelt hat, ebenfalls vor Jahren, und heftig kritisiert, weil er mit einer seiner Narkosen seinen Sohn womöglich getötet hat. Ein Unfall natürlich, nicht etwa geplant. Wollen Sie mehr? Die Verteidigung würde ihn in der Luft zerreißen.«

»Aber ...«

Der Schock legte sich wie ein Zentnergewicht auf ihre Schultern. Sie hätte so etwas ahnen müssen: Hazel hatte ihr von Anfang an das Gefühl vermittelt, daß er etwas verbarg. Und jetzt, hier in diesem kalten Raum, hatte sie das Gefühl, Opfer einer Verschwörung zu werden: Bailey, Collins, Redwood, eine feste Front. Sie riß sich zusammen, hob die Stimme, obwohl sie wußte, es war sinnlos. »Seit wann gibt es da eine feste Regel, eine Haus- oder irgendeine andere Regel, daß wir niemanden als Zeugen vorladen dürfen, der vorbestraft ist, vor allem, wo die Strafen längst erledigt sind? Wir laden doch sogar Häftlinge, nicht wahr? Hazel ist unser Eckpfeiler. Es bleibt uns gar keine andere Wahl, scheint mir.«

»Oh, doch! Wir rufen derartige Zeugen nur auf, wenn

uns wirklich nichts anderes übrigbleibt. Aber hier *haben* wir eine andere Möglichkeit. Und die werde ich nutzen. Wie dem auch sei, ich glaube, das wäre alles ...«

»Ich werde einen anderen Experten beschaffen«, beharrte Helen. »Jemanden, der Hazels Versuche wiederholen kann.«

»Wie Sie wollen. Aber nicht auf Kosten meiner Zeit und meines Budgets. Und da Sie offenbar so ungeheuer energiegeladen sind, nehme ich an, daß Sie sich mittlerweile vollständig von Ihrer Operation erholt haben. Ich möchte, daß Sie morgen und in der nächsten Woche ein bißchen Gerichtsluft schnuppern. Inzwischen wird Mr. Collins mit seinen Ermittlungen fortfahren.«

Obwohl das Klatschen dieser Ohrfeige nicht im Zimmer zu hören war, spürte sie dennoch den Abdruck sämtlicher fünf Finger auf ihrem geröteten Gesicht. Ihre Reaktion grenzte an jugendlichen Trotz: Sie war beschämt, ließ sich aber nicht beirren. Mit einem arroganten, herablassenden Achselzucken ging sie an Redwoods Schreibtisch vorbei zur Tür, und jeder Schritt sprach von ihrer Verachtung, während sie ihn im Grunde durchaus verstand. Wie ein bockiges Kind, sagte sie sich später. Und murmelte im Gehen: »Na fein, wunderbar, ganz wie Sie wollen. Übrigens, woran ist denn Daniel Maley gestorben? Wenn er Mrs. Apotheker umgebracht hat, dann gibt es da nur eine Verbindung – ihren Ehemann. Bis demnächst. Fröhliche Weihnachten.«

Helen dachte an ihr tanzendes Bett im Krankenhaus, hätte jetzt gern dort gelegen oder sich an einen Ort bringen lassen, wo ihr verletzter Stolz und der Schmerz des Mißerfolgs nicht für jedermann sichtbar wären, vor allem für sie selbst nicht. Und dann war da noch der unwürdige Wunsch, Bailey wäre nie geboren worden. In ihrem Büro angelangt, griff sie zum Telefon. Voll von Zorn, Enttäuschung und einem versteckten Schuldgefühl hämmerte sie auf die Tasten. Sprich mit mir, lieber Doktor, bitte! Du, der du mir deine Nadeln in den Arm gestoßen hast, der du mich hast schlafen lassen, du liebenswerter, vertrauenswürdiger, guter Mensch! Sag mir, daß es um meine Menschenkenntnis nicht gar so jämmerlich bestellt ist. Und die Justiz, die mich für meine Arbeit bezahlt, keine Ansammlung von lauter Eseln.

»Tut mir leid, daß ich Sie so früh wecken mußte, Duncan. Wahrscheinlich hätten Sie noch 'ne Mütze voll Schlaf brauchen können, aber die Sache ist wichtig.«

Die Gesichter, denen Bailey um zwei Uhr nachmittags begegnete, waren durch die Bank hohläugig, mal mehr, mal weniger gerötet und orientierungslos, die Gestalten, die im CID-Raum saßen, je nach Durchhaltevermögen mehr oder minder lethargisch. Ein paar nur, die schlau gewesen und lange vor Ende der Party nach Hause gegangen waren, fühlten sich offenbar lebendig genug, um Witze zu reißen. Detective Sergeant Perry hinkte auffällig, als er das Revier betrat, seine Augen waren verquollen, und da ihn niemand ansprach, blieb er stumm. Auf dem Korridor lief er Bailey in die Arme.

»Da sind Sie ja, Duncan. Kommen Sie doch bitte gleich in mein Büro.«

»Hören Sie, Sir, es tut mir leid, daß Sie mich nach Hause bringen mußten und so. Ich hab mich vermutlich ganz schön danebenbenommen.«

»Wird Zeit, daß Sie das einsehen, Duncan. Bis gestern haben Sie die schlimmsten Auswirkungen Ihrer Sauferei ja noch darauf beschränkt, sich vor Ihrer Frau aufzuspielen. Gestern abend aber haben Sie hier vor all Ihren Kollegen ein Gastspiel gegeben. Herzlichen Glückwunsch. Vielleicht wird Ihnen jetzt ja allmählich klar, wie idiotisch es ist, wenn Sie sich abends in der Herringbone Parade rumtreiben. Wissen Sie übrigens, wie viele uniformierte Copper da draußen mittlerweile scharf drauf sind, Sie zu verhaften? Und fragen Sie sich tatsächlich immer noch, warum Ihre Frau sich von Ihnen getrennt hat?«

Duncan war wütend, schluckte jedes Wort, stand stockstill und starrte auf den Boden zwischen Baileys blankgeputzten und seinen eigenen angelaufenen Schuhen. Dann richtete er sich auf, starrte auf einen Punkt der gelben Wand hinter Baileys Kopf und sagte abermals: »Sir!« Wie ein standhafter Zinnsoldat, dachte Bailey verärgert, während er selbst der Sergeant Major war.

»Mann Gottes, so lassen Sie es schon gut sein! Sich vollaufen zu lassen und eine Frau zu begrapschen bedeutet nicht das Ende der Welt. Es hätte allerdings nicht viel gefehlt, und die hätten Ihnen den Schädel eingeschlagen. Warum hinken Sie? Sind Sie noch gestürzt, nachdem ich weg war?« Dämliche Frage. Duncan würde sich nicht daran erinnern, aber Bailey erinnerte sich, daß sie auf dem Weg die Treppe hinauf zu Duncans Wohnung mindestens einmal gestolpert waren und daß er Duncan hatte fallen lassen, als er in seinen Taschen nach dem Schlüssel gesucht hatte.

»Nein, Sir. Ich habe mich gestern beim Fußballspielen mit meinem Jungen verletzt.«

»Und hat er Ihnen da auch dieses Ding gegeben, nach dem ich Sie schon am Telefon gefragt habe? Dieses Drahtgestell?«

»Nein, Sir, das hat er mir nicht gegeben. Er hat's mir gezeigt und dann im Wagen auf dem Rücksitz vergessen. Ich hab ihm gesagt, er soll keinen Müll sammeln. Er hat gesagt, das wär schon okay, das Ding sei ganz sauber eingewickelt gewesen, dabei weiß er genau, daß seine Mutter so was nicht will.« Duncan schien sich etwas zu erholen. »Tom hat eine Leidenschaft für altes Gerümpel, Sir. Seiner Mutter hat er sogar mal Blumen von der Müllkippe geschenkt.« Ein Lächeln zuckte über sein Gesicht, erlosch aber sofort wieder, die grauen Zellen waren noch nicht wach genug, um mehr zu tun, als zu überlegen, warum dieses idiotische Drahtgestell, das sein Sohn mit sich herumgeschleppt hatte, der Gegenstand so vieler Fragen war. Bailey nahm an, daß der Instinkt seines Sergeants, falls Instinkt die richtige Bezeichnung dafür war, dessen Benommenheit noch nicht zu durchdringen vermochte. Vorerst einmal war er dafür dankbar.

»Ich habe mit Ihrer Frau gesprochen. Sie sagt, der Junge hat ihr erzählt, er habe das Ding von einem anderen Jungen bekommen.«

Mißfallen senkte sich auf Duncans Züge. Bailey vermutete, daß er es haßte, wenn überhaupt ein anderer Mann mit seiner Frau sprach, während er sich das Recht vorbehielt, sich der Frau eines anderen gegenüber wie ein Schwein zu benehmen. Soll es öfter geben, sagte er sich, nicht nur bei Polizisten.

»Nein, Sir. Ich weiß genau, daß er mir sagte, er hat das Ding auf der Straße gefunden, vor dem Haus, in dem sie wohnen. Verzeihung, Sir, aber warum wollen Sie das wissen?«

»Ist schon gut. Spielt eigentlich keine Rolle. Ist weiter nicht wichtig.«

Bailey kannte Tom Perry nicht, wußte aber, daß er seine Mutter wiedererkennen würde. Nicht nur von ihren vereinzelten Begegnungen, sondern auch vom Foto in dem gesprungenen Rahmen auf Duncans Nachttisch. Über Duncans Frau war immer wieder geredet worden: Sie hatte das offene Gesicht des handfesten jungen Mädchens von nebenan, die Figur einer Sirene, eine sinnliche Ausstrahlung, die ihr nicht bewußt zu sein schien, sowie einen Hüftschwung, der, so natürlich er war, die Männer reihenweise hinter ihr herpfeifen ließ. Ein angenehmer Körper, nicht so schön, daß er einschüchternd wirkte, und nicht schlank genug für ein Mannequin, doch genau die Art Frau, die ein Mann zu seiner Mutter mitnahm, um anschließend mit ihr ins Bett zu gehen, eine Frau, die beides gutmütig mitmachte und die somit ein unwiderstehliches Objekt der Begierde für jeden Polizisten auf Nachtschicht war. Bailey selbst hatte natürlich auch von ihr Notiz genommen. Doch seit Helen in sein Leben getreten war, um ihn von seinem Zynismus und von einer langen Reihe wahlloser Affären zu erretten, die nach der Scheidung seine Junggesellenlaufbahn begleitet hatten, wäre es Bailey nie in den Sinn gekommen, sie zu betrügen. Die Bedürfnisse anderer Männer waren deren Angelegenheit, für ihn selbst war Untreue der Gipfel schlechter Manieren. Trotzdem war er nicht blind, nahm durchaus Notiz, beobachtete und bewunderte.

Die Schule war etwa anderthalb Meilen von der Herringbone Parade entfernt, und der Wind, der schon die ersten beiden Dezemberwochen hindurch beharrlich geblasen hatte, wehte noch immer. Ein Grüppchen winterlich gekleideter Mütter stand verloren vor dem Tor, ergeben und dennoch eifrig, Fans, die vor einem Bühneneingang auf ihren Star warteten, der sie mit Sicherheit ignorieren würde. Der Wunsch nach Auffälligkeit, dachte Bailey, ist vor allem Erwachsenen eigen, die keine Kinder haben. Eltern, wie ihre Kinder, sehnten sich danach, genauso auszusehen wie alle anderen, möglichst die gleichen Uniformen zu tragen, den gleichen Background und die gleichen Probleme zu haben, um nur ja weder Neid noch Verachtung heraufzubeschwören, auf Anonymität bedacht statt auf Aufmerksamkeit. Und diese Schule bot dafür die passende Szenerie: ein altmodischer roter Backsteinbau inmitten von Beton, fast wie Baileys Polizeirevier, vermutlich mit den gleichen dicken Heizkörpern, der gleichen Ölfarbe mit einer Oberfläche wie zerstoßener Granit. Eine Schule, in der es nach Kohl roch, obwohl das Essen heute ganz zweifellos dem modernen Geschmack angepaßt und per Portionskarton geliefert wurde. Kinder, wenn er sich recht erinnerte, mochten keinen gekochten Kohl. Kohl war gut, wenn er nur für einen Moment im Wasser gewesen war, dann in Scheiben geschnitten und mit Butter und Koriander ... Bailey hatte Hunger: Er war ein guter Koch geworden.

Der Kohl und diese kohlähnlichen Mütter in ihren Wintermänteln lenkten ihn für eine Minute oder auch etwas länger ab. Wartende Männer suchte man hier vergebens, was ihn selbst keineswegs störte, doch er begriff, warum es Duncan, der sich in Gegenwart von Frauen unsicher fühlen mußte, nicht behagte, hier als einziger Mann herumzustehen.

Dann war die Schule aus, und es war, als platze das Gebäude aus allen Nähten, so drängten die Jungen und Mädchen zu den Türen heraus, die sie immer wieder hinter sich zuzuwerfen versuchten, um denen, die nach ihnen kamen, den Weg zu versperren. Angekündigt wurde die Flut von nur ein, zwei Schülern, doch gleich darauf strömten sie in einer wimmelnden, wogenden, brüllenden Masse heraus, schleppten Mäntel und Taschen hinter sich her, um dann, nachdem sie ihre Freiheit proklamiert hatten, auf dem Schulhof ein wenig langsamer zu werden, kleine Verschwörer- oder Kampfgruppen zu bilden und den Hof mit unverständlichem Lärm zu füllen. Die Mädchen hakten einander unter und schlenderten paarweise kichernd und flüsternd umher, während einige der Jungen sie umkreisten, sich ihnen näherten und wieder zurückwichen. Bailey war von Staunen und Neid erfüllt. Dieser Krawall, diese unübersehbare körperliche Unversehrtheit, die nicht mal von der schäbigen Einförmigkeit der Schulkleidung verdeckt werden konnte: magere, schlanke und dicke Körper, gesegnet mit der Energie von noch nicht mal zwölf Jahren. Auch sein eigenes Kind hätte so werden können: Nein, er verachtete diese Mütter nicht. Sondern suchte in der Menge unwillkürlich nach einem Mädchen, das seine Tochter hätte sein können, vergaß, nach Tom Perry Ausschau zu halten. Es war ihm rätselhaft, wie die Lehrer die Kinder unterscheiden konnten, obwohl ein jedes anders ging, sich anders bewegte, andere Gesichter schnitt und eine andere Frisur trug. Aber so, Reihe um Reihe, hätte er nicht mal sein eigenes Kind entdecken können, geschweige denn ein fremdes. Bailey riß sich zusammen und konzentrierte sich darauf, nach Mrs. Perry Ausschau zu halten. Er sah sich um, stand schüchtern am Gitter, wie ein Mann, der auf sein Mädchen wartete, war voller Erinnerungen. Wartete, bis auch die letzte unscheinbare Mutter mit einem oder zwei der Kinder verschwunden war, die letzte Gruppe von Kämpfern den Schulhof verlassen hatte, die letzten Versprechungen vor dem Wochenende abgegeben worden waren und das Pflaster nichts zu bieten hatte als Echos.

Langsam betrat er das Schulgebäude. Möglicherweise hatte sie drinnen warten wollen, zusammen mit dem Jungen. Eine Lehrerin, die noch ihren Mantel zuknöpfte, während sie schon Hals über Kopf die Treppe hinunterfloh, und die in ihrer Eile fast komisch wirkte, blieb nicht gerade erfreut bei ihm stehen.

»Versuchen Sie's mal im Jugendclub hinten«, schlug sie vor. »Manche Kinder warten dort, wenn ihre Mütter noch arbeiten.« Von einem Thomas Perry hatte sie nie etwas gehört. Es war eben doch nicht diese Art Schule, obwohl sie von außen fast so wirkte. Er hatte wirklich gut aufgepaßt, aber er hatte die beiden verfehlt.

»Einen Tee . . .?« hatte er gefragt. »Einen Tee, Kim? Eine schöne Tasse heißer Tee müßte Ihnen doch jetzt guttun. Wir haben uns ja seit mindestens einer Stunde nichts mehr gegönnt. Ich werde ihn machen.«

So fürsorglich heute, als müßte er seine gestrige Herrschsucht ausgleichen und die dünne Schicht glattstreichen, die alle Spannungen bedeckte wie Seidenpapier einen Riß in der Wand. Kim hatte sich von ihrer Schläfrigkeit erholt, nicht aber von der tiefen Abgespanntheit, die ihre Augen immer wieder mit Tränen füllte. Zweimal schon hatte sie in ihrem Taschenkalender nachgeschlagen, um zu sehen, ob ihr Zustand womöglich vom allmonatlichen Auf und Ab ihrer Hormone herrührte, aber die Daten verschwammen ihr vor den Augen. Und als sie in ihrer Handtasche kramte und darin die Paracetamol-Pakkung mit der Telefonnummer fand, wußte sie plötzlich auch nicht mehr, warum sie die Tasche überhaupt mitgebracht hatte. Was gefährlich war, denn die billige Ledertasche enthielt etliche lange Listen mit Vorwürfen, Briefe von Duncan, den einzigen Beweis für sie, daß er schreiben konnte.

»Einen Tee?« wiederholte Pip. »Ich hab nicht vergessen, daß Sie heute den Kleinen von der Schule abholen wollen. Aber bis dahin ist noch Zeit.«

»Danke«, murmelte sie müde. Die Zahnpastapyramide war neu aufgebaut, und auch die Kosmetika waren endlich alle wieder an ihrem Platz – nachdem während der letzten zwei langen Wochen ständig irgendwelche Teenagerhände wegen der bevorstehenden Weihnachtsfeiern alles durchwühlt hatten. Und die ewigen Fragen nach Sonderangeboten. Kein Wunder, hatte sie grimmig gedacht, wenn sie sich während der ruhigeren Phasen an den Regalen zu schaffen machte, die Hälfte der Waren ist reduziert. Möchte wissen, ob er Margaret umgebracht hat, um seinen Anteil in Sicherheit zu bringen. Schon bei dem Gedanken mußte sie lächeln: Pip würde nicht mal einer Fliege was zuleide tun. Sie hatte sich bemüht, ihre Gedanken in Schach zu halten, fast bestürzt über die Tatsache, daß sich ihre Bewunderung für Pip innerhalb von Tagen in tiefe Verachtung gewandelt hatte, ohne daß sie sich wirklich einen Reim darauf machen konnte. Seit er den Arm um sie gelegt und Duncan angeschrien hatte. Der Tee kam. Dunkelrot. »Hibiskus«, verkündete Pip stolz. »Um Sie ein bißchen aufzumuntern.«

»Ich dachte, der beruhigt.«

»Nein, nein, beruhigen tut er nur die Nerven.« Kim trank zweifelnd.

Die Tür wurde aufgestoßen und wieder zugeschlagen. Es war ein Stammkunde von der Baustelle, eindeutig ein Hypochonder, der mindestens zweimal die Woche jeweils ein anderes Medikament verlangte. Vom Eingang kam er auf den Tresen zugeschlendert und stöhnte mit verdrossener Miene: »Mann, ist das kalt!« Dann blieb er unentschlossen stehen und sah sich um, als rechne er damit, verfolgt zu werden. »Geben Sie mir von den gelben«, krächzte er. Die Teetasse in der Hand, musterte Kim die Regale hinter dem Tresen, wußte aber nicht recht, was er mit »den gelben« meinte, obwohl sie gewöhnlich sehr gut darin war, auch die absonderlichsten Forderungen zu interpretieren.

»Keine gelben? Dann eben Halsdinger, irgendwelche.«

»Sie haben's aber eilig!« bemerkte Kim und legte eine Packung Hustenpastillen mit Honig und Zitrone auf den Tresen.

»Wird Ihnen bald genauso gehn. Ihnen allen hier in der Gegend. Ich verschwinde. Die Freunde da drüben haben 'ne Bombe gefunden, und ich denke gar nicht daran, abzuwarten und nachzusehen, wie groß das Ding ist.« Sein Wechselgeld auf dem Tresen zurücklassend, trottete er zur Tür. Völlig entnervt sah Kim zu, wie der Zahnpastastapel wieder einmal umstürzte. Die da drüben auf der Baustelle, ständig hockten sie in diesem Pub und redeten irgendwelchen Unsinn. Pip beobachtete sie besorgt.

»Sie sehen ja völlig fertig aus, Kindchen. Am besten, Sie gehen nach Hause und legen sich eine halbe Stunde hin. Hier ist im Augenblick sowieso nicht viel zu tun.«

»Geht nicht«, antwortete sie, nur mühsam ein Gähnen unterdrückend. »Muß Tombo von der Schule abholen.«

»Keine Angst, ich telefoniere nach oben durch und wecke Sie rechtzeitig. Na los doch, trinken Sie Ihre Tasse aus und gehen Sie!« Er war so angenehm hartnäckig – so sehr, daß sie ihren Groll über seine Herrschsucht vergaß, seine Freundlichkeit gern akzeptierte und den Laden verließ, ohne sich den Tränen zu überlassen, die immer noch drohten. Das gleiche Gefühl wie gestern, eine nicht unangenehme Schläfrigkeit, die ihre Hände zu Schwämmen und ihr Hirn zu Wasser machte. Sie schaffte es bis ins Schlafzimmer, zog den Kittel aus und fiel aufs Bett, das sie am Morgen gar nicht erst gemacht hatte. Sogar der Anblick der offenen Schublade, dieses stummen Zeugen des miesen Diebstahls der letzten Nacht, konnte sie jetzt nicht mehr stören.

Tom wußte jedesmal sofort, ob jemand da war, der ihn abholte oder nicht. Sobald er auf den Schulhof hinauskam und über die plattgedrückten Blumenbeete neben dem Gebäude sprang, spürte er, ob Daddy, Mummy oder auch nur der dösige Daniel auf ihn wartete. Wenn tatsächlich sein Dad einmal da war, entdeckte er ihn sofort, wie er sich mit unsicherer, verlegener Miene hinter dem Drahtzaun herumdrückte, der den Schulhof von der Straße trennte, wie er wie ein Gefängniswärter auf und ab patrouillierte. Wenn er ihn sah, was selten genug vorkam, hätte sich Tom immer am liebsten den nächstbesten Jungen gepackt oder den größten oder sonst einen der Quälgeister, die auf ihm rumhackten, wenn gerade kein anderes hilfloses Opfer in der Nähe war, nur um laut zu schreien: Alles hersehen, das ist mein Dad! Und auf Duncans stämmige ein Meter achtzig hinzuweisen, der mit unerschütterlicher Polizistenmiene dastand, ohne zu ahnen, wozu er da herhalten mußte. Aber heute – kein Dad. Nur irgend so'n alter Knacker, ein Opa, der dicht neben dem gewohnten Grüppchen von Müttern stand. Diese Opas waren ein Witz: lungerten hier hinter den Mädchen rum, aus Gründen, die er nicht ganz begriff, die aber irgendwie ekelhaft zu sein schienen.

Toms Blicke schossen blitzschnell umher. Kein Daniel, keine Mum. Du hast gesagt, daß du heute kommst, Mum, du hast es gesagt, du hast es gesagt, du hast es gesagt ... Wenn sie da war, wie an den meisten Tagen, ging er mit gespielter Gleichgültigkeit auf sie zu, während sein Herz bei ihrem Anblick insgeheim vor Freude hüpfte und es ihm schwerfiel, sein Glück hinter lässigem Desinteresse zu verbergen. Heute lief er, den Regeln für derartige Gelegenheiten folgend, an dem Gedränge vorbei zur Bushaltestelle, schloß sich unauffällig einer unbekannten Frau mit Kind an und gelangte so sicher an Bord für die Heimfahrt zur Herringbone Parade.

Er kam aber nicht bis nach Hause durch. Auf der Parade herrschte eine seltsame Atmosphäre, viel mehr Geschäftigkeit als üblich, wenn nicht gerade Markttag war. Die Leute sammelten sich überall, redeten und gestikulierten. Mrs. Beale, die im Mantel in ihrem Ladeneingang stand, lächelte freundlich und hielt Tom am Arm fest.

»Hallo, Tom. Wo ist denn dein Schatten?« Sie meinte Daniel, vermutete er. Mrs. Beale mußte immer gleich übertreiben. Dann schlug sie sich die Hand vor den Mund. »Ach Gott, tut mir leid, Liebchen«, sagte sie und spähte dabei die Straße entlang. »Hatte schon ganz vergessen, daß er ja tot ist, der arme Kerl.«

»Was?« fragte Tom einfältig.

»Dein Daniel. Gestern, hab ich gehört. Als ich beim Doktor war. He, sieh doch mal!« Vier Polizisten schritten langsam die Parade entlang und schoben die Leute mit behutsamem Druck vor sich her. Ein buntes Durcheinander, einige waren mit Taschen beladen.

»Wir müssen alle weg hier, Tom«, erklärte ihm Mrs. Beale mit vor Aufregung schriller Stimme. »Wir müssen abschließen und weg. Sie haben drüben in der Grube eine Bombe aus dem Krieg gefunden. Stell dir bloß mal vor, die ganze Zeit hat die da gelegen. Ist fast genauso wie damals, als ich Kind war, so evakuiert zu werden.«

»Was haben Sie von Daniel gesagt?«

»Da mach dir mal bloß keine Gedanken drüber. Hat deine Mum dir denn nichts erzählt? Komm her, Herzchen. Komm doch einfach mit uns. Ich wette, deine Mum ist auch schon längst weg, an eurem Ende haben sie nämlich angefangen.« Besitzergreifend legte sie ihm ihre Hand auf die Schulter, ließ aber noch einmal los, um ihren Mantel zuzuknöpfen. Es war deutlich, daß ihr die Geschichte gefiel.

Tom schlüpfte davon und beobachtete die Szene. Die älteren Bewohner der Parade schienen die Situation genau wie Mrs. Beale zu genießen. Es gab gackerndes Lachen, keinerlei Anzeichen von Besorgnis und eine ganz und gar ungewohnte Folgsamkeit den jungen Constables und ihrem Inspector gegenüber, den die Alten »mein Sohn« nannten und der die Rolle des Rattenfängers übernommen zu haben schien und sie fürsorglich davonführte, während sie ihm, Kleider und manche auch eine Katze unter dem Arm, gehorsam folgten. Dem Inspector seinerseits gefiel seine Rolle offensichtlich ebenfalls, eifrig setzte er sein Megaphon ein.

»Diese Straße bitte zum Gemeindesaal von Ash Grove. Alle in den Gemeindesaal. Für Gehbehinderte wird eine Transportmöglichkeit gestellt. Es handelt sich um einen Blindgänger auf dem Baugelände, ich wiederhole: ein Blindgänger auf dem Baugelände.«

Tom, der zu seiner Mutter wollte, trabte wendig zwischen den vielen Leuten hindurch, die in die entgegengesetzte Richtung strebten, bis er wieder mal am Arm gepackt wurde.

»Hallo, mein Junge, wo willst du denn hin?«

Zum Respekt vor dieser ganz speziellen Uniform erzogen, antwortete Tom gehorsam: »Zu meiner Mum, in dem Geschäft da vorn . . .«

»Nein, mein Junge, da ist sie ganz bestimmt nicht mehr. Sie ist sicher schon im Gemeindesaal. Da unten haben wir nämlich angefangen. Du wirst sie schon finden. Aber jetzt komm erst mal mit.« Tom tat so, als gehorche er, während der bittere Geschmack der Angst sich mit dem eher brennenden von Panik und Aufbegehren mischte. Am Ende der Ladenzeile schlüpfte er wie ein Fisch durchs Netz und bog im Laufschritt hinten in die Gasse ein. Wo ebenfalls Leute aus ihren Wohnungen kamen und in ihre Autos stiegen, wobei die Dunkelheit das geordnete Durcheinander noch größer erscheinen ließ. Er würde bestimmt nirgendwo hingehen, er nicht! Nicht mit Mrs. Beale und den Kindern von der Parade, nicht ohne Mum oder, schlimmstenfalls, Daniel. Nein, nicht Daniel. Er hatte zwar kaum verstanden, was Mrs. Beale gesagt hatte, wußte aber, daß das mit Daniel stimmte, und so gesellte sich zu der Angst jetzt auch noch das bleierne Gewicht der Schuld – Bilder von Daniel flimmerten vor seinen Augen, wie er sich stöhnend krümmte. Seine Schuld, alles seine Schuld und eine weitere Last, die er zusammen mit diesem Gefühl des Im-Stich-gelassen-Werdens tragen mußte. Und wo war Mum? Geschickt, doch vor den dunklen Müllcontainern zurückschrekkend, schlüpfte er von einem Hinterhof zum anderen, bis ihm klar wurde, daß er die Wohnung niemals erreichen würde, ohne vorher zumindest noch einmal aufgehalten zu werden. Begriff, daß die eine Angst, die vor der Masse, die andere, nämlich die vor den unheimlichen dunklen Ecken und Winkeln, überstieg und sich zu verstecken der einzige Ausweg war. Er duckte sich hinter einen der Container, in denen er immer Särge gesehen hatte, preßte das Gesicht an den schmutzigen, kalten Kunststoff und setzte sich mit klopfendem Herzen hin, um zu warten, bis die Straße menschenleer war.

Obwohl die übliche Ladenschlußzeit längst überschritten war, erstrahlten die Geschäfte noch immer in hellem Licht. Weihnachten. Dekorationen, wie sie zur Regent Street paßten, wo Helen oben in einem der roten Busse saß und stumm vor sich hin fror. Mit dreißig anderen Fahrgästen saß sie da oben, hoch über der Straße, betrachtete Gehsteige und Schaufenster, verachtete die Menschenmassen und die unerschwinglichen Kostbarkeiten in den Auslagen von Garrods. Hamleys für Spielwaren, Aquascutum, Austin Reed für Bekleidung, Liberty für Luxuriöses. Eine Million Porzellanteile glänzten im Halbrund, und darüber glitzerten gefiederte Engel. Ich hasse diese Konsumgesellschaft, hatte Hazel gesagt. Diese verdammte Fixierung auf Geschäfte und Einkaufen. Ich hasse das alles, auch wenn ich zugeben muß, daß sich einiges verbessert hat seit dem Krieg, der mich ziemlich geprägt hat. Und meine toten Zeitgenossen. Am Ende des Krieges war ich ein junger Mann mit einem Sohn, ein

Glückspilz. Doch er und meine Frau gerieten unter einen Bus, als sie mit unseren Lebensmittelkarten beim Einkaufen waren, und sie brachten ihn mir auf einer Bahre. Mit Chloroform hab ich versucht, seinen Schmerz zu betäuben, ich hatte zufällig eine Flasche im Haus, aber er war praktisch schon tot. Ich selbst habe später Äther benutzt. Nicht für lustige Spielchen, sondern um zu vergessen; was ich noch heute vergeblich versuche. Mit der Zeit begreift man natürlich, daß es nicht geht. Auch nicht nach sechs Jahren ritualisierten Konflikts in einem Krieg und anschließend fünfundvierzig Jahren kämpfenden Bemühens, eine Gesellschaft todkrank zu machen. Ihr seid so jung, ihr wißt es noch nicht: Die einzige Wirklichkeit ist die Verzweiflung. Ihr wißt es nicht, ihr glaubt nur, etwas zu wissen, ihr Sucher nach der Wahrheit. Tut mir leid wegen Ihres Falls. Sie werden einen anderen finden.

»Schreiben Sie das alles auf«, hatte sie heftig von ihm verlangt. »Schreiben Sie es auf! Sie können Geschichte schreiben, denken, lesen, funktionieren. Nehmen Sie dies als einen Anfang.«

»O ja, das tue ich – vielleicht. Diese Sache hat mir einen Stoß versetzt, wissen Sie. Ja, meine liebe Helen West, Sie haben etwas erreicht, und Menschen wie Sie müssen doch ständig etwas erreichen, oder? Sie können das Leben einfach nicht so laufenlassen. Ich will Ihnen etwas sagen, gratis und franko: Diese Frau wurde ermordet und hat es vermutlich sogar verdient. Obwohl das keine Rolle spielt, nicht ernstlich. Lassen Sie das arme Schwein in Ruhe. Und kommen Sie mir nicht mit meiner Vergangenheit oder Ihren vorwurfsvollen Fragen! Er interessiert mich nicht, Ihr großartiger Fall.«

Sie starrte auf die Geschäfte hinab und zu den Lichtern hinauf. Konsum über alles, immer noch anhaltende Nachwirkung des Krieges, Gegenmittel gegen den Frieden. Bemühen Sie sich nicht zu sehr, etwas zu erreichen, hatte er gesagt. Es gibt nichts, was dieser Mühe wert wäre: Die Frau ist tot. Hegen und pflegen Sie, was Sie haben. Schützen Sie es.

Ein Nihilist, trotz all seiner Weisheit. Und sie hatte doch keinen Freund in ihm gewonnen.

10

Nur wegen Hazel hatte die kurze Meldung, die sie zu Hause im Radio hörte, Helen aufhorchen lassen: ein Blindgänger aus dem Krieg, das East End evakuiert, eine Hinterlassenschaft des Krieges. Sprengstoffexperten der Army waren zur Stelle, um die Bombe zu entschärfen. Der vermutlich größte jemals entdeckte Blindgänger. Die Gegend selbst erregte bei Helen kein sonderliches Interesse; das East End war groß, ein nicht sehr fest umrissenes Areal, doch während sie noch die Ereignisse des Tages rekapitulierte, stellte sie auch Überlegungen über die Unberechenbarkeit einer Bombe an, die ihre Pflicht nicht erfüllt hatte, sondern fast für ein halbes Jahrhundert untergetaucht war. Vielleicht eine Montagsproduktion, von Beginn an dazu bestimmt, niemals zu funktionieren. Eine wenig aufregende Meldung, und auch als sie erkannte, was passieren könnte, kam ihr die Nachricht noch so sonderbar vor, daß sie sie eher komisch fand. Es war tatsächlich eine ungewöhnliche Bombe, keine von Semtex, IRA, Palästinensern oder irgendeinem anderen Himmelfahrtskommando, das alles andere als zum Lachen war. Niemand war verletzt worden, noch nicht. Genau wie die meisten Leute, die der Meldung lauschten, vertraute sie auf die Experten, empfand eine unbestimmte Bewunderung für soviel Mut und war fest davon überzeugt, daß alles unauffällig in Ordnung gebracht werden würde. Ein Racheakt der »Luftwaffe« in diesem Stadium der Geschichte schien viel zu weit hergeholt, um auch nur annähernd in Erwägung gezogen zu werden. Ein

Vorfall, dem jeglicher Anschein von Gerechtigkeit fehlte. Von jener Art, die fast schon poetisch war.

Die Wirklichkeit dieser Bombe wurde ihr im Grunde erst bewußt, als Bailey anrief. Helen hatte nicht vergessen, daß er in der so zweitrangigen Frage der Vergangenheit Dr. Hazels zum Überläufer geworden war und sie dadurch hatte dastehen lassen wie eine Idiotin. Hätten sie sich an diesem Abend getroffen, hätte er sich ein paar scharfe Worte anhören müssen, auf die er mit der Bitternis der Vernunft geantwortet und sie dadurch nur noch mehr dem Gefühl des Versagens ausgeliefert hätte. Natürlich hatte er nicht in böser Absicht gehandelt: Bailey war zwar durchaus in der Lage, Böswilligkeit zu definieren, doch gehörte sie nicht zu seinem Wesen. Ja, manchmal war es eher seine Sanftmut, die so wütend machte – und doch war das Timing gemein gewesen. Als hätte er ihr sagen wollen, siehst du, ich habe die ganze Zeit mehr gewußt als du: Wir haben eben unsere Quellen, die wir in den gehobenen Positionen sitzen, lauf du nur los und mach deine Hausaufgaben. Schärfe deinen Instinkt, und dann versuche zumindest einmal so zu tun, als wäre das Gesetz eben doch nicht das stumpfe Instrument, das sein Ziel einfach verfehlen muß. Erzähl mir was Neues, beweise es mir, dachte Helen. Zeig mir, daß es uns möglich ist, einen Mörder mit legitimen Mitteln zu fangen, und daß wir keine Verhandlung inszenieren müssen wie ein seltsames Musical, in dem jeder sein Gesicht noch weißer als weiß schminkt, um die Reinheit seiner Seele zu bezeugen. Folgte man Redwood, würde es ihr nie gelingen, jemanden in den Zeugenstand zu rufen, der jemals ehrlich genug gelebt hatte, um in eine Tragödie verwickelt zu werden, lange genug, um Fehler zu machen, oder fehlbar genug, um Zuneigung zu wecken. Sie würde sich nach einem anderen, nüchternen und fehllosen Arzt umsehen. Morgen.

Als Bailey anrief, war keine Zeit, ihm lange Vorwürfe zu machen, nur für eine leichte Andeutung, indem sie sagte: Ach, bist du es?, statt ihrer normalen spontaneren

Begrüßung. Nach ein bis zwei Minuten unterkühlter Reserviertheit hätte sie ihren ganzen Groll sicher sowieso als dumm und wenig angenehm über Bord geworfen, seine Worte nahmen ihr diese Mühe jedoch ab.

»Also werde ich wohl die ganze Nacht über hierbleiben müssen ...«

»Was?« Helen hatte nicht richtig zugehört.

»In der Herringbone Parade ist alles evakuiert. Die Leute tragen's wirklich mit Fassung. Diese Bombe, weißt du; hast du doch sicher in den Nachrichten gehört. Offenbar genug Sprengstoff, um die ganze Gegend in die Luft zu jagen. Alle Polizeieinheiten in Bereitschaft und so weiter. Vermutlich werde ich eine Gulaschkanone betreuen.«

»Aber die Herringbone Parade gehört doch gar nicht zu deinem Revier ... Ich verstehe schon, eine Ausnahmesituation. Wie bei einem Aufstand.«

»Nein, kein Aufstand. Es herrschte Friede. Aber jeder, der erreichbar ist, muß hierbleiben. Bis morgen dann.«

»Halt, Moment! Halt doch bitte nach dem Apotheker Ausschau.« Helen brachte es noch immer nicht fertig, ihm zu beichten, daß sie in dem Laden gewesen war. Konnte die blaßblauen Augen nicht vergessen.

»Frauen und Kinder zuerst«, erwiderte Bailey mysteriös, und damit war das Gespräch beendet. Erst später, als sie ein Sandwich aß – eine nachlässige Form der Selbstversorgung, die er verabscheute – und während sie eine Kopie der Akte Carlton, die sie aus dem Büro mitgenommen hatte, Blatt für Blatt und Aussage für Aussage auf dem Fußboden ihres Wohnzimmers ausbreitete, um eine neue Strategie auszuarbeiten, erst da begann sie sich zu fragen, was Bailey wohl eigentlich tat. Einen Blick in seine Gedanken zu tun war ein Privileg, das er nur selten gewährte, war wie der flüchtige Blick in ein dunkles Haus, dessen Tür sich kurz öffnete, weil jemand hinaus- oder hineinging. Nie stand sie offen, nicht mal im Sommer. Neben Bailey kam sich Helen geschwätzig vor, leicht zu durchschauen, viel zu mitteilsam, ein aufgeschlagenes Buch. Aha, hatte er eines Tages gesagt, ich weiß, warum du soviel redest. Reine Tarnung, mein Schatz, zum Schluß behältst du genausoviel für dich wie ich. Hier vor ihrem Kamin vermochte Helen in diesem Moment eine gewisse Wahrheit in seiner Bemerkung zu entdecken. Angestachelt von den Worten des Doktors, stellte sie eine Liste der mitwirkenden Personen am Fall Carlton auf, war sich dabei eines ständig bohrenden Gefühls drohender Gefahr bewußt, das sie seit der Lektüre der ersten Seite noch im Krankenhaus verfolgte, und dachte lange und intensiv über die Motive der Menschen und die Fehlbarkeit ihrer eigenen Instinkte nach.

Die Tatsache, daß mindestens die Hälfte der asiatischen Bevölkerung des Platzes neben der Parade nicht im Gemeindesaal anzutreffen war, erklärte sich daraus, daß viele der Evakuierten bei Verwandten Zuflucht gesucht hatten. Andere waren gewarnt worden und gar nicht erst von der Arbeit nach Hause gekommen, hatten bei Onkel und Tante oder manchmal auch bei recht widerwilligen Freunden Unterschlupf gefunden. Alle jedoch waren sie ohne Ausnahme vom blinden Glauben ans Expertentum beseelt und diskutierten kenntnisreich über Dampf und Sprengstoff. Bis morgen ist wieder alles im Lot, mein Alter. In den Gemeindezentren gab es dank der Hilfe des Roten Kreuzes und der Johanniter Feldbetten und Dekken, Tee und Mitgefühl, Gelächter und Kartenspiele mit den Älteren, die sonst niemals soviel *esprit de corps* erfuhren. Mrs. Beales Mutter, von der Tochter seit einer Ewigkeit mürrisch ernährt, hatte sich zum erstenmal seit einem Jahrzehnt wieder an eine Brust gedrückt gefühlt, von einem Feuerwehrmann, der sie aus dem Haus trug und sie »Schätzchen« nannte. Das und all ihre Erinnerungen trieben ihr die Tränen in die Augen.

Obwohl ständig mit Organisieren beschäftigt, was ihm ausgesprochen lag, hatte Bailey seine Augen überall. Fünf Straßen und ein Platz waren bereits geräumt worden, jedenfalls wurde ihm das versichert. Wo sich die Evakuierten im einzelnen aufhielten, konnte man unmöglich wissen. Von Kimberley Perry und ihrem Sohn, den er schon vor der Schule verpaßt hatte, war nirgends etwas zu sehen. Doch das allein bot noch keinen Grund zur Besorgnis. Sie hatten Verwandte, sie hatten, wenn auch zähneknirschend, Duncan: Sie brauchten keines der eingerichteten Auffangzentren aufzusuchen, aber daß sie nirgends auftauchten, beunruhigte ihn dennoch, wie schon die Tatsache, daß Kim nicht an der Schule erschienen war. Auch vom Apotheker war nichts zu sehen, was ebenfalls merkwürdig, aber nicht besorgniserregend war. Ging man von seinem guten Ruf aus, schien es eher ungewöhnlich, daß *Caring* Carlton sich eine derartige Gelegenheit, Gutes zu tun, entgehen ließ: Er hätte Aspirin und Suppe verteilen und dafür jede Menge Beifall einheimsen können. Im Gemeindesaal von Ash Grove war es unangenehm warm und roch muffig nach dem Gas der von einem Kaufhaus ausgeborgten Heizöfen. Die Szene erinnerte an eine Flughafenhalle voll ängstlich wartender Passagiere, die allein durch ihren Glauben an die Autorität zu geduldig ruhigem Verhalten genötigt wurden. Einige schliefen. Andere wirkten dabei eher störend, redeten sich die Angst von der Seele oder genossen den freien Tag. Auf Bailey, der über eine eingebaute Heizung zu verfügen schien und fast nie einen Mantel trug, wirkte die Atmosphäre geradezu erstickend. Plötzlich sah er Duncan, in einen Anorak gewickelt, der bessere Tage gesehen haben mußte, zwischen den Reihen auf und ab gehen und aufmerksam nach jemandem Ausschau halten. Nach Kimberley. Bailey verspürte ein winziges Prickeln der Besorgnis – wie ein Juckreiz, gegen den er nichts tun konnte.

Die Herringbone Parade war an jedem Ende durch Plastikbänder abgesperrt. Weiter hinten glühten unheildrohend und aufgrund der installierten Scheinwerfer matter als sonst die Lichter des Krans. Ein ruhiger Lärm, dachte

Tom, ein Lärm, den man fast berühren konnte, der aber keine Gestalt besaß; wie eine gedämpfte Unterhaltung, ein wenig träge, die auf etwas Wichtiges hindeutete, Dinge außerhalb der Hörweite. Er wäre gern hinübergegangen, wagte es aber nicht. Denn das hätte Probleme bedeutet, Geschrei, Geschimpfe, Verfolgung. Wie gern hätte er, warm eingepackt, hoch oben über der Welt auf der Spitze des Krans gesessen, hinuntergeblickt, Süßigkeiten gekaut und aufmerksam alles beobachtet. Anfangs stellte er sich die Bombe etwa so groß vor wie eine Handgranate, die man ganz leicht werfen konnte, und verstand die Aufregung nicht so recht. Es war überhaupt schwer, etwas zu verstehen angesichts der herankriechenden Kälte und des Krampfes im Bein. Er lutschte am Riemen der Schultasche – nichts um ihn herum ergab einen Sinn. Allein schon die Leere der Straße und das Fehlen der vertrauten Geräusche stürzten ihn in tiefe Verwirrung. Wie ein Film im Fernsehen über das, was nach dieser anderen Art von Bombe kam. Ein grausiger Film, den er sich nicht hätte ansehen dürfen, in dem eine Straße vorkam, die eine Wüste hätte sein können, mit gar nichts drin, genau wie jetzt, außer Trümmern und heftigem Wind. Ihm kam der Gedanke, daß die Bombe auf der Baustelle vielleicht auch so eine war. Sie war längst gefallen, und von dem gestaltlosen Lärm einmal abgesehen, war es durchaus möglich, daß er der einzige noch lebende Mensch auf der Erde war. Diese furchtbare Idee veranlaßte ihn, sein Versteck zu verlassen, um sich auch dem Schlimmsten zu stellen. Da jedoch ertönte weit, weit hinten ein Ruf. Langsam schob er sich vorwärts, und seine Augen erfaßten eine im Dunkel schimmernde und seinem Gefühl nach riesengroße uniformierte Gestalt, die sich an dem Band zu schaffen machte, das die Straße absperrte und heftig im Wind flatterte. Dann war die Gestalt wieder verschwunden. Er war also nicht der einzige Mensch auf Erden und fühlte sich daher gerechtfertigt in dem Entschluß, alles weitere noch ein wenig aufzuschieben und erst einmal zu bleiben, wo er gerade war. Wieder begann er, auf dem klebrigen, schmutzigen Riemen seiner Schultasche herumzukauen wie ein Hund auf seinem Knochen. Einen Moment noch, nur einen winzigen Moment, dann würde er hochgehen in die Wohnung. Tief unten auf dem Grund seiner Manteltasche fand er den Schlüssel, den er heute hatte mitnehmen dürfen.

Ein Stück weiter hinten öffnete sich lautlos eine Tür. Philip Carlton stand auf dem winzigen Hof vor dem Eingang zu seinem verdunkelten Labor und blickte zufrieden zum erleuchteten Himmel empor. Er trug einen Kittel genau wie den, den er im Laden immer anhatte – bis auf die Farbe. In dieser schwarzen Baumwolltunika, im Nehru-Stil hoch zugeknöpft, war er im Dunkeln kaum zu sehen. Leise kicherte er vor sich hin. Während sich Tom wieder in seinen Winkel drückte, eingeschüchtert durch die wie ausgestorbene Straße, genoß Pip die Leere, fühlte sich als Herr all dessen, was ihn umgab. Er war größer als der Kran, strahlender als die Sterne und leuchtete weit heller als das Licht von der Baustelle. Dort gruben sie eifrig um eine Bombe herum, aber das störte ihn nicht weiter. Pip hatte den Krieg nicht miterlebt, war ein Mann mit friedlichen Erinnerungen, bis auf das Geschrei, als er noch ein Kind gewesen war, die Verschwörung der Frauen, die ihn großgezogen und auch später weiter beherrscht hatten. Sie hatten von einem Krieg gesprochen, den er nicht kannte, ihn seinetwegen wieder lebendig werden lassen mit ihren Geschichten von Entbehrungen und Lebensmittelmarken, ihm erklärt, wie glücklich er sich schätzen dürfte, aber er hatte gewußt, daß diese Frauen allesamt Lügnerinnen und Betrügerinnen waren, Menschen von nicht zu übersehender Häßlichkeit, die ihn täglich ins Bad steckten und liebkosten, bis er schrie, ein Lachen lachten, das ihm jetzt noch in den Ohren dröhnte, wenn er befingerte, was sie befingert hatten. Doch im Moment war es nurmehr ein kleines Kichern, das wie erleichtert aus ihm hervorsprudelte. Und sie hatten ihn gekitzelt, oh, aber das hast du doch gern, nicht wahr, seht nur, wie er lacht, wie komisch ... Diese Agonie, diese gräßliche Demütigung, wenn sich sein ganzer Körper hilflos wand, sich durchbog und aufbäumte wie ein zu Tode erschrecktes Pferd, ach bitte, bitte, bitte aufhören! Und was war aus ihm geworden? Ein Mann, der das, was ein Mann mit einer Frau machte, nur mit Hilfe von Chloroform zustande brachte, diese intimen Betäubungsspielchen, bei denen sein Körper zwar funktionierte, die ihm aber noch nie dazu verholfen hatten, wirklich zu verstehen, was er unbedingt wissen mußte. Zum Beispiel, warum die Lust so groß sein konnte, daß sie Kriege auslöste, der Angelpunkt des Lebens zu sein schien. Margaret, die arme, zerknitterte Margaret, hatte ihm das Rätsel nicht erklären können, doch Kimberley Perry würde es ihm zeigen, biegsam und saftig wie eine Frucht, saftiger noch als die Honigmelonen von Mrs. Beale, die ihm auch andere Dienste offeriert hatte. Weitaus besser würde Kimberley sein – besser als alles, besser als das einsame Onanieren im Hinterzimmer oder das Herumgefingere von Margaret, das ähnlich demütigend gewesen war wie damals das Kitzeln. Kimberley würde ihm eine Erleichterung verschaffen, an der sie sich nicht einmal beteiligen mußte. (Ach, wenn Margaret doch nur stillgehalten hätte!) Die junge Frau dort oben brauchte nur weiterzuschlafen, tief und ruhig, von Träumen erfüllt wie ein gutgefüttertes Huhn, Liebe ohne Forderungen. Das würde ihm genügen.

Pip hatte eine neue Maske gebaut, eine wie die, die er mit Margaret benutzt hatte, damals, als sie ganz ohne im Zimmer herumgetanzt war. Und er vor Abscheu eine Gänsehaut gekriegt hatte, bis er die Dämpfe aus dem Staubtuch einatmete und sein Penis endlich emporstieg wie eine bei Sonnenaufgang gehißte Flagge. Und so lange einsatzbereit blieb, wie man gebraucht hätte, um drei Takte Zapfenstreich zu pfeifen, in die ausgestreckte Margaret einzudringen und in seiner Art Antiklimax zu explodieren, die nichts hinterließ als dieses hilflose Gefühl der Erschöpfung, wie nach dem Kitzeln, während *sie* durchaus zufrieden zu sein schien, auch wenn sie später weinte. Aber gut, daß er es versucht hatte. Sie gab sich Mühe, freundlich zu sein, insistierte immer wieder. Bis er es nicht länger ertragen konnte.

Pip trug die Maske, ein in seinem Ärmel verstecktes Staubtuch und eine Taschenflasche bei sich. Den Schlüssel zu Kimberleys Wohnung hatte er von dem Haken genommen, an dem er alle Ersatzschlüssel, zu jedem Schrank und jeder Tür seines gesamten Herrschaftsbereichs, aufbewahrte, um problemlos von seinem Hinterzimmer in die eigene Wohnung, in Kims Wohnung oder in den Laden gelangen zu können. Kurze Wege, geringe Mühe. Er schwankte ein wenig. In der beißenden Kälte sah man deutlich den immer noch süßlich riechenden Atemhauch, der seinen Mund umgab, während seine entblößten Zähne ein ununterdrückbares Lächeln bekundeten.

Oben lag Kimberley Perry in tiefem, friedvollem Schlaf. Weder das Klopfen an ihrer Tür hatte sie wecken können, noch der Auszug der Bewohner aus der Herringbone Parade. Kimberley zu betäuben, war einfach gewesen, dazu brauchte man kein Narkotikum. Sie hatten alle zusammen über diese kleine Schwäche seiner Assistentin gelacht, Pip, Margaret und sie selbst: eine einzige Hustenpastille, und sie schlief ein. Gestern erst hatte er ihre Reaktion noch einmal beobachtet, die Augen, die glasig wurden, die nachlassende Koordination ihrer Bewegungen, die zunehmende Mattigkeit, die sie selbst heute noch so unaufmerksam gemacht hatte. In jede Tasse Tee eine Kapsel »Night Nurse«. Nichts Gefährliches: Morgen früh würde sie zwar benommen, ansonsten aber unversehrt erwachen, allenfalls glauben, sie habe eine Grippe.

Er wollte ihr nicht weh tun. Was Pip für diesen Winternachmittag plante, nachdem sie das Geschäft verlassen hatte, um sich schlafen zu legen, und er die Türen verschlossen hatte, um ihr zu folgen, war nämlich etwas, das er zu wiederholen trachtete, eine lautlose Penetration, eine Paarung, bei der einer von ihnen bewußtlos war, nicht zu schnell, aber auch nicht zu langsam. Diese Bombe war ein Segen: Niemals hätte Pip sich träumen lassen, daß es einen so perfekten Zeitpunkt geben würde, so völlig unbeobachtet und sicher vor neugierigen Blicken. Ein echter Glücksfall. Als die Bombenwarnung kam, hatte er schnell reagiert, so getan, als sperre er seine Türen ab und schließe sich den anderen an, die mit Bus oder Privatwagen davonfuhren. Statt dessen jedoch hatte er sich hinter seine von Kartons verstellte Tür zurückgezogen und still verhalten. Gedankenverloren gelächelt und sein Gesicht in der glatten, seidigen Wärme von Kims Negligé vergraben, den BHs, Schlüpfern und Höschen.

Einmal war Kim Perry aufgewacht. Um sich benommen zur Toilette zu schleppen, sich zu übergeben und wieder zurückzuschlurfen, verwirrt von den Geräuschen draußen, ohne sich weiter darum zu kümmern, hatte sich die völlig verschwitzte Nylonbluse ausgezogen und nicht recht gewußt, wo sie eigentlich war. Hatte nach Tom gerufen und geglaubt, ihn antworten zu hören. Es hatte geklopft, vermutlich hatte ihn jemand nach Hause gebracht. Dann war sie wieder eingeschlafen, halb ausgezogen, mit kalten Füßen, nur notdürftig zugedeckt, einen Arm unter dem Kopf, den anderen in einer Haltung völliger Preisgabe ausgestreckt. Ihr Haar lag wirr auf dem Kopfkissen ausgebreitet, ihr halbgeöffneter Mund deutete eine Aufforderung an.

Als Pip auf leisen Sohlen ihr Zimmer betrat, wirkte sie wie ein Gemälde, das er irgendwo einmal gesehen hatte, die viktorianische Darstellung eines träumenden Mädchens. Mit angehaltenem Atem lächelte er, konnte nicht mehr aufhören zu lächeln. Blieb sehr lange dort stehen und betrachtete sie.

Duncan Perry folgte Bailey wie ein Hund seinem Herrn durch den ganzen Saal, hielt sich dabei mit einer irgendwie würdevollen Dringlichkeit immer drei Schritte hinter ihm, ohne ihn am Ärmel zu zupfen oder ihm vor die Füße zu laufen, aber fast. Bailey hatte bemerkt, daß Duncan ein wenig nach Alkohol roch – nicht so sehr, daß es unangenehm wirkte oder von einem weniger aufmerksamen Beobachter bemerkt werden würde, und auch nicht so sehr, daß es ihn behindert hätte. Ein Überbleibsel von der Mittagspause oder des Feierabends, da Duncan regelmäßig in einem Pub Trost suchte. Ringsum schien alles bereits in tiefe Nacht getaucht zu sein, diesen Eindruck vermittelten jedenfalls die vor sich hin schlummernden Leute, obwohl es noch relativ früh war, erst sieben Uhr. Der Himmel draußen war pechschwarz, Wintersonnenwende, Dunkelheit, die jeden in die Verzweiflung trieb. Bailey redete sich nicht mehr ein, daß derartige Gedanken Einbildung seien. Seine Mundwinkel wiesen abwärts, seine Stimmung auch: Er wollte diesen nervtötenden Duncan loswerden, für den er weniger Mitgefühl empfand als für all die anderen, die besorgt mit Fragen über ihre Großeltern zu ihm kamen.

»Sir«, sagte Duncan eindringlich, wie er es jedesmal tat, wenn Bailey stehenblieb, »ich kann sie nirgends entdekken, Sir. Ich dachte, sie käme vielleicht zu mir, weil sie ja alle raus mußten. Alle hatten sie Zeit genug, zu telefonieren und Verabredungen zu treffen. Warum ist sie nicht gekommen?«

»Hören Sie, Duncan, sie kann überall sein. Bei Freunden, Verwandten, überall. Wir wissen von mindestens der Hälfte der Leute nicht, wo sie sind.«

»Aber sie ist nicht bei Verwandten. Es gibt nur ihre Mutter, doch mit der verträgt sie sich nicht. Und ihre Schwester, aber da ist sie auch nicht, ich hab schon angerufen. Ich weiß es. Ich möchte sehen, ob sie noch in ihrer Wohnung ist.«

»Seien Sie doch vernünftig, Mann! Wir haben alle Uniformierten an der Peripherie des Sperrgebiets postiert. Dies ist verdammt noch mal ein Ernstfall. Warum zum Teufel sollte sie dortgeblieben sein?«

»Keine Ahnung«, antwortete Duncan leise.

»Ich auch nicht«, gab Bailey energisch zurück. »An Ihrer Stelle würde ich nach Hause gehen. Wahrscheinlich versucht sie gerade, Sie anzurufen. Die würden Sie niemals da reinlassen, also versuchen Sie's gar nicht erst. Gehen Sie nach Hause. Vielleicht meldet sie sich ja.«

Duncan sah ihn an, wie man jemanden ansieht, der einen unfaßlicherweise verraten hat, mit einem Blick, der flehendes Bitten und zugleich Verachtung ausdrückte.

»Es ist meine Frau, von der Sie da reden, Sir.«

»Ich meine das nicht persönlich, nicht auf Ihre Frau bezogen.« Baileys Gereiztheit brach sich langsam Bahn. »Hören Sie, ich werde später da rausgehen und nachsehen. Okay? Wo ist Tom?«

»Davon rede ich ja die ganze Zeit. Tom ist auch nicht da. Er muß auf dem Weg von der Schule gewesen sein ...« Hoffnung blitzte in Duncans Augen auf, während er wie zu sich selbst weiterredete. »Ja, natürlich! Jetzt weiß ich, was los ist! Kim wird ihn abgeholt haben, und sie sind gar nicht erst in die Wohnung zurückgekehrt. War genau die Zeit ... Wahrscheinlich sind sie mit jemand anders von der Parade mitgegangen. Sie wären genau zu der Zeit zurückgekommen, als die Straße geräumt wurde. Das wird's sein!« Sein Anorak rutschte ihm von einer Schulter. »Ich wünschte nur, sie hätte mich angerufen. Hätte sich doch denken müssen, daß ich mir Sorgen mache. Weiber! Dauernd hab ich in ihrer verdammten Wohnung angerufen, um mich zu vergewissern, daß sie weg ist, und hab keine Verbindung gekriegt.« Das Lächeln, das sich in sein Gesicht stahl, zauberte etwas Menschliches, ja Liebenswertes auf seine Züge. Und Bailey, der einen flüchtigen Augenblick lang so etwas wie Charme hinter dem Lächeln entdeckte, vermochte endlich vage zu verstehen, warum diese Frau ihn einstmals geliebt hatte.

»Nun«, antwortete er voll Unbehagen, »geben Sie ihr eine Chance. Dort anzukommen, wohin sie will. Vermutlich versucht sie Sie wirklich schon die ganze Zeit zu erreichen, während Sie hier Ihre Zeit vertrödeln. Gehen Sie nach Hause. Ich werde mich später mit Ihnen in Verbindung setzen.«

Bailey dachte, wie so oft, über die wahren Maßstäbe der Verantwortlichkeit nach. Oder, präziser, über die Frage, ob er seinem Sergeanten hätte sagen müssen, daß Kimberley Perry ihren Sohn eben nicht von der Schule abgeholt hatte, daß die beiden nicht nach Hause gegangen und vor der Straße, in der sie wohnten, aufgehalten und mit den übrigen Bewohnern in Sicherheit gebracht worden waren. Die bohrende Unsicherheit, die ihn quälte, seit er vor dem Schultor vergeblich auf die beiden gewartet hatte, steigerte sich zu größter Besorgnis, und er wünschte, er könnte Duncan so weit trauen, um ihm von der Verabredung mit seiner Frau zu berichten, ohne sofort Feindseligkeit und Argwohn zu provozieren. Für Duncan gab es wahrscheinlich kaum einen Grund, an die eigene Sicherheit zu denken, überdies war er noch nie vor einer brenzligen Situation zurückgeschreckt, und in eine Straße zu laufen, die von einer Bombe bedroht wurde, würde ihm sicher nichts ausmachen. Tapferkeit. Duncan war immer damit einverstanden, als Rammbock zu dienen, weil er nie auf den Gedanken gekommen wäre, daß ihm daraus Nachteile entstehen könnten. Duncan war ein Mann, der lachte, bis er weinte, nur Extreme kannte, dazwischen nichts, der es aber dennoch verdient haben mochte, etwas über seine Familie zu erfahren. Doch für derartige Überlegungen war jetzt keine Zeit. Bailey spürte den Hauch des Bedauerns über das, was er sagte und tat, bereits wie Atem auf seinem Gesicht, verhielt sich aber dennoch stumm.

»Gehen Sie nach Hause«, sagte er noch einmal. »Sie ist ganz bestimmt in Sicherheit.« Und merkte sofort, wie hohl dieser Satz war angesichts einer Tonne Sprengstoff, die ganze Straßenzüge zu zerstören drohte. Duncan ging gehorsam, und Bailey, der ihn im Dunkeln verschwinden sah, war in seiner Reizbarkeit plötzlich voller Wut auf ihn, vergaß fast sein schlechtes Gewissen. Duncan hatte mit diesem Abend nichts mehr zu tun. Dabei hätte er bleiben und mit den anderen Freiwilligen zusammen helfen können. Sie brauchten Leute, die einfach mit den Menschen redeten und sie bei Stimmung hielten. Da kam ihm einer von Helens Aussprüchen in den Sinn, und unwillkürlich mußte er lächeln: Nicht alle Polizisten sind geborene Philanthropen, denen aber, die es sind, wird die Philanthropie mit der Zeit gründlich ausgetrieben.

»'tschuldigen Sie, Sir«, sagte eine Stimme neben ihm, etwa auf Höhe seines Ellbogens. Die Frau, zu der diese Stimme gehörte, war winzig klein und tief gebeugt. Sie zupfte an seinem Ärmel wie ein Kind: sanft, aber eindringlich. »'tschuldigen Sie, aber wo kann man hier telefonieren? Muß meine Tochter anrufen.« Er half ihr mit seinem schnurlosen Telefon, was eine freudig erregte Röte in ihre Wangen steigen ließ. Danach wählte er impulsiv, ohne groß darüber nachzudenken, Kimberley Perrys Nummer. Und da sich Bailey an so gut wie jede Telefonnummer erinnerte, die er vor noch nicht allzulanger Zeit gewählt hatte, tippte er die Zahlen ohne jegliches Zögern ein. Der Anschluß war besetzt. Ein weiteres Zupfen an seinem Ärmel ignorierend, war er wie erstarrt, und seine Gedanken beschäftigten sich mit Worten, Formulierungen. Was meinte man, wenn man sagte, man habe keine Verbindung bekommen. Daß das Telefon geklingelt hatte, ohne daß jemand abnahm? Oder meinte man, daß der Anschluß besetzt war? Was mochte ein prosaischer Mensch wie Duncan damit gemeint haben? Ein Mann von Duncans Art mußte genau das gemeint haben, was er sagte: Keine Verbindung bedeutete keine Verbindung und nicht ein Besetztsignal. Im Laufschritt verließ Bailey den Saal, um zu sehen, ob Duncan vielleicht noch nicht weggefahren war. Die Straße war vollgeparkt und wimmelte von geschäftigen Leuten. Doch nirgends war ein vertrauter Wagen zu sehen.

Kimberley Perry hatte nicht wahrgenommen, daß sie das Telefon vom Nachttisch riß, als sie sich zurück ins Bett schleppte, und hätte sie es wahrgenommen, wäre es ihr egal gewesen. Mit glänzenden Augen ließ Philip Carlton, so vertraut mit diesem Raum, daß er sich auch im Halbdunkel zurechtfand, seinen Blick über ihren nur teilweise bedeckten Körper wandern, vom entblößten Fuß bis zum Kopf hinauf, ohne den cremefarbenen Hörer zu bemerken, der gleich neben dem Bett auf dem alten Teppichboden lag. Vom Fenster her fiel ausreichend Licht ins Zimmer: Kimberley liebte natürliches Licht, und da man sie höchstens vom Kran aus hätte beobachten können, waren ihre Vorhänge nur selten zugezogen. Aus Rücksicht auf die Grundsätze ihrer Mutter gab es lediglich Netzgardinen, die aber nichts verbargen, nur den Blick ein wenig behinderten. Kimberley hielt ihre Wohnung sauber und ordentlich. Allein Tom hatte sein Zimmer mit allem möglichen vollgestopft, um es sich wie in einer Höhle gemütlich zu machen. Philip Carlton ließ den Blick durch das Zimmer seiner Assistentin schweifen und seufzte unwillkürlich auf. Spiel deine Karten richtig aus, Mädchen, und ich werde dafür sorgen, daß es dir bald schon bessergeht. Wach bitte nicht auf: Laß mich dich ansehen!

Vorsichtig schlug er die Bettdecke ganz zurück, ließ sie fallen wie ein glühendheißes Eisen, als sie sich mit einemmal regte, den Mund öffnete und wieder schloß, um im Schlaf lautlose Worte zu formen. Unruhig warf sie den Kopf von einer Seite zur anderen, um sich dann mit einer abrupten Bewegung auf den Rücken zu drehen, einen Arm schützend über den Brüsten, die Finger über ihrer Brustwarze gespreizt, ohne wirklich etwas zu verdecken.

Dann lag sie wieder so still wie zuvor. Obwohl er genau wußte, wie oft sich ein Mensch im Schlaf bewegt, war er darauf nicht vorbereitet gewesen. Pips mühsam erworbenes Wissen drängte sich in seinen benommenen Verstand und stellte Fragen: Wirft sich eine halbnarkotisierte Frau tatsächlich so herum? Hat sie den Tee, den sie aus Höflichkeit getrunken hat, etwa zur Hälfte weggeschüttet? Wäre es möglich, daß ihr in der Zwischenzeit übel geworden ist und sie mit dem Erbrochenen einen Teil des Mittels losgeworden ist, das sie einschläfern sollte? Vorsichtshalber zog er sich bis an die Zimmertür zurück, um für den Fall, daß sie aufwachte, mit dem energischen Schritt des völlig Unschuldigen erneut einzutreten. Kimberley blieb liegen, unbewegt. Ein leichtes Schnarchen drang aus ihrer herrlich dargebotenen Kehle. Er dachte nach.

Sämtliche Utensilien hatte er in einer der kräftigeren Plastiktüten aus dem Laden mitgebracht. So prosaisch, hatte er immer gedacht, sich den Stoff, aus dem die Träume sind, aus einem Staubtuch zu holen, das in einer Plastiktasche verwahrt wird. Dann holte er die Flasche heraus, deren Inhalt auf dem Etikett als chemische Reinigungsflüssigkeit ausgewiesen wurde, schraubte sie auf und goß eine geringe Menge davon auf das zusammengefaltete Staubtuch, das im dämmrigen Licht des Zimmers goldgelb schimmerte. Draußen glitzerte der Weihnachtskran. Das feine Summen des Telefons drang nicht bis zu Pip durch, der versucht war, selbst an dem Chloroformtuch zu schnuppern. Doch statt dessen führte er das Tuch über Kims Gesicht und hielt es dort, damit sie die Dämpfe einatmen konnte. Von einer Art Staunen gepackt, hielt er aber schließlich inne, legte das Tuch auf die Tagesdekke, hockte sich neben das Bett und begann sie zu streicheln. Anfangs war es ein zögerndes Streicheln, hauchzart ließ er die Hand über ihren warmen Bauch gleiten und seine Fingerspitzen beglückt die glatte Fläche ertasten. Dann schob er die Hand zwischen ihre Schenkel, schreckte jedoch vor der glühenden Hitze dort zurück. Benommen wurde ihm klar, wo er sich befand und warum. Ein bißchen mehr noch auf das Tuch und über ihr Gesicht gehalten, ohne ihr perfektes Antlitz zu berühren, dessen Wangen so rosig waren, als wäre sie gerade aus der Kälte hereingekommen. Schlaf tief, mein Liebling, und atme ganz ruhig.

Irgend etwas an dem Geruch störte sie. Ihr junger Körper warnte das schlafende Gehirn, ihn nicht zu ignorieren, weckte sie zu einem kurzen, aber erschreckenden Protest. Die Hand, die quer über ihren Brüsten gelegen hatte, traf sich mit der anderen, die von unten heraufkam, vor dem Gesicht, um mit schwachen, flatternden Bewegungen abzuwehren, was dort sein mußte, während sich der Rücken in einem angewiderten Krampf durchbog und die Knie so emporgezogen wurden, daß sich ihre bebenden Füße nur Zentimeter vor ihrem Körper befanden. Ein vergeblicher Protest. Pip setzte sich neben sie, nahm sie fest bei den Haaren und hielt ihr das Staubtuch direkt über den Mund.

»Ruhig, mein Liebling, bleib nur ruhig. Schlaf süß, schlaf fest.« Seltsam beschwörendes Gemurmel kam aus seinem Mund, das ihn an Margaret erinnerte, mit ihrem immer neuen Vorrat an so dummen wie abstoßenden Liebesbeschwörungen. Kims Protest erlahmte so schnell, wie er begonnen hatte. Eine Hand fiel neben dem Haar aufs Kopfkissen, die andere sank zurück nach unten. Ihre Beine klappten auseinander, wobei die Füße geschlossen blieben. Pip schnupperte selbst an dem Tuch. Mit einstudierter Umsicht legte er es auf die Plastiktüte, spürte die sich regende Männlichkeit in seiner Hose, berührte sich flüchtig und blickte dann mit ungeheurem Stolz auf Kimberley und sich selbst hinab. Dankte Gott, daß Zeit genug war, um dieses, ihrer beider Wunder zu betrachten. Stille und Zeit. Schlaf süß, mein Engel. Es gibt noch mehr davon.

Tombos Beine waren wie taub. Die Steinsplitter vorn in seinem etwas weniger durchgefrorenen Knie waren das Souvenir einer Schulhofrangelei, hatten erstaunlich wenig weh getan. Die Stille war noch tiefer geworden: Tom glaubte, sich vorbeugen und die Schwärze mit einem Messer zerschneiden zu können. Die Andeutung von Verkehrslärm, die wahrscheinlich von der fernen Whitechapel Road herüberdrang, war so sehr Teil seines eigenen Atems, daß sie ihm keinen Trost bot. Und ganz plötzlich entstand aus Dunkelheit und Leere der Mut der Verzweiflung, weil alle Dinge, die vor kurzer Zeit noch wichtig gewesen waren, nun nichts mehr bedeuteten. Zum Beispiel, erwischt zu werden. Zum Beispiel, der einzige noch lebende Mensch zu sein. Zum Beispiel die Vorstellung, Mum trage die Bombe im Arm oder sei weggegangen, oder Dad werde niemals mehr kommen, um nach ihm zu sehen. Schurken, Schufte, Schweine, Scheiße, Scheiße, Scheiße! Es schien, als habe er nichts mehr zu verlieren. Tom verlieh seiner Verachtung für die eigene, reglose Feigheit Ausdruck, indem er aufstand, die Hose öffnete und seinen Urinstrahl auf die Mülltonne richtete, die ihm als Schutz gedient hatte. Erstaunlich, wie weit der Strahl reichte; damit hätte er jeden Wettkampf gewinnen und die Leute beeindrucken können, jawohl, das hätte er können, und auch das Geräusch war besonders, wie ein dampfender Wasserfall, der zischend auf die Erde traf. Niemand in der Nähe. Niemand, der es wagen würde, sich einer solchen Demonstration zu nähern, doch abgesehen von allen weiteren Bedürfnissen, mußte er auch ein Geschäft machen. Nicht sehr dringend, aber seine ästhetischen Gewohnheiten gestatteten es ihm nicht, sich hier zu erleichtern. Denn selbst in der Zurückgezogenheit einer sauberen Toilette, ausgestattet mit reichlich Papier, konnte er das Produkt seiner kruden Verdauung nur schwer ertragen.

Na ja, dann eben nach Hause, du Dummkopf. Du hast ja den Schlüssel. Dann brauchst du nur noch zu warten.

Falls noch jemand am Leben ist, werden sie anrufen. Ich hoffe nur, Onkel Pip ist tot. Warum ihm jetzt gerade ein so unangenehmer und eigentlich fremder Mensch wie Onkel Pip einfiel, war eine Frage, die weder des Nachdenkens noch einer Erklärung wert war. Und es gab durchaus auch noch ein paar andere, deren Verschwinden von der Bildfläche Toms Nachtschlaf nicht stören würde. Pip war aber wohl der, dessen Hinscheiden er sich am sehnlichsten wünschte. Sogar im Vergleich zu dem großen Larry vom Schulhof, zu Mrs. Beale und der Parade-Bande war der Mister die Nummer eins auf seiner schwarzen Liste. Tombo wünschte, er hätte Pip angepinkelt, schob den Gedanken jedoch als irgendwie unanständig beiseite – der Scherz war besser, als es die wirkliche Tat sein würde –, richtete sich noch einmal auf und trat aus seinem Versteck hervor. Er wollte etwas rufen, doch der Ton blieb ihm in der Kehle stecken. Er blickte zum Kran empor und erinnerte sich dunkel an die Legende von jenem Stern im Osten – weil seine pakistanischen Altersgenossen in der Schule an Weihnachtsgeschichten nicht interessiert waren, wurden sie in der Regel verwässert, an die mit dem Stern erinnerte er sich aber, fragte sich, ob er es den drei Königen nachmachen und dem Kran auf die Baustelle folgen sollte, die ihm und Daniel so gefallen hatte. Dort würde er sicher Unterhaltung haben. Trat aber statt dessen auf die Gasse und versuchte zu pfeifen, weil er die unbestimmte Hoffnung hegte, irgend jemand, und sei es ein Hund, werde daraufhin auftauchen und ihm Gesellschaft leisten. Aber es kam nur eine Katze, Mrs. Kennels räudige Mieze, die wie ein deutlich sichtbarer, schwarzweißer Strich auftauchte und einsam miaute. Zum erstenmal konnte Tom nachfühlen, was die Katze empfand, und hätte sie am liebsten umarmt. Sekundenlang blieb sie ein Stück entfernt von ihm sitzen. Tom vertraute sich ihrer Führung an und setzte sich in Richtung Heimat in Trab. Die Schultasche mit dem ausgefransten Riemen trug er vorn auf der Brust, rot und deutlich bar, doch niemand sah ihn. An diesem und am anderen Ende der Parade flatterten neongelb die quer über die Straße gespannten Bänder. Nicht alle Fenster waren dunkel, in manchen Räumen brannte noch Licht, beim Aufbruch vergessen. Tom war dankbar dafür. Hätte er gewußt, daß es diese Lichter gab, hätte er ihren Trost schon früher gesucht. Doch er ahnte, daß die Zimmer hinter den wohltätigen Augen so leer waren wie seine Taschen. Die Schritte, zu denen er sich zwang, waren schwer und langsam: Er tastete nach dem Geländer der Treppe zu ihrer Wohnung, blieb stehen und trat einen Stein unter seinem Fuß beiseite. Die Wohnung schien stockdunkel, trotzdem vermeinte er das unstete Licht einer Taschenlampe zu sehen.

11

Helen war sich klar darüber, daß sie lästig wurde, aber das war ihr egal. Die Operationsnarbe beschwerte sich mit kleinen Stichen über mangelnde Beachtung – auch nicht weiter wichtig. Auf dem Weg quer durch die City hatte sie entschieden, daß es besser war, lästig zu fallen und womöglich sogar ein »Himmel, was willst du denn bloß hier!« zu ernten, als ständig unter jenem Schuldgefühl zu leiden, das alle Gleichgültigkeit begleitete und das sie als Feigheit empfand. Bailey war da ganz anders; er redete immer wieder der Weisheit des Nichtstuns das Wort: im Zweifelsfall nichts glauben, nichts bewegen, Spontaneität schafft leichte Ziele für Scharfschützen. Natürlich erreiche ich nicht immer etwas durch meine Vorliebe für Bewegung, doch in ihr liegt Trost, in der Selbstbeherrschung dagegen nicht.

Völlig spontan handelte sie allerdings nicht. Sie hatte die in den Nachrichten genannte Nummer gewählt und sich erkundigt, wo sich einige der Flüchtlinge aus der

Herringbone Parade möglicherweise aufhielten, und bei einem zweiten impulsiven Anruf, bei dem sie ausnahmsweise einmal als Mrs. Bailey posierte, von einem Sergeant erfahren, wo sich »ihr Mann« ungefähr aufhalten mochte: wahrscheinlich bei den Leuten – drei von den Johannitern, zwei von seinen eigenen –, die Suppenkonserven von einem Lastwagen in die Küche eines neuen Gemeindesaals schafften, der mit seiner Häßlichkeit ausgezeichnet in diesen zusammengeflickten Teil der Welt paßte. Helen hängte sich ihre Handtasche nach vorn um den Hals und stellte sich hinter ihn – so unauffällig in ihrem dunklen Mantel, daß Bailey ihr einen Karton reichte, bevor er sie erkannte. Aufseufzend befreite er sie von ihrer Last und marschierte wortlos in den Saal hinüber. Sie folgte ihm.

»Kann ich etwas für dich tun?« Ein lässig hingeworfenes Angebot, begleitet von einem Achselzucken.

»Möglicherweise. Einiges sogar. Allerdings nicht drei Wochen nach deiner Operation schwere Sachen schleppen. Warum bist du hier?«

»Keine Ahnung. Was für eine Frage! Weil das hier die Herringbone Parade ist. Weil du hier bist. Übrigens auch, weil dieser verdammte Apotheker hier ist und ein Doktor vom Krieg gesprochen hat. Ist das hier die einzige Sammelstelle?« Sie sah sich um, aufmerksam, interessiert. Gewöhnlich reagierte er besser, wenn sie sich so betont lässig gab. Ihr gefiel der Gedanke, daß sie ihm etwas vormachen könnte.

»Nein, nur die größte. Die meisten Leute sind zu Verwandten oder Bekannten gegangen. Keine Spur vom Apotheker. Auch nicht von Kimberley Perry oder ihrem Sohn.«

»Und die Bombe?«

»Äußerst gefährlich, womöglich der größte Blindgänger, den man jemals gefunden hat. Verrückt, nach fünfundvierzig Jahren! Alles abgeriegelt. In der Zone keine Streifenwagen, keine Uniform, kein gar nichts mehr im

Moment. Ich würde gern hingehen und nach ihr suchen. Es ist irgendwie unlogisch.« Er überlegte, während er sprach, und Helen erkannte die Symptome. Zeichen von Besorgnis. Die Ruhe vor dem Eingreifen, die sie so haßte und dennoch bewunderte. Zeichen der Betroffenheit, die von einem vertrauteren Bailey zeugten als dem Vorgesetzten, zu dem er geworden war.

»Was ist unlogisch?«

»Kimberley Perry. Sie ist nicht ans Telefon gegangen, als Duncan sie anrief, nachdem alle evakuiert waren. Aber als ich es eine halbe Stunde später versucht habe, war der Anschluß besetzt.«

»Was wirst du tun?«

»Hingehen und nachsehen, sobald ich kann. Erst einmal warten. Ich hab hier nicht die Oberaufsicht. Möglichst bald.«

»Nein«, entschied Helen. »Das wirst du nicht tun, verstanden? Das wirst du auf gar keinen Fall tun!«

»Helen ...«

»Du gibst bestimmt einmal eine hübsche Leiche ab, aber nein, danke, *so* eine will ich nicht. In Einzelteilen. Bitte, geh nicht!«

»Ich werde es mir überlegen. Jetzt kann ich ohnehin noch nicht. Hör mal, wenn du dich nützlich machen willst, nur zu. Die praktischen Erfordernisse sind alle geregelt, es gibt genug zu essen und so weiter. Aber geh doch und sprich ein bißchen mit den Alten. Erzähl ihnen, daß ihren Katzen und Hunden nichts passieren wird. Das ist es, was wir brauchen, jemanden, der sich mit den Leuten unterhält und sie beruhigt. Lügen kannst du, soviel du willst.«

»Geh nicht!«

»Wir werden sehen.«

Es gab eine klare Arbeitsteilung. Die Männer erledigten die praktischen Aufgaben, sorgten für Betten, Decken und Essen, die Frauen boten Trost. Niemand lag im Sterben. Im Saal herrschte eine Atmosphäre vollkommener

Sicherheit, und Helen, die geübte Plauderin, schloß sich den Frauen an und tat, was man ihr gesagt hatte. Die alten Leute strahlten Wärme aus, und hin und wieder trat Helen nach draußen, um sich der Kälte zu erinnern und wie eine besorgte Glucke nach Bailey Ausschau zu halten. Hörte mit ihren scharfen Ohren, was die Flüchtlinge nicht hören sollten: daß bei der Entschärfung der Bombe Dampfstrahlgebläse eingesetzt werden sollten und daß keiner, nicht ein einziger, sich von der Stelle rühren dürfe.

Vage wurde sich Pip des Zischens draußen bewußt. Mehr war es nicht: Mit halbem Ohr nur registrierte er ein ungewohntes Geräusch, das weder bedrohlich wirkte, noch befremdlicher war als das des Kessels mit kochendem Wasser für eine weitere Tasse Tee unten im Laden. Seine Hände spielten noch immer mit ihr, und allmählich verlor er jedes Gefühl für die Zeit. Winternächte zogen sich vom Nachmittag bis zum folgenden Morgen, ein tiefer Raum fast ununterbrochener Dunkelheit, der alle Uhrzeit verblassen ließ. In seinen Augen regte sich nichts als der Busen seiner Geliebten, der sich hob und senkte und nichts spürte, als er ihre Brustwarzen streichelte, bis sie hart wurden, ein Gefühl unter seinen Fingern, bei dem er am liebsten laut aufgelacht hätte. So seltsam, so schamlos: Eine Frau würde selbst noch im Grab geil bleiben. Dieser Teil von ihnen starb niemals, und etwas an dieser Reaktion bewirkte, daß er in Kimberley nur noch ein Tier sah. So ganz anders als die ausgedörrte, schwarzgekleidete Mutter, die er mit großer Erleichterung zu Grabe getragen hatte, in der Hoffnung, daß er nun endlich frei sein würde. Süße Träume und ruhiges Atmen, und dann, o Gott, bewegte sie sich wieder! So erschrocken war Pip diesmal über Kimberleys heftige Bewegung, daß er vor Entsetzen sekundenlang nicht wußte, ob das, was da vor ihm lag, Dornröschen war oder eine Leiche. Von den Knien aufsprang, auf denen er wie in Anbetung vor ihrem

Bett gehockt hatte, und leise, aber so obszön fluchte, daß seine Mutter in Ohnmacht gefallen wäre. Mit zitternder Hand griff er nach dem Staubtuch, drapierte es über die Drahtmaske, die er hastig aus der Plastiktüte zerrte, legte das Ganze auf Kims Gesicht und hielt es dort fest, während er mit bebenden Händen abermals Chloroform aus der Flasche darauf tropfen ließ. Sie war längst wieder ruhig, bevor er noch mit seiner Prozedur fertig war. Eine kleine Abweichung in ihrem natürlichen Verhalten, nicht etwa ein Zeichen von Unverträglichkeit. Nach ein bis zwei Minuten entfernte Pip die Maske wieder und legte sie auf den Fußboden. Sein Zittern hatte nachgelassen, und sein Lächeln kehrte zurück. Erneut begann er ihr übers Haar zu streichen, wobei er leise vor sich hin murmelte, hielt einen Moment inne, um sich das gelbe Staubtuch selbst unter die Nase zu halten. Er hatte diesen Geruch lieben gelernt und atmete ganz tief ein, spielte mit sich in seiner geöffneten Hose, keuchte auf. Ein Tosen in seinen Ohren, jetzt, jetzt, jetzt! Dies ist der Augenblick der Erkenntnis! Jetzt!

Oh, du mein Liebling!

Tom hatte sich vorgenommen, so laut wie möglich zu sein, wenn er in die Wohnung ging, zu singen, zu pfeifen und zu trampeln, damit man ihn hörte, denn er wollte sichergehen, daß er liebevoll begrüßt wurde, daß man ihn unbedingt entdeckte, wenn jemand da war; wollte sich gegen die unheimliche Stille wappnen. Doch die Stille war stärker, tiefer, als er es jemals erlebt hatte, trotz dieses komischen Zischens. Es war eine erschreckende Stille, die Respekt verlangte, der er nicht mit laut stampfenden Schritten entgegenzutreten vermochte. Also schlich er sich auf Zehenspitzen und mit angehaltenem Atem die Treppe hinauf, blieb im Licht des Krans auf dem Treppenabsatz stehen, um nachzusehen, was auf der Baustelle vor sich ging, und stellte fest, daß es dort nichts gab als ein Glühen und dieses Zischen; und den Generator, der ohnehin immer lief, aber keine Stimmen, kein Zeichen menschlichen Lebens, als hätten sie die Maschinen im Stich gelassen und sich ganz einfach verdrückt. Enttäuscht wandte sich Tom von den Lichtern ab, schob den Schlüssel in die Tür und betrat die Wohnung wie ein verstohlener Dieb. Stellte die Schultasche auf den Küchenfußboden, blieb eine Minute lang ganz ruhig stehen und kam sich dabei sehr dumm vor. Die Wohnung war klein. Die Küche ging ins Wohnzimmer über, von dem die Schlafzimmer abzweigten. Beide Schlafzimmertüren standen offen. Auf dem Sofa leuchtete Mummys weißer Kittel im Widerschein der Beleuchtung von der Parade. An das tiefere Dunkel der Gasse gewöhnt, hatten sich seine Augen schnell an das Licht angepaßt.

Er wußte sofort, daß jemand da war, fremd und gefährlich. Seine Starre währte nur kurz, und plötzlich verdrängte ein ungeheurer Zorn die Angst, als er, einem Geräusch folgend, auf Mums Schlafzimmer zuging und, abermals erstarrt, im Türrahmen stehenblieb.

Ein Tableau: zwei Gestalten, von denen eine die andere verdeckte. Auf dem Bett lag seine Mutter, das wußte Tom, denn wer sonst sollte auf diesem Bett liegen? Niemand, höchstens vielleicht noch sein Daddy. Doch der Mann, der sich über sie beugte, war nicht sein Vater. Daddy war groß, neigte zur Fülle, und dieser nackte Hintern, der so grotesk aus der herabgelassenen Hose ragte, war klein und mager. Das Licht vom Kran färbte ihn rosig, geisterhaft bläulich in den Höhlungen, und auch die schwarze Kleidung über der nackten Haut gehörte nie und nimmer seinem Vater. Auf dem Boden lag ein Staubtuch, daneben ein blanker Gegenstand – der Drahthelm, den er in Dads Auto vergessen hatte. Ein kleiner, schmutziger Mann berührte seine Mutter mit schweren, grunzenden Atemgeräuschen, die ihn so sehr mit Ekel erfüllten, daß er sich fast übergeben mußte.

Unter wütendem Aufheulen stürzte sich Tom mit einem Riesensatz ins Zimmer, packte den Drahthelm und schlug damit blindlings auf diesen widerlichen Kopf ein, am liebsten hätte er ihn gleichzeitig getreten, gebissen und gekratzt, wußte kaum, daß er dabei schrie: »Du Schwein, du Schwein, du Schwein ...«, suchte in seinem Gedächtnis nach jedem schmutzigen Wort, das er jemals gehört hatte. Der Helm war schwerer und sehr viel stabiler als in seiner Erinnerung, der Draht so viel glatter, der Rand so viel schärfer, daß es ihm augenblicklich bewußt wurde. Der Mann hatte sich umgedreht, mit Augen, so brennend, daß Tom ihrem Blick nicht standhalten konnte, funkelnden Augen, die dem verhaßten Pip gehörten, der denselben Geruch ausströmte wie in der anderen kalten Nacht, als sich Tom nach unten geschlichen hatte. Ein Geruch nach Klebstoff, deodoriertem Schweiß und dann dieser eklig süße Gestank, der sich über seinen Mund legte, während sein ersticktes Schreien verzweifelten Schrecken verriet und seine Finger sich in Pips Rücken krallten. »Daddy, Daddy, Mummy, Mummy ...!« Seine Haut brannte, sein Gesicht zuckte, sein Kopf drehte und wendete sich: Er lag auf dem Bett, lag halb auf dem Bett, krallte nach Haut und Baumwolle, während seine Absätze lautlos trommelten.

»Daddy, Daddy, Dad ...« Und dann Stille.

Es war so einfach.

Pip bewegte sich nicht, hielt das Staubtuch mit der Flüssigkeit, die durch seine Finger tropfte, und drückte behutsam zu. Nun komm schon, Junge, komm schon, ich will dir nicht weh tun, ich will niemandem weh tun, bitte, bitte ... Die Wut und die bittere Enttäuschung legten sich schnell, als er stumm und fasziniert zusah, wie eine kleine Faust sich vor dem dunklen Teppich ballte und öffnete und schließlich schlaff, mit gespreizten Fingern, offenblieb. Auf dem Teppich lag der cremefarbene Hörer des Telefons. Getreu der eigenen Gewissenhaftigkeit und auch, um Zeit für Entscheidungen zu gewinnen, legte Pip ihn auf die Gabel. Sofort begann das Telefon zu läuten, und die Augen, Kims Augen auf dem weißen Kopfkissen, weiteten sich. Pip duckte sich tiefer, damit sie ihn nicht sah – eine Reaktion aus tiefer Scham. Vor Verwirrung öffneten sich die Augen noch weiter, dann gingen sie langsam wieder zu.

Heißes Bad, warmes Bett, heißes Bad, warmes Bett, diese beiden Träume. Klingeln. Das Telefon in der Hand – Stille. Duncan kam zu sich, sah auf die Uhr, war bestürzt, daß er überhaupt eingeschlafen war, aber irgendwie verdrossen, als er sah, daß er nur ganz kurz gedöst hatte. Hätte den Whiskey nicht trinken sollen. Jedenfalls nicht ein so großes Glas, und noch eins, ohne auch nur eine Andeutung von Zivilisiertheit. Hatte die Flasche aus der Tasche geholt, geöffnet und unverdünnt in irgend etwas gekippt, das einem Zahnbecher ähnelte. Getrunken, wie andere nach einem anstrengenden Lauf Mineralwasser trinken, ohne den Geschmack zu spüren. Halbwach jetzt, wiederholte er den Vorgang. Ein paar Tropfen Whiskey rannen ihm langsam übers Kinn; daß sie von dort aus auf sein Hemd tropften, beschämte ihn. Er versuchte seine Träume abzuschütteln und wählte Kims Nummer. Besetzt. Duncan schleppte sich ins Bad und erkannte mit jener Klarheit des Bewußtseins, die keineswegs ein Segen ist, wie schlimm der Zustand war, in dem er sich befand. Dabei war es gut für ihn, daß er sich in einem derart schmutzigen Spiegel sah. Die Flecken auf dem Glas erschreckten ihn mehr als das eigene Bild: Die Glasfläche war bedeckt mit zerquetschten Insekten, weißen Zahnpastaspritzern, grauen Rasierschaumtropfen und kleinen Tupfern, die möglicherweise Blut waren. Das Ganze wirkte wie eine Windschutzscheibe nach einer langen Sommerfahrt. Er betastete die Spiegelfläche, spürte mit den Fingerspitzen, wie schmutzverkrustet sie war, aber auch, daß es tatsächlich er selbst war, den er dahinter sah. Kein Wunder, daß sie nichts mehr von ihm wissen wollte, die saubere Kim.

Ins Wohnzimmer zurückgekehrt, wo ihm auf einmal der muffige Geruch in die Nase stieg, wählte er abermals ihre Nummer. Erinnerte sich an seinen Traum, diese grausige Vision seiner Frau in den Armen eines anderen. Vergaß seine Jacke, vergaß, daß er zuviel getrunken hatte und lieber zu Fuß gehen sollte. Dachte nur noch an den Traum und das Geräusch des Besetztzeichens. Und lief los.

Schnell in den Wagen mit dem immer noch verbeulten Kotflügel und dem Motor, der so laut dröhnte. Kein einziger logischer Gedanke in seinem Kopf: Dem Mann, dem stets gesagt wurde, daß und welche Türen er einzutreten hatte, wurde mit langer Verzögerung bewußt, daß ihn jemand zu stoppen versuchte. Irgend jemand hatte ihn belogen – Bailey, Kimberley –, irgendwas war mit diesem dämlichen Helm und einer ganzen Reihe von Tagen und Nächten und dieser Party, auf die er nur gegangen war, um sich zum Narren zu machen und sich demütigen zu lassen. Ein Rest Schläue und der Gedanke an Bomben und Beamtenstatus veranlaßten ihn, langsamer zu fahren. Jetzt, um Mitternacht, waren die Hochhäuser der City menschenleer, auf den schwarzen Glasfassaden nur vereinzelt eine Lampe, ein Scheinwerfer, kein Zeichen von Spätarbeitern, nichts rührte sich außer den verborgenen Sicherheitswachen, die hinter ihren Türen dösten. In der Ferne ein, zwei, drei Kräne, die sich mit ihren Lichtern vor dem Mond verneigten. Wo das Ambiente des Geldes endete, sah er die ersten gelben Bänder über die Straße gespannt. Brach hindurch, zerriß das Band, hörte eine Stimme rufen, sah eine erhobene Faust, fuhr einfach weiter. Stieg aus und rannte.

Erst jetzt, als er blindlings in Richtung Parade rannte und beim Laufen in seinen Taschen kramte, trat ihm sein Nachttisch vor Augen, auf dem sich seit Monaten nützliche, doch selten benutzte Dinge sammelten. Blieb stehen, fluchte, lief weiter. Er hatte vergessen, den Schlüssel von Kims Wohnung mitzunehmen.

Es gab ein Naturgesetz, nach dem man mit fortschreitendem Abend immer weniger Reaktionen auf Gesprächsversuche erhielt. Genau wie der Priester, der damals in jener Kirche, an die sich Helen aus ihrer Kindheit erinnerte, die Winterpredigt hielt, während die Gemeinde sich um den Ofen in der Mitte des Raumes drängte und weder seine Botschaft noch seine Stimme mit der Wärme konkurrieren konnten. Im Saal herrschte eine Art Krankenhausatmosphäre. Helen wußte, daß sie nur wenig zur allgemeinen Beruhigung beigetragen hatte, und empfand ihre Aufgabe als genau das, was sie war: langweilig, womöglich hilfreich, aber alles andere als lebenswichtig. Wie fast alle ihrer tagtäglichen Geschichten. Sie sah sich um und suchte nach Bailey. Sie wollte nach Hause. Nicht, weil sich ihr Vorrat an Philanthropie allmählich erschöpfte, sondern weil sie überflüssig war. Eine alte Frau namens Mrs. Beale erzählte gerade über die früheren Bewohner der Herringbone Parade. Irgendwie war Klatsch besser zu ertragen, wenn man die Protagonisten nicht kannte und das Zuhören nicht mit einem schlechten Gewissen verbunden war.

»... da waren natürlich die Schwestern Carlton, gleich bei mir nebenan. Er starb im Kriege, und so lebten sie alle drei unter demselben Dach. Ein Riesenfehler, wenn Sie mich fragen. All diese Weiber und ein kleiner Junge. Hat ihm aber offenbar nichts geschadet. Guter Junge, wirklich sehr nett. Ist er immer noch. Hat jetzt, nach dem Tod seiner Mutter, die Apotheke ...«

»Die Apotheke in der Parade? Muß ja ein cleverer Bursche sein. Wo hat er denn sonst noch gearbeitet?«

»Ja. Clever. Seine Ma sagte immer, aus ihm solle was werden, hat ihn vorbildlich großgezogen, das hat sie. Er ist aufs Polytechnikum gegangen und hat dann jahrelang in Limehouse in einer wahren Riesenapotheke gearbeitet. Komisch, daß er erst so spät geheiratet hat. Muß fünfundvierzig sein, sieht aber immer noch aus wie ein Junge. Seinen Feundinnen hat sie's immer gegeben, die Mutter, die war eben so. Und er kam eigentlich nie sehr weit weg. Immer hat sie ihn zurückgeholt, weil es ihr angeblich so schlecht ging und so. Und dann, kaum daß sie gestorben ist, geht er hin und heiratet, einfach so. Wieder genau so eine Frau. Herrschsüchtig, diese Margaret, und ständig beim Arzt. Die Sorte Frau, die jeden Mann so weit treibt, wenn Sie wissen, was ich meine.«

»Wozu treibt?«

»Ach, ich weiß nicht. Sachen eben. Komischer Mann, dieser Pip Carlton. Ich hätte den Coppers neulich ein paar Geschichten erzählen können, aber mich fragt ja keiner. Und was macht er bloß mit all dem Zeug, das er zurückkriegt?«

»Entschuldigen Sie, was für Zeug?«

»Was wir ihm zurückbringen. Leute so wie ich, die sich um andere kümmern, wie Mr. Ahmed – das sind wirklich nette Schwarze, die helfen einander. Alles, was übrig ist, bringt ihr mir zurück, sagt Pip Carlton. Vor allem das schlimme Zeug. Er muß inzwischen genug davon haben, um das ganze Viertel umzubringen.« Sie lachte und musterte ihre schlafenden Nachbarn mit leicht verkniffenen Augen. Müdigkeit und Bosheit. »... na ja, manche wären wirklich besser dran ...«

Helen kreuzte die Arme der alten Mrs. Beale, die dasaß wie eine Pyramide, fest und sicher, eine Decke über den Knien, ein Bauwerk, das sich bis zu ihrem kleinen, spitzen Kopf mit seinen grauen Allerweltslocken verjüngte. Die Locken stammten sicher von »Sylvie's«, vermutlich. Rentner, Verzeihung, ältere Mitbürger, zahlen halbe Preise, aber nur donnerstags. Eine Fundgrube an Informationen, »Sylvie's« am Donnerstag, *der* Informationen, die zu sammeln nur die ein wenig Bösartigen oder Gelangweilten Zeit genug haben. Helen kochte innerlich. Ihre Neugier und ihre feste Überzeugung im Fall Carlton gewannen endlich wieder die Oberhand. Wurden nicht mehr gedämpft durch Hazels Miesmacherei, die Krittelеien dieses Tages, die Vorwürfe des Sicheinmischens, des so nach Erfolgen Gierens. Gab es wirklich so wenig gesunden Menschenverstand und Engagement? Überstieg es nicht jegliche Vorstellungskraft, daß niemand von der Ortspolizei sich je auf eine Stunde in den hiesigen Frisiersalon gesetzt hatte? Frauen wären im Hinblick auf diese Art Verbrechen wahrhaftig sehr viel bessere Kriminalbeamte. Bessere Drogisten und Apotheker, bessere Nachbarn, besser überhaupt in allem. Unter derart verärgerten, kämpferischen Gedanken machte sie sich auf die Suche nach Bailey. Verschwunden, ohne ein einziges Wort für sie.

Andererseits, sagte sie sich, sind die Männer besser im Ausreden-Erfinden und im Vermeiden von Peinlichkeiten. Und wenn's hart auf hart geht. Kleine Frauchen mischen sich da nicht ein. Sie schloß die Augen und versuchte sich die Herringbone Parade im Dunkeln vorzustellen. Eine Straße, in der es alles gab, eine Straße, in der man lebte, wo jeder jeden im Auge hatte, ohne ihm nachzuspionieren, in sich geschlossen wie die meisten Viertel in unmittelbarer Nähe der City. Sie wußte, wie kleine Orte auf dem Land heute aussahen, und die mochte sie weit weniger. Das Verbrechen war, wie die Blindheit, keine Frage der Ernährung oder Umgebung. Also lauf los, Bailey, wie ein von der Leine gelassener Hund, lauf los! Sei Polizist, aber ich wünschte, du hättest mich mitgenommen.

Bailey dachte an nichts, als er den Gemeindesaal verließ und in den Wagen stieg, fragte sich nur flüchtig, warum Gemeindesäle so wenig mit Gemeinschaftlichkeit zu tun hatten. Nach und nach schienen sie die Kirchen zu ersetzen, aber da war er skeptisch. Seine Mutter, älter noch als Mrs. Beale, mit der er sich lange unterhalten hatte, bevor Helen eingetroffen war, hatte mit Kirchen nie etwas zu tun haben wollen. Sie hatte im East End die Sozialarbeiter auf Trab gehalten, eine so betont tugendhafte Frau, daß sie die Nachbarn mit ihrer Fürsorge schier verrückt gemacht hatte. Trotzdem hatte sie ihr Mitleid genossen, weil ihr Mann sich ständig im Pub herumtrieb.

Mütter. Bailey kannte ihre Macht, vor allem die der »East-End-Mütter«. All die Nachkriegsfrauen, von denen über die Hälfte ihren Ehemann in einer furchtbaren Schlacht verloren hatten, von der sie nichts verstanden, und mit ihren Kindern – ehelich oder sonstwie – allein zurückgeblieben waren. Erstickende Liebe, Mrs. Carlton und ihre beiden Schwestern. Er dachte an Pip Carlton, den *Caring Chemist;* ein so netter Bursche, hatte Mrs. Beale gesagt, Sie hätten ihn sehen sollen. Von klein auf ein richtiger Naturwissenschaftler, schon als Junge hat er mit Stinkbomben gespielt, ständig altes Zeug gesammelt und von Geschichte geredet und davon, daß er Arzt werden wollte. Immer das gleiche, wissen Sie. Die Menschen sind wie die Zeit. Sie *sind* die Zeit. Aber mit dem Arzt wurde es dann nichts. Seine Mum wurde krank. Er hätte ein Stipendium bekommen können. Sagen Sie mir, Mr. Policeman Bailey, was macht er nur mit all den Medikamenten, die er von uns zurückkriegt?

Ich weiß es nicht, hatte Bailey in seinem bescheidensten Ton geantwortet und dachte beim Fahren an die seltsamen Berichte über diesen Verrückten, der hier herumrennen sollte. Ein Mann, der seinen Bus verpaßt hatte: Darüber regten sich die Leute in London auf. Und der hier hatte zudem noch ein Auto zurückgelassen, daher wußte Bailey, um wen es sich handelte. Plötzlich soll ich, hätte er am liebsten gesagt, nach diesem Mann suchen – den ich gut kenne, obwohl ich euch nichts davon sagen werde –, doch als ich nachsehen wollte, ob auch wirklich alle aus der Gefahrenzone sind, habt ihr mir das nicht erlauben wollen. Merkwürdige Prioritäten. Aber er hatte den Mund gehalten. Wenn ich doch nur etwas impulsiver wäre. Bloß weil man mich gelehrt hat, die Regeln zu respektieren, selbst wenn sie absolut lächerlich sind. Ich könnte ein wenig von Helens Eifer gebrauchen, von ihrem Zorn über die Formalitäten des Rechts, die nicht zulassen, was eindeutig ist. Aber das ist eine Eigenschaft, die ich verloren zu haben scheine. Und ich gebe mir alle Mühe, daß es Helen ebenso geht. Sie wußte, daß es einen Mörder gibt, ich wußte es nicht. Sie wußte, was Mrs. Beale wußte: daß an diesem Apotheker etliches merkwürdig ist. Während ich, der ich diese Straßen seit vierzig Jahren kenne, es nicht getan habe. Falls ich meinen Instinkt noch besitze, vertraue ich ihm nicht mehr.

Als er diesen Daniel in den Armen gehalten hatte, hatte er gewußt, daß er es mit einem Mord zu tun hatte. Die Sache hatte sein Interesse geweckt, aber er hatte weder Himmel noch Erde in Bewegung gesetzt, um seinem Wissen nachzugehen. Bailey war froh, daß er keine Frau war. Kein Mann, der recht bei Sinnen war, wollte eine Frau sein – es sei denn in einer Situation wie dieser, wo er einiges für ihren Instinkt geben würde, ihren klaren, verflucht scharfen Spürsinn für Blut.

Doch jetzt vertraute er seinem Instinkt und hielt Ausschau nach dem Mann, der durch die Absperrung gebrochen war und seinen Wagen verlassen hatte. Daß Duncan, der Einzelgänger, in dieselbe Richtung lief wie er, befreite ihn vom dringlichsten Zwang zur Eile. Man konnte über Duncan sagen, was man wollte: Im Eintreten von Türen war er ein Profi. Aber wenn Bailey vor ihm in der Wohnung eintraf, würde Duncan bestimmt wieder mal nichts verstehen.

Zum erstenmal seit langer Zeit hatte Duncan Angst. Falls jemand ihn auf den letzten zweihundert Metern, seit er aus dem Wagen gestiegen war, verfolgt haben sollte, so kümmerte ihn das wenig, aber die Stille ringsum machte ihm zu schaffen. So still waren Straßen sonst nicht; es war die furchtbare Stille der Verlassenheit, in der er das eigene Herz klopfen hörte. Knapp vor der Parade blieb er stehen, weil er dachte, das Zischen, das plötzlich seine Ohren füllte, komme aus seinem Kopf und gleich werde ihm das Herz zerspringen. Der Zweck seiner Eile verschwamm: Da war niemand, kein Mensch. Er wollte nicht, daß jemand sich einmischte, doch als Baileys Autoscheinwerfer ihn dann in der Hintergasse erfaßten und er diese eigentlich verhaßte Stimme der Autorität vernahm, kalt, wo er hitzig war, glätteten sich seine wild verzerrten Züge. »Das Telefon«, begann er zu stammeln, »das verdammte Telefon …«

»Ich weiß. Sieht aus, als wäre jemand zu Hause.«

»Sie haben es gewußt? Warum haben Sie dann nichts gesagt, Sie Dreckschwein?«

Er sprintete die Treppe zu Kims Wohnungstür hinauf und rüttelte, vor Verzweiflung keuchend, an der Klinke. Warf einen grimmigen Blick auf Bailey, dessen Gesicht im fahlen Licht ebenso unheimlich wirkte wie das seine. Sie mußten gegen das Zischen des Dampfes unten in der Ausschachtung anreden.

»Haben Sie einen Schlüssel?« fragte Bailey lautstark.

Duncan klopfte seine Taschen ab, schüttelte den Kopf und taxierte die Tür, neben der eine verdorrte Grünpflanze stand. Bailey ergriff den Topf, zerschlug damit die Scheibe der Tür und schob geschickt wie ein geübter Einbrecher die Hand hindurch, um den Riegel zu öffnen. Eine Scherbe ritzte in seinen Handrücken, und der kurze Schmerz wirkte wie eine Mahnung. Duncan stürzte hinein, während er lauthals immer wieder schrie: »Kim, Kim, Kim!«

Bailey folgte ihm.

Kimberley Perry lag schlafend im Bett. Die beiden Männer standen in der Tür und betrachteten sie halb ehrfürchtig, halb erleichtert. Sie lag zusammengerollt, bis obenhin zugedeckt, atmete geräuschvoll, hielt den Kopf zur Seite gedreht und beide Hände unter dem Kopfkissen – ein Urbild der Unschuld.

»Aufwachen, Kim!« rief Duncan laut. Erleichterung verwandelte sich in Zorn, jede Besorgnis wich beim Anblick dieser so friedlichen Szene. »Verdammt, ich krieg dich schon wach … Was zum Teufel bildet die sich eigentlich ein?«

»Nein, warten Sie!« Irgend etwas an der Art, wie sie dalag, machte Bailey stutzig, etwas am Geruch dieses Zimmers mit den fest geschlossenen Fenstern. Etwas, das er irgendwo gelesen oder gehört hatte – daß Margaret Carlton mit dem Kopf auf der Seite und zusammengerollt wie ein Fetus gefunden worden war. Es war kaum möglich, daß Frauen einander im Schlaf ebenso nachahmten wie in anderen Dingen. Das friedliche Bild täuschte.

»Warten Sie«, warnte er. »Nichts anfassen!«

»Aufwachen, Kim!« rief Duncan, gehorchte aber.

Bailey knipste die Nachttischlampe an, sah den Telefonhörer auf der Gabel, außerhalb der Reichweite des Betts. Bemerkte eine schwache Rötung auf ihrer Stirn. In der Nähe des Fußbodens und ihres Kopfes war der widerlich süße, durchdringende Geruch stärker.

»Sie schläft doch nur!« Duncan war wütend, suchte noch immer ein Ventil im Zorn. »Verdammt verantwortungslos ist sie, nichts weiter! Was hat sie mit Tom gemacht? Und wo ist dieser Scheiß-Apotheker, der doch angeblich immer so gut zu ihnen ist? Kim, Kim ...« Er schüttelte ihre Schulter und schlug die Decke zurück, während er sie mit seinem Körper vor Baileys Blicken schützte.

»Richten Sie sie behutsam auf, Duncan«, sagte Bailey. Seine Gedanken rasten. Ein so tiefer Schlaf und ein so unruhiger Atem. Normalerweise mußte sie längst aufgewacht sein. Jetzt, da die Männer in gerade hundert Metern Entfernung mit einem Dampfstrahl den Sprengstoff aus der Bombe spülten, war es unmöglich, einen Arzt zu holen. Sie mußten die Behandlung selbst vornehmen. Sich auf ihren Instinkt verlassen. Helen anrufen, nach der Nummer des alten Arztes fragen, sich erkundigen, wie man eine Überdosis Chloroform behandelte. Schnell, schnell! Langsam, ganz allmählich reagierte Kimberley Perry auf das Schütteln, registrierte das Licht der Sechzig-Watt-Birne unter dem billigen Lampenschirm, sah die Farben, die zum Fenster hereinschimmerten. Langsam, zögernd klärte sich ihr Blick, obwohl die Pupillen geradezu winzig waren. Ihr Mund öffnete sich zu einem Schrei, und plötzlich, krampfhaft, erbrach sie sich.

»Gott! Mein lieber Gott! Wo ist Tom, wo ist Tom?« Die ersten Worte, unartikulierte Laute, alle Sinne vernebelt.

»Schon gut, schon gut«, murmelte Duncan, der zu begreifen schien, die Arme um ihre Schultern gelegt, immun gegen den Schmutz auf ihrem Kopfkissen, die grünliche Haut, die wild blickenden Augen. »Der ist schon irgendwo gut aufgehoben, nur keine Angst.«

»Nein.« Sie lallte noch. »Er war hier. Ich hab's gesehen. Hat geschlafen, auf dem Fußboden. Gott, ist mir schlecht!«

»Du hast geträumt, Schatz. Nur geträumt. Was hast du nur genommen?« Duncans Stimme wurde plötzlich hart: »Du gottverdammte Hure!« Auf einem ihrer Schenkel, zufällig bloßgelegt, als sie sich hochkämpfte, hatte er einen Fächer von Fingerabdrücken entdeckt. »Was hast du genommen, du dämliches Stück, und als du gut drauf warst, wer hat *dich* da genommen?«

Sie starrte ihn an, die Augen vor Entsetzen geweitet, folgte seinem Blick, stieß einen kleinen, von abermals aufsteigender Übelkeit halb erstickten Schrei aus und sah dann flehend zu Bailey. »Sir, Mr. ...«

Bailey betastete vorsichtig den Nylonteppich. An der rauhen Fläche hingen gelbe Fasern, flauschig, und stellenweise etwas Klebriges, in dem er Blut erkannte, dessen Beschaffenheit ihm grausig-vertraut war. Weit hinten unter dem Bett entdeckte er in diesem sonst so ordentlichen Zimmer einen Kinderturnschuh mit dunkelroten Streifen an der Seite.

»Tom war tatsächlich hier«, erklärte Bailey langsam. »Seine Schultasche liegt in der Küche. Und noch jemand war hier. Sie müssen sie ins Krankenhaus bringen, Duncan. Und zwar sofort.«

»Das war dieser Scheiß-Apotheker, nicht wahr? Der

hat's getan, oder etwa nicht? Dieses verfluchte Arschloch! Du hast dich weggeschlichen, um mit deinem beschissenen Liebhaber zusammenzusein. Wo ist er? Wo ist dieses Schwein?«

»Aufhören, Duncan! Sie müssen sie ins Krankenhaus bringen ...«

Kim begann zu weinen. Es war ein würgendes Weinen, schmerzverzerrt. Irgend etwas Schreckliches, eine Bedrohung, die Berührung von klammfeuchten Händen drängte sich in ihr Bewußtsein, ließ sie aufwimmern, sich nach einer Berührung sehnen und gleichzeitig jede Berührung verabscheuen.

»Die kann laufen«, behauptete Duncan brutal und ließ sie los wie ein uninteressantes Spielzeug. »Wenn sie mit dem ins Bett gehen kann, kann sie auch laufen. Ich hab Besseres zu tun. Ich knöpfe mir diesen Bastard vor.«

»Denken Sie an die Bombe! Und immer eins nach dem anderen. Sie sind ein Dummkopf, Duncan.« Bailey merkte, wie sich seine Stimme hob, wie seine Wut anwuchs und alle Diplomatie plötzlich beim Teufel war.

»Scheiß auf die Bombe!« fauchte Duncan. »Ist doch alles Beschiß. Aus dem Weg!«

Es hatte ernsthaft zu regnen begonnen. Ein eisiger Regen, der in weichen, kalten Strömen fiel, senkrechten Wänden, von keinem Wind bewegt. Pip vermochte nicht zu unterscheiden, was Regen war auf seinem Gesicht und was Tränen, die ihm salzig bis in den Mund flossen und über sein Kinn tropften: Tränen ohne Schluchzen, zurückhaltende, stille Tränen der Verzweiflung und, mehr noch, der Trauer. Niemals seinen Samen ohne Abscheu ergießen zu können, niemals kennenzulernen, wie es war, in einer Woge der Leidenschaft über sich selbst hinausgetragen zu werden! Niemals! Oh, meine Liebe! Nur immer wieder die alte Wut. Die er empfunden hatte, als Margaret sagte, mach das Fenster zu, es ist so kalt hier, biiiitte ...; und genauso, als er Tom niederschlug.

»Alles in Ordnung, Tombo?«

Schweigen. O Gott, dieses Schweigen, während der Regen auf sie beide herabrauschte! Tom und er saßen unter einer Plastikplane, der Junge auf seinem Schoß, friedlich schlafend, ein warmes Gewicht an Pips Brust, das er, wie er feststellte, beinahe genoß. Vielleicht wäre das ein Ersatz gewesen, ein eigenes Kind. Pip betrachtete den dunklen, nassen Kopf mit einem Gefühl, das an Zuneigung grenzte. Doch wahrscheinlich hätte er niemals ein Kind richtig mögen können, schon gar nicht diesen mageren, kleinen Jungen, dieses verweichlichte Nervenbündel, das ihn so an sich selbst erinnerte und entweder zu viele Fragen stellte oder kein Wort herausbrachte, während seine ganze ängstliche Haltung tiefstes Mißtrauen verriet. Das Produkt eines so wuchtigen, primitiven Vaters, eines Mannes, wie ihn die Frauen liebten. Widerlich alle beide, doch jetzt war der Junge warm, und wie er ihn so in seinen Armen hielt, fast liebenswert.

»Hoffentlich hab ich dir nicht zuviel gegeben«, murmelte Pip vor sich hin. In Gedanken sah er die Flasche vor sich: Unmöglich zu sagen, wieviel zuviel war. Das merkte man nur, wenn die Atmung aussetzte, und Toms Schultern hoben sich noch. Daniel hatte vermutlich bei der dreifachen Dosis Pyseptone aufgehört zu atmen, wahren Bomben von Giftpillen, die wirklich nur jemand schlucken konnte, der nach einem schweren Schlag halbwegs weggetreten war. Mutter hatte aufgehört zu atmen, Margaret auch; Tom nicht. Als ob das eine Rolle spielte. Ja, das tat es. Der Plan sah zwar eindeutig vor, daß Tom aufhörte zu atmen, aber nicht nach einer tödlichen Überdosis in seinem entfesselten Blutkreislauf.

»Alles in Ordnung, Tom, mein Junge?« fragte er jetzt lauter. Das Ausbleiben einer Antwort wirkte beruhigend und dennoch seltsam unbefriedigend. Er schüttelte den Jungen. Kleine Füße, einer ohne Schuh, ragten mitleiderregend unter der Plastikplane hervor, die er sich beim Hinauslaufen im Hinterzimmer gegriffen hatte. Pip rekapitulierte noch einmal alles und wünschte, die Tränen machten ihn weniger blind als der Regen.

»Also gut. Kim hat nichts gesehen. Sie hat geschlafen. Ihr wird übel sein, wenn sie aufwacht. Zuviel ›Night Nurse‹ in ihrem Tee, doch ich glaube kaum, daß sie ihr Blut untersuchen, und wenn ... Nur Alkohol werden sie finden. Alle Beweise, Staubtuch, weiße Plastiktüte, in der Mülltonne versteckt. Durchs Hinterzimmer. Keine schmutzigen Schuhe. Vorsichtig. Auch in dem Jungen nicht mehr als ein paar Milligramm, zumindest nicht, wenn sie ihn morgen früh finden oder wann immer diese idiotische Bombengeschichte vorüber ist. Bis dahin ist für alle folgendes passiert: Der kleine Tom ist zur Baustelle gelaufen, weil er sich vor zu vielen Menschen gefürchtet hat, sich schon immer davor gefürchtet hat, nicht mal Weihnachtspartys mochte, hat Mrs. Beale erzählt. Ist in eine von den ausgehobenen Gruben gefallen. Ein Unfall. Wie das Ganze eigentlich. Nicht meine Schuld. Kleiner Bastard! Hättest eben nicht nach Hause kommen sollen! Hättest nicht ...«

Pip griff in seine Tasche. Auf dem Weg ins untere Stockwerk, als er unter Toms Gewicht keuchte, hatte er einiges von seinen schlimmsten Medikamenten aus dem Hinterzimmer mitgenommen: Methadon, ein bißchen Morphium. Ein unbestimmter Plan sah vor, dem Jungen etwas davon zu geben, ein anderer, nur halb durchdachter, sich der Drogen auf demselben Wege zu entledigen wie des Jungen. Beide Pläne waren allerdings schmutzig. Logische Pläne vermieden unschönen Schmutz.

Sie saßen unterhalb der Bretterzäune, am äußersten Ende des Baugeländes, das sie beide zuvor schon erkundet hatten, der eine mit seinen Füßen, der andere mit seinen Blicken, aus verschiedenen Gründen fasziniert von diesem unterirdischen Morast, der hinabführte in die Tiefen der Erde. Pip erinnerte sich, daß er Tom richtiggehend gehaßt hatte, als er begann, vom Hof aus nach Australien zu graben. Nicht wegen der unmittelbaren Nähe zu seinem Hinterzimmer, das er ohnehin früher oder später entdecken würde, sondern weil es ihn an etwas erinnerte, das er früher selbst einmal getan hatte. Menschen wie Tom und er gruben stets irgendwo, um sich ein Versteck zu schaffen, und er hatte immer den Eindruck gehabt, als täten die Bauarbeiter genau das gleiche. Äußerst nützlich, sagte sich Pip und suchte seine Miene zu verhärten, tief durchzuatmen, angestrengt zu denken. Sich zu konzentrieren, zu überleben. Und dieser Kleine wird in einer von ihren Gruben landen. Ein Sturz in eins der finsteren Gräber. Tut mir leid, mein Junge. Tut mir leid.

Das Zischen des Dampfes drüben hörte einfach nicht auf. Pip vermochte sich nicht klar darüber zu werden, ob es lauter geworden war oder ob es ganz einfach näher kam. Bogenlampen und Fahrzeuge drängten sich in das Geräusch. Männer, eifrig bemüht in einer Insel aus Licht, die alles andere in tiefe Dunkelheit versinken ließ, der Lärm so laut, daß er alle Schritte im Morast verschluckte. Nicht mehr lange warten, den Jungen runterwerfen, er wird nicht ewig schlafen, nicht mal mit diesen Schrammen auf der Stirn, die er ihm aus Rache mit der Narkosemaske beigebracht hatte. Bald. Jeden Moment, jetzt. Wenn das Kind nur nicht so warm wäre! Wenn er nur aufhören könnte zu weinen. Niemals, niemals, niemals. Oh, du meine Liebe!

12

»... auf gar keinen Fall ein Brechmittel geben, solange auch nur der geringste Verdacht auf Chloroform besteht. Ihr wird ohnehin schlecht werden. Ist sie bei Bewußtsein, nur frische Luft. Richtet sie auf und haltet Fenster und Türen offen. Nur keine Aufregung. Wenn sie noch jung und gesund ist, hat sie die Gefahr eines Herzversagens bereits überstanden. Laßt sie einfach Sauerstoff atmen. Und gebt ihr etwas zu trinken – Obstsaft, falls sie ihn bei sich behält.« Hazel hielt inne, um Atem zu holen, und hörte zu.

»Methadon? Narcan, intravenös. Eine Menge. Um Gottes willen nicht den Magen auspumpen! Möglichst viel Narcan, das hilft immer.«

»Vielen Dank«, sagte Helen zögernd. Und dann: »Geht's Ihnen gut?« Dr. Hazel hatte ihre gemeinsamen Bemühungen torpediert, aber so leicht gab sie nicht auf. Beim Sprechen fragte sie sich, wie sie auf Methadon gekommen war. Der Gedanke an Daniel Maley mußte sie darauf gebracht haben.

»Ob es mir gutgeht? Eine reichlich abgenutzte Frage, aber ja. Rufen Sie an, wann immer Sie wollen. Eine Bombe, sagen Sie? Und nicht von Iren? Wir Iren lieben nämlich schöne Bomben.«

»Sie brauchen einen neuen Job.«

»Dann besorgen Sie mir doch einen.«

»Das werde ich.«

Ein weiterer Anruf. Baileys Stimme, mit einem Husten im Hintergrund. »Helen, kannst du herkommen? Sie werden dich durchlassen. Du bist Krankenschwester, hab ich gesagt. Leider kann ich von keinem anderen erwarten, daß er freiwillig ... Du verstehst schon, was ich meine, nicht sehr fair, aber ...«

»Ja. Ja, sicher.«

»Und du kennst den Weg.«

»Ach ja?«

»Aber natürlich. Du hast eine ganze Tasche voll Zeugs aus dieser Drogerie bei mir gelassen. In der Küche, vor ein paar Tagen. Ich hab die Etiketten erkannt.«

Sie hätte wissen müssen, daß es ihr nicht gelingen würde, diese Art Geheimnis vor ihm zu bewahren, und der Gedanke an seine so unauffällige wie unfehlbare Beobachtungsgabe ließ sie reumütig lächeln. Der Laden und die Wohnung lagen nur etwa eine Dreiviertelmeile entfernt, und das Gefühl, endlich etwas unternehmen zu können, war ebenso angenehm wie die Kälte. Im Wagen kam Helen sich langsam vor, ein Mensch, der unwillkürlich all seine Gedanken mitnahm, so unterschiedlich und lebendig wie die Lichter des Krans, die überhaupt nicht mehr festlich wirkten. Da waren ebenso Bilder von tanzenden Krankenhausbetten, Masken und kleinen, fliehenden Jungen wie die völlig unwichtige Überlegung, wie oft oder wie selten im Leben ein Mensch wie sie die Chance hatte, Mut zu beweisen. Mut war der Stoff, aus dem die Träume waren, das Schicksal von Polizeibeamten und Soldaten. Ihre wenigen eigenen mutigen Taten schienen sich rein zufällig ergeben zu haben, und mit der jetzigen Situation war es genauso. Irgend jemand entfernte das Absperrband auf der Straße und winkte sie durch, als sei sie eine königliche Hoheit. Sie kam sich ein wenig albern vor, wünschte sich aber auch, Autofahren würde immer so einfach sein. Sie war die »Queen of the Road«, der einzige Wagen, der sich innerhalb der Absperrung bewegte.

Die richtige Wohnung zu finden, war kein Problem, denn die Herringbone Parade hatte sich ihr ins Gedächtnis geprägt. Als sie an Carltons Geschäft vorbeikam, trat sie heftig auf die Bremse. Das Fenster vorne war eingeschlagen und hatte ein gezacktes, von Gewalttätigkeit zeugendes Loch. Sie versuchte es zu ignorieren und fuhr nach hinten in die Gasse. Das seltsame Zischen ließ sie im Dunkeln erschauern, und sie stieg die Treppe zur Wohnung hinauf. Der Balkon des Apothekers grenzte tatsächlich unmittelbar an den seiner Nachbarin. Ein so einfacher Weg von einer Wohnung zur anderen, daran hatte niemand gedacht. Plötzlich gab es keinen Grund mehr zur Eile, und sie wandte den Kopf, um einen Blick auf die Baustelle zu werfen, fand die Tiefe der Ausschachtungen erschreckend. So zu wohnen mußte ähnlich sein, als lebte man in unmittelbarer Nähe eines Bergwerks. Diese riesigen Baugruben wirkten wie Gräber für Giganten. In der

Tiefe glitzerte der Regen, die Konturen und Flächen wirkten uneben, alles schien sich mit seltsamen Schatten zu bewegen, und sie glaubte Gestalten zu erkennen. Erst jetzt wurde diese tief verborgene, riesige Menge Sprengstoff real wie ein urzeitliches Ungeheuer, das sich zu erheben drohte. Helen erschauerte und betrat die Wohnung. Bailey hatte die Tür offengelassen.

Er stand in der düsteren Küche mit der unangenehmen Leuchtröhre an der Decke, einer Küche, in der alles blitzsauber und jede auch noch so zerkratzte Fläche blitzblank poliert war. Auf dem Linoleumboden stand eine kleine, unheimlich wirkende Blutlache. Baileys Gesicht wirkte fahl.

»Würdest du bitte bei ihr bleiben? Du mußt ihr erklären, daß ich Tom suchen gehe.«

»Ihr Sohn war hier?«

»Ja, ich bin sicher, daß er hier war. Und der Apotheker. Ich glaube, du hattest recht, was ihn betrifft, aber wir haben jetzt keine Zeit für Entschuldigungen. Einer von beiden ist verletzt. Wer, weiß ich nicht. Und schlimmer noch: Duncan ist hinter ihm her.«

»Großer Gott, Duncan! Der ewige Vernichter von Beweisen.«

Bailey warf einen Blick zum Schlafzimmer hinüber. »Wenn das nur alles wäre.« Lautlos, auf weichen Gummisohlen, verschwand er ohne eine weiteres Wort die Treppe hinab.

»Bailey!« rief sie ihm nach, obwohl der Regen und das Zischen ihre Stimme verschluckte. »Die Baustelle ... Vorsicht! Und sieh dir den Laden an, das Fenster ...« Es war, als hätte er sie nicht gehört. Ihre Stimme mußte wie die eines Fischweibs geklungen haben, wie die einer Frau, die sich aus dem Fenster einer Mietskaserne beugt und ihren Kindern zuruft, Zigaretten zu holen.

Kimberley Perry sah ihrer neuen Besucherin mit grämlicher Besorgnis entgegen.

»Hallo.«

»Hallo.«

»Er hat gesagt, Sie wären zwar keine Krankenschwester, aber Sie wüßten, was zu tun ist. Mich dürfen Sie nicht fragen. Ich hab keine Ahnung, was ich getan habe oder was überhaupt hier passiert ist. Was in aller Welt habe ich nur genommen? Nichts weiter als fast ein Dutzend verdammte Tassen Tee hab ich getrunken. Wo zum Teufel ist Tom? Es geht ihm doch gut, oder? Und wer sind Sie eigentlich?«

»Seine Freundin. Baileys, meine ich. Er hat Ihnen wohl nicht viel erzählt.«

»Nicht unbedingt. Nicht viel, eigentlich fast überhaupt nichts.«

»So ist er eben. Sind sie nicht alle so? Sie halten uns für zu dumm.«

Zögernd lächelten sie einander an. Sogar in diesem desolaten, verunsicherten Zustand, fand Helen, sah Kimberley Perry seltsamerweise prachtvoll aus, wie das Abbild einer halbentkleideten Tänzerin der »Folies-Bergère« aus jenen Tagen, da es Mode gewesen war, etwas fülliger zu sein. Sie hatte den halbherzigen Versuch unternommen, sich anzuziehen, ein Strumpf war halb bis zum Knie heraufgestreift, die Bluse noch nicht ganz zugeknöpft, dichtes, wirres Haar überall, und selbst in ihrem furchtbaren Zustand schien es ihr peinlich zu sein, so angetroffen zu werden. Der Gestank im Zimmer war ekelhaft.

»Sie müssen hier raus«, erklärte Helen. »Die Tür hinter der Geschichte schließen, sich das Gesicht waschen. Alle Fenster öffnen, in der ganzen Wohnung ...«

»Ich mache die Fenster fast nie zu ...«

»Lassen Sie nur. Ziehen Sie sich was Sauberes an, aber bitte, nichts berühren. Und dann ...«

»Keinen Tee! Bloß keinen verdammten Tee! Dieses Schwein hat mir was in den Tee getan.« Allmählich kam wieder Glanz in Kims stumpfe Augen.

»Dann eben Kaffee«, antwortete Helen. Und wieder lächelten sie beide.

»Männer!« sagte Kimberley Perry mit einer Andeutung

ihrer gewohnt burschikosen Art. »Ein einziger Haufen Versager! Wo ist mein Sohn? Wo ist mein Tom?«

Duncan hatte keine Ahnung gehabt, daß dieser verfluchte Apotheker der Möchtegern-Liebhaber seiner Frau gewesen war. Tom hatte ihm, wahrscheinlich aus Angst, nicht mal erzählt, daß Onkel Pip nicht nur Seite an Seite mit Kimberley zusammenarbeitete – ganz zu schweigen von der Enge in dem überfüllten Laden –, sondern auch noch unmittelbar neben ihr wohnte. Duncan, der derlei Details meist nur verschwommen wahrnahm, war das alles entgangen. Hätte er doch nur besser aufgepaßt! Irgendwie war er nie wirklich auf den Gedanken verfallen, daß der propere kleine Pip, der so gewissenhaft war, wenn es galt, das Telefon zu beantworten oder den Wagen zu parken, daß der direkt neben ihr in einer dieser winzigen, deprimierenden Wohnungen hausen könnte und dann auch noch ... Anstatt sich auf der Suche nach dem Mann, der seine Frau mißbraucht hatte, einfach auf den Nachbarbalkon hinüberzuschwingen, lief er die Treppe hinab, um die Ecke zur Ladenfront, durch deren Fenster er so oft und so argwöhnisch gespäht hatte, griff nach etwas Schwerem, an das sein Fuß gestoßen war, und schleuderte es durch die Scheibe. Doch auch das Splittern des Glases vermochte seine Wut nicht zu dämpfen, eine Wut, die durch die vage Erkenntnis der eigenen Ungerechtigkeit und Unfähigkeit noch gesteigert wurde. Duncan stieg durch das Loch, das er geschlagen hatte, in den Laden. Eine Zahnpastapyramide versperrte den Weg zu einer Nachtlampe im Hintergrund, die den schriftlichen Wunsch für ein fröhliches Weihnachtsfest beleuchtete. Duncans Schnaufen genügte, das gelbe und goldene Lametta in Bewegung zu setzen, das bis auf sein Gesicht herunterreichte. Die Heftzwecken, die Pip in die Decke gedrückt hatte, hielten nicht, und die Dekoration hing tief durch. Duncan packte alles mit der Faust und riß es herab.

»Komm raus, du geiles Schwein, wo bist du ...«

Er erwartete keine Antwort, und er bekam auch keine. Nur wenig ruhiger geworden, betrat Duncan den Apothekentrakt. Von der zerbrochenen Fensterscheibe her wehte ein leichter Wind, und eine große Scherbe fiel mit verzögertem Krachen herab. Duncan – der inzwischen nur noch aus Beinen, Armen und unausgelasteten Muskeln bestand – fegte mit der Hand ein ganzes Warenregal leer. Schachteln aus Zellophan und Pappe krachten zu Boden. Im Schein der schwachen Nachtlampe versuchte er die Aufschrift auf einer Schachtel zu lesen, die ihm auf den Kopf gefallen war, sah jedoch nur: dreimal am Tag einzunehmen. Hinten im Raum, sauber und ordentlich aufgetürmt, verstellten etliche Kartons eine Tür, unter der ein schwacher Lichtstreifen hervorschimmerte. Duncan hielt inne, witterte die vertraute Herausforderung, begutachtete die Länge des schmalen Ganges, in dem er stand, holte tief Luft und nahm Anlauf ... Eine dünne Tür, ein einfaches Yale-Schloß: Der Rahmen hing schief, als er hindurchtrat. Er hatte eine ganz spezielle Technik, Türen mit der Schulter einzudrücken, ohne dabei dem Feind oder auch einem Hund vor die Füße zu purzeln, sondern statt dessen schnell genug das Gleichgewicht zurückzugewinnen. Schwer atmend sah er sich um, die Hände vor dem Unterleib, um das zu schützen, was auch der festeste Jeansstoff nicht zu schützen vermochte. Stille. Der Raum war leer, winzig, vollgestopft, aber aufgeräumt, dazu angetan, jeglichen Schwung zu stoppen. Der Geruch allein schon sprach von aggressiver Unschuld, der antiseptische Geruch einer Krankenhausstation, von Redlichkeit und Hilflosigkeit, von Menschen in weißen Kitteln, die behaupteten, wir wissen es besser, schluck du nur dieses Gift, und Gehorsam erwarteten. Bücher in ordentlichen Reihen, Laborgeräte, offene Schränke. Eingeschüchtert hielt Duncan inne. Erinnerte sich aber gleich wieder an seinen Wunsch nach Rache, wiedererweckt von der Wärme und dem Licht im Raum. Und von dem Anblick eines kleinen Blutflecks auf dem Boden.

Duncan schoß durch die zweite Tür, hinter der er irgendwie eine weitere Folge von Räumen erwartete, fand sich jedoch in einem verlassenen Hof mit einer Treppe, die in den ersten Stock führte, aus dem er in seinem blinden Zorn eben erst gekommen war. In ähnlichen Situationen war Duncan bisher immer dorthin gelaufen, wohin man ihn dirigierte; auf sich selbst gestellt, war er orientierungslos und im wahrsten Sinne des Wortes auch gesetzlos, glich einem Polizeihund, der einer Witterung folgt, ohne sich an äußeren Merkpunkten zu orientieren, der vor Aufregung bellt und den man vor Unbesonnenheiten bewahren muß. Ein Teil von ihm wußte das, aber es kümmerte ihn nicht. Hol dir das Schwein! Seine Witterung führte ihn durch ein Loch im Bretterzaun auf der anderen Straßenseite. Hastig, beängstigend steil bergab, im Regen einen glitschigen Hang hinabrutschend wie bei einem Schlittenrennen, eine Falle. Steine und Ziegel polterten auf ihn herab, Ziegel von einem alten Keller. Er saß da, völlig verzweifelt, klatschnaß und keuchend. Duncan hatte seit jeher ein Team gebraucht.

Tom war immer auf sich gestellt gewesen. Seit Sekunden war er wach, Sekunden, die ihm so, wie er an diese nasse Brust gepreßt dasaß, eher wie Minuten oder Stunden vorkamen. Erst als der Mann sich bewegte, sich seufzend aufrichtete, begann Toms narkotisiertes Gehirn zu funktionieren, tauchte unter aufsteigender Übelkeit in ein extremes Angstgefühl. Eiserne Arme schienen ihn zu umschließen, riesige Hände bildeten einen Sitz unter seinem Hinterteil; und rings um seinen Kopf raschelte ohrenbetäubend eine Plastikfolie. Seine Brust war warm, in seinen Füßen aber hatte Tom kein Gefühl. Seine Arme waren vor der Brust gekreuzt, und für einen Moment wollte er seine Augen wieder schließen. Gab der Versuchung müde nach, aber so fest er sie auch zukniff, sie wollten nicht geschlossen bleiben. Mit einem Blick zur Seite und stark zuckend, versuchte er zu erkennen, wo er sich befinden mochte und mit wem. Er riß den Mund auf, um zu schreien, doch Kehle, Nase und Gaumen waren erfüllt vom Schweiß in Pips Hemd und seinem unverwechselbaren lavendelähnlichen antiseptischen Duft. Toms Arme bewegten sich zu einer unwillkürlichen Geste des Abscheus. Pip zuckte zusammen.

»Bist du wach, Tom? Mein Junge? Bist du wach?«

Tom sackte in sich zusammen. Die Stimme klang unheildrohend, war erfüllt von aufdringlicher Besorgnis. Er erinnerte sich, wie sie über ihm gehangen hatte, als seine Lungen sich mit Dämpfen füllten, dieselbe Stimme, ein lautes, heiseres Flüstern, das sich gegen seinen Kopf richtete. Ringsumher nur dieses Zischen. Tom blieb ruhig, während Pip seufzte, Toms Gewicht zurechtrückte und ihn, als er losstapfte, höher in Richtung Schulter hievte. Schritte platschten im Schlamm, langsam, schwerfällig und doch zielstrebig. Unter der Plane rann Regen an Toms Hals herab. Sie gingen auf einer Art Damm zwischen den Baugruben. Allmählich beschleunigte Pip seine Schritte.

Zeitnot trieb ihn vorwärts auf das Ziel zu, das er vom Fenster seiner Wohnung aus hatte sehen können. Die Baugruben, zwischen denen er sich befand, waren damals, in der Nacht von Margarets Tod, nur kleine Kratzer gewesen, nun aber lag unterhalb des Platzes, an dem der Kran wie ein illuminiertes Kreuz in den Himmel aufragte, auf der der Hintergasse gegenüberliegenden Seite, die größte Ausschachtung von allen. Unten in ihr stand das Wasser zwar nur ein paar Zentimeter hoch, aber es war schwarzes Wasser. Und noch vor dem Morgen würde es festes Eis sein. Endlich hatte er den Rand erreicht; rund sechs Meter ging es hinab – tief genug. Ein wenig schwindlig starrte Pip in die Grube. Wenn er Tom da hineinwarf, würde er über die Seitenwand stürzen, unten aufschlagen, möglicherweise für ein oder zwei Minuten wach werden und dann lautlos sterben. In Gedanken hörte Pip schon das Aufklatschen, das Brechen von Knochen, die darauffolgende Stille. Nein, nicht werfen, das schien viel zu brutal, und außerdem schwand ihm allmählich die Kraft aus den Armen. Er würde den Jungen einfach hineinrutschen lassen. So gut es ging. Vorsichtig trat er an den bröckelnden Rand und beugte sich behutsam vor. Toms Füße schwangen nach vorn. Unvermittelt hielt Pip inne. Der Anblick dieser Füße, Teil des jungen, menschlichen Wesens, das er auf den Armen trug, wirkte so unerträglich rührend auf ihn, daß die Tränen, die ihn zuvor schon geblendet hatten, erneut zu fließen begannen und den Anblick des tödlichen schwarzen Wassers verschwimmen ließen. Füße ohne Schuhe. Keuchend richtete Pip sich auf.

»Ich kann nicht, ich kann nicht, ich kann nicht ...!« Laut herausgeschrien mit einer Stimme, die er nicht als die seine erkannte, ein Aufheulen der Verzweiflung. »Gott, steh mir bei, ich kann's nicht ...« Wie ein Ertrinkender sah er im Zeitraffer sein gesamtes Leben, die Zuneigung, die Popularität, den umsichtig errungenen Respekt, zu nichts zerfallen. Er vermochte sich nicht zu bewegen. Dolchen gleich bohrten sich die Lichter des Krans in seine Augen, ließen seine Tränen zersplittern.

Mit einer unwillkürlichen Bewegung fiel Toms Blick auf das Schimmern der Schwärze in der Grube tief unter ihnen. Er wand sich, trat, strampelte, warf seinen kleinen Körper hin und her und fiel schließlich zu Boden. Rollte sich instinktiv zusammen, packte den Grubenrand zu Pips Füßen und kroch in einer Position grauenvollen, unbewußten Flehens auf die Beine des Mannes zu, um sich daran festzuklammern. Hörte dann, trotz eines anderen, laut anschwellenden Geräusches, das in seinem Kopf explodierte, das ohrenbetäubende Gebrüll seines Vaters, sah die schlammbespritzten Beine von Onkel Pip verschwinden und hörte einen dünnen, verhallenden Schrei.

Bailey hatte sie entdeckt. Ein paar Männer, die neugierig von den Bauarbeiterschuppen herbeiliefen, sahen sie ebenfalls. Den Mann mit dem Jungen, wie er durch den Morast stolperte, während Duncan ihren schwerfälligen Schritten folgte. Sahen den Jungen fallen und Pip die Hände gen Himmel heben, hörten Duncan brüllen, als er die beiden erreichte und Pip einen schweren Stoß ins Kreuz versetzte. Bailey lief und lief, viel zu langsam im zähen Schlamm, sah Pip über den Grubenrand verschwinden, Duncan aufrecht stehen, und er selbst war immer noch viel zu weit entfernt. Bailey rutschte, fiel, lief weiter. Die Luft trug Schreie herüber wie das durchdringende Kreischen einer Frau, dann wieder Duncan, eine dunkle Silhouette, groß wie ein Mammut, als Bailey ihn erreichte, ein Gorilla von einem Mann, einen schweren Stein in den hoch erhobenen Händen, um ihn auf Pips reglose Gestalt unten in der Grube hinabzuschmettern. Bailey stürzte sich auf ihn, riß ihn in fauchender, speiender Rage mit sich zu Boden. Duncan wehrte sich, wehrte sich wie ein Wahnsinniger und drückte Baileys Gesicht in den Schlamm. Da auf einmal öffnete sich der Himmel unter gigantischem Krachen, die Erde erzitterte, und die Welt war erfüllt vom Lärm splitternden Glases und reißenden Metalls. Den Kopf angstvoll hochgereckt, sah Bailey den riesigen Kran noch schwanken, bevor alles ringsum zu einer absoluten, unheimlichen Stille erstarrte. Und aus großer Ferne, getragen von seinem eigenen donnernden Herzschlag, laute Jubelrufe herüberdrangen.

In der Morgendämmerung begannen die Bewohner der Herringbone Parade zu ihren Häusern zurückzukehren. Sie kamen in Gruppen mit Personenautos, Bussen oder Krankenwagen, hohläugig, argwöhnisch und gleichzeitig erleichtert. Und ein wenig enttäuscht von der nassen Normalität, dem traurigen Minimum an Chaos dort, wo einige erwartet hatten, eine wundersame Veränderung vorzufinden. Mrs. Beale junior war empört. Die Fenster nach hinten und auch vereinzelte nach vorn waren zersplittert, Scherben seltsamerweise sowohl drinnen als auch draußen zu finden, eine Art Implosion.

»Verdammte Plünderer!« jammerte sie. »Wo waren die Polizisten bloß? Überall haben die uns rumgeschoben. Hier hätten sie sein sollen und ein bißchen aufpassen!«

»Nichts hätten sie sollen«, erwiderte Mrs. Beale senior in überlegener Weisheit, während sie sich am Geländer zu ihrem Gefängnis hinaufzog. »Was willst du eigentlich? Daß die Burschen ihre Eier aufs Spiel setzen, um ein paar Äpfel und irgendwelchen Müll zu bewachen?« Sie kicherte. »Außerdem waren das keine Plünderer, sondern der Zünder. Genau wie im Krieg, wenn sie entschärft wurden. Nicht die geringste Ahnung hast du!« Ihre Schwiegertochter staunte, wie gelenkig sie geworden war, als wäre das gesamte Hin und Her der reinste Jungbrunnen für sie gewesen. Kein Wort von Magengeschwüren und Herzanfällen – bis sich Mrs. Beale senior plötzlich an die Vorteile ihrer Invalidität erinnerte.

»Du meine Güte, ich brauch meine Medizin ... O Gott, o Gott ... Jetzt geht's wieder los ...«

»Da wirst du vorerst noch ohne auskommen müssen. Die Apotheke ist geschlossen. Ein Fenster mit Brettern vernagelt. Und die Polizei ist auch da. Siehst du? Ist doch jemand ausgeraubt worden.«

Aber nur *Carlton's* machte diesen Eindruck. Und der Schnaps-und-Video-Laden – sicher ein schneller, spontaner Einbruch von ein paar Halbwüchsigen. Wobei die Apotheke prompt von der Polizei vernagelt worden war, während der Video-Mann sich selbst helfen mußte. Dessen Ärger darüber jedoch schnell verflog, als er erfuhr, daß Mr. *Caring* im Krankenhaus lag. Der arme Mr. Pip, hoffentlich erholt er sich rasch.

Diese Schweine!

Die beiden schienen einander zu mögen, das spürte Bailey. Möglicherweise war es keine Zuneigung, die diesen speziellen Notfall überleben würde, dennoch eine ungezwungene Sympathie, eine Ausnahme von jener seltsamen, unbeholfenen Schüchternheit, die Helen in Gegenwart von Polizistenfrauen zu befallen schien – und ihn selbst den meisten ihrer Bekannten gegenüber. Zwei selbständige Frauen, kein Wunder: Sie hatten vermutlich die halbe angsterfüllte Nacht miteinander geredet. Die Tatsache, daß Helen Kimberley und Kimberley Helen so offensichtlich mochte und daß sie gern zusammen waren, half in der gegenwärtigen Situation ungemein. Während er an die weiße Krankenhauswand gelehnt dastand, wünschte er sich, auch nur ein winziges bißchen Zuneigung für Duncan empfinden zu können.

»Ich brauche nicht im Bett zu bleiben«, erklärte Kim. »Verdammt, sie haben doch schon getestet, was zu testen ist. Ich fühle mich nicht krank, vor allem, wo ich jetzt weiß ... Na ja, so ganz hat er's eben nicht geschafft, nicht wahr? Das hätte ich auch bestimmt gemerkt.« Ein Aufblitzen der alten Handfestigkeit, bemüht, sich wieder zu stabilisieren. »Ich hab ja schon einiges gemacht, aber geschlafen hab ich wirklich noch nicht dabei. Sind die jetzt wohl auch mit Tom fertig?«

»Bald.«

Alle verstummten. Als er in die Wohnung zurückgetragen wurde, hatte sich Tom merkwürdig still verhalten. Meine Ohren tun weh, Mummy, sie tun so weh, mir ist so schlecht. Sonst nichts, nur das, immer und immer wieder, wie eine Litanei. So schlecht. Du und ich, sagte seine Mutter, die ihre Arme genausowenig von ihm lösen konnte wie er seine von ihr, das Gesicht an ihrer Brust geborgen wie ein Säugling. Geh nicht weg, geh nicht weg, immer dasselbe, als er am hellen Vormittag zusammen mit seiner Mutter ins Krankenhaus gebracht wurde. Er schmiegte sich so eng an sie, wie es nur möglich war, obwohl er sich darüber inzwischen schon ein bißchen schämte. Seine Haut wurde rosiger, die Augen heller, er näherte sich wieder dem Normalzustand, so weit jedenfalls, daß der riesige Kopfverband ihn stolz machte. Halb wünschte er sich, diese dramatische Auszeichnung der ganzen Welt zeigen zu können. Seine andere Hälfte aber wollte nur still liegenbleiben und nie wieder in die Herringbone Parade zurückkehren müssen.

»Möchtest du uns erzählen, was passiert ist?« erkundigte sich Kim, deren sanfte Stimme leicht nach Sandpapier klang. Seine Vision der annähernd bekannten oder erahnten Fakten war entscheidend, aber er schüttelte den Kopf. Auch Helen drängte ihn nicht und haßte den Gedanken, daß sie dieses Kind als Zeugen brauchte. Natürlich konnte ein Zehnjähriger vor Gericht aussagen. Daß er seine Mutter nackt ausgestreckt unter der Satyrgestalt von Onkel Pip hatte daliegen sehen, hatte Tom ihr zweifellos längst verziehen. Mit einer Entstellung der Tatsachen war zu rechnen. Tom sah sie der Reihe nach an, diese Frau, diesen Mann und Mummy. Er war dessen, was er glauben wollte, absolut sicher: In seinem Ton lag eine gewisse Hoffnung.

»Daddy hat mich gerettet, Mum. Wirklich, Mum, hat er! Er hat mich gerettet, er war so tapfer. Daddy hat mich zurückgeholt. Er war großartig.« In seinem Blick stand Trotz, eine verzweifelte Herausforderung, als er ihn zögernd, hoffnungsvoll, aber auf Widerspruch gefaßt, von Baileys Gesicht löste. Helen begegnete Baileys Blick über Mutter und Sohn hinweg, sah, daß sich kein Muskel in seinem Gesicht regte, nur der Anflug eines beruhigenden Lächelns.

»Daddy ist ein großer, starker Mann«, murmelte Bailey, und wieder dachte Helen: Wird dieser Junge bei der Wahrheit bleiben? Wenn ich weiß, daß seine Aussagen verdreht oder geschönt sind, um seine Erinnerungen zu bewältigen, kann ich ihn dann jemals als Zeugen für die Wahrheit aufrufen? Das war fast schon so, wie von Redwood gedacht – Kim beobachtete sie aufmerksam, spürte das Schweigen und die Gedanken dahinter. Hörte nicht auf, ihren Jungen an sich zu drücken, und äußerte sich mit keinem Wort zu Daddys Tapferkeit. Reckte und streckte sich nur ausgiebig.

»Wo ist denn ... Sie wissen schon, wer?« erkundigte sie sich nach kurzer Pause. »Geht ihm schon besser, wie? Ich bin Apothekerin, und ich mache mir Sorgen um den Laden. Dieser ... Sie wissen schon, wer, kann von mir aus in der Hölle schmoren, aber der Laden, der liegt mir am Herzen. Jemand muß auf ihn aufpassen.«

Irgend jemand beobachtet mich, dachte Pip. Irgend jemand muß mich jetzt beobachten. Narcan, intravenös, tropfte in seine Venen, wegen des Methadons, das er auf dem Boden der Baugrube in seinen schlammverschmierten Taschen gefunden und geschluckt hatte, in dieser nassen Hölle, in der er weinend gelegen und gehört hatte, wie die Welt um ihn herum aufbrüllte. Im Augenblick seiner Rettung war dieses apokalyptische Brüllen ertönt, ein Geräusch wie die Donnerstimme Gottes, der Vergeltung übte. Und er hatte dagelegen und in den Himmel gestarrt, das Gesicht halb im Wasser, gefeit gegen den Instinkt aufzustehen, hatte die Lichter des Krans hoch über sich schwanken sehen, als wollte der Gigant stürzen und ihn in einem furiosen Finale von seinen Leiden erlösen. Hatte sich im Wasser auf die Knie hochgestemmt und mit den noch nicht ganz fühllosen Händen in seinen Taschen ein wenig von den Drogen gesucht, die er bei sich trug. Rückposten, aus derselben Quelle wie das, was er Daniel, dem ewigen Beobachter, in zu schwerer Dosis verabreicht hatte, als er noch ganz benommen war. Hoch angesetzt und vorbildlich ausgeführt, Pip war beinah stolz gewesen auf diesen Schlag. Ein weiterer Schritt auf dem Weg zur Männlichkeit, und niemand hatte ihn beobachtet; er hatte etwas getan, was ihm in der Kindheit niemals vergönnt gewesen war, weil er da ständig beobachtet wurde. Wie er jetzt beobachtet wurde.

Irgend jemand beobachtete ihn, irgend jemand beobachtete ihn immer, immer und ewig. Amen. Was für ein

Leben, keine Männlichkeit, keine Zurückgezogenheit. Als die Schwester ihn allein ließ, der Mann hinter dem Paravent aber blieb, versuchte sich Pip den Tropf aus dem Arm zu ziehen. Es war ein ungeschickter Versuch und brannte mit der bohrenden Hartnäckigkeit von Zahnschmerzen, aber das Pflaster hielt die Kanüle fest, und er war schwach. Er wollte dieses Gegenmittel nicht, er wollte nicht mehr. Sie kannten sich besser aus, als er gedacht hatte. Narcan, intravenös, kein Magenauspumpen, was das Ende nur beschleunigt hätte, und er verfluchte sie dafür!

Er wälzte sich in seinem harten Bett herum. Mit der nichtfixierten Hand zog er sich die Decke bis ans Kinn und schloß die Augen. Also würde er ihnen alles erzählen, alles – warum auch nicht? Daß sie niemals ein offenes Fenster geduldet hatte, die liebe, die geliebte Margaret. Daß Mama ihn schier zu Tode gefingert hatte. Alles würde er ihnen erzählen, über die Chloroformspielchen, aufschreiben würde er es ihnen, und die ganze Zeit würde er beobachtet werden und nie, niemals erfahren, wie es war, seine Leidenschaft auszuleben. Sie würden ihn verstehen: Er hoffte, sie würden verstehen, was für ihn selbst doch so offensichtlich war. Gefängnis. Und wieder beobachtet werden. Bis er, da er sich mit Pillen so gut auskannte, einen anderen Weg ins Vergessen fand.

Würde bitte, *biiiitte*, jemand das Fenster öffnen?

»Gott, ist es stickig hier drin! Und wie das stinkt! Ist das nicht das alte Fleckenwasser dahinten? Warum wirfst du es nicht endlich weg? Soll ich das Fenster öffnen?«

»Wenn du willst. Ist aber kalt. Furchtbar siehst du aus. Mach's nur auf, es stört mich nicht. Immer noch besser als diese Krankenhausluft.«

»Bist du sicher, daß es dich nicht stört?«

Helen hörte auf, an dem widerborstigen Sicherheitsgurt ihres Wagens zu zerren, einem völlig verdrehten Ding, das entweder genug Gurtband ausspie, um gleich drei

Dicken auf einmal Platz zu bieten, oder aber sich weigerte, ohne energisches Ziehen und Zerren auch nur einen Zentimeter preiszugeben, und lachte plötzlich laut auf.

»Was ist so komisch?« Ein wenig pikiert bemerkte Bailey, daß *er* das Objekt ihres ansteckenden Lachens war.

»Du. Dreimal hast du mich schon gefragt, ob es mich stört, wenn du das Fenster aufmachst. Über so was regst du dich auf, starrst die Kurbel an und weißt nicht recht, ob du dran drehen sollst oder nicht. Und ich sehe dich schon, wie du noch die ganze Fahrt stirnrunzelnd darüber nachdenkst. Ist doch komisch, wo du bei wirklich wichtigen Entscheidungen nicht mal einen Sekundenbruchteil zögerst? Rein in die Schlangengrube, den Teufel barfuß über ein Minenfeld jagen, mit Bomben jonglieren – kein Problem. Das Fenster runterkurbeln – nicht zu machen. Dazu braucht es mindestens eine halbe Stunde.«

Er machte gute Miene zum bösen Spiel und fing an zu lächeln, ein Lächeln, das nach und nach auch seine Augen erreichte.

»Bist du vielleicht zufällig böse auf mich?« erkundigte er sich.

»Nein. Jedenfalls nie lange. Verwirrt schon, häufig. Mit Verwirrung bin ich reichlich gesegnet, mit Ärger weniger.« Ihre Worte nahmen, wie er feststellte, an Tempo und Rätselhaftigkeit immer dann erheblich zu, wenn sie müde war. Sie startete den Motor, der hustend zu seiner eher zögerlichen Version des Lebens erwachte. Bailey mochte es nicht, den Beifahrer zu spielen, haßte die beschlagenen Fenster, wünschte, sie würde sich bald einen anständigen Wagen zulegen. Dann kurbelte er das Fenster herunter.

»Großartige Frau, diese Kimberley Perry. Wird sie zu dem verrückten Duncan zurückkehren?«

Bailey dachte an das rasende Untier in der Dunkelheit,

das kurz davor gewesen war, den Stein zu schleudern, der den Tod hätte bringen können. Aktion ohne Kontrolle, Kraft ohne Unterscheidungsvermögen, Liebe ohne Nachdenken. »Ich hoffe nicht«, sagte er aufrichtig.

»Ich hab mir überlegt«, gab Helen zurück, die mit Rücksicht auf Baileys Unbehagen und die vereisten Straßen sehr langsam fuhr, »ich hab mir überlegt, daß Duncan vielleicht nicht allein die Schuld trägt. Daran, wie er ist, meine ich. Irgendwie hat man ihn mißbraucht. Du hast mir erzählt, daß er im Grunde immer nur dann gebraucht wird, wenn's um breite Schultern geht: ein Gorilla auf Abruf. Er wird von euch in den Kampf geschickt, ein beweglicher Rammbock, im voraus programmiert, aufgeladen. Und wenn er dann eine Tür einrammt oder einen anderen Gorilla niederringt, wird er von allen gefeiert, jeder lädt ihn zu einem Drink ein und lobt ihn, großartig, Junge, Duncan, jawoll! Wie so eine Art Softporno-Pin-up. Gib dem animalischen Rammbock was zu trinken, aber ermunter ihn bloß nicht zum Nachdenken, wir brauchen ihn so, wie er ist. Behandelt Frauen mit ebenso großer Behutsamkeit wie Türen. Bis plötzlich alles schiefläuft und er nicht weiß, wieso er sich mit einemmal ändern soll. Warum seine Mr.-Big-Nummer nicht mehr zieht. Tut mir leid, wenn ich mich nicht ganz klar ausdrücke.«

Wieder fiel ihm auf, wie schnell sie sprach. Er dachte an Duncan am Krankenbett, wie er sich weniger um seine Frau gesorgt hatte als um die Beschädigung seines Eigentums. Weniger um seinen Sohn als um seine persönliche Rache.

»Du bist ziemlich scharfsinnig und gleichzeitig sehr nachsichtig«, bemerkte er und suchte nach einer Zigarette, die ihm die Fahrt verkürzen sollte. »Aber daß Kimberley es so sehen wird wie du, möchte ich doch sehr bezweifeln.«

»Ach, ich weiß nicht. Wirklich nicht. Schließlich ist er doch hingefahren, nicht wahr? Hat Carlton gestoppt, dich hingeholt. Mein Gott, ist das Gesetz denn so dumm? Und so langsam? Wir schlagen uns mit Aussagen und Sitzungen und Entscheidungen und Beweisen und Persönlichkeiten herum, bis die Hölle einfriert.« Ihr Ton verriet Bitterkeit. »Und dann kommt so ein besoffener Kerl und schafft, was uns nicht möglich war. Großer Gott, ich muß mich schämen, daß ich das bin, was ich bin.« Zornestränen standen in ihren Augen. Stumm fuhren sie weiter.

»Netter kleiner Bursche«, ergänzte Helen wie aus heiterem Himmel mit einem leicht sehnsüchtigen Unterton.

»Ist er. Möchtest du auch so einen?«

Helen schwieg, dachte auf einer anderen Schiene weiter. Wurde wieder zur Juristin.

»Aber wird er die Wahrheit sagen? Um seiner selbst willen wünschte ich, daß er alles vergißt. Für die Verhandlung aber, daß er sich genau erinnert«, gestand sie. Und dann: »Ich möchte wissen, was dieser Apotheker zu sagen hat. Warum? Warum hat er das alles getan? Was frißt an ihm? Wo liegt da der Grund? Er redet mit Collins. Collins sagt, er ist nicht zu stoppen.«

Die Heizung in Helens Wagen erwachte nur schwer zum Leben. Sie hatte recht: Es war kalt, drinnen und draußen. Mit dem Handrücken wischte Bailey über das Fenster und empfand dabei außer der nassen Kälte eine undefinierbare Traurigkeit.

Es ging ihr besser, sie war sehr zart.

Amanda Cross im dtv

»Amanda Cross ist und bleibt die Königin des amerikanischen literarischen Krimis.«
Publishers Weekly

Verschwörung der Frauen
Roman · dtv 8453

Süßer Tod
Roman · dtv 11812

Der Sturz aus dem Fenster
Roman · dtv 11913

Die Tote von Harvard
Roman · dtv 11984

In besten Kreisen
Roman · dtv 20190

Spionin in eigener Sache
Roman · dtv 20191

Gefährliche Praxis
Roman · dtv 20233
dtv großdruck 25175

Albertas Schatten
Roman · dtv 20332

Tödliches Erbe
Roman · dtv 20373

Das zitternde Herz
Roman · dtv 24169

»Für diejenigen, die noch nicht die Bekanntschaft von Kate Fansler, Englischprofessorin und Detektivin, die schon viele spannende akademische Kriminalfälle gelöst hat, gemacht haben: Es ist höchste Zeit, damit anzufangen!«
Cosmopolitan

Fay Weldon im dtv

»Fay Weldon lesen ist wie Champagner trinken.«
The Times

Die Teufelin
Roman
dtv 11132 und dtv großdruck 25065

Lange erträgt Ruth die Eskapaden ihres Mannes. Doch dann schlägt sie zurück...

Herzenswünsche
Roman · dtv 12174

Liebe auf den ersten Blick– mit dramatischen Folgen für alle Beteiligten.

Hier unten bei den Frauen
Roman · dtv 11515

Ein Haufen Freundinnen und ihr turbulentesLeben.

Die Klone der Joanna May
Roman · dtv 11671

Der Ex-Gatte hat Joanna klonen lassen. Erschreckt sucht sie ihre vier Kopien.

Der Mann ohne Augen
Stories · dtv 11778

Vierzehn Geschichten über das, was man gerne zwischenmenschliche Beziehungen nennt.

Henning Mankell im dtv

»Mankell liest man nicht, man trinkt ihn – in einem einzigen Schluck, ohne abzusetzen, in blinder, weltvergessener Gier.«
Jürgen Seeger im Bayerischen Rundfunk

Mörder ohne Gesicht
Roman · dtv 20232

Wallanders erster Fall

Ein altes Bauernpaar ist auf seinem Hof in der Nähe von Ystad brutal ermordet worden. Das Motiv der Tat liegt völlig im Dunkeln – Kommissar Wallander ermittelt.

Hunde von Riga
Roman · dtv 20294

Wallanders zweiter Fall

Die Ermittlungen führen Kommissar Wallander diesmal nach Osteuropa. Immer tiefer gerät er hinein in ein gefährliches Netz unsichtbarer Mächte, in dem er nicht nur seinen Glauben an die Gerechtigkeit verliert, sondern fast noch sein Leben läßt.

Die weiße Löwin
Roman · dtv 20150

Wallanders dritter Fall

Kommissar Wallander steht vor einem der kompliziertesten Fälle seiner Karriere. Alles beginnt mit dem spurlosen Verschwinden einer Immobilienmaklerin – doch schon bald ist klar: hier geht es um ein teuflisches Komplott von internationalen Dimensionen.

Die falsche Fährte
Roman · dtv 20420

Wallanders fünfter Fall

Der Selbstmord eines jungen Mädchens ist nur der Auftakt zu einer dramatischen Jagd nach einem Serienkiller.

Die fünfte Frau
Roman · dtv 20366

Wallanders sechster Fall

Die Opfer dieser besonders grausamen Mordserie waren allesamt harmlose Bürger. Warum verfolgt der Mörder seine Opfer mit so brutaler Gewalt?

Wolfgang Schmidt im dtv

»Wolfgang Schmidt ... interessiert nur eine Sucht, die gefährlichste von allen und die am wenigsten heilbare: die Liebe.«
Rainer Stephan in der ›Süddeutschen Zeitung‹

Die Geschwister
Roman · dtv 11945

Böhmen 1935. Jordan Tahedl kommt kurz vor dem Abitur neu in die Klasse. Nicht nur die Frauen und Mädchen der Stadt, sondern auch der Erzähler Hans Wild erliegen seiner Ausstrahlung völlig. Und dann taucht Therese auf, Jordans Schwester ... Die subtile erotische Spannung des Romans, die Empfindsamkeit seiner Sprache halten den Leser von der ersten bis zur letzten Zeile gefangen.

Sie weinen doch nicht, mein Lieber?
Roman · dtv 20012

Eine Kleinstadt an der Moldau zwischen den Weltkriegen. Der junge Maler und seine Freundin sind fast ein glückliches Paar. Doch über ihnen verdichten sich die blauschwarzen Wolken einer bevorstehenden Katastrophe ... Ein Roman wie ein Spätsommertag – stimmungsvoll, beklemmend, voll düsterer Leuchtkraft. Und eine Liebesgeschichte, die man so schnell nicht vergißt.

Albertines Knie
Roman · dtv 20079

Ein junger Jurist verfällt der sechzehnjährigen Schwester seines besten Freundes, der bemerkenswert selbstbewußten, naiv-sinnlichen Albertine. Und auch ihre Cousine Emilia verliebt sich in sie ... Eine feinfühlige Romanze, die gleichermaßen an Stefan Zweig wie an Arthur Schnitzler erinnert.

» ... Ich habe Wolfgang Schmidt bisher noch nicht als Autor gekannt; ich werde ihn mir merken.«
J. M. Eggermann in der ›Welt am Sonntag‹

Michael Ondaatje im dtv

»Das kann Ondaatje wie nur wenige andere:
den Dingen ihre Melodie entlocken.«
Michael Althen in der ›Süddeutschen Zeitung‹

In der Haut eines Löwen
Roman
dtv 11742
Kanada in den zwanziger und dreißiger Jahren. Ein Land im Aufbruch, wo mutige Männer und Frauen gefragt sind, die zupacken können und ihre Seele in die Haut eines Löwen gehüllt haben. »Ebenso spannend wie kompliziert, wunderbar leicht und höchst erotisch.« (Wolfgang Höbel in der ›Süddeutschen Zeitung‹)

Der englische Patient
Roman · dtv 12131
1945, in den letzten Tagen des Krieges. Vier Menschen finden in einer toskanischen Villa Zuflucht. Im Zentrum steht der geheimnisvolle »englische Patient«, ein Flieger, der in Nordafrika abgeschossen wurde... »Ein exotischer, unerhört inspirierter Roman der Leidenschaft. Ich kenne kein Buch von ähnlicher Eleganz.« (Richard Ford)

Buddy Boldens Blues
Roman
dtv 12333
Er war der beste, lauteste und meistgeliebte Jazzmusiker seiner Zeit: der Kornettist Buddy Bolden, der Mann, von dem es heißt, er habe den Jazz erfunden.

Es liegt in der Familie
dtv 12425
Die Roaring Twenties auf Ceylon. Erinnerungen an das exzentrische Leben, dem sich die Mitglieder der Großfamilie Ondaatje hingaben, eine trinkfreudige, lebenslustige Gesellschaft...

Die gesammelten Werke von Billy the Kid
dtv 12662
Die größte Legende des Wilden Westens – Liebhaber und Killer, ein halbes Kind noch und stets dem Tode nah: in ihm vereinigten sich die Romantik und die Gewalttätigkeit dieser Zeit.

Bryan Forbes im dtv

»Ob dramatischer Thriller oder sehr englische Unterhaltung der Spitzenklasse – Bryan Forbes beobachtet genau; er schreibt einfühlsam, witzig, ein wenig melancholisch und klug: einfach unwiderstehlich!«
Modesta Höflinger-Wolf

Der Code
Roman · dtv 20022

Als Martin seinen alten Freund Henry auf dem Flughafen von Venedig sieht, trifft es ihn wie ein Schlag, denn Henry ist seit etwa einem Jahr tot. Noch bevor Martin ihn ansprechen kann, ist der andere auch schon wieder verschwunden. Seine Suche führt Martin auf die Spur eines dunklen Geheimnisses. Wer war der Jugendfreund wirklich? Und was wurde aus Sophie, der Frau, die beide Männer einmal geliebt haben? Was weiß sie? – »Beste Thriller-Unterhaltung.« (Brigitte)

Das geföhnte Kaninchen, Tannengrün und der Tag danach
Roman · dtv großdruck 25171

Weihnachten steht vor der Tür. Die Chivers rüsten sich für das Fest der Feste, für den Ansturm von ihren Kindern, Verwandten und Freunden. Der Baum ist prächtig geschmückt, auch wenn der Engel an der Spitze leichte Ermüdungserscheinungen zeigt. Kate und Tony Chivers haben sich fest vorgenommen, nett zu sein und keine boshaften Bemerkungen zu machen. Aber wie es meist mit guten Vorsätzen geschieht – sie lassen sich nicht ganz einhalten. Ein stolpernder Großvater, ein flatterhafter Sohn, die Probleme von Tochter Jenny, die geistige Wiedergeburt von Onkel Roger und nicht zuletzt das gefönte Kaninchen sorgen für einige Aufregung vor, während und nach dem Fest. – »Eine herrliche Mischung aus Sarkasmus, Sentimentalität und Galgenhumor.« (Der Spiegel)